거짓말에
귀기울일 것

BOOK PLAZA

거짓말에 귀 기울일 것

에이미 틴터러 지음 | 이유림 옮김

BOOK PLAZA

1

 팟캐스터 한 명이 내 삶을 망쳐버리는 바람에, 나는 지금 닭을 사는 중이다.

 월터 J. 브라운 투자 서비스 회사의 건물 안, 나는 칸막이가 쳐진 내 자리에 앉아 해고되기만을 기다리며 닭을 어떻게 요리할지 생각하는 중이다. 일하는 척하는 건 이미 두 시간 전에 집어치웠다. 지금은 그저 핸드폰 속 레시피를 응시하며 닭 엉덩이에 레몬을 쑤셔 넣는 걸 떠올리고 있을 뿐이다.

 남자친구를 위한 사과의 치킨을 만들 생각이다. 말하자면 '내가 내 친구 살인 사건의 유력한 용의자라는 걸 말 안 해서 미안해 치킨'이다.

 "루시?"

 나는 핸드폰 화면에서 눈을 떼고 내 상사를 쳐다봤다. 자신의 사무실 문간에 선 내 상사는 넥타이를 바로잡으며 목을 가다듬었다.

"잠깐 들어올래요?"

마침내 올 게 왔다. 분명 회사에서는 이미 오늘 아침 나를 해고하기로 했을 것이다.

"물론이죠." 나는 핸드폰을 주머니에 집어넣고 티끌 하나 없이 말끔한 그 사무실로 따라 들어갔다.

나는 일한 지 거의 일 년이 됐는데도 마치 새것처럼 깨끗한 그의 사무실을 보고 놀랐다. 베이지색 벽에는 그 어떤 얼룩도 없었다. 구석에 쌓인 상자들도 없다. 책상 위도 모니터와 키보드를 제외하고는 텅 비어있었다.

내 상사인 제리 하월은 매일 저녁 사무실을 나서며 자신이 이곳에 있었다는 그 어떤 흔적도 남기지 않았다. 연쇄 살인마였으면 아주 천직이었을 텐데.

나는 책상 반대편 의자에 앉아 즐거운 표정을 지으려 애썼다. 머릿속으로는 조용히, 제리가 사람들을 죽이는 모습을 떠올리고 있었으면서도.

(살인 용의자가 되면 살인을 많이 생각하게 된다는 부작용이 있다. 하지만 금방 익숙해진다.)

제리는 팔을 뻗어 머리를 매만진 후 빠르게 두 손을 책상 위에 포갰다. 이전에는 머리에 신경을 많이 썼던 것 같지만, 지금은 두피가 드러날 정도로 빠져버렸다.

"루시, 유감이지만, 자리를 비워줘야 할 것 같아요."

예상했던 일이다. 나는 고개를 끄덕였다.

"회사 차원에서 인원을 줄이고 있거든요." 제리는 내 얼굴이 아닌 어깨너머 어딘가를 바라보며 말했다. "비서를 반으로 줄일 거예요. 이제 첼시가 저와 레이먼드 두 사람의 일을 도울 겁니다. 정말 유감이에요."

첼시는 정말 힘들어질 거다. 범죄 팟캐스트 하나 때문에 일이 두 배로 늘다니.

"이해해요." 나는 의자에서 일어섰다. 제리는 내가 소란을 피우지 않아 안심한 눈치다.

유리 벽 너머로 벌써 보안 요원이 내 책상 앞에 서 있는 모습이 보인다. 누군가를 해고할 때 원래 거치는 절차지만, 나와 함께 일하던 비서 세 명 모두가 이미 도망갔다는 것은 눈치채지 않을 수 없었다.

아무래도 '살인 용의자로 찍혀서 해고라니 유감이에요'라는 주제의 송별회는 기대하기 어려워 보였다.

책상에서 머그잔, 물통, 지갑, 립밤 따위를 챙기는 내내 보안 요원은 내 주위를 서성였다.

보안 요원은 나와 함께 침묵이 내려앉은 사무실을 가로질러 엘리베이터까지 걸어갔다. 첼시는 화가 난 표정이었다.

내가 엘리베이터 안으로 들어가자 곧 문이 닫혔다.

보안 요원이 얼굴을 들이밀며 씩 웃었다. 덧니가 눈에 들어왔다.

"그래서, 정말 당신이 죽였어요?"

나는 한숨을 내쉬며 말했다. "모르겠어요."

"정말요? 그게 진실이에요?"

'딩' 소리와 함께 엘리베이터 문이 열렸다. 나는 밖으로 걸어 나와 어깨너머로 보안 요원을 보며 말했다.

"진실은 중요하지 않아요."

2

 사실 팟캐스터가 내 삶을 망쳤다고 말하는 건 조금 부당할 것 같다. 따지고 보면 내 삶은 새비가 살해당한 그날 무너졌다.

 그리고 그다음 날 이른 아침, 내가 새비의 피가 말라붙은 드레스를 입고 동네를 돌아다녔던 그때 다시 한번 무너졌다.

 세 번째는 내 고향 사람 모두가 새비를 죽인 범인이 나라고 결론지었다는 사실을 알았던 때였다.

 그렇지만 5년이나 지난 사건을 굳이 끄집어내 팟캐스트에서 떠드는 일은 내 삶에 아무런 도움이 되지 않는다.

 내 남자친구 네이선은 지난밤 집에 돌아왔을 때부터 이상하게 굴었다. 평소보다 늦게 맥주 냄새를 풍기며 들어오더니 내게 눈길도 주지 않았다. 분명 누군가 네이선에게 내 얘기를 한 것이다.

 솔직히 나는 네이선에게 그 사건에 대해 말할 생각이 전혀 없었다. 네이선은 자기 자신 말고는 거의 관심이 없는 사람이니까. 그래서 이런 일이 벌어질 줄은 몰랐다.

자기밖에 모르는 남자들은 많이 봤지만, 네이선은 그중 최고라고 단언할 수 있었다. 내가 그를 좋아하는 이유이기도 하다. 네이선이 내게 사적인 질문을 한 게 언제였는지 기억조차 나지 않을 정도다. 언젠가 네이선에게 내가 이십 대 초반에 2년간 결혼 생활을 했다고 하자 네이선은 이렇게 대답했다. "그랬구나. 그나저나, 영화나 보러 갈래?"

분명 만난 지 얼마 안 됐을 때 구글에 내 이름을 쳐보는 것쯤은 해봤겠지만, 그때는 이 사건이 전국 언론에서 주목하는 관심사도 아니었고, 내가 실제로 체포된 적도 없었으니 그 안에서 내 이름을 찾으려면 조금은 깊이 조사해야 했을 것이다. 그리고 네이선은 절대 그럴 사람이 아니다.

하지만 지금은 내가 가장 싫어하는 팟캐스터 덕분에 구글 검색창에 '루시 체이스'를 치면 '살인'이 제일 먼저 떴다. 그래서 사과의 치킨 요리를 만들면서 차일 준비를 하고 있는 거다. 그것도 직장에서 잘린 직후에.

사실 그 거지 같은 벤 오웬스가 아니었어도 네이선과 나는 얼마 가지 못했을 거다. 갑작스럽게 우리 관계에 살인이 흩뿌려지지 않았더라도. 만난 지 3개월 만에 네이선은 내게 함께 살자고 제안했다. 마침 내가 살던 집의 계약 기간도 끝났고, 사귄 지 얼마 안 돼 온종일 섹스만 하던 시기라 그 제안이 괜찮게 들렸다. 어차피 그때 난 네이선의 집에 매일 살다시피 했으니까.

유감스럽게도 그 불타는 시기는 그의 집으로 들어온 지 2주 만에 끝나버렸다. 네이선은 지독한 회피형 인간이었다. 그래서 우린 어딘가 어색하고, 딱히 행복하지도 않은 동거를 두 달째 이어가고 있었다. 문제를 피하려고만 하는 남자분들은 기억해 두시길. 남자답게 문제를 마주하고 여자친구를 차버리지 못하면 살인 용의자와 영원히 같이 살게 될 수도 있다는 것을.

현관문이 열리자 브루스터가 꼬리를 흔들며 네이선을 반긴다.

사실 귀여운 금빛 털 뭉치 브루스터가 네이선의 집에서 살기로 결정한 것에 영향을 주지 않았다고 하면 거짓말일 거다. 네이선은 그냥 평범한 남자지만, 개를 보는 안목은 아주 훌륭했다.

게다가 아파트를 고르는 안목도 꽤 괜찮았다. 최근에 리모델링한 이 25평짜리 아파트는 세탁기와 건조기, 그리고 식기세척기까지 갖춰져 있다. 이런 집은 내가 로스앤젤레스에서 감당할 수 있는 수준이 아니었다. 회색 나무 바닥과 밝은 흰색을 띤 대리석 조리대는 유행이 좀 지나긴 했지만, 다른 지역 사람들이 들으면 벌벌 떨 만큼 월세가 비싼 집이라는 증거였다.

"안녕, 브루스터." 네이선은 나를 보지 않으려 애쓰며 브루스터를 오래 쓰다듬는다. "뭔가 맛있는 냄새가 나네."

"닭 요리를 했거든."

네이선이 마침내 몸을 일으켜 나를 흘긋 봤다. 그러고는 오븐 위에 놓인 닭 요리로 주의를 돌렸다.

"좋네." 네이선은 넥타이를 느슨하게 하고 옷깃 단추를 풀었다.

나는 이 모습을 좋아했다. 네이선은 셔츠 맨 윗단추를 풀 때 늘 목을 한쪽으로 기울였는데, 그 모습이 정말 섹시했다. 네이선이 집에 돌아올 때면 나는 늘 하던 일을 멈추고 달려가 입을 맞췄다. 그러고는 한쪽으로 완벽하게 손질된 검은 머리칼에 손을 넣어 살짝 헝클어 놓았다. 그편이 더 잘 어울린다고 생각해서였다.

네이선은 자신을 빤히 쳐다보는 내 시선을 느꼈는지 불현듯 당황하며 말했다. "나, 어, 옷 좀 갈아입을게." 네이선은 혹시라도 내가 키스하러 쫓아오기라도 할까 봐 쏜살같이 침실로 도망쳤다.

나는 부엌으로 돌아와 손질용 포크와 칼을 꺼냈다.

이 집에서 쫓겨나면 새로운 집을 찾아야 하고, 집주인이 소득증명같이 귀찮은 일을 시킬 거라는 사실을 떠올리며 닭에 포크를 꽂는 순간, 네이선이 부엌으로 들어왔다. 침을 꿀꺽 삼킬 때 움직이는 목울대를 보자, 나는 잠시 이 포크를 네이선의 목에 꽂으면 어떻게 될지 상상했다. 포크가 두 갈래로 갈라져 있으니, 뱀파이어가 문 것처럼 똑같은 구멍 두 개에서 피가 흘러나오겠지.

나는 다른 손으로는 나이프를 들어 양손에 무기를 쥔 채 네이선을 바라보며 가만히 기다렸다. 네이선이 먼저 말해주길 바랐다. 분명 나를 살인자라고 생각하고 있을 테니, 네이선이 먼저 말하는 게 맞다. 내 상식으로는 그게 당연했다.

나와 네이선은 가만히 서로를 바라봤다.

"일은 어땠어?" 마침내, 네이선이 입을 열었다.

"잘렸어."

네이선은 내 옆을 살짝 돌아가더니 냉장고 옆 조리대로 팔을 뻗는다. "그랬구나. 와인 마실래? 난 마실 건데."

나는 네이선이 내 말을 이해하기를 기다렸지만, 그는 아랑곳하지 않고 와인에 손을 뻗을 뿐이었다.

나는 닭의 가슴과 다리 사이에 정확히 칼을 꽂아 넣었다. 조금 과하게 힘을 준 것 같기는 했다.

네이선이 움찔하며 놀라자 나는 미소를 지어 보였다.

이런 식이라면, 네이선은 결국 살인자와 결혼하게 될 거다.

벤 오웬스의 거짓말에 귀 기울일 것

Episode 1
모두가 사랑했던 사람

마야 하퍼: 루시가 사람을 죽이고도 수사망을 빠져나갔다는 건 모두가 알아요. 플럼튼에 사는 사람 중에 루시 체이스가 언니를 죽였다는 사실을 모르는 사람은 없죠. 그걸 증명할 수 있는 사람이 없을 뿐이죠.

마야 하퍼는 열여덟 살에 언니 사바나를 잃었습니다. 마야는 사바나가 유쾌하고 사랑스러웠으며, 한 시간 만에 마치 한 달 내내 계획한 것 같은 근사한 파티를 금세 준비하는 그런 사람이었다고 말합니다.

마야: 언니는 정말 다정했고 모두에게 사랑받았어요. 언니로서도 최고였죠. 언니가 고등학생이었을 때도 전 가끔 언니 친구들과

함께 놀기도 했어요. 나이 차이가 있었지만, 우린 정말 친했죠. 언니가 저보다 여섯 살 더 많았거든요. 열 살짜리 동생을 풋볼 경기에 함께 데려가는 그런 착한 언니는 흔치 않을 거예요.

마야는 기꺼이 인터뷰에 응해주었지만, 새로운 사실을 알아냈다는 제 말에는 회의적이었습니다.

마야: 우리 가족은 사설탐정을 세 명이나 고용했어요. 부모님은 포기하지 않으셨죠. 이젠 더 찾을 수 있는 게 남아있을지 모르겠어요.

벤: 네, 알고 있어요.

마야: 벌써 5년이나 지났고 이젠 새비가 죽었다는 걸 누구도 신경 쓰지 않으니까요. 전부 포기해 버렸죠.

잠깐 설명하자면, 사람들이 사바나를 '새비'라고 부르는 걸 자주 들을 수 있을 겁니다. 사람들은 대부분 사바나를 그렇게 불렀다고 합니다.

벤: 그래서 경찰이나 검사나 다른 사람들에게 새로운 소식은 못 들은 건가요?

마야: 몇 년간 그랬죠. 다들 루시가 범인이라는 건 알고 있지만, 증명을 못하는 것 같아요.

벤: 다른 용의자는 없었나요?

마야: 네. 그러니까 제 말은, 루시는 새비의 피를 뒤집어쓴 채로 발견됐어요. 손톱 밑에서 새비의 피부 조직이 나왔고, 새비의 팔

에는 긁힌 상처와 함께 루시의 손가락 모양과 비슷한 멍이 있었죠. 결혼식에서 두 사람이 싸우는 모습을 본 사람들도 있고요. 그 무능한 경찰들이 체포할 증거를 못 찾는 바람에 루시가 언니를 죽이고도 도망갈 수 있었던 거예요.

벤: 최근에 루시와 연락한 적은 있어요?

마야: 아뇨, 루시가 플럼튼을 떠난 후로는 없어요. 부모님이 플럼튼에 사는데도 루시는 고향에 온 적이 없죠.

벤: 그럼, 루시는 아직도 사바나가 죽은 날의 기억이 없다고 주장하고 있는 건가요?

마야: 네, 맞아요.

벤: 그 말을 믿으세요?

마야: 당연히 안 믿죠. 아무도 안 믿어요.

누구도 루시 체이스를 믿지 않는다는 것은 사실일까요? 루시가 정말 뭔가를 숨기고 있는 걸까요, 아니면 플럼튼 주민들이 무려 5년 동안이나 무고한 여성을 살인자로 의심한 걸까요?

이제 저와 함께 그 진실을 알아보도록 하죠.

저는 벤 오웬스고, 여기는 사람들의 거짓을 폭로하고 진실을 찾아내는 팟캐스트, '거짓말에 귀 기울일 것'입니다.

3

네이선에게 배짱 따윈 없었다.

우리는 닭 요리를 먹고 와인도 마셨다. 나는 고기를 자르는 큰 칼을 만지작거리며 네이선이 식은땀을 흘리는 모습을 지켜봤다. 네이선은 횡설수설하며 일 얘기를 장황하게 늘어놓을 뿐 내가 살인자인지는 묻지 않았다.

이쯤 되자, 나는 이 상황이 언제까지 계속될지 궁금해졌다. 네이선은 나와 헤어지고 싶은 건 분명하지만 혹시 내가 자기를 죽일까 봐 걱정하고 있는 것 같았다. 그는 과연 "이 집에서 나가 줘, 그리고 다시는 연락하지 마"라고 내게 말할 수 있을까?

그나마 다행인 건 이 필연적인 끝을 기다리면서 새로운 집을 알아볼 시간이 생겼다는 것이다. 오늘 아침 나는 소득 증명을 하지 않아도 되는 꽤 괜찮은 침실 하나가 딸린 집을 찾았다. 사진

속 집은 거의 쓰레기장 수준이었고, 이메일로 연락하자 변태 같은 집주인이 내 발 사진을 보내줄 수 있냐고 묻긴 했지만, 어쩔 수 없다. 어쨌든 싸니까.

가끔 22살의 내가 서른이 다 된 지금의 내 모습을 보면 몸서리를 칠 것 같다는 생각이 들었다. 침실이 네 개나 되는 집에 살던, 그 자신만만하게 반짝이던 새 신부는 자신의 삶이 뜻대로 흘러갈 거라 믿어 의심치 않았었다.

'이 멍청아, 이렇게 될 줄은 몰랐지?'

지난 주말 마지못해 지원서를 몇 개 넣었는데, 벌써 한 군데는 거절당했다.

하지만 솔직히 말해 딱히 새 일자리를 찾고 싶은 마음은 없었다. 나는 필명으로 로맨스 소설 세 권을 냈고, 세 번째 책은 꽤 팔렸다. 첫 번째와 두 번째 책이 얼마나 안 팔렸는지를 생각하면 전혀 기대 못 한 일이었지만, 동시에 다음 책은 밤을 새워서라도 열심히 써서 물 들어올 때 노를 저어야 한다는 뜻이기도 했다. 운이 따라 책이 잘 팔린다면, 지루하기만 한 다른 일을 구하지 않아도 될지 모른다.

물론 지금은 내 과거를 파헤치고 있는 한 팟캐스터를 걱정해야 한다. 그리고 어쩌면 누군가는 재미있게 읽은 새 로맨틱 코미디 소설의 작가가 살인 용의자라는 사실을 알아낼지도 모른다. 내 에이전트, 출판사, 할머니를 빼고 내가 작가인 걸 아는 사람은 없지만, 지금 나는 네티즌 수사대들에게 제일 군침 도는 먹잇감일 테니까.

이런 생각들이 주말 내내 머릿속을 떠나지 않았다. 월요일 아침, 나는 네이선의 아파트 안에 있는 헬스장에서 러닝머신을 평

소보다 오래 뛴 다음 마트로 향했다. 초콜릿을 먹어야 할 것 같아
서다. 그것도 아주 많이.

LA에 있는 마트는 평일이라고 해도 절대 한적하지 않다. 제대로
된 일을 하는 사람이 없어서 그럴 거다. 나는 입구에서 통화하는
한 여자를 지나쳐 안으로 들어간 후, 카트를 밀고 채소 판매대로
갔다. 네이선 앞에서 잘근잘근 다져버릴 뭔가를 살 수도 있을 테
니까.

(내가 더 좋은 사람이었다면 그냥 대놓고 "그 팟캐스트 얘기를
들은 거지?"라고 물어봐서 네이선의 고통을 덜어줬을지도 모른다.
내일부터라도 덜 못되게 굴려고 노력은 해봐야겠다.)

날씬한 금발 머리 여자가 손가락으로 호박을 두드리고 있었다.
나는 그 호박으로 여자의 머리를 내리치는 상상을 하지 않으려고
애썼다.

문득 사람 머리에 내리친 호박이 멀쩡할 수 있을지 궁금해졌다.
아마 호박은 산산조각이 날 거고, 맞은 사람은 충격과 함께 그 조
각을 얼굴에 뒤집어쓰게 되겠지.

이내 고개를 든 여자는 내가 자신을 응시하고 있다는 것을 알
아챘다. 나는 그 여자의 머리를 깨부수는 생각 같은 건 하고 있지
않다는 듯 우아하게 미소를 지었다. 여자는 어깨너머로 의심스러
운 시선을 던지며 자리를 피했다.

정말 이런 건 그만해야 할 텐데. 살인 같은 건 생각하고 싶지
않았지만 도저히 멈출 수가 없다. 모든 사람에게 그러는 건 아니
지만 꽤 많은 사람을 대상으로 죽이는 상상을 하게 된다.

이런 상상을 하게 된 건 새비가 죽은 지 얼마 되지 않았을 때
부터였다. 모두 나에게 살인자라고 손가락질했고, 그 혐의를 확실

히 부인할 수 없었던 나는 만약 내가 새비를 죽였다면 대체 그게 어떤 방법이었을지 상상하기 시작했다. 여러 가능성을 생각하다 보면 실제 기억을 떠오르게 하는 무언가를 마주하게 될 수도 있으니까.

지금까지는 아무것도 떠오르는 게 없었다. 하지만 언젠가는 뭔가가 언어걸릴 수도 있다.

나는 진심으로 경찰이 범행 도구를 찾았으면 좋았을 거라고 생각했다. 그럼 내 머릿속에서 사람들이 좀 덜 죽었을 텐데.

핸드폰 진동이 울렸다. 내려다본 화면에는 '할머니'라고 떠 있었다. 놀랍지 않은 일이다. 핸드폰을 원래 용도대로 쓰는 사람은 텔레마케터랑 할머니밖에 없으니까.

나는 통화 버튼을 터치하고 핸드폰을 귀에 가져다 댔다. "네, 할머니."

옆에 있던 남자가 내게 미소를 보낸다. 마치 내가 할머니랑 통화하는 걸 허락이라도 하는 듯이. 나는 양배추가 있는 구석으로 카트를 밀고 갔다.

"루시, 아가! 바쁘니? 내가 방해한 거야?"

할머니는 내가 달력에 약속이 가득한 사람이기라도 한 것처럼 늘 나를 방해하는 게 아닌지 물었다. 하지만 난 친구가 없다. 회사에서 알게 된 동료 몇 명뿐인데, 그마저도 이제 나와는 절대 말도 섞지 않으려 할 게 분명했다.

"아니에요, 그냥 장 보고 있었어요."

"네이선은 잘 지내?"

"네… 뭐. 그냥 네이선이죠."

"맨날 그렇게 대답하는구나, 난 무슨 뜻인지 모르잖니. 난 그 애를 본 적이 없는데."

"잘 지내요."

"그래." 할머니는 목소리를 가다듬었다. "잘 들어. 부탁이 하나 있다."

"뭔데요?"

"별거 아니야, 하지만 내가 내일모레면 죽는다는 건 잊지 말고."

"그 내일모레는 20년 동안 안 왔잖아요."

"그러니 확실히 죽을 날이 더 가까워졌다는 거지!" 할머니가 낄낄 웃으며 말했다.

"술 드셨어요?"

"루시, 지금 오후 두 시야. 당연히 안 마셨지." 그러고는 잠깐의 정적 후에 말을 이었다. "정말 아주 살짝 취한 거야."

나는 웃음을 삼킨다. "부탁이 뭔데요?"

"생일파티를 할 거야. 아주 성대하게. 80번째 생일이잖니."

"네, 알죠."

정말이었다. 달력에 표시하지 않고도 기억하는 날은 할머니의 생일이 유일했으니까.

"올 거지?" 할머니가 기대에 찬 목소리로 묻는다.

젠장.

"내가 제일 좋아하는 손주가 안 오면 어떻게 파티를 열겠어." 할머니는 죄책감 유발로 작전을 바꿨다.

"손주가 세 명뿐이라, 제일 좋아한다고 해 봐야 별것 아닌 거 알죠?"

"애슐리랑 브라이언이 재수 없는 녀석들인 건 우리 둘 다 알잖아."

"그래도 좋아하는 척은 해야 하잖아요."

"뭐가 됐든, 난 재수 없는 녀석들만 데리고 생일파티 못 해."

이런 상황만 아니었다면 나는 그 말에 웃음을 터뜨렸을 것이다.

"회사에 휴가 낼 수 있겠어?" 할머니가 물었다.

"저 잘렸어요."

"아, 잘됐네! 아니, 그러니까, 유감이야." 할머니는 황급히 덧붙였다.

"그 회사 별로 안 좋아했던 거 아시잖아요."

"그럼 사과는 취소할게. 잘린 거 축하해."

"감사해요."

"그러면 시간도 많을 텐데, 와서 좀 오래 있는 건 어떠니? 한 일주일쯤? 네 엄마하고는 이미 얘기했는데, 네가 원하는 만큼 있어도 된다고 했어."

"일주일이요?" 내가 비명을 지르듯 대답하는 바람에 옆을 지나던 여자가 소스라치게 놀랐다.

"뭐, 거의 준비가 끝나가는 시점에 네 엄마 다리가 부러져서…. 마무리하는 걸 좀 도와줬으면 좋겠구나. 가능하면 우리 집에서 묵으라고 하겠지만, 알다시피 방이 없잖니?"

고향에서 하루를 보내는 것만 해도 끔찍한데, 일주일이라고?

한때 성공한 삶을 살았고, 결혼도 했고, 내 (가짜)행복을 질투하는 친구들도 많았던 그곳에서 일주일을 보낸다니.

정말 초라한 귀환이 아닐 수 없다. 모든 게 완벽했던 삶이 끝난지 5년 후, 친구 하나 없는 백수 이혼녀가 되어 비척거리며 고향으로 돌아가는 거니까. 내가 책 세 권을 냈다는 말은 꺼낼 수조

차 없다.

"네이선이랑 함께 와서 호텔에 있는 건 어때? 둘이 같이 오면 호텔에 머문다고 해도 네 엄마가 이해할 거야."

나는 잠시, 네이선에게 텍사스 플럼튼에 같이 가자고 말하는 상황을 상상했다. 네이선이 나를 차버릴 절호의 기회가 될 수 있지 않을까? 범죄 현장에 가는 건 아무리 네이선이라도 견디기 힘들 테니까.

"거절해도 돼." 전화기 건너편에서 얼음이 유리잔에 부딪히는 소리가 들린다. "넌 바쁘니까…."

"저 안 바쁜 거 아시잖아요."

"이상하게 넌 늘 그렇게 말하는구나. 네 또래 애들은 보통 바쁜 걸 자랑스럽게 생각하던데. 교회에 아는 여자애 하나는 내게 자기가 얼마나 바쁜지 백번은 말했을 거야. 슬슬 그 애가 도움이 필요한 건 아닌지 걱정되더구나."

"아빠하고도 얘기하셨어요? 제가 집에 간다는 거?"

"당연히 안 했지. 가능한 네 아빠하고는 말을 안 섞으려고 해서. 네 엄마가 얘기했겠지. 말도 없이 네 아빠 앞에 널 밀어 넣진 않을 거야."

"아빠 갑작스러운 거 싫어하잖아요."

"알지. 그럼 오는 거지?"

나는 한숨을 내쉬었다. 유일하게 좋아하는 가족의 부탁을 거절할 수는 없다. 세상에서 유일하게 좋아하는 사람의 부탁을. "네. 갈게요."

그 순간, 나긋한 목소리, 내가 늘 무시하려 하는 그 목소리가 귓가에 속삭인다. '죽여버리자—'

나는 핸드폰을 꽉 붙든 채 목소리가 사라지기를 기다렸다.

"잘 됐다! 네이선은 같이 올 수 있니?"

나는 떨리는 숨을 내뱉었다. 목소리는 사라진 것 같다. "아마 휴가를 못 낼 거예요."

"그래. 그럼 네 비행기 표만 예매할게. 이번 주말에 오는 건 어때?"

"표는 안 사주셔도 돼요."

"무슨 소리, 내가 그러고 싶어. 어차피 곧 죽을 텐데."

"주말에 갈게요." 불현듯 나는 할머니의 마지막 말을 다시 떠올렸다. "잠깐, 할머니 혹시 어디 아프세요?"

"내가 알기론 아닌데, 친구들이 하루살이처럼 죽어 나가는 걸 보면 이젠 정말 시간문제인 것 같아."

"어휴, 좀 긍정적으로 생각하는 건 어때요?"

"그건 그렇고, 난 이제 운전은 잘 안 하지만, 오스틴 공항까지는 널 데리러 갈 수 있을 거야. 내 차가 아직 굴러간다면 말이다."

"그건 괜찮아요. 차를 빌릴 거라서요. 그리고 호텔에 있을 거예요."

"네 엄마가 안 좋아하겠네."

나는 엄지와 검지로 콧대를 지그시 눌렀다.

"참, 루시?"

"네?"

"너도 그 팟캐스트 들은 거지? 네 얘기 하는 그거?"

22

4

여행 가방을 하나 새로 샀다. 한때는 예쁜 여행 가방 세트가 있었지만, 전부 다 쓰레기봉투에 처박은 뒤에 전남편 집에 버리고 왔다.

현관에 들어서자 브루스터가 나를 반기며 흥분한 기색으로 새 보라색 여행 가방의 냄새를 맡는다. 네이선은 일할 때 입는 검은 바지와 흰 셔츠 차림 그대로 집에 있었다. 여행 가방을 발견하자 네이선의 얼굴이 밝아진다. 티를 좀 덜 낼 수는 없나?

"어디 가게?"

"아니, 시체 담을 가방이야."

내가 바닥에 가방을 내려놓으며 말하자 네이선은 당황한 듯 입을 벌린 채 여행 가방으로 시선을 옮겼다.

"왜? 더 큰 걸 샀어야 했나?"

네이선은 몇 초간 나를 쳐다보다 짜증 섞인 한숨을 길게 내쉬며 말했다. "루시, 제발 좀."

나는 허리를 숙여 브루스터를 쓰다듬는다. 브루스터는 집안에 흐르는 긴장은 아랑곳하지 않고 내 손을 핥았다. 개는 살인 사건 팟캐스트 같은 건 모르겠지. 운 좋은 자식.

"넌 아예 시늉도 안 하네?" 내가 물었다.

"뭘?" 네이선이 미간을 찌푸렸다.

"다른 사람들은 내가 그런 게 아닐 거라고 생각하려는 시늉이라도 하던데. 내 사정을 들어보고 싶기라도 한 것처럼, 아직 생각을 정하지 않은 것처럼 말이야."

"아. 나는, 어, 나도 네 사정을 들어보고 싶어…."

나는 눈을 굴렸다. 너무 성의가 없어서 대답할 가치도 없다.

살인 용의자가 취향인 남자들도 실제로 있었다. 그 사건이 일어난 뒤 처음 몇 년간은 가끔 추근대는 이메일을 받곤 했다. 스릴에 미친 사람들이겠지. 아니면 내 구원자 노릇을 하고 싶었거나.

하지만 분명 네이선은 그런 쪽이 아니다.

"어디…. 가는 거야?" 긴 침묵 끝에 네이선이 말했다.

"텍사스. 할머니 생신이어서."

"아."

"너도 초대하셨어."

"나는, 어…. 갈 수 있을지 잘 모르겠네…. 알잖아, 일이 있으니까." 네이선이 눈을 껌뻑이며 말했다.

"그렇겠지."

"언제 가려고?"

"금요일. 일주일 정도 있다 올 거야."

네이선은 고개를 끄덕였다. 나는 네이선이 가는 김에 이 집에서 아주 나가는 건 어떠냐고 말하기를 기다렸다. 방안에는 브루스터가 내 바지 끝단을 샅샅이 뒤지느라 쿵쿵거리는 소리만 들렸다.

"언제 얘기할 거야?" 마침내 네이선이 물었다.

"뭘?"

"네 이야기."

아, 제발. 남자들은 정말 애 같다. 고작 헤어지자고 말할 용기가 없어서 차일 때까지 못되게 굴거나 슬그머니 거리를 두는 꼴이라니.

하지만 이별 통보를 들으려고 살인 용의자를 화나게 하는 건 그리 좋은 방법이 아니었다.

"내가 안 그랬다고 하면 믿을 거야?" 내가 묻는 순간, 핸드폰 진동이 울렸다. 나는 가방에서 핸드폰을 꺼내 엄마가 보낸 문자를 확인했다.

【호텔 예약하지 마. 손님방 치워둘 테니까.】

나는 빠르게 답장했다. 【전 호텔에 있어도 괜찮아요.】

나는 네이선을 올려다봤다. 표정을 보아하니 내 질문에 '아니'라고 답할 게 분명했다.

하지만 네이선은 거짓말을 했다. "응."

"아직 그날 밤 기억은 없어, 하지만 난 절대 새비를 다치게 하지 않았을 거야." 입에서 문장이 술술 흘러나왔다. 수백 번은 했던 말이기 때문이다.

네이선은 뒷말을 기다리는 듯 나를 바라봤다. 다른 모든 사람들과 마찬가지로.

핸드폰이 울렸다. 엄마 전화였다. 나는 한숨을 내쉬며 버튼을 밀어 전화를 받았다.

"호텔 예약하지 마." 바늘도 안 들어갈 단호한 말투다.

"여보세요, 엄마, 잘 지냈어요?" 나는 건조하게 물었다. 네이선
의 눈길이 발코니로 나가는 나를 쫓아왔다.

"잘 지냈어. 호텔은 예약하지 마."

"할머니한테 들었어요. 다리가 부러졌다면서요." 나는 아래를
내려다보며 한 여자가 보도 아래로 유모차를 모는 모습을 지켜보
며 말했다. 이내 유모차 안에서 조그만 퍼그가 쭈글쭈글한 얼굴
을 내밀었다.

"말 돌리지 말고."

"안부 묻는 거 좋아하셨던 것 같은데. 보통 사람처럼 행동하는
거 말이에요."

"루시." 엄마는 벌써 지친 모양이지만, 난 아직 시작도 안 했다.

"사촌 중 한 명한테 손님방을 쓰라고 해요. 다들 올 거잖아요?"

"하루나 이틀만 묵을 거야. 그러니까 집으로 와. 방 많잖아. 그
리고 네가 집에 없으면 모두가 이상하게 볼 거야."

아. 이게 진짜 이유였구나.

나는 몸을 돌려 난간에 기댔다. 안에 있는 네이선은 어딘가로
미친 듯이 문자를 보내고 있었다. "사람들이 제 뒷얘기를 안 하는
게 더 이상할 것 같은데요."

"여기서 제일 싼 호텔이 하루에 80달러인데, 네가 감당할 만한
수준일지 모르겠네."

"저한테 수준이란 게 있을 거라고 생각했다니, 놀랍네요." 하지
만 일리는 있었다. 직장에서도 잘렸는데, 호텔 방에 몇 백 달러를
쓸 필요는 없지 않은가.

"그냥 집으로 와, 루시. 일 힘들게 만들지 말고."

엄마는 "넌 늘 그렇잖아"라고 말하지 않았지만, 아마 속으로는 했을 거다.

"알았어요."

"그래, 잘 생각했어."

"그런데, 다리는 왜 부러졌어요?"

"운동하다가 넘어졌어. 헬스장에 있는 그, 계단을 계속 올라가야 하는 기계 있잖아? 그게 꽤 높아서 발을 헛디뎠는데… 아무튼 엄청 창피했어."

"아팠겠네요."

"그랬지. 아무튼, 그럼 이만 끊을게. 아, 할머니가 너한테 그 얘기…."

"네, 팟캐스트 얘긴 저도 알아요."

아마 그 팟캐스트에 대해 누구보다도 먼저 알게 된 건 바로 나였을 것이다. 나에게 첫 번째 이메일이 온 게 5개월 전이었다.

보낸 사람: 벤 오웬스
제목: 팟캐스트 '거짓말에 귀 기울일 것'

안녕하세요,

저널리스트 벤 오웬스입니다. '거짓말에 귀 기울일 것'이라는 팟캐스트도 진행하고 있어요. 지금 사바나 하퍼 살인 사건을 조사하고 있는데, 함께 얘기해 보고 싶어요. 사실 저도 LA에 살고 있어서, 괜찮으면 제가 그쪽으로 갈게요.

이메일이나 323-555-8393으로 연락 주세요.

감사합니다.

벤.

나는 답장하지 않았다.

나를 주제로 한 조사는 그 팟캐스트의 첫 번째 시즌에 등장했고, 벤 오웬스에 관해 극명하게 엇갈리는 기사들이 나왔다.

한 기사는 이렇게 썼다. '윤리적인 문제는 있지만, 화제성만큼은 부정할 수 없다!'

다른 기사는 벤의 외모를 두고 '미소년 같다'라고 썼는데, 내 입장에선 벤 오웬스를 더 싫어하게 만들 뿐이었다. 나는 미소년 스타일의 남자를 좋아해 본 적이 없다. 그런 남자들은 늘 얼굴값을 하니까.

나는 새비와 관련된 이메일에는 절대 답장하지 않았고 이 벤 오웬스라는 자식의 메일도 예외는 아니었다. 메일을 읽고 나서 그대로 잊어버렸다.

물론 새비에 관한 이메일은 대부분 답장이 필요 없는 내용이었다. 보통 요점은 '이 나쁜 년, 그리고도 어떻게 뻔뻔하게 살아 있어?'나 '지옥에나 떨어져라.'인데, 거의 예외 없이 맞춤법을 틀려서 아주 많이 거슬렸다. 누군가를 욕할 때 맞춤법도 못 맞춰서는 그 사람을 상처 주지 못한다. 그 실수를 고쳐주고 싶었지만, 경험으로 볼 때 멍청한 자식들은 대개 맞춤법을 고쳐주는 걸 싫어한다.

나는 침대 위에 펼쳐둔 여행 가방 옆에 앉아 몇 달 전 벤이 내게 보낸 이메일을 살펴봤다.

첫 번째 메일을 보내고 몇 주 후에 인터뷰를 요청하는 두 번째 메일이 와 있었다. 그리고 세 번째 메일도 있었다.

보낸 사람: 벤 오웬스

제목: 팟캐스트 '거짓말에 귀 기울일 것'

루시, 안녕하세요.

마지막으로 보냅니다! 당신 이야기를 정말 들어보고 싶어요. 원하는 조건은 전부 맞춰줄게요. 팟캐스트가 정말 잘 되고 있어서, 당신 입장을 꼭 들어야 할 것 같아요.

답장 기다릴게요.

벤.

아, 착하고 순진한 사람 같으니라고. 내 얘기에 관심 있는 사람 따윈 없는데.

사실, 내 이야기라고 해 봐야 '아무것도 기억이 안 나요.'가 전부이니 재미도 없을 거다. 믿지도 않을 거고.

나는 문밖으로 네이선을 쳐다본다. 소파에 앉은 네이선은 흉흉한 여자친구에게 느껴지는 기묘한 감정을 술로 씻어내고 있었다. TV 불빛이 네이선의 긴장된 얼굴을 스쳤다.

나는 이 팟캐스트의 인기가 어느 정도일지 생각하지 않으려 했지만, 멈출 수가 없었다. 나는 구글에 벤 오웬스의 '거짓말에 귀 기울일 것'을 검색했다. 벤의 사진이 떴다. 정말 재수 없게 생겼다.

팟캐스트와 관련된 기사가 쏟아졌다. 일반적인 범죄 웹사이트도 있었지만, 전국 언론에도 보도되었다. 《엔터테인먼트 위클리》와 《베니티 페어》를 비롯한 십여 곳에서 〈당신을 사로잡을 어느 작은 마을의 살인 사건〉이나 〈흥미로운 범죄 얘기에 특유의 악센트까지: 팟캐스트 '거짓말에 귀 기울일 것'이 텍사스의 미제 사건을 파헤친다〉 같은 헤드라인으로 기사를 냈다. 트위터에서는 사건에 대한 추측과 해석이 난무하고 있었다.

사람들이 팀을 나눴는지 여기저기서 '팀 새비'라는 말이 계속 보였다. 논리적으로 보면 '팀 루시'도 있어야 할 테지만, 흔적조차 보이지 않았다.

미디어에서 이렇게까지 관심을 보였으니, 분명 플럼튼 사람들은 전부 이 거지 같은 팟캐스트를 듣고 있을 거다.

나는 브루스터를 내려다보며, 애초에 텍사스에 가지 않을 핑계를 대지 못한 걸 후회했다. 할머니에게 내가 생일파티에 가면 분위기를 망칠 거라고 말했어야 했다. 나는 가족들끼리 모인 파티에서 이야깃거리로 삼는 그런 친척이다. 재미있는 이야깃거리는 될지 몰라도, 파티에 초대해서 좋을 사람은 아니었다.

하지만 할머니는 지금까지 내게 뭔가를 부탁한 적이 없었고, 5년 전 플럼튼을 떠나온 이후로 할머니를 한 번도 보지 못하기는 했다. 지금껏 비행기를 타본 적이 없던 할머니가 나를 보려고 이제 와서 비행기 타기에 도전할 것 같지도 않았다. 게다가 캘리포니아에 오면 케일을 억지로 먹어야 할까 봐 걱정된다는 얘기를 여러 번 하기도 했으니까.

텍사스 사람들은 캘리포니아를 정말 싫어한다. 내가 여기로 떠나온 이유이기도 하다.

게다가 내 사촌들은 정말 개자식들이니까. 그래, 할머니 말이 맞다. 할머니가 개자식들만 데리고 생일파티를 하게 만들 수는 없다.

어차피 갈 거라면, 이 팟캐스트를 샅샅이 알아야 한다. 나는 팟캐스트 앱을 열어 '거짓말에 귀 기울일 것'을 찾았다.

그리고 첫 번째 에피소드를 들으며 짐을 챙겼다.

벤 오웬스의 거짓말에 귀 기울일 것

Episode 1
모두가 사랑했던 사람

화요일에 오스틴에 도착했는데, 솔직히 카우보이모자를 쓴 사람들이 생각보다 없어서 실망이네요. 텍사스는 처음이라, 거리에 바비큐 식당, 부츠 가게 그리고 말 타는 데 필요한 걸 파는 가게들이 줄지어 있을 줄 알았어요. 안장 같은 거요. 아무튼. 제가 말은 전혀 몰라서요.

오스틴 공항은 정말 오스틴답네요. 여긴 처음 오는데도 오자마자 알 것 같아요. 오스틴이 세계 라이브 음악의 수도라고 쓰여 있는 광고판도 있고, 사람들이 안 믿을까 봐 걱정됐는지 푸드코트 한쪽에서 한 밴드가 연주하고 있어요. 수하물 찾는 곳에는 장식용 기타들이 있고요. 스타벅스나 맥도날드는 단 한 개도 없어요. 왜인지 아세요? '오스틴을 계속 특별하게 하자' 들어 봤죠? 아무도 모르겠지만 그다음 문구가 '지역 기업을 살리자'거든요. 오스틴 공항에는 이 지역 기업들밖에 없어요.

출발하기 전에 바비큐를 먹을까 생각도 했는데, 도착하자마자 공항에서 저녁을 먹는 건 좀 아닌 것 같았어요. 그래서 바로 렌터카를 빌려 플럼튼으로 향했죠.

여긴 생각했던 텍사스랑 완전히 다른 곳이에요. 숲이 우거져 있거든요. 사막 지역일 줄 알았는데 말이죠. 그리고 제 멍청함에 쐐기라도 박듯이 갑자기 길이 안 보일 정도로 비가 쏟아져서 갓길에 차를 대고 몇 분간 기다려야 했어요. 거의 온 세상이 떠내려갈 듯이 비가 왔고, 슬슬 사건을 잘못 선택한 건 아닐까 하는 생각이 들더라고요.

솔직히 말할게요. 차 안에 앉아 비가 퍼붓는 걸 보면서, 진지하게 그냥 공항으로 가서 집에 돌아갈까 생각했어요.

공항에 있는 바비큐도 계속 아른거렸고요.

마침내 비가 잦아들었고, 저는 배고픈 상태로 계속 운전했어요. 그리고 두 시간쯤 뒤, 텍사스 플럼튼에 도착했습니다.

[컨트리 음악]

플럼튼은 텍사스 힐 컨트리 지역에 있는 조용하고 멋진 마을이었어요. 인구는 만 오천 명 정도인데, 매년 늘어나고 있다고 합니다. 가까운 곳에 유명한 와이너리들이 꽤 있어서 여행지로 알려졌지만, 큰 도시에서 탈출하고 싶은 젊은 커플들에게 유명한 곳이기도 하죠. 텍사스에서 공립학교 시스템이 가장 잘 되어있는 곳이기도 합니다.

제가 도착했을 때 시내 쪽은 여행객들로 붐볐는데, 그 주위를 산책할 때 몇 분이 저를 알아봤어요. 팟캐스트 기대하겠다고 큰 소리로 말해준 남자분도 있었고요. 저 엄청 유명한가 봐요.

거의 다 지역 상점들이긴 하지만, 플럼튼이 지난 10년간 발전하면서 체인점들도 몇 개 들어왔다고 합니다. 몇 년 전에는 스타벅스도 처음으로 생겼는데, 여기 온 지 이틀 만에 적어도 다섯 명이 저에게 그걸 불평하더라고요.

하지만 플럼튼에서 가장 유명한 건 이곳 사람들 모두를 분노하게 한 사바나 하퍼 사건일 겁니다. 플럼튼 주민 대부분은 큰 도시에서 살고 싶은 마음이 없어요. 루시 체이스의 가족들처럼 대대로 플럼튼에 살거나, 사바나 하퍼의 가족들처럼 도시에서 벗어나려고 이곳으로 오는 겁니다.

플럼튼 주민들은 보통 이렇게 생각합니다. 여기서 일어나서는 안 됐던 일이라고. 이런 사건은 모든 주민이 서로를 알고 같은 교회에 다니는 이곳이 아니라 더 나쁘고 위험한 동네에서나 일어나는 일이라고요.

제가 호텔에 체크인할 때 노마가 플럼튼에 관해 몇 가지 정보를 알려줬습니다. 노마는 평일 오후 6시까지 프론트 데스크에서 일하는 친절한 중년 여성분이에요.

노마: 프랭클린 거리에 있는 바에는 가지 마요. 질 나쁜 여행객들이 즐기러 가는 곳이니까. 지난번에 내가 거기 갔을 땐 처녀 파티가 있었는데, 온 사방에 남근 모양 종잇조각들이 날아다녔다니까요. 그 후에 몇 시간이나 내 머리에서 그 종이를 떼야 했어요.

벤: 그건⋯. 유감이네요.

노마: 그러니 대로를 따라 조금 내려가면 나오는 바에 가봐요. 블루 보닛 태번이요.

벤: 기억해 둘게요, 고마워요.

노마: 캘리포니아에서 왔어요?

벤: 네, LA요. 뭐, 원래는 샌프란시스코에 살았죠. 지금은 LA에 살아요.

노마: 그쪽은 지진 한 번 크게 일어나면 바닷속으로 가라앉는다던
데.

벤: 네, 들어봤어요.

노마: 루시 체이스도 거기 사는 거 알죠? 끔찍한 여자예요. 사바나
는 완벽한 애였어요. 정말 사랑스러웠죠. 당신이 루시 그 살인
자를 제대로 엿 먹였으면 좋겠네요.

저는 플럼튼에 도착한 처음 며칠간 사람들로부터 공통적으로 이
런 반응을 관찰할 수 있었다는 점에 주목했습니다.

5

내가 자란 집은 여전히 클로버가에 그대로 있었다. 나는 집 앞
도로에 렌터카를 세운 채, 운전석에 앉아 몇 분 동안 가만히 그
집을 바라봤다.

외관은 새로운 색으로 칠해져 있었다. 은은하게 복숭앗빛이 도
는 색이었는데, 집 외관으로는 좀 이상하긴 했다. 하지만 그 외에
는 전부 예전과 같았다. 현관을 따라 줄지어 있는 보라색 꽃들,
잘 관리된 잔디, 일 년 중 절반은 너무 더워서 앉지도 못하는 흔
들의자까지.

나는 마침내 용기를 내 차 밖으로 나왔다. 오후 6시, 밖은 아직
밝고 찌는 듯이 덥다. 일 년 중 이맘때는 온종일 열기가 식지 않
는다. 8월에 태어난 할머니로선 정말 거지 같은 일이었을 거다.

나는 가방을 둘러메고 현관 잔디 사이를 터덜터덜 걸어갔다.

문을 두드리기도 전에 아빠가 문을 열었다. 얼굴에는 다정한 미소를 띠고. 아빠는 앞에선 친절하지만, 뒤에선 욕을 해대는 텍사스 특유의 태도가 몸에 밴 사람이었다.

"루시!" 아빠는 앞으로 나와 나를 잠깐 끌어안았다.

"저 왔어요, 아빠."

"오랜만에 얼굴 봐서 좋구나. 어서 들어와!" 아빠는 뒤로 물러나 마치 연기하듯 팔을 뻗어 안쪽을 가리켰다.

집 안은 늘 그렇듯 춥고 어두웠다. 집 아래층에는 햇빛이 잘 들지 않아서다.

현관문을 닫는 아빠를 보니 지난번에 봤을 때보다 머리가 조금 더 희끗해진 것 같다. 아빠는 눈이 깊게 파여 표정이 훨씬 잘 드러나는데, 나를 바라볼 때는 특히 더 그랬다. 주름 사이사이로 나에 대한 실망감이 드러난다.

"비행은 어땠어?" 아빠가 내 여행 가방을 쳐다보며 말했다.

"괜찮았어요." 거짓말이었다. 나는 초콜릿을 너무 많이 먹었고, 난기류를 만났으며, 멀미 때문에 토할 뻔했다. 마지막 15분 동안은 멀미 봉투를 붙들고 있어야 했다.

아빠는 가볍게 고개를 끄덕이고 잠깐 내 눈을 보더니, 빠르게 눈을 피했다. 아직도 내 눈을 똑바로 보기 힘든 게 분명했다.

나는 돌아서서 거실을 살펴봤다. 가구는 대부분 새것이었다. 내게만 새로울 수도 있겠지만. 비싸 보이는 갈색 소파, 그리고 불편해 보이는 의자 위에 분홍과 오렌지색 줄무늬가 섞인 이상한 덮개가 놓여 있다. 의자는 오래돼 보이는데, 덮개는 최근에 일부러 둔 것처럼 완전히 새것이다. 엄마의 취향은 늘 이해하기 힘들었다.

이 못생긴 의자 옆 테이블 위에는 나와 새비, 그리고 다른 여자들 몇몇이 함께 찍은 사진이 놓여 있었다. 내가 플럼튼에 돌아온 지 얼마 되지 않았을 때, 한 결혼식에서 찍은 사진이다. 사진 속 우리는 마치 리빙 잡지에 나오는 사람들처럼 보였다. 파스텔톤 드레스에 완벽한 웨이브 머리를 한 백인 여자들이 나오는 그런 잡지.

하지만 나에게 있어 이 사진은 두 가지 이유로 아주 좋지 못한 선택이었다. 첫 번째는 거의 모든 사람이 내가 새비를 죽였다고 생각하는데, 어쩌면 그 말이 맞을지도 몰라서이고, 두 번째는 새비가 결혼식에 참석한 후에 죽었기 때문이다. 그게 이 결혼식은 아니었지만. 집에 오는 사람들이 그걸 알 리가 없었다. 아마 그 사람들은 이 사진을 보며 공포에 질려서는, '세상에, 새비가 죽기 전에 찍은 사진이 이건가요?'라고 물었을 것이고, 엄마는 어쩔 수 없이 그 이야기를 처음부터 설명해야 했을 것이다.

사실, 방금 나는 엄마가 이 사진을 왜 여기 두었는지 알아차렸다. 살인 용의자 딸에 관한 얘기를 하고 싶은 사람은 없겠지만, 엄마는 예외다. 엄마는 분위기를 주도하는 방법을 아는 사람이고, 세상에서 가장 끔찍한 이야기를 하는 것만큼 사람들의 관심을 끌 수 있는 건 없다.

"엄마는 침실에 있어. 낮잠을 자는 것 같던데, 아마 지금은 일어났을 거야." 아빠는 미소 지으며 한 걸음 뒤로 물러섰고, 우리 사이 간격은 크게 벌어졌다. "올라가서 인사하지 그래?"

소파 옆 테이블 위에 있는 램프는 낯설지 않았다. 아주 오래된 램프다. 긴 원통형에 몸체는 단단한 도자기 재질이고, 꽤 묵직했다. 하지만 그렇게 무겁지는 않다. 아마 어렵지 않게 들어서 아빠의 머리를 후려칠 수 있을 거다. 심지어 부서지지도 않을 것이다.

38

그 정도로 튼튼하다. 아마 엄마는 다행이라고 생각하겠지. 이렇게까지 오래 가지고 있는 걸 보면 이 램프가 정말 마음에 드는 모양이니까.

하지만 집안이 더러워지는 건 싫어할 거다. 아빠 입에서 뿜어져나온 피가 벽이랑 소파에 다 튈 테니까. 게다가 소파는 핏자국이 잘 지워지지 않을 것 같은 재질이었다.

그렇다고 핏자국이 잘 지워지는 소파가 뭔지 아는 건 아니지만.

뒤통수를 가격하면 피가 좀 덜 튈지도 모른다. 게다가 지금 아빠는 내게 등을 돌리고 있으니 그편이 더 쉬울 거다. 전혀 예상도 못 하겠지.

"괜찮니?"

나는 깜짝 놀랐다. 아빠를 죽이는 상상을 하는 도중에 갑자기 아빠가 뒤를 돌아봤기 때문이다. 아빠는 나를 빤히 쳐다봤다.

"너 표정이 이상한데, 무슨 일 있어?"

"비행기 타느라 그냥 좀 피곤해서요."

나는 살인에 관한 생각을 몰아내려 했다. 하지만 내가 만났던 상담사들(나는 상담사들을 꽤 많이 만났다.)은 모두 이런 폭력적인 생각을 단순히 밀어내지 말고 제대로 마주해야 한다고 했다.

나는 가장 최근에 만난 상담사에게 사람을 죽이는 상상을 그만두려고 하면 더 많은 사람을 죽이는 상상을 하게 된다고 털어놓았다. 그 상담사는 그냥 머릿속 생각이 흘러가게 두고 싶다는 내 의견을 존중해 주었다.

그래서 나는 아빠의 머리가 터져 소파에 흩뿌려지는 상상을 계속하며 엄마를 보러 위층으로 향했다.

벤 오웬스의 거짓말에 귀 기울일 것

Episode 1
모두가 사랑했던 사람

사바나의 시신은 사망 후 불과 몇 시간 뒤인 이른 아침에 발견됐습니다. 길 브래드퍼드 씨가 조깅을 하던 중 시신을 발견했죠.

길: 네, 일요일이었어요. 전 일요일엔 늘 오랫동안 조깅을 했거든요. 예전에는 정말 열심히 했는데, 요즘은 무릎이 좀 안 좋아졌어요. 아무튼, 전 버드 에스테이트 근처에 있는 그 길에서 조깅을 하곤 했어요. 화려한 결혼식 같은 행사가 자주 열리는 곳이에요. 사바나는 그 전날 저녁에 그곳에서 열린 결혼식에 갔죠.
그 날, 길을 따라 뛰던 중에 나무들 사이에서 언뜻 분홍색이 비쳤어요. 그 드레스, 사바나의 드레스가 꽤 밝은색이어서 바로 눈에 띄었죠.

벤: 시신을 바로 발견한 건가요? 아니면 드레스만 본 건가요?

길: 드레스를 보고 거의 곧바로 시신을 봤어요. 숨겨져 있지 않았거든요. 해도 안 떴을 정도로 이른 시간이었는데도 한낮처럼 바로 보였어요. 그래서 전 그쪽으로 뛰어가며 아마 큰 소리로 물었던 것 같아요. 도움이 필요한 건지.

하지만 가까이 가 보니 사바나가 이미 죽었다는 걸 알 수 있었죠. 눈을 뜨고 있었고, 창백한 데다 물에 빠진 것처럼 전부 젖어 있었어요. 머리에는 엄청 큰 상처가 있었는데, 누군가가 내려친 것 같았어요. 아시는 것처럼 전날 밤에 비가 정말 많이 왔어요. 제가 집을 나설 때가 되어서야 비가 잦아들었죠.

경찰 드라마에서 본 것처럼 시신에는 손 하나 대지 않고 바로 떨어져서 경찰을 불렀어요. 비 때문에 모든 증거가 씻겨 내려가 버려서 큰 의미는 없었지만요.

궁금하실 분들을 위해 잠깐 설명하자면, 저는 플럼튼 경찰에 여러 번 연락해 이 사건에 대해 말해줄 수 있는지 문의했습니다. 하지만 경찰 쪽은…. 정말 비협조적이었죠. 아주 순화해서 말하자면요. 사바나 하퍼 미제 사건은 플럼튼 경찰에게는 약점이나 다름없고, 팟캐스트에는 어떤 식으로도 협조하지 않겠다는 의지를 아주 분명히 했습니다. 우리는 직접 이 사건을 파헤쳐야 합니다.

벤: 그 전에 사바나를 만난 적이 있나요?

길: 아뇨, 전 마을 외진 곳에 살고, 보통 혼자 지내요. 물론 체이스 가족들은 알았지만, 사바나는 본 적 없어요. 911에 전화할 때도 누군지 몰랐죠.

벤: 경찰이 도착한 후에는 어떻게 됐죠?

길: 주변을 통제하고, 제게 질문을 몇 개 했어요. 길가에서 사바나의

차를 찾았지만, 그날 아침 그 길을 지나간 사람은 아무도 없었어요. 폭우로 길이 완전히 물에 잠겼거든요. 경찰도 나처럼 산길로 내려와야 했죠. 차까지 가는 데 몇 시간이나 걸렸어요.

벤: 다른 하객들은 어떻게 집에 간 거죠?

길: 버드 에스테이트에서 나가는 길은 둘이에요. 좁은 시골길이랑 대로죠. 이후에 들었는데, 사바나와 루시는 비가 오기 전에 결혼식장에서 나갔다고 하더라고요. 그래서 그 좁은 시골길로 간 거죠. 하지만 한 시간쯤 뒤, 다른 하객들이 식장을 떠날 때는 이미 비가 쏟아져 그 시골길에 물이 차기 시작했어요. 그래서 버드 에스테이트 직원들이 그 길을 막아뒀죠. 그래서 다른 사람들은 모두 대로로 간 겁니다.

벤: 그 후에 경찰은 어떻게 했죠?

길: 며칠 후에 제게 경찰서로 와 달라고 했어요. 제 DNA 샘플을 췄고요. 그러지 않아도 됐을 것 같은데, 전 그냥, "사건 해결에 도움이 된다면, 입안을 면봉으로 휘젓든 뭘 하든 맘대로 해요. 상관없으니까. 난 아무도 안 죽였거든요."라고 했죠.

루시는 한 시간 후에 발견됐습니다. 연하늘색 드레스를 입은 채 마을 밖으로 나가는 2차선 도로를 맨발로 걷고 있었죠. 빌리 잭이라는 남자가 가족을 만나러 마을 밖으로 나가는 중에 루시를 발견했습니다.

빌리 잭: 운전을 하다가 그 여자애가 걷고 있는 걸 봤어요. 누가 실종됐다는 얘기 같은 건 못 들었지만, 분명 뭔가 문제가 있는 것 같았죠. 맨발로 비틀거리며 걷고 있었으니까요. 마치 술 취한 사람 같았어요. 그 애는 꽤 좋은 드레스를 입고 있

었어요. 엄청 더러웠고. 진흙에 굴렀거나 무슨 일을 당한 것 같았어요.

그래서 차를 세웠죠. 도움이 필요해 보이는데 그냥 갈 수는 없잖아요. 전 창문을 내리고 그 애를 불렀죠, "아가씨, 괜찮은 거야?"

그러자 그 애가 멈춰 서서 절 쳐다봤어요. 그 순간에…. 젠장, 심장마비가 올 뻔했죠. 그 애 이마가 심하게 부어 있었어요. 옷은 다 젖었고, 화장도 다 녹아 흘러내리고 있었죠. 머리에 피가 엉겨있었던 것 같은데, 확실히는 모르겠어요. 진흙이었을 수도 있죠. 아무튼, 엉망이었어요.

그, 눈앞에 있는데도 거기 없는 것 같은 그런 사람들 있잖아요? 세상에, 그 애는 날 보고 있었지만, 그냥 텅 비어 있었어요. 불만 켜져 있는 빈집 같았죠. 공포영화에 나오는 유령 같았다고요.

아무튼, 그 애는 돌아서서 다시 걸어갔어요. 비틀거림에 가까웠지만. 그래서, 저는, 젠장, 그냥 갈 수가 없었어요. 하지만 그렇다고 내 트럭에 태울 수도 없었죠.

그래서 전 경찰을 불렀고, 경찰이 올 때까지 천천히 뒤를 따라갔어요. 진심으로 걱정됐거든요. 당시에는 몰랐는데, 그땐 경찰이 이미 사바나의 시신을 발견한 후였고, 최악의 상황을 막으려고 모든 인력이 루시를 찾고 있었어요. 어쨌든, 한 경찰이 엄청 빨리 왔어요. 백미러로 보니 거의 시속 160킬로는 밟은 것 같더군요.

그 경찰이 루시를 발견했고 저는 진술을 해야 할 것 같아 잠깐 주변에서 기다렸어요. 그 뒤로 구급차 한 대랑 경찰차 일곱 대 정도가 더 왔죠. 플럼튼에서 그렇게 큰 소동은

본 적이 없어요. 경찰 중 한 명이 제게 사바나 얘기를 해주더라고요. 전, 세상에, 이 애는 정말 운이 좋았던 것 같다고 대답했죠. 그러자 그 경찰이 "맞아요. 제발 범인이 누군지 본 거였으면 좋겠는데 말이에요."라고 하더군요.

그때 그곳에 있던 경찰 중에 그 애가 사바나를 죽였을 거라고 생각하는 사람은 단 한 명도 없었어요. 모두 그 애를 찾아서 다행이라고만 여겼죠. 다들 루시도 죽었을 거라고 생각했으니까요. 그 애를 찾아서 정말 기뻐했어요.

우린 몰랐어요. 꿈에도 생각 못 했죠.

6

발을 디딜 때마다 나무계단이 삐걱거렸다. 내가 어렸을 때와는 비교도 안 되게 낡은 것 같았다. 지금은 예전보다 몰래 나가야 할 일이 훨씬 많을 텐데 큰일이다.

나는 계단을 오르며 아빠를 힐끗 돌아봤다. 부엌에 있는 아빠는 숨을 너무 크게 몰아쉬고 있어서 내 쪽에서도 어깨가 들썩이는 게 보일 정도였다. 많은 사람에게 내 존재가 불편하겠지만, 아빠만큼은 아닐 거다.

안방 문은 조금 열려 있었고, 가습기 소리가 들렸다. 나는 나무 문을 살짝 열었다.

엄마는 마치 커다랗고 하얀 조각상처럼 베개에 등을 기댄 채 발을 쭉 뻗고 앉아 있다. 금발 머리(염색한 거다. 엄마는 나처럼 갈색 머리다.)를 하나로 올려 묶었고, 완벽하게 화장한 얼굴이었다. 엄마가 화장하지 않은 모습은 거의 본 적이 없다. 플럼튼은 사람들이 약속 없이 서로의 집에 들르곤 하는 동네니까.

엄마는 조심스럽게 들어오는 나를 발견하고 미소 지었다. "루시! 아래층에서 목소리가 들리더라니. 들어와."

나는 안으로 들어갔다. 내가 집에 있었을 때 이 방 침대 위 벽에는 엄청나게 정성 들여 고른 사진들, 그러니까 아주 귀여운 내 사진들이 적어도 열댓 장은 걸려있었지만, 지금은 파란색과 하얀색이 섞인 퀼트가 걸려있었다. 아마 엄마가 직접 만들었기 때문일 테지만, 담요에 지는 건 조금 씁쓸하긴 하다.

"엄마, 저 왔어요."

"우리 딸, 어디 한번 안아보자. 내 꼴이 말이 아니긴 한데, 걱정하지 마, 멀쩡하니까."

엄마는 이전보다 나이가 들어 보이긴 했다. 아마 그것 때문에 꼴이 말이 아니라고 한 거겠지. 엄마는 외할머니처럼 좋은 피부를 타고나서 실제 나이보다 열 살은 젊어 보였다. 하지만 쉰다섯이 되면서 이제는 50대에 가까운 모습으로 보이기 시작했다.

나도 엄마 피부를 물려받았지만, 그냥 29살처럼 보였다. 상태가 조금 안 좋은 날은 30대로 보일 수도 있다. 살인 용의자로 살다 보니 빨리 늙어버린 것 같다.

나는 침대로 걸어가 엄마와 짧게 포옹했다. 엄마에게선 향수 냄새가 났다. 아마 비싼 걸 테지만, 난 그런 건 잘 모른다. 내게 향수 냄새는 전부 꽃 향 나는 쓰레기니까.

"얼굴 보니까 좋다." 엄마가 말했다. "그나저나 네 할머니가 생일파티를 한다니. 평소에는 생일날 외식도 안 하려고 하면서 갑자기 가족을 전부 모아서 파티를 연다는 게 말이 되니? 그리고 그걸 2주나 전에 말한다고? 그냥 자기 딸보다 오래 산다고 자랑하려고 날 먼저 죽이려는 것 같아."

대꾸할 말이 없었다. 할머니라면 정말 그랬을 것 같아서다.

나는 침대 모서리에 걸터앉았다. "다리는 어때요? 진통제는 있어요?"

"진통제는 필요 없어." 엄마는 거만하게 손을 흔들었다. 엄마는 나나 아빠보다 텍사스 억양이 심하고, 그래서 무슨 말을 하든 더 친근하게 들렸다. 엄마는 플럼튼에서 나고 자랐지만, 아빠는 대학을 졸업하고 나서 텍사스로 왔다. 나는 몇 년간 이곳을 떠나 지내며 말투가 바뀌었다. 하지만 아쉽지는 않다.

"침대에선 어떻게 일어나려고요?"

"목발을 쓰면 돼." 엄마는 팔을 쭉 뻗었다. "의사가 목발 쓰는 게 어려울 거라고 했는데, 쉽더라고. 그동안 트레이너에게 개인 수업을 받은 보람이 있어."

"언제부터 헬스장에 죽치고 있었던 거예요?"

엄마가 살짝 인상을 찌푸렸다. "표현이 좀 별로네. 나이 들면 운동은 꼭 해야 해. 넌 아직도 러닝머신만 하는 거야?"

"네." 아무 생각도 안 날 때까지 달리는 게 요즘 내가 제정신을 유지하는 유일한 방법이었다.

뭐, 상대적으로 제정신이라는 말이지만.

"내 다리가 나을 때까지 네가 내 헬스장 회원권을 써. 내가 고소 안 할 거라고 말해둘게."

"이렇게 감사할 데가."

엄마는 내 손을 토닥이며 말했다. "여기 있는 동안 어디든 다녀도 돼. 사람들에게 네가 올 거라고 미리 말해둬서 널 봐도 놀라지 않을 거야. 지금쯤이면 소문이 다 퍼졌겠지."

"그렇겠죠."

"나가서 친구들을 봐도 좋을 것 같은데." 아직 내 손을 잡은 엄마는 긴장한 표정으로 나를 쳐다봤다.

"날 보고 싶어 하는 사람은 없어요, 엄마."

"그렇겠지. 하지만 숨을 필요는 없잖아. 넌 부끄러운 짓을 한 적이 없으니까, 안 그래?"

바로 이게 엄마가 진짜 하고 싶은 질문일 거다. 내가 대답해야 하는 질문. 엄마는 셀 수도 없이 다양한 질문으로 내가 새비를 죽인 건 아닌지 끊임없이 물었다. 아마 엄마는 그렇게 묻고 묻다 보면 결국엔 내가 친구의 머리를 내리쳤다는 사실을 털어놓게 될 거라고 생각하는 것일지 모른다. 그 집요함만큼은 인정한다.

"네, 부끄러운 짓은 한 적 없어요." 거짓말이었다.

"그래, 맞아, 내 딸." 엄마는 내가 거짓말한다고 생각할 때마다 이렇게 대답한다.

엄마는 분명 새비가 죽은 날의 기억이 없다는 내 말이 거짓말일 거라고 생각할 거다. 몇 년 동안이나 내가 그날 얘기를 털어놓게 하려고 노력했으니까.

내가 LA로 떠난 뒤 엄마는 내게 집으로 다시 돌아오라고 끈질기게 설득했다. "돌아오면 뭔가 기억이 날지도 모르잖아. 아니면 뭔가 새로운 걸 말하고 싶어질 수도 있고. 새비 장례식은 봤니?"

엄마는 신을 내세워 설득하기도 했다. "다음 생에 용서받으려면 네 죄를 고백하고 속죄해야 해."

논리를 내세우기도 했다. "그날 밤 새비와 함께 있었던 사람은 너뿐이잖아, 그러니 진실을 마주해야 해."

죄책감(엄마가 제일 좋아하는 방법이다.)에 호소하기도 했다. "새비 가족들이 얼마나 힘들어하는지 알아? 가족들은 진실을 알 아야지."

엄마가 가장 바라는 건 내가 새비를 죽였다고 털어놓는 거다. 그게 옳은 일이라고 생각해서이기도 하지만, 그렇게 되면 살인자 의 엄마로서 주목을 받을 수 있어서이기도 했다.

엄마는 교회에서 스타가 될 거다. 용서에 관해 긴 연설을 늘어 놓을 테고. 살인자를 기른 죄책감을 이겨내는 것에 관한 책도 쓸 것이다. 가끔 엄마는 내가 누군가를 죽였다는 것보다 기회를 빼 앗긴 것에 더 화가 난 게 아닐까 하는 생각이 들었다. 엄마는 뭐 든 최고가 되고 싶어 하는데, '살인자의 엄마'로서 최고가 될 기회 를 내가 계속 막고 있으니까.

내가 침대에서 일어서자 엄마의 손이 미끄러지듯 떨어졌다. "뭐 필요한 거 있어요?"

"아니, 괜찮아, 딸." 엄마는 나를 올려다보며 미소를 지었다. 나 는 문 쪽으로 발걸음을 옮겼다.

"그건 그렇고, 네가 들었을지 모르겠는데, 그 팟캐스터가 여기 다시 왔다고 하더라. 혹시 모르니 조심해."

벤 오웬스의 거짓말에 귀 기울일 것

Episode 1
모두가 사랑했던 사람

플럼튼에 온 지 얼마 안 돼 저는 사바나의 어머니 아이비 하퍼에게 초대를 받았습니다. 다음은 아이비와 나눈 대화 중 일부입니다.

벤: 하퍼 부인, 안녕하세요.

아이비: 벤! 드디어 만나네요. 반가워요. 어서 와요. 그리고 아이비라고 불러요.

아이비는 150센티를 간신히 넘는 작은 키에 매번 볼 때마다 금발을 깔끔하게 땋은 모습이었습니다. 벽에 걸린 사진을 보니, 사바나는 어머니를 닮은 것 같았어요.

벤: 와, 이 사진은 몇 살 때죠? 엄마를 꼭 빼닮았네요.

아이비: 10학년 때니까, 15살쯤이네요. 부활절 예배 후에 찍었어요.

사바나는 이 집에서 자랐습니다. 침실이 네 개나 되는 큰 집인데, 가구가 많지 않아 더 넓어 보이네요. 그리고 집 곳곳에는 사바나의 사진이 가득합니다. 벽에도, 테이블 위 액자 속에도, 심지어 TV 화면 속 슬라이드 쇼에도 말이죠.

아이비와 저는 부엌 한구석 햇빛이 잘 들어오는 둥근 테이블에 앉았고, 아이비는 사바나에 관한 얘기를 들려줬습니다. 아니, 새비의 이야기를요. 생전에 사바나를 알던 사람들은 모두 사바나를 그렇게 불렀습니다.

아이비: 새비는 행복한 아이였어요. 늘 그랬죠. 십 대 때도요! 아기 때는 온종일 울어서 정말 힘들었지만, 2살쯤부터는 아주 활발해졌고 무슨 일이든 포기하지 않았어요. 물론 힘들 때도 있었겠지만, 대부분은 정말 밝았죠. 때로는 과할 정도로.

벤: 무슨 뜻이죠?

아이비: 뭐, 전 새비에게 늘 진정하고 천천히 생각해보라는 말을 하곤 했어요. 어떤 일에 꽂히면 곧바로 하려고 했거든요. 새로운 경험을 하는 걸 정말 좋아했고, 모든 걸 한꺼번에 하려고 하는 경향도 있었어요. 그래서 진정시킨 거죠. 앞으로 시간이 많으니 천천히 하라고 달래곤 했죠. 하지만 이제 보니 그 애는 자기한테 시간이 많이 없다는 걸 알았던 것 같아요.

벤: 더 설명해 주실 수 있을까요?

아이비: 새비가 열 살, 열한 살쯤, 우리가 뉴올리언스에 살 때였어요. 새비는 지역에서 하는 로미오와 줄리엣 연극에 나가겠다고 했죠. 줄리엣 역할로요. 전, "새비, 넌 어려서 그 역할은 못 해. 어른만 지원할 수 있는 오디션이야. 십 대면 혹시 모르겠

지만, 넌 겨우 열 살이잖아."라고 말했죠. 새비는 엄청 화를 냈어요. 전 반대했지만, 기어코 오디션에 나가겠다며 저를 조르고 조르더니 어느 날 학교가 끝난 후에 혼자 버스를 타고 그 오디션을 보러 갔더라고요.

벤: 그 역할을 하게 됐나요?

아이비: 아뇨, 다른 작은 역할을 줬어요. 하지만 새비는 그 역이 아니라 줄리엣 역을 하고 싶었죠. 그래서 연극을 하진 않았어요. 결국, 플럼튼 고등학교에서 했던 연극에서는 줄리엣을 맡았어요. 그땐 열다섯 살이었죠. 2학년이 줄리엣을 맡아서 난리가 났었어요.

벤: 새비가 열 살 때 뉴올리언스에 있었다고 말씀하셨는데, 플럼튼에는 언제 오셨죠?

아이비: 새비가 열두 살 때요. 그때 첫째 아이 키튼이 고등학교에 들어가야 할 시기였고, 제롬과 저는 늘 텍사스로 돌아오자고 생각했었거든요. 전 샌 안토니오에서 자랐고, 제롬과 전 여길 정말 좋아해요. 그때 정말 괜찮은 가격에 새 집들을 짓고 있어서 이리로 이사하게 된 거죠.

벤: 루시와 사바나는 학교에서 알게 된 사이인가요?

아이비: 아, 맞아요. 여긴 좁아서요. 아이들이 전부 서로 알아요, 나잇대가 비슷하면 더 그렇죠.

벤: 친구는 아니었고요?

아이비: 네. 공통점이 별로 없었어요. 새비는 치어리더, 학생회 회원, 홈커밍 퀸이었죠. 루시는…. 아니었고요.

벤: 둘은 언제 친구가 됐죠?

아이비: 루시가 다시 이 동네로 돌아왔을 때요. 아시다시피 새비는 대학이 잘 안 맞아서 플럼튼에 돌아온 지 이미 몇 년 된 상

태였어요. 어느 날 일요일에 저녁을 먹다가 말하더라고요. "엄마, 루시 체이스 기억나요?" 사실 전 기억 못 했어요. 그래서 새비가 상기시켜 줬죠. 전에 남자애를 때려서 정학당했던 그 애라고요. 그 시절에 루시는 그 일로 알려져 있었죠.

어쨌든, 새비가 그러더라고요. "걔가 UT에서 만난 남자랑 결혼했는데," 아, UT는 오스틴에 있는 텍사스 대학이에요. "둘이 같이 플럼튼으로 이사 왔데요. '찰스'에 왔더라고요." 찰스는 시내에 있는 비싼 식당이에요. 새비가 거기서 바텐더로 일했거든요.

벤: 그래서 그때부터 친해진 건가요?

아이비: 네. 처음엔 조금 어색했다고 했어요. 루시가 만나자마자 툴레인 대학은 어땠는지 물었거든요. 새비는 1학년만 다니고 그만뒀다는 사실을 말해야 했죠. 새비는…. [긴 한숨]. 그때 새비는 그랬어요. 그 일을 가볍게 넘기려고 스스로를 조롱하는 식으로 얘기했죠. 다른 사람이 자신을 무시하기 전에 먼저 자조 섞인 농담을 하는 거예요. 전 그게 마음에 안 들었어요.

벤: 어떤 말을 했는데요?

아이비: "내 전공은 파티야", "공부는 진짜 못했는데, 사교 클럽에서는 엄청났지" 같은 말을 하고 다녔어요. 그런 말은 할수록 바보 같아 보일 뿐인데, 새비는 바보가 아니었거든요. 툴레인 대학에서 장학금도 받았어요. 고등학교에 다닐 땐 차석이었다고요! 그 애는 그냥 너무 어렸던 거예요. 집을 떠나서 잘 사는 열여덟 살짜리 여자애들도 많지만, 새비는 그렇지 못했을 뿐이에요. 그냥 혼자 살 준비가 덜 된 사랑스러운 아

이였다고요. 루시가 플럼튼으로 돌아왔을 때쯤 새비는 마침내 다시 홀로 설 준비를 시작하고 있었어요.

벤: 처음엔 두 사람 사이가 어색했다고 말씀하셨죠? 그 대학 일 때문인가요?

아이비: 새비 말로는 루시가 처음에는 정말 불편해 보였다고 했어요. 그때 매트가 끼어들어서 상황을 수습했죠. 매트는 늘 그래요. 정말 매력 넘치는 아이죠. 그런데 왜 루시에게 그렇게 관심을 가졌는지는 모르겠어요. 어쨌든 루시와 새비는 다음 날 만나서 술을 마시기로 했대요. 솔직히 전 그 모든 상황이 별로 마음에 들지 않았죠.

벤: 왜죠?

아이비: 루시가 새비를 동정하는 것처럼 들렸거든요. 루시는 돈 많고 잘생긴 남편을 데리고 돌아와서 멋진 집을 샀고, 둘이서 양조장이 딸린 고급 레스토랑을 열 준비를 하고 있었어요. 그러다 대학을 중퇴하고 바텐더로 일하고 있는 고교 시절 홈커밍 퀸을 우연히 마주친 거잖아요? 그럼 뻔하잖아요. 루시는 상황이 역전된 걸 즐기고 있었겠죠.

벤: 새비가 루시에게 그런 느낌을 받았던 건가요?

아이비: 아뇨. 그런 말은 안 했어요. 새비는 루시에게 거의 콩깍지가 씌어 있었거든요. 진짜 모습을 못 본 거죠. 그래서 너무 늦어버린 거예요.

7

내가 열여덟 살까지 지냈던 방은 이제 그때 모습을 찾아볼 수 없었다. LA로 떠나기 전에 내 방을 전부 치워서다. 벽에 걸린 것들을 전부 떼어 박스에 담고, 옷장과 서랍을 비우고, 책상에 있던 오래된 노트나 학교 과제 같은 것들은 모두 버렸다.

가구도 엄마가 바꿔놓은 것 같았다. 싱글 침대는 퀸사이즈가 되었고, 서랍장과 책상도 새것이었다. 내가 쓸 때와는 완전히 달라졌다. 다행이라는 생각이 들었다.

나는 가방에서 노트북을 꺼내 돌처럼 딱딱한 침대 위에 털썩 내려놓았다. 엄마는 다른 사람이 뭐라고 하든 푹신한 침대가 허리에 안 좋다는 생각을 굽히지 않았다.

이메일이 몇 개 와 있었다. 책에 관련된 메일 몇 개, 나를 욕하는 메일 한 개('누구랑 자고 풀려났냐? 이 나쁜 년!'), 그리고 내

에이전트인 오브리가 보낸 메일 한 개. 늘 긍정적인 오브리 바르가스는 그 팟캐스트를 전혀 걱정하지 않는다며 느낌표가 엄청나게 많이 들어간 이메일을 보내주었다. '평소처럼 실명은 절대 공개 안 할 거예요! 텍사스에서 즐겁게 시간 보내고 오세요!'

그럼요, 오브리. 엄청 즐거울 거예요.

소셜 미디어 알람도 산처럼 쌓여있었다. 나는 그 알람들을 빠르게 넘겨봤다. 내가 지금 활발히 사용하는 건 '에바 나이틀리'라는 이름으로 된 계정 정도다. 한때는 인스타그램, 페이스북, 트위터까지 했지만, 이미 오래전에 전부 접었다. 너무 위험하다고 느껴졌다. 나는 그 팟캐스트가 방송되기 전까지는 소셜 미디어의 레이더망 아래 바짝 엎드려 숨어 살았다. 일부러 운을 시험하고 싶지는 않았으니까.

에바 나이틀리는 항상 명랑하고 쾌활한 로맨스 작가로, (온라인에서만 만나는) 친구도 많다. 가끔 소설 속 캐릭터를 죽이기는 했지만, 진짜로 사람을 죽였다고 생각하는 사람은 아무도 없었다.

나는 독자들이 페이스북에 남긴 댓글들을 읽기 시작했다. 몇몇 사람이 내 최근 작품에서 악랄한 전 남자친구로 나온 클레이턴에 대해 논쟁을 벌이고 있었다.

'마지막에 클레이턴이 의문의 죽음을 맞이할 거라고 생각한 건 저뿐인가요?' 작성자는 앰버 허튼이었다.

'아니에요!' 에리카 버튼이 댓글을 남겼다. '포피가 '네가 내일 당장 사라진다 해도 널 그리워할 사람은 아무도 없어, 클레이턴'이라고 말했을 때, 전 포피가 저 자식을 죽이겠구나! 하고 생각했어요. 그리고 그렇게 된다고 해도 전 전혀 슬프지 않을 것 같아요!'

'ㅋㅋㅋ,' 앰버가 답변했다, '100%죠. 진짜 이상한 로맨스 소설이라고 잠깐 생각하기도 했어요. 보통 여주인공이 누굴 죽이지는 않잖아요.'

'에바, 연쇄살인에 관한 소설도 한 번 써 봐요!'

나는 코웃음을 치며 댓글을 달았다. '그것도 괜찮겠네요. 모두 조심해요. 이제 곧 살인 사건이 벌어질 테니까!'

내 댓글이 달리자마자 좋아요가 늘어나기 시작했다. 내가 누군지 알고 나서도 저들이 이 말을 재미있다고 생각할지 궁금해졌다.

"루시, 저녁 먹어!" 아래층에서 엄마가 부르자, 나는 다시 열여섯 살이던 그 시절로 돌아간 것 같았다. 아무리 생각해도 그냥 호텔에 묵었어야 했다.

저녁을 만드는 건 아빠 몫이었다. 부모님 모두 요리를 하지만, 대부분은 아빠가 한다. 요리를 더 잘하기도 하고, 화가 났을 때 가스레인지 위에 냄비를 큰 소리로 쾅쾅 내려놓는 걸 좋아하기 때문이다.

오늘은 그 소리가 정말 많이 들렸다.

나는 할머니를 데리러 가겠다고 했지만, 할머니는 피곤하다며 내일 아침에 오라고 했다. "할머니가 피곤하다는 건 지금 취했다는 뜻이야." 내가 전화를 끊자마자 엄마는 친절하게도 설명을 덧붙였다.

나는 어쩔 수 없이 부모님과 식탁에 마주 앉았다. 엄마와 아빠는 연합이라도 한 듯 내 맞은편에 함께 앉았다. 아니, 항상 그랬던 것 같기도 하다. 어쩌면 서로를 마주하기 싫은 것일지도 모른다.

나는 구운 닭 요리를 한 입 베어 물었다. 나를 향한 아빠의 실망이 요리에는 영향을 미치지 않았나 보다. 사람들은 사랑이 들어간 요리가 더 맛있다고 말하곤 한다. 파이를 직접 만들어 보면 예전에 할머니가 만들어주던 그 맛이 안 난다고, 분명 사랑이 담겨 있어서 그 요리가 더 맛있는 거라고.

그건 다 개소리다. 버터를 더 넣었거나 더 비싼 설탕을 썼겠지.

아빠가 만든 요리가 그 증거다. 이 요리는 사랑으로 만든 게 아니다. 분노와 실망으로 만들었다. 그런데도 미친 듯이 맛있다.

"일은 어때, 루시?" 엄마는 복숭앗빛이 도는 긴 손톱으로 닭가슴살 껍질을 천천히 벗겨서 접시 한쪽에 놓아뒀다. 나는 어쩐지 그 모습이 좀 창피했다.

나는 엄마가 아닌 내 접시에 시선을 고정한 채 말했다. "괜찮아요. 평소랑 똑같아요." 부모님이 내가 잘렸다는 사실을 알 필요는 없다. 이제 부모님에게 내 평판은 더 낮아질 데도 없으니.

"잘됐네. 아직도 그 교육 출판사에서 일하고 있는 거지? 교정 작업 같은 거 하면서?"

"네." 그런 일을 몇 달간 하긴 했었다. 2년 전에. 그 정도면 최근이다.

"넌 항상 맞춤법이랑 문법에 예민했지. 던, 기억나지? 얘가 교회 주보에 틀린 부분을 일일이 표시해서는 목사님께 드리곤 했잖아."

"기억하지." 아빠가 말했다. "아마 젠은 그 원한을 평생 간직하고 있을 거야."

"젠이 주보를 엉망으로 만든 게 잘못이지."

내 대답에 엄마는 웃었다. 사실이었으니까. 그 주보들은 정말 창피한 수준이었다. 몇 년 동안은 설교 중에 주보의 맞춤법이 몇 개나 틀렸는지 세며 시간을 보냈지만, 열다섯 살쯤 되자 더는 참을 수가 없었다. 예배가 끝난 후에 목사님께 내가 고친 주보를 건넸다. 매주 주보를 작성하는 일을 하던 교회 사무원인 젠에게는 그런 내가 완전 못된 악마처럼 보였을 것이다.

결국, 내가 교회 소식지에 '공개 행사(Public Events)'가 '음부 행사(Pubic Events)'라고 쓰여있다고 지적한 후, 젠이 하던 일은 다른 사람으로 교체되었다. 내 친구들은 그걸 보고 완전히 뒤집어졌었다. '플럼튼 침례 교회 음부 행사'라고 적힌 소식지는 우리가 살면서 본 것 중 가장 웃긴 광경이었으니까.

젠은 교회의 다른 업무를 맡게 되었지만, 그 후로 나를 싫어하는 티를 엄청나게 냈다. 자기 일을 제대로 확인하지 않은 건 내 탓이 아닌데 말이다.

아직도 (우리 부모님을 제외하고) 그 일을 기억하는 사람은 아마 없을 것이다. 그 후 몇 년간 벌어진 사건에 비하면 교회 소식지를 첨삭한 일 같은 건 아무것도 아니었다.

벤 오웬스의 거짓말에 귀 기울일 것

Episode 2
그 애라면 아무렇지 않게 사람을 찌를 거예요.

사바나에 관한 정보는 정말 많았습니다. 사바나의 가족과 친구들은 사바나의 삶이 어땠는지 기꺼이 얘기해줬죠. 하지만 루시는 어떻죠? 아직 베일에 싸여 있습니다. 제가 만난 많은 사람들은 루시가 아닌 사바나에게 초점이 맞춰지길 원했어요. 살해당한 건 사바나니까요.

하지만, 사바나에 대해 이야기하려면 루시에 대한 것도 알아야 합니다. 그래서 전 사람들에게 루시에 대한 정보와 루시가 이 사건이 일어나기 전에는 어떤 사람이었는지 캐물었죠. 플럼튼에서 루시와 함께 자랐고, 같은 학교에 다녔던 로스 아이어스는 이렇게 말했습니다.

로스: 그러니까, 루시는…. 어렸을 땐 괜찮았어요. 나름 착한 애였던

것 같아요. 하지만 나중엔… 음, 뭐랄까….

벤: 나중엔 어땠는데요?

로스: 설마 살인자한테도 말을 조심해야 하는 건 아니겠죠? 젠장. 그냥 말할게요. 루시는 나쁜 년이었어요. 정말 말도 못 하게 나쁜 년.

8

다음 날 아침, 나는 할머니 집으로 향했다. 함께 가자는 내 제안을 엄마가 거절하기를 바랐지만, 엄마는 목발을 짚고 절뚝거리며 내 차에 올라탔다.

"할머니가 집 사진은 보내줬니?" 익숙하게 플럼튼 거리를 운전하는 내게 엄마가 물었다.

"아뇨."

"말도 마, 정말 끔찍해. 창피할 정도로."

"흠."

나는 할머니 집 앞에 서서 머리를 갸웃거렸다. 할머니 집은 엄마 말처럼 끔찍하진 않았지만 정말 이상하긴 했다.

엄마는 땅에 목발을 딛고 내 옆에 서서 불평을 늘어놨다.

"네 할머니가 이전 집을 팔고… 물론 값은 잘 받았지만, 그리고…, 이걸 사셨어."

"핑크색이네요."

"그래."

"이 정도면 미리 얘기는 해줬어야 할 것 같은데."

"일부러 핑크로 칠한 거야. 원래는 갈색이었어."

"흠."

"20평 정도밖에 안 돼. 대체 누가 20평짜리 집에 살려고 하겠어?"

"할머니요."

"그리고 바퀴는 왜 있는 거야? 어디로 가져가려고? 한 번도 텍사스 밖을 나가본 적이 없는 분인데."

솔직히 적절한 지적이었다.

이 조그만 집은 사실 꽤 귀여웠다. 바퀴 달린 네모난 상자 같은 집인데, 어딘가 매력이 있었다. 단순히 밝은 핑크색 때문만은 아니었다. 나무로 둘러싸인 땅에 자리 잡은 그 집은 왼쪽으로 정원이 있고, 앞에는 의자 두 개와 작은 테이블이 놓여 있었다.

그때, 문이 열리고 할머니가 걸어 나왔다. 할머니는 밑단에 흰색 데이지 무늬가 있는 헐렁하고 빛바랜 하늘색 드레스를 입고 있었다. 회색빛 머리는 동그란 모양으로 깔끔하게 올려 묶었고, 집과 비슷할 정도로 밝은 핑크색 립스틱을 발랐다. 나도 여든 살에 저렇게 멋지면 좋겠다.

"루시!" 할머니가 두 팔을 넓게 벌리며 다가왔다.

나는 잔디를 가로질러 할머니를 끌어안았다. 내가 몸을 덴 후에도 할머니는 내 팔을 잡고 나를 바라보았다.

"내가 제일 좋아하는 손주. 비교도 안 되게 제일 예쁘기도 하고."

"엄마, 그런 말은 하지 마요. 다른 애들 서운하겠어요."

엄마가 내 옆에 서서 투덜댔다.

"다른 애들 앞에서는 안 하면 되지. 어서 들어와! 아이스티 만들어뒀어."

할머니를 따라 집안으로 들어서자, 바깥의 열기에서 막 벗어난 얼굴에 차가운 바람이 쏟아졌다. 엄마는 몸을 떨었다. 집이 작아서 좋은 점 하나는 여름에 금방 시원해진다는 거다. 할머니는 집을 꽁꽁 얼리는 데에 가깝지만.

할머니는 작은 공간을 정말 잘 활용하고 있었다. 오른쪽에는 작은 주방이 있고, 왼쪽에는 소파가, 소파 맞은편에는 TV가 걸려 있었다. 나는 잠시 할머니가 소파에서 자는 건 아닌가 생각했지만, 곧 벽 안에 밀어 넣은 접이식 침대가 보였다. 문을 커튼으로 대신한 욕실도 구석에 있었다.

"앉아, 캐슬린, 목발을 짚고 있으니까 내가 다 불안하다." 할머니가 소파를 가리키자, 엄마는 순순히 앉았다. 나는 엄마의 목발을 벽에 기대놓았다.

"봐, 누가 오면 테이블을 옮기기만 하면 되잖아!" 할머니는 작은 테이블을 소파 앞으로 밀었다.

나는 할머니가 테이블 밑에서 꺼낸 의자에 앉으며 말했다. "좋네요."

엄마는 할머니에게 동조해 주지 말라는 듯 나를 쏘아봤다. 할머니는 주전자를 들어 유리컵 세 개에 아이스티를 따른 뒤 테이블에 턱 내려놓았다. 레드 와인을 마실 때 쓰는, 다리 없는 둥근 유리컵이었다. 내가 이걸 아는 이유는 네이선이 와인에 대해서는 못 봐줄 정도로 허세를 부렸기 때문이다. 난 그냥 캔 와인을 그대로 마시는 걸 좋아하는 사람이다.

"네가 좋다니 다행이네. 네 엄마는 여길 엄청 싫어하거든."

나는 차를 한 모금 길게 마시고 할머니에게 미소를 지었다. 할머니는 아이스티를 달게 마실지, 덜 달게 마실지 묻지 않는다. 할머니에게 아이스티를 만드는 방법은 단 한 가지뿐이다. 컵 바닥에 설탕 알갱이가 남을 정도로 달게 만드는 것. (나도 그게 맞다고 생각한다.)

엄마는 언짢은 모습으로 팔을 휘저었다. "원래 방 세 개짜리 집에 살았잖아요! 여긴 집이 아니라 벽장이죠!"

"작은 집이 유행이야. 어린애들이 얼마나 좋아하는데."

"엄마는 안 어리잖아요."

할머니는 어깨를 으쓱했다.

엄마는 미간에 주름을 잡으며 나에게 말했다. "전에 할머니가 살던 집은 정말 예뻤잖아. 주방에 큰 창이 있고, 뒤쪽엔 일광욕실도 있고."

엄마는 마치 내가 그 집을 기억하지 못하는 것처럼 말했다. 어린 시절 큰소리와 긴장감으로 가득했던 집에 가기 싫어 저녁때마다 할머니가 살던 그 집으로 도망치지 않았던 것처럼. 그때 할머니와 나는 부엌 식탁에 앉아 입맛을 다 버려 놓을 사탕을 먹으며 커다란 창문 밖으로 늘 작은 개를 쫓아다니는 이웃을 바라보곤 했다.

"그 일광욕실은 너무 덥긴 했어요." 내가 답하자, 엄마는 한숨을 내쉬었다.

할머니는 고개를 끄덕이고는 선반에 있는 보드카를 집어서 아이스티에 조금 따랐다.

"엄마, 아직 열두 시도 안 됐잖아요."

"그래서?" 할머니는 보드카를 조금 더 부었다. "루시, 너도 마실래?"

"아뇨, 괜찮아요." 나는 웃지 않으려 애썼다.

"70대에 알코올 중독이라니, 이해가 안 돼요."

"뭐가? 알코올 중독되기 딱 좋은 나인데. 여긴 젠장 맞게 지루하잖아." 할머니는 테이블 끝자리에 앉으며 말했다.

나는 웃지 않으려고 입술을 꽉 물었다. 엄마가 뭐라고 중얼거렸지만 작아서 들리지 않았다.

"오늘은 그냥 좀 넘어가자, 알았지?" 할머니는 보드카를 섞은 아이스티를 쭉 들이켰다. "나한테 온갖 간섭을 해대는 건 루시가 LA로 돌아간 다음에 해."

엄마는 한숨을 길게 내쉬었지만, 별다른 말은 하지 않았다. 그러고는 옷깃을 정리하면 이 상황을 해결할 수 있기라도 한 것처럼 연녹색 블라우스 앞부분을 가다듬었다.

"LA는 어때? 네이선은?" 할머니가 물었다.

"으음…. 곧 헤어질 것 같아요." 아직 네이선이 용기를 내서 공식적으로 날 차버린 건 아니지만, 오늘 아침 '돌아오면 얘기 좀 해'라는 문자를 받긴 했다. 아직 답장은 하지 않았지만.

엄마는 살짝 인상을 쓴 채 할머니에게로 눈길을 옮겼다. 엄마는 네이선을 몰랐다. 보아하니 엄마는 내가 할머니와 얼마나 자주 이야기하는지 모르는 것 같다. 엄마보다 할머니와 훨씬 더 많이 이야기를 나눈다는 걸.

할머니 역시 엄마의 표정을 알아차리고 기뻐하는 눈치다. "플럼 튼에 와보니 어때? 떠났을 때랑 달라졌어?"

"조금요. 스타벅스가 생겼던데요."

엄마는 아이스티를 한 모금 마시더니 얼굴을 찌푸리고는 잔을 내려놓고 테이블 구석으로 밀었다. "파티에선 뭘 할 건지 생각해 봤어요?"

"그럼, 리스트도 작성했어." 할머니는 여든 살이라고는 믿기지 않는 움직임으로 튀어 오르듯 의자에서 일어서더니 주방 조리대 한쪽에서 종이 한 장을 집어 들어 내게 건넸다. 초대할 사람들의 이름, 음식, 칵테일 리스트가 적혀 있다. 맨 밑에는 가장 크고 굵은 글씨로 이렇게 쓰여 있었다. '파이.'

"케이크가 아니고요?" 나는 글씨를 가리키며 물었다.

"응. 서로 다른 파이로 여러 개. 그래도 피칸 파이는 꼭 있어야 해. 사과 파이도. 아, 복숭아 파이도."

나는 웃음을 터뜨렸다. "알았어요. 이건 아빠가 알아서 할 거예요."

엄마는 고개를 끄덕였다. "던은 사과 파이를 정말 잘 만드니까요."

할머니가 나를 보며 물었다. "그 라디오 진행자가 여기 와있는 건 알고 있니?"

"팟캐스터예요, 엄마. 요즘엔 다 팟캐스터라고 불러요." 엄마는 나를 힐끗 쳐다보더니 이내 재빨리 시선을 돌렸다.

"엄마가 알려줬어요." 나는 팔에 돋은 소름을 쓰다듬으며 대답했다.

주방 조리대에 아직 큰 보드카 병이 나와 있었다. 내가 그 병을

엄마의 머리에 휘두르는 상상을 하자 나직한 목소리가 내 귀에 속삭였다. '죽여버리자—'

"그 사람이 너한테 연락한 적 있어?" 할머니가 물었다.

'죽여버리자—'

'지금은 안 돼.' 머리를 세차게 젓자 속삭이던 목소리가 사라졌다. "메일을 보냈어요."

엄마가 눈을 깜빡이며 물었다. "뭐라고 보냈는데?"

"인터뷰하자고요."

"넌 뭐라고 했어?"

"답장 안 했어요."

엄마는 혀를 찼다. "그럼 실례잖아."

"전 새비에 관한 메일엔 답장 안 해요."

"그래, 그럴 수 있지." 할머니가 말했다.

"그 팟캐스터는 정말 괜찮은 사람 같았는데." 엄마가 의자에 등을 기대며 말했다.

"당연히 그랬겠지. 너한테 원하는 게 있었으니까." 할머니는 다시 내게로 시선을 돌렸다. "여기 있는 동안 사람들은 만날 거니? 예전 친구들은?"

나는 코웃음 쳤다.

"저한테 친구가 어딨어요?"

벤 오웬스의 거짓말에 귀 기울일 것

Episode 2
그 애라면 아무렇지 않게 사람을 찌를 거예요.

대학을 졸업한 후 플럼튼으로 다시 돌아온 루시는 '블록'이라고 불리는 동네로 이사했습니다. 이 동네에 블록이라는 이름이 붙은 건, 사실 주거지 몇 블록이 모여 정사각형을 이루고 있었기 때문입니다. 플럼튼 중심가에서 걸어서 갈 수 있는 거리에 있지만, 한때는 플럼튼에서 가장 성장이 더뎌서 꽤 낙후된 지역이었습니다.

약 20년 전, 이 블록에 있는 오래된 집들은 철거하고 새로 짓거나 리모델링 되었습니다. 그래서 이 지역은 금세 젊고 부유한 부부들에게 유명해졌고, 지금은 플럼튼에서 가장 부유한 지역에 속합니다.

매트와 루시는 바로 이곳에 있는 햄프턴 하우스를 샀고, 동네는 그 소식으로 떠들썩했습니다. 저는 이 지역이 재개발되던 초기에 이사한 조안나 클락슨 부부와 이야기를 나눴습니다.

에너지가 넘치는 조안나는 화사하고 거대한 주방을 끊임없이 돌아다니며 제게 무언가를 만들어주려고 했고, 저는 조안나를 겨우 자리에 앉혀 함께 대화를 나눌 수 있었습니다.

조안나: 햄프턴 하우스는 20세기 초에 지어졌어요. 크고 아름다운 집이죠. 70년대에는 박물관으로 쓰이다가 90년대에 문을 닫았고, 이 지역이 내리막길을 걸으면서 함께 잊혔죠. 여길 재개발할 때도 햄프턴 하우스는 철거하지 않았어요. 대신 내부를 리모델링해서 멋지고 매력적인 집으로 바꿔놨죠. 엄청 큰 창문이랑 베란다로 둘러싸여 있는데…. 혹시 보셨어요?

벤: 네, 여기 오기 전에 잠깐 들렀어요.

조안나: 정말 멋진 곳이에요. 한동안 그곳을 숙박 시설로 바꾸자는 얘기가 있었다고 들었어요. 하지만 그건 취소됐고, 처음엔 플럼튼의 시장인 데일이 그 집을 샀어요. 데일 부부가 몇 년간 살다가 매트와 루시가 이곳에 오기 직전에 내놨죠. 집을 사겠다는 사람이 꽤 있었는데, 루시 때문에 데일이 두 사람에게 집을 판 거예요.

벤: 데일이 루시를 알았나요?

조안나: 루시의 부모님을 알았죠. 그분들을 모르는 사람은 없거든요. 루시가 정말 운 좋게 돈 많은 남자랑 결혼했다고 생각했던 기억이 나요. 남편이 아니었으면 그런 집은 절대 못 샀을 테니까요. 사실 플럼튼 사람들 대부분이 루시가 매트를 만난 건 정말 엄청난 행운이라고 생각했어요.

벤: 그래요? 매트의 평판이 좋았나요?

조안나: 그럼요. 모두 매트를 정말 좋아했어요. 그리고 두 사람은…. 뭐, 말 그대였어요.

벤: 어떤 말이요?

조안나: 남자들이요. 미안해요, 기분 나쁘게 듣지 않았으면 하는데, 매트와 루시는…. 남자들은 여자 외모만 본다는 그 말 그대로였어요. 루시는, 뭐, 예쁘긴 하지만….

벤: 하지만?

조안나: 뭐, 그렇게 예쁘면 좀 안 착해도 괜찮잖아요, 안 그래요?

벤: 그래도 친구가 많았죠? 꽤 사교적이었던 것 같은데.

조안나: 글쎄요.

저는 고등학교 시절 루시와 친했던 니나 가르시아와도 이야기했습니다. 니나는 플럼튼 근처 병원에서 간호사로 일하고 있습니다. 제가 도착했을 때도 분홍색 수술복을 입고 있었고, 핀 사이로 짙은 색 머리카락이 흘러내려 있었죠.

니나: 죄송해요, 12시간 근무가 막 끝나서요. 엉망이네요. 뭐라고 하셨죠?

벤: 루시가 다시 이사 온다는 소식을 들었을 때 놀라셨나요?

니나: 아뇨, 전혀요. 루시의 가족, 그러니까 어머니 쪽 가족은 플럼튼에 계속 살았으니까요. 아마 이곳에 최초로 정착한 가문 중하나일 거예요. 그리고 루시는 새비처럼 치어리더 같은 타입은 아니었지만, 이 작은 도시에서 사는 걸 좋아했어요. 루시는 플럼튼이 마치 '스타스 할로우'같다고 말하곤 했죠.

벤: 스타스 할로우는 처음 듣는데요. 그게 어디죠?

니나: 길모어 걸스(상류층 가정에서 자란 여주인공이 어린 나이에 낳은 딸과 함께 사는 삶을 그린 미국 가족 드라마 - 옮긴이)에 나오는 마을이잖아요, 벤. 2000년대 초반 드라마 공부 좀 더 해야겠네요.

벤: 그래야겠어요.

니나: 와인을 많이 마신다는 게 다르지만요. 와인을 훨씬 많이 마시고 카우보이 부츠를 신고 다니는 스타스 할로우인 거죠. 어쨌든, 루시와 저는 대학에 가면서 조금 멀어졌어요. 서로 다른 대학에 갔거든요. 하지만 매트와 결혼한 후에 플럼튼으로 돌아온다는 문자를 받고 정말 기뻤어요. 매트가 루시의 부모님을 뵈러 플럼튼에 왔다가 여길 엄청 좋아하게 됐대요. 그래서 양조장이 있는 식당을 열기로 한 거고요. 잘될 거라고 생각했을 거예요, 여긴 관광객이 많이 오니까요. 와인에 관심 없는 남편들에게 인기를 끌 수도 있다고 생각했겠죠. 하지만 잘 안됐나 봐요. 그 식당은 몇 년 만에 문을 닫았거든요.

벤: 그럼 루시가 돌아오고 난 후에 바로 교류가 있었던 건가요?

니나: 어…. 그게 그러니까, 그럴 줄 알았어요. 하지만 우리 둘 다 예전과는 달라졌고, 곧바로 다시 친해지는 건 힘들었어요. 저는 막 첫째 아이 출산을 앞두고 있었고, 루시는 아이를 가질 생각이 전혀 없어서 공통점이 많지 않았죠. 그리고 제 전남편은…. 음, 제가 집에 있기를 바랐거든요. 게다가 그때 루시는 새비와 친해졌고, 이웃에 사는 여자들 몇몇과 어울려 다니기 시작했어요. 그래서 루시와 제 사이는 좀 흐지부지됐죠. 고등학교 때 친했다가 어른이 되고 나서 멀어지는 경우도 많잖아요?

벤: 그렇죠.

니나: 그리고 루시와 새비는…. 그 둘 사이는 거의 집착에 가까웠어요. 그런 거 아세요?

벤: 잘 모르겠네요.

니나: 남자들 사이에선 좀 드문 것 같더라고요. 그래도 가끔은, 뭐

랄까, 소울메이트 같은 사람을 만날 때가 있잖아요. 연인이 아니라 친구로서. 정말 가까운 사이가 되는 거죠. 새비랑 루시는 친구로서 서로에게 소울메이트였어요.

벤: 그렇게 가까운 관계라면 기복도 심했을 텐데요. 두 사람이 싸우기도 했나요?

니나: 거기까지는 모르겠어요. 전 두 사람하고 어울리지 않았으니까요.

벤: 들리는 말로는 루시가 쉽게 화를 내는 성격이었다는데. 그런 모습을 본 적이 있나요?

니나: 그러니까…, 글쎄요. 루시가 남자였어도 사람들이 그렇게 말했을까요? 필요한 순간에 자기 주장을 할 줄 아는 사람이라고 했겠죠.
그래서 저는, 루시가 자기 신념을 굽히지 않는 용기 있는 사람이었다고 생각해요.

9

마트에 들어서기 전까진 오늘이 토요일인 줄도 몰랐다. 직장에서 잘리고 나니 날짜 감각이 사라져 버렸다. 하지만 분명 오늘은 토요일이 맞는 것 같다. 플럼튼 사람들이 전부 마트에 장을 보러 나왔기 때문이다.

나는 이곳에 발을 들이는 순간 모든 사람이 날 알아본다는 걸 느꼈다. LA에서는 나를 알아보는 사람이 아무도 없었다. 그 팟캐스트가 나오기 전까지, 나는 그저 인터넷 한구석에서 살인 사건에 집착하는 사람들에게만 유명할 뿐이었다. LA에는 나 말고도 흥미로운 사람이 훨씬 많았다. 하지만 플럼튼에서는 내가 제일 유명한 사람이다.

나는 백발에 헬멧을 쓴 여자가 노골적으로 나를 쳐다보는 모습을 모른 체하며 카트를 밀고 큰 쓰레기통을 지나쳤다. 혹시 내가 아는 사람일까? 그동안 나는 새비를 제외한 모든 플럼튼 사람에 관한 기억을 지우려 애썼다. 모순적이게도 내가 기억하고 싶은 기억은 새비에 관한 것뿐이다.

엄마는 집에 필요한 달걀이나 빵, 파티에 필요한 물건 몇 개가 적힌 리스트를 줬다. 나는 최대한 빠르게 카트를 밀고 통로를 지났다. 엄마가 버터밀크를 사 오라고 하진 않았지만, 아빠가 비스킷을 만들어주지 않을까 싶어 하나 집었다. 초코케이크도. 이왕 플럼튼에 왔으니, 적어도 아빠가 한 음식은 실컷 먹어야겠다.

나는 카트 안에 음식을 산더미처럼 쌓고, 사탕도 몇 봉지 넣은 다음(머릿속에서 살인을 멈추지 못한다는 걸 제외하면 달콤한 간식은 내 제일 큰 약점이다.) 사람들이 길게 늘어선 계산대로 향했다.

"루시?" 정말 놀란 듯한, 익숙한 목소리가 가게 안에 쩌렁쩌렁 울린다. 적어도 이 안에 있는 사람 중 반절은 들었을 거다.

나는 목소리의 주인을 찾으며 흠칫 놀라지 않으려 애썼다. 바로 옆줄에 니나 가르시아가 말 그대로 입을 쩍 벌린 채 서 있다.

"와. 안녕." 니나는 인사하며 엉덩이에 손을 짚었다. 지난번에 봤을 때보다 조금 커진 것 같았다. 사실 니나는 엉덩이뿐만이 아니라 몸매가 전체적으로 풍만했다. 허리를 강조하는 드레스가 잘 어울리는 그런 체형이다. 나는 그런 드레스가 정말 안 어울려서 각목에 자루를 씌워놓은 것 같은 꼴이 되었다.

"안녕, 니나." 나는 애써 미소 지으며 대답했다. 새비가 죽기 전에도 니나와 제대로 얘기한 적이 없었지만, 이틀 전에 그녀가 나온 팟캐스트를 들은 후에는 괜히 고마운 마음이 들었다.

"이리 와, 한 번 안아보자!" 니나는 훌쩍 다가오더니 뭐라 반응하기도 전에 나를 끌어안았다. 길고 구불구불한 머리카락에서 인위적인 코코넛 향이 풍겼다.

나는 니나의 친근함에 어떻게 반응해야 할지 혼란스러웠다. 아마 텍사스 특유의 문화일 것이다. '상대방을 증오하지만 아무 문제없는 척'하는 텍사스 사람들의 가짜 친근감이라고나 할까.

하지만 팟캐스트에서 니나는 나를 그렇게 싫어하지는 않는 것 같았다. 적극적으로 나를 옹호한 건 아니지만, 낭떠러지 밑으로 떠밀지도 않았다. 날 끔찍한 사람처럼 보이게 할 고등학교 시절 에피소드를 정말 많이 알고 있었을 텐데도.

니나의 행동을 어떻게 받아들여야 할까. 차라리 니나가 마트 건너편에서 내게 "트럭에나 치여 버려!"라고 소리쳤다면 훨씬 마음이 편했을 것이다.

그런데 포옹이라니. 너무 어색하다.

나는 니나의 등을 살짝 토닥이고는 최대한 어색하지 않은 표정을 지으려 노력했다.

"네가 온다는 소문은 들었는데, 사실 안 올 거라고 생각했거든." 니나는 손가락을 세워 나를 위아래로 가리키며 말했다. "그건 그렇고, 얼굴 좋다. 로스앤젤레스는 어때?"

"어… 좋아. 알잖아, 거긴 날씨가 좋아서."

"아, 그렇겠지. 전에 한 번 가본 적 있어. 그 배우들이 손바닥 자국 찍은 곳이랑 관광객들이 가는 그런 곳들 말이야." 불현듯 니나는 내 뒤에 있는 무언가에 시선을 옮겼다. 뒤를 돌자, 두 여자가 나를 빤히 쳐다보고 있었다. 그중 한 명은 나와 눈이 마주치자 사납게 노려봤다.

그 여자는 가위 선반 옆에 서 있었고, 나는 가위의 포장을 뜯어 그 여자의 목에 찔러 넣는 상상을 했다.

'저 여자 목에 가위를 찔러 넣으면 피가 엄청 튈 거야, 죽여버리자—'

젠장. 그 목소리가 다시 들려왔다.

나는 애써 못 들은 척하며 그 목소리가 다시 희미해지기를 바랐다. 플럼튼을 떠난 후로는 정말 잠잠했는데.

'죽여버리자—'

"어머니는 잘 지내서?" 니나가 물었다. "다리가 심하게 부러졌다고 들었는데."

나는 내게 적대적인 눈길을 보내는 두 여자에게서 몸을 돌렸고, 곧 목소리가 잦아들었다. "괜찮은 것 같아. 우리 엄마 잘 알잖아."

"그럼, 알지." 니나는 웃으며 말했다. "할머니 생일파티 때문에 온 거야, 아니면…?"

"그게 아니면 여기에 뭐하러 왔겠어?"

니나는 당황한 것 같았다. "음, 뭐, 벤이 여기 왔길래…. 너도 들었지?"

그 재수 없는 팟캐스터 얘기가 나오자 심장이 발끝까지 쿵 떨어졌다. 나는 그 남자가 주위에 숨어있기라도 한 것처럼 주위를 빠르게 둘러봤다.

"응, 엄마한테 들었어."

니나는 잠시 입술을 깨물더니, 조금 편안해진 표정으로 다시 카트를 앞으로 밀고 갔다. 니나는 과자와 립밤이 늘어선 선반에 너머에서 몸을 기울이며 말했다. "곧 한번 보자. 내가 전화할게. 애들 보러 와야지."

"그래."

니나가 진심으로 내게 아이들을 보여주고 싶을 리 없었다. 나는 아이들에게 보여줄 만한 사람이 아니다. 이번에는 정말 예의상 하는 말일 것이다.

니나는 미소 지으며 말했다.

"곧 연락할게, 루시."

벤 오웬스의 거짓말에 귀 기울일 것

Episode 2
그 애라면 아무렇지 않게 사람을 찌를 거예요.

저는 루시의 과거 친구들, 루시와 함께 자란 많은 사람과 이야기를 나눴습니다. 그런데 대화를 나누면서 등장하는 공통적인 주제가 있었습니다.

질: 루시는 성격이 안 좋아요. 그 애라면 아무렇지 않게 사람을 찌를 거예요.

질 로페스는 이렇게 말했습니다. 루시와 사바나가 살인 사건에 휘말린 그날 밤은 바로 질의 결혼식 날이었고, 그래서 질은 그날 일을 이야기하는 것을 별로 좋아하지 않았습니다.

질: 네, 제 결혼식이었어요. 그리고 루시가 그 추억을 망쳐놔서 정말

화가 나고요. 심지어 전 그 애를 잘 알지도 못했어요. 별로 초대
하고 싶지도 않았는데, 엄마가 플럼튼 사람을 전부 부르고 싶어
해서 어쩔 수 없었죠.

벤: 하지만 '그 애라면 아무렇지 않게 사람을 찌를 거예요'라고 말할
정도로는 알았던 거 아닌가요?

질: 그걸 모르는 사람은 없어요.

고등학교 시절 루시와 같은 반이었던 로스 아이어스는 루시의 '성
격'을 직접 봤습니다.

로스: 보이세요? 여기?

벤: 코 말인가요?

로스: 튀어나온 거 보이죠? 루시가 그랬어요. 3학년 때였죠.

벤: 루시가 당신 코를 부러뜨렸다고요?

로스: 네. 재판에 나가서 루시가 얼마나 미친년인지 증언할 수 있었
으면 좋았을 텐데. 심지어 제가 처음도 아니었어요! 그 몇 달
전에는 편의점에서 일하는 남자 한 명도 때려눕혔죠.

벤: 무슨 일이 있었던 건가요? 그러니까, 루시가 당신을 때렸을 때
요.

로스: 학교가 끝난 후였어요. 제 친구 몇 명과 주차장에서 버스를
기다리고 있었는데, 루시가 나왔어요. 저를 보더니 갑자기 눈
이 뒤집히더라고요. 눈에 살기가 보였어요. 남자애들 몇 명이
근처에서 농구를 하고 있었는데, 루시가 개들한테 공을 뺐더
니 저에게 던졌어요. 바로 앞에서. 그래서 코에 정통으로 맞았
어요. 그리곤 뭐라고 소리를 질렀는데… 뭐라고 했는지는 기
억이 안 나요. 그다음 저를 주먹으로 때리고는 그대로 갔어요.

아, 아니, 간 게 아니라 친구 한 명이 걔를 끌고 갔죠.

벤: 루시가 왜 그런 거죠? 알던 사이인가요?

로스: 아뇨! 같은 반이긴 했지만, 말 한번 한 적 없었어요. 근데 갑자기 미쳐버린 거예요. 전 이유도 몰랐어요.

다음은 에밋 채프먼과 만났습니다. 에밋은 루시와 가장 친했던 고등학교 친구 중 한 명이었죠.

에밋: 루시와 저는…. 계속 친구였죠. 학교에 다닐 때 내내 루시와 붙어 다녔어요. 초등학교에서 담임선생님이 알파벳순으로 줄을 서게 했는데, 루시는 항상 제 뒤였거든요. 채프먼과 체이스. 그리고 루시는 늘 절 지켜줬어요. 그래서 친구가 됐죠.

벤: 지켜줬다고요?

에밋: 네, 초등학생 때 괴롭힘을 많이 당했거든요. 전 몸집도 작고 만만해서 거지 같은 일들을 많이 겪었어요. 하지만 루시는 늘 제게 잘 대해줬죠. 루시는 당당했어요. 저는 정말 소심한 애였고요. 루시는 저를 위해서 친구들에게 큰 목소리를 내줬죠.

벤: 성격이 나빴던 건가요? 많은 사람이 그렇게 말하던데요.

에밋: 음, 아닌 것 같아요. 아니, 확실히 아니에요.

벤: 고등학교를 졸업하고 나서도 계속 연락했나요?

에밋: 네. 둘 다 텍사스 대학에 갔는데, 2학년 때부터는 그렇게 많이 어울리진 않았어요. 어울리는 그룹도 다르고, 서로 해야 할 일도 있었으니까요. 하지만 루시와 저는 둘 다 졸업 후에 플럼튼에 돌아왔고, 다시 친해졌어요. 사실 전 그때 만나던 여자친구와 함께 루시와 매트 커플과 붙어 다녔죠. 두 사람 다 우리와 친했어요.

벤: 사바나하고도 친구였나요?

에밋: 네, 그럼요. 고등학생 때뿐만 아니라 이후에 이곳으로 돌아왔을 때도 친하게 지냈죠.

벤: 사바나하고는 가까웠나요?

에밋: 아뇨, 매트랑 루시와 더 친했어요. 하지만 새비도 늘 제게 잘해 줬어요. 새비는 모두에게 그랬죠.

벤: 루시와 사바나의 관계는 어땠죠?

에밋: 둘은 친했어요. 달리 어떻게 말해야 할지 모르겠네요. 사람들은 늘 제가 엄청난 비밀을 얘기하거나, 사실 두 사람이 속으로는 서로를 싫어했다고 말하기를 바라는 것 같지만, 전 그런 건 한 번도 못 봤어요.

벤: 그럼 루시가 사바나의 살인 용의자라는 소식을 들었을 때 어떠셨어요?

에밋: 충격이었죠. 루시가 새비를 해칠 거라는 생각은 단 한 번도 해 본 적 없었으니까요.

10

 일요일 저녁, 할머니는 주문해 놓은 저녁을 받아오라며 나를 플럼튼 다이너로 보냈다. 나가는 길에 엄마는 그곳 샐러드는 역겨운 수준이니까 절대 주문하지 말라고 경고했다.

 "누가 저녁으로 샐러드를 먹어요?"라고 물으며 문밖으로 한 발 내디디자 끈적거리는 습기와 서늘한 에어컨 바람이 기분 나쁘게 섞였다.

 엄마는 코웃음을 쳤다. "거기 음식은 다 너무 기름져."

 "맛있겠네요."

 나는 엄마가 따라오기 전에 얼른 집을 벗어났다.

 플럼튼 다이너의 외관은 내가 기억하던 그대로였다. 안으로 들어가자, 여기저기 금이 간 빨간 플라스틱 의자는 훨씬 나은 파란색 의자로 바뀌어 있었다. 그리고 어릴 때 기억보다 깨끗했다.

나는 카운터로 걸어가 빨간 머리 십 대 직원에게 주문해 놓은 음식이 나왔는지 물었다. 지루해 죽겠다는 표정을 짓고 있는 걸 보니 나를 알아본 것 같지는 않았다.

"아직 안 됐어요." 그 남자애는 볼에 난 여드름을 긁으며 핸드폰을 내려다봤다. "잠깐 앉아서 기다리세요."

나는 금방이라도 부러질 듯한 카운터 앞 의자에 앉아 식당 안을 둘러봤다. 5시였으니 꽤 이른 시간이었고, 식당 안은 한가했다. 구석에 한 커플이 보였고 그 근처 테이블에는 두 아이를 데리고 온 엄마도 있었다.

그때, 창문 옆 칸막이 자리에 혼자 앉은, 머리 색이 짙은 남자가 나를 빤히 쳐다봤다.

나는 그 남자를 곧바로 알아봤다. 벤 오웬스. 그 재수 없는 팟캐스터다.

벤은 한 손을 들어 나를 향해 흔들었다.

하마터면 웃음을 터뜨릴 뻔했다.

한순간 나는 다시 차에 올라타 벤이 앉은 자리 옆 창문을 들이받는 상상을 했다. 벤의 몸이 내 차 보닛 위에 널브러져 있는 모습을.

'차로 치는 건 재미없잖아' 목소리가 내 귀에 속삭였다. '손으로 목을 졸라. 서서히 죽어가는 걸 느껴야지. 재밌을 거야, 안 그래? 저 남자는 그래도 싸. 다들 죽어도 싼 놈들이잖아. 죽여버리자—'

'닥쳐.' 나는 그 목소리에 차분히 대답했다.

이 목소리와 다시 대화하기 시작했다는 건 좋은 징조가 아니다.

벤은 움직이지 않았지만, 고개를 살짝 기울인 채 무언가를 기대하는 듯한 표정을 지었다. 그쪽으로 오라는 거겠지.

그 제안을 거부하면 벤이 그냥 일어나 나를 지나쳐 걸어갈지 잠시 생각했다.

나는 의자에서 미끄러지듯 일어나 식당을 가로질렀다.

'목이 정말 예쁘네.' 그 목소리가 말한다. '가만두기 정말 아까운 목인데.'

벤은 정말 가지런하고 새하얀 이를 드러내며 미소를 지었다. 교정과 정기적인 미백의 힘일 거다. 저런 치아는 그냥 만들어지는 게 아니다.

나는 벤 오웬스의 모든 것이 그냥 만들어진 게 아닐 거라고 생각했다.

"안녕하세요. 벤 오웬스입니다."

벤이 손을 내밀었지만, 나는 그 손을 무시했다.

"당신이 누군진 알아요."

벤은 노트북과 반쯤 먹은 샌드위치가 놓인 테이블 맞은편에 앉으라고 손짓하며 노트북을 닫아 한쪽으로 밀었다. 작은 노트도 있었는데, 벤이 그것도 치워버려서 무엇이 쓰여 있는지는 보지 못했다.

"앉으세요."

나는 망설이다 이내 자리에 앉으려 했지만, 벤이 바닥에 펜을 떨어트리는 바람에 자리에서 다시 일어나야 했다. 분명 당황하고 있다.

나는 벤이 훨씬 여유로울 거라고 생각했다. 자신감 있고, 분위기를 주도할 거라고.

벤은 다시 자리에 앉아 짙은 색 눈동자로 나를 뚫어져라 응시했다. 벤이 긴장한 건지, 당황한 건지, 그냥 예민한 건지 알 수 없었다.

"비공식적으로 말하는 거예요. 지금 하는 얘기가 조금이라도 팟캐스트에 나가는 거면 아무 말도 안 해요."

"제게 말하고 싶은 게 있는 건가요?" 벤은 당장이라도 무언가를 쓰고 싶은 듯 노트 끝부분을 만지작거렸다. 긴 손가락에 손톱도 깔끔하게 정돈되어 있었다. 나는 재빨리 시선을 돌렸다.

"아뇨, 딱히. 인터뷰에 동의하는 게 아니라는 걸 분명히 하려는 거예요."

"알겠습니다. 비공식으로 하죠."

"좋아요."

"여기 왔다는 소문은 들었어요. 어머니는 어떠세요?"

"괜찮아요, 고마워요. 저도 당신이 왔다는 소문 들었어요. 여긴 왜 온 거죠?"

"당신이 여기 있으니까요."

적어도 솔직하긴 한 것 같다.

"그 잘난 얼굴을 직접 보면 제 마음이 바뀌어서 인터뷰 한 번이라도 해줄까 봐요?"

벤의 입 끝이 씰룩거렸다. "어쩌면요."

"이미 괜찮은 인터뷰 내용이 많던데요."

"계속 들었어요?"

"네."

"어땠어요?"

"엄청 재밌던데요."

"고마워요." 벤은 내가 비꼬아 말했다는 걸 모르는 듯했다. 아니면 그냥 무시한 것이거나.

나는 자리에 눕듯이 기대어 앉아 벤의 옆자리에 두 발을 얹었다. "그래서 판결은 뭐죠? 제가 범인인가요?"

벤은 노트 모서리를 더 세게 문지르며 재미있다는 듯한 표정을 지었다. "듣던 대로 직설적이네요."

"그게 제 매력이죠."

"전 증거들을 모아서 보여주려는 거지, 판결하려는 게 아니에요."

"개소리, 결국 당신 의견에 힘을 실을 거잖아요. 첫 시즌부터 다 들었어요."

"그건 고맙네요. 그리고, 맞아요. 결국 제 의견을 말하겠지만, 지금은 아니에요." 벤은 두 팔을 테이블에 올리고 몸을 앞으로 기울였다. "인터뷰하게 해주세요. 아무도 당신 얘기를 못 들었잖아요."

"내 얘기를 들어봐야 실망만 할 거라고요. 아무것도 기억이 안 나니까."

"그런 거 말고요. 아니, 그러니까, 만약 그날 밤 일이 갑자기 기억나면 얼마든지 제게 연락해도…."

"당연하죠, 당신한테 제일 먼저 전화할게요." 나는 건조하게 대답한다.

"…하지만 다른 일들에 대한 당신 입장을 말해줄 수도 있잖아요. 사바나나 매트와의 관계라던가, 그 결혼식에서 무슨 일이 있었는지…."

"난 새비랑 내 관계를 다시 떠벌려서 사람들 입에 오르내리게 할 생각 없어요. 처음부터 그랬고, 그런 짓은 두 번 다시 안 할 거 예요."

나는 카운터를 흘긋 쳐다봤다. 십 대 직원은 어디론가 가고 없었다.

"책 잘 봤어요."

벤의 말에 내 시선이 다시 벤에게 향했다. "뭐라고요?"

"당신이 쓴 책이요. 에바 나이틀리가 쓴 책들."

나는 의자에서 발을 내리고 자세를 바로 했다. 벤의 얼굴이 다시 의기양양해졌다.

"대체 어떻게…?" 또다시 뱃속에 구멍이 생기기 시작한다.

'죽여버리자, 죽여버리자, 죽여버리자—'

"제 정보원 실력이 괜찮거든요." 잘난 척, 잘난 척, 또 잘난 척.

"이봐요, 그 책들은…," 나는 주먹을 잡고 우두둑 소리를 내며 손마디를 꺾었다. "내 이름으로 쓸 순 없잖아요. 제일 친한 친구 머리를 깨부쉈다고 의심받는 사람이 쓴 로맨스 소설을 누가 읽겠 어요?"

벤은 내 말에 놀란 듯했다.

"그래서 지금까지 제 이름은 비밀로 한 거예요, 그러니까 만약 당신이 이 비밀을…."

"진정해요, 루시, 아무한테도 얘기 안 할 거예요." 벤은 우쭐한 표정으로 미소를 지었다.

나는 잠시 망설였다. "내가 인터뷰를 해주면요?"

"네? 아니에요. 세상에, 루시, 전 지금 당신을 협박하는 게 아니에요. 진심으로 재미있게 읽었다고요."

"원래 로맨스 소설을 읽어요?"

88

"뭐, 아뇨, 그게 처음이었는데, 더 읽어볼까 봐요. 정말 재밌었거든요. 결혼해서 누구보다 잘살고 있는 척하는 그 커플 얘기가 마음에 들더라고요."

"왜죠?"

"제가 가짜 결혼 얘기를 좋아하는 것 같더라고요. 덕분에 새로운 취향에 눈을 떠 버렸어요."

나는 겨우 웃음을 참았지만, 입술이 약간 씰룩거리고 말았다. 젠장. "아뇨, 왜 제 책을 읽었냐고요."

"흥미가 생겨서요. 솔직히 팟캐스트에서 써먹을 수 있을까 싶어서 조금 읽어봤어요. 하지만 연관성이 없더군요. 제 어시스턴트인 페이지가 그 책에 관해 말하는 건 졸렬한 짓이라고 했고, 저도 그 말에 동의했고요."

"그분 마음에 드네요."

"저보다 훨씬 똑똑한 사람이죠."

"부인?" 카운터에 있던 십 대 남자애가 포장된 음식을 한 손 가득 들고 나타났다. 여기선 나이에 상관없이 모든 여자를 '부인'으로 부른다는 건 알지만, 아직도 들을 때마다 움찔하게 된다. LA에 너무 오래 있었나 보다.

나는 자리에서 천천히 일어났다.

"질문 하나만 더요." 벤은 마치 나를 붙잡을 듯 팔을 뻗었지만, 그러지 않고 두 손을 테이블에 올려놨다. "비공식적으로요."

"질문은 해도 되지만, 대답은 안 할 수도 있어요."

"콜린 던하고 가까웠나요?"

나는 한숨을 내쉰다. 빌어먹을 콜린 던.

"새비의 남자친구가 그랬다고 생각하는 거예요? 아주 참신하네요. 다른 사람들은 왜 그 생각을 못 했을까요?" 나는 무표정하게 말했다.

대부분 남자친구 아니면 남편을 범인으로 의심하는 게 당연하다.

물론 이 사건은 아니었지만.

"콜린 던과 가까웠나요?" 벤이 다시 묻는다.

"딱히요." 콜린의 얼굴이 머릿속을 스쳤다. 얼굴 하나만큼은 정말 잘생겼다. 매력적이고 강인한 턱선과 살짝 삐뚤어진 미소. 새비는 그 미소를 정말 좋아했다.

"콜린이 그날 밤, 정말 바로 집에 갔다고 생각해요? 왜 콜린과 매트를 결혼식장에 두고 사바나와 당신 둘만 간 거죠?"

나는 자리에서 완전히 일어섰다. "질문이 한 개가 아니잖아요, 벤."

"전 규칙 같은 거 잘 안 지켜서요."

젠장, 최악의 타입이다.

벤은 내 손을 낚아채 명함 한 장을 밀어 넣었다. "내일 에피소드 방송 후에 콜린에 대해 얘기하고 싶으면 전화 주세요."

11

"할머니, 대체 뭐예요?"

나는 테이블 위에 포장된 음식을 내려놓고 할머니를 노려봤다. 할머니는 작은 집 중앙에 있는 소파에 아무렇게나 널브러져 '어벤저스' 영화를 보고 있다.

할머니는 아무것도 모른다는 듯 눈을 크게 깜빡거렸다. "뭐가?"

"팟캐스터 그 개자식이 거기 있는 걸 알고 절 보낸 거죠?"

"뭐…. 그렇지."

"할머니, 제발…." 나는 잠시 말을 멈추고 눈을 감은 채 잠시 감정을 추슬렀다. "제가 그 팟캐스터랑 얘기하게 하려고 생일파티를 연 건 아니죠?"

"그걸 굳이 묻는 이유를 모르겠구나. 당연히 그것 때문에 하자고 했지. 뻔하잖아."

"세상에." 의자에 털썩 주저앉아 한 손으로 이마를 짚는다. "대체 왜…. 뭐 때문에…. 왜 그러셨어요?"

할머니는 의자에서 일어나 동그랗게 묶은 머리카락을 다시 정리하더니 식탁으로 걸어가 포장된 음식을 꺼냈다. "그 남자 얼굴을 제대로 보긴 한 거야?"

"얼굴 좀 볼만 하다고 저를 팟캐스터한테 팔아넘긴 거예요?"

"볼만한 정도가 아니잖니. 세상에. 그 사람이 저 남자보다도 잘생겼어. 그, 그 이름이 뭐라고 했지?"

나는 이마에서 손을 떼고 할머니가 가리키는 TV 속 배우를 본다. "크리스 에반스요. 크리스 에반스가 훨씬 더 잘생겼어요."

"뭐, 서로 생각이 다를 수 있으니까." 할머니는 내 몫의 감자튀김을 내 앞에 놓았다. "하지만, 그 사람이 잘생겨서 널 팔아넘긴건 아니야. 그 애가 활짝 웃으면서 내 문 앞에 서 있던 건 도움이좀 됐지만."

"또 거만하게 웃었겠죠." 나는 웅얼거린다.

"그래, 아주 거만했지. 자기 자신을 엄청 사랑하는 것 같더라고." 할머니는 웃으며 작은 냉장고로 걸어갔다. 헐렁한 녹색 드레스가 할머니의 종아리를 스쳤다. "맥주 마실래?"

"아뇨, 괜찮아요."

할머니는 맥주 한 캔을 딴 뒤 식탁에 앉아서 감자튀김을 입안에 털어 넣었다.

"그 애가 네게 제일 좋은 기회일 것 같아."

"무슨 기회요?"

"누가 사바나를 죽였는지 알아낼 기회. 그 남자애랑 꽤 오래 얘기했는데, 엄청 솔직하더구나. 다른 사람들처럼 널 말려 죽이려는 게 아니라 진실을 알고 싶어 했어."

나는 말없이 햄버거를 베어 물었다. 벤이 진실을 찾고 있다는 사실 자체가 끔찍하게 두렵다는 사실을 할머니에게 말하고 싶지 않았다.

할머니가 손가락으로 나를 가리켰다. 손톱은 밝은 분홍색이었는데, 끝부분은 손으로 긁어낸 듯 벗겨져 있었다. "그런 표정 짓지 마라."

"무슨 표정이요?"

"이미 네가 유죄라고 생각하고 뭔가를 숨겨야 한다고 생각하는 표정."

'죽여버리자—'

나는 햄버거를 한 입 더 베어 물었다.

"내가 널 설득해서 인터뷰하게 하겠다고 약속했어." 할머니가 말했다.

"진짜 그럴 수 있다고 생각했다니 정말 용감하시네요."

"루시, 나 때문에 이걸 안 할 거라는 변명은 하지 말자." 할머니는 내 손을 토닥였다.

젠장.

"네겐 그 애가 필요해." 할머니가 말을 이었다.

"전 그 자식 필요 없어요."

"아니, 필요해. 사람들은 남자 말을 믿으니까. 특히 그렇게 생긴 남자라면 더. 만약 그 애가 널 범인이 아니라고 하면, 아니 그런 의심만 던져줘도 사람들은 그 말을 믿을 거야. 로넌 패로우(저널리스트. 영화 제작자인 하비 와인스타인의 성범죄에 대한 탐사보도로 유명하다. –

옮긴이)라는 사람 알지? 그가 기사를 쓰기 전까지는 유명한 영화 제작자가 여배우들을 추행했다는 얘기를 아무도 안 믿었잖니."

나는 한숨을 내쉬었다. 할머니 말이 맞아서다.

물론, 그건 만약 벤이 나를 범인으로 지목하면 나는 지금보다 더 엿 같은 상황에 처할 것이라는 의미이기도 했다.

"그 애는 팟캐스트 첫 번째 시즌에서 미제 사건 하나를 해결했어. 이번 사건도 그렇게 될 거야. 그러니 너도 걔를 도와줘."

"새비네 가족이 사설탐정 세 명을 고용했는데, 아무것도 안 나왔대요. 그런데 벤이 무슨 수로 이 사건을 해결하겠어요?"

"다른 사람들이 못 찾았던 정보를 찾아낼 거라고 하던데."

나는 감자튀김을 집으며 말했다. "도대체 무슨 수로요?"

"뭐, 일단 네가 도와줄 거잖아. 그리고 그 애는 이미 그걸 찾았어."

나는 감자튀김을 입에 넣으려다 그대로 멈췄다.

"뭐라고요?"

"그날 콜린이 결혼식 끝나고 집에 바로 안 갔대."

벤 오웬스의 거짓말에 귀 기울일 것

Episode 3
매트가 아까웠어요.

콜린 던은 살인 사건이 일어났던 당시 사바나의 남자친구였습니다. 콜린은 자신을 이렇게 소개합니다.

콜린: 전 진짜 개자식이었죠(웃음). 전 이 작은 마을에 사는 게 싫었어요. 모든 순간이 너무 짜증 났고, 그냥 버스를 잡아타고 여길 떠날 용기도 없는 스스로가 짜증 났어요. 그래서 새비한테 화풀이도 많이 했던 것 같아요.

벤: 화풀이요? 어떻게요?

콜린: 전 새비한테 그렇게 잘해주지 못했어요. 물론 이런 얘기는 안 하는 게 낫겠지만, 뭐, 아니면 오히려 인정해서 제 이미지를 좋게 만들 수도 있겠죠. 뭐, 상관없어요. 그냥 솔직히 말해야 할 것 같아서요.

벤: 그럼 조금 더 이전 얘기를 해보죠. 두 사람은 어떻게 만났나요?

콜린: 새비가 일하던 바에서요. 술을 마실 수 있는 나이는 아니었는데, 위조 신분증이 있었거든요. 아, 이런 얘기를 해도 되나? 이거 자수하는 꼴 아니에요?

벤: 걱정 안 해도 돼요.

콜린: 알았어요, 아무튼 전 그때 19살인가 20살이었고, 위조 신분증이 있었어요. 새비는 그게 가짜인 걸 몰랐을 거예요. 아니, 확실히 몰랐어요. 전 늘 제가 새비한테 나쁜 영향을 미친다고 생각했어요. 새비는 정말 착하고 다정한 사람이었는데, 전 아니었죠. 그때보다 조금만 더 나중에 새비를 만났다면 더 괜찮은 남자친구가 돼줄 수 있었을 텐데… 하지만, 뭐, 새비는 살해당했으니까요. 안타깝죠.

벤: 정말 안타까운 일이에요.

콜린: 어쨌든, 우린 바에서 만났고, 빠르게 가까워졌어요.

벤: 그때가 언제였죠?

콜린: 연초였어요. 1월쯤. 그러니까, 새비가 죽기 4개월 전이요.

벤: 그럼 두 사람은 새비가 죽기 전까지 만나는 사이였나요?

콜린: 음…. 만났다고 하는 게 맞을지 모르겠네요. 우린… 어, 그러니까, 네, 그냥 만나는 사이였다고 하죠. 네. 새비는 좋은 사람이었어요. 저보다 훨씬 더. 그건 분명해요.

벤: 새비의 친구들도 알고 지냈나요?

콜린: 뭐, 그렇죠. 몇 명은 알고 지냈어요.

벤: 루시는요? 결혼식 전에 루시를 알게 된 건가요?

콜린: 네, 한두 번 봤어요. 그 바에 있을 때 한 번 봤고, 새비의 집에 있을 때 제가 한 번 들른 적 있어요. 그래서 알긴 알았지만…. 친구는 아니었죠.

벤: 특별히 루시에게 받은 인상이 있었나요?

콜린: 어…. 예뻤다는 거?

벤: 다른 건요?

콜린: 별로 없어요.

벤: 매트는 알았나요?

콜린: 그 결혼식 전까진 몰랐죠.

벤: 그 결혼식에서 매트나 루시와 함께 어울렸나요?

콜린: 네. 같은 테이블에 앉았어요.

벤: 두 사람을 어떻게 생각했죠?

콜린: 루시는 제게 거의 말을 안 했어요. 무시하는 게 아니라, 별로 공통점이 없어서요. 매트랑은 농구 얘기를 좀 했어요. NBA 결승 시즌이었거든요. 매트는 그날 정말 제대로 즐겼어요. 그러려고 온 거거든요. 뭐, 이미 들었겠지만.

벤: 직접 보신 건가요?

콜린: 당연하죠. 완전 술에 절어 있었어요.

벤: 어떤 분위기였죠? 취해서 기분이 좋아 보였나요, 아니면 화를 냈나요?

콜린: 제 기억엔 좋아 보였어요. 춤도 많이 추고, 웃고…. 루시를 완전히 잊어버린 것 같았죠. 루시는 뭔가 화가 난 것 같아 보였지만요.

벤: 매트한테요?

콜린: 모르죠. 새비한테 물어봤는데 "걱정하지 마."라고 했어요. 제가 신경 쓸 일이 아니라는 듯이 말이죠. 그래서 별로 신경 안 썼어요.

벤: 새비가 운전하는 차로 결혼식에 함께 갔는데, 새비는 당신 없이 그곳을 떠났어요. 무슨 일이 있었던 건가요?

콜린: 루시랑 매트가 싸웠던 것 같아요. 뭐 때문인지는 모르지만. 그런데 새비가 그것 때문에 기분이 안 좋아 보였고, 자기 오빠 키튼에게 절 데려다주라고 부탁했어요. 하지만 저는 키튼과 같이 가진 않았죠. 집이 별로 안 멀어서 그냥 걸어갔어요.

벤: 바로 집으로 갔나요?

콜린: 네.

벤: 혼자서요?

콜린: 전…. 네.

벤: 그날 결혼식에 갔던 하객 한 명이 당신이 어떤 여자와 차에 함께 타는 걸 봤다는데요.

콜린: 누가요?

벤: 그냥 이 얘기를 좀 더 일찍 해야 했다고 생각하는 어떤 분이요. 그날 누군가의 차에 탄 건 맞나요?

콜린: 전…. 음…. 그러니까 전…. 새비가 떠난 후에 누군가랑 얘기하게 됐고, 어쩌다 보니….

벤: 그럼 그 여자분과 함께 나갔나요?

콜린: 네.

벤: 그렇다면, 당신이 경찰에 말했던 알리바이. 그날 밤 집에 있었다는 거. 그건 사실이 아닌 거네요?

콜린: 아니에요…. 그날 새벽 세 시쯤에는 집에 갔어요.

벤: 검시관이 추정한 새비의 사망 시각은 자정부터 새벽 세 시 사이에요. 그럼 어쨌든 새비가 살해당한 시간에 밖에 있었다는 거네요.

콜린: 그렇게 말하니까 정말 이상하게 들리네요. 전 밖을 돌아다니지 않았어요. 그 여자랑 같이 있었고, 그 후에 집에 갔죠.

벤: 그 여자분이 증언해 줄 수 있나요?

콜린: 아뇨…. 그러니까, 아마 안 할 거예요.

벤: 왜죠?

콜린: 그 사람은…. 싱글이 아니라서요.

벤: 이미 누군가를 만나고 있었군요.

콜린: 네.

벤: 그 여자분의 집으로 간 건가요?

콜린: 아뇨….

벤: 그럼 어디로 갔죠?

콜린: 그냥 그 사람 차요. 길 따라 조금 운전해 내려간 다음 그냥 그 안에서…. 결혼식에 온 사람들이 우리가 없어졌다는 걸 모를 줄 알았죠. 분명 제가 없어졌다는 건 몰랐을 거예요. 그 사람 남편은 이상하게 생각했을 수 있지만, 모르죠.

벤: 그다음 그 여자분이 당신을 데려다줬나요?

콜린: 아뇨, 전 걸어갔어요. 그 사람은 집에 가야 해서.

벤: 그럼 혼자 집으로 걸어간 건가요? 몇 시였죠? 새벽 한 시? 두 시? 그 비를 뚫고?

콜린: 이 동네는 위험할 게 없으니까요.

벤: 전 그냥 시간을 추정해보려는 거예요. 당신은 새비가 살해당하던 시간에 밖에, 혼자 있었어요. 하지만 경찰에는 새비가 결혼식장을 떠난 후 바로 집으로 걸어갔다고 거짓말했죠.

콜린: 전 새비를 안 죽였어요.

벤: 그래도 제 말이 사실이긴 한 거죠?

콜린: 전 안 죽였어요.

저기, 이거 다시 하면 안 돼요? 저 완전 망한 것 같은데.

12

【벤한테 전화는 했니?】

나는 할머니가 막 보낸 문자를 흘긋 내려다본다.

"장미로 안 해도 되겠어요? 캐슬린이 분홍색 장미라고 했는데."

꽃집 주인은 내가 할머니의 생일파티를 망치기로 작정하고 오기라도 한 것처럼 내게 수상한 눈길을 보내며 인상을 찌푸렸다.

나는 통화 버튼을 눌러 스피커폰으로 할머니에게 전화를 걸었다.

"여보세요?"

"할머니. 분홍색 장미 어때요?"

"네 엄마한테 전해. 분홍 장미를 가져오면 그 위에 토해버릴 거라고."

나는 꽃집 주인에게 눈썹을 치켜올렸다. 주인은 새빨갛게 칠한 입술을 오므리며 마치 세상의 모든 분홍색 장미를 대신해 모욕당한 듯한 표정을 지었다.

나는 스피커폰 모드를 끄고 귀에 핸드폰을 갖다 댔다. "파티 준비는 엉망이에요. 할머니 생일파티는 망할 것 같은데요."

"정말 기대되네. 오늘 콜린 인터뷰는 들었어? 벤한테 전화는 했고?"

"생각 중이에요. 아무튼, 나중에 전화할게요. 이 분홍 장미 사태를 해결해야 한다고요."

"그래, 알았어."

나는 전화를 끊고 아직도 얼굴을 붉히고 있는 꽃집 주인에게 시선을 돌렸다.

"데이지로 주세요. 색이 뭐가 됐든 장미는 말고요."

집으로 돌아와 보니, 엄마가 목발을 짚은 채 빗자루질을 하고 있었다. 나는 부엌 테이블에 가방을 내려놓고 엄마 손에 있는 빗자루를 받아 들었다.

"고마워, 딸. 십 분 안에 애들이 온다는데, 집이 돼지우리 같으면 안 되잖아." 엄마는 남부 여자라면 모두 인정할 만큼 충분히 부푼 머리카락을 다시 부풀렸다.

"애들이 누군데요?" 나는 구석에 있던 먼지 부스러기를 쓸어 한쪽으로 모았다.

엄마는 절뚝거리며 소파에 앉았다. "그냥 친구들. 격주로 차 마시러 오거든. 가끔 책 읽기 모임도 하는데, 오늘은 아니야. 이미 지난주에 한 권 읽어서."

"무슨 책인데요?"

"아, 그건 잘 몰라. 난 안 읽거든. 요즘 누가 가만히 앉아서 책을 읽니?"

나는 쓰레받기에 먼지를 쓸어 담으며 코웃음 쳤다. 엄마가 몸을 틀어 나를 봤다.

"그 식당에 들러서 예약한 방 확인했어?"

"네. 좋던데요."

"메뉴는 봤고?"

"미트볼은 시식해 봤어요. 엄청 추천하더라고요." 나는 쓰레받기에 모인 먼지를 쓰레기통에 버린 뒤 벽장에 빗자루를 갖다 놓았다.

"재니스가 자기랑 네 삼촌 키스는 여관에서 잘 거니까 걱정하지 말라고 했어. 애슐리랑 브라이언도."

"전혀 걱정 안 하고 있었어요."

"네 이모 카렌도." 엄마는 내 말을 무시하며 말한다. "아무도 태우러 가지 않아도 돼. 다들 휴스턴에서 직접 운전해서 올 거니까."

나도 몇 년 동안 말 한 번 섞지 않은 가족들을 데리러 갈 마음 따윈 없었다.

"그 꽃집 주인한테 꽃은 물어봤어?"

"넵."

"식탁 중앙에 분홍색 장미를 놓을 거라고 하지?"

"그럴 것 같아요." 나는 대답하며 계단으로 향했다. "그럼 전 이쯤에서 빠질게요, 그래도 되죠?"

"절대 안 돼! 너도 같이 있을 거라고 이미 말했어."

초인종이 울리자, 엄마는 한 번 더 머리를 부풀리고는 내게 문을 열라고 손짓했다.

나는 현관으로 걸어가 문을 열었다.

그리고 곧바로 엄마가 말한 차가 와인이었다는 사실을 깨달았다.

네 여자가 각각 팔에 와인 한 병을 안고 현관 앞에 서 있었다. 화이트 와인 두 병, 레드 와인 두 병이다.

나는 와인병을 뺏어서 그 사람들의 머리를 내려치는 상상을 하지 않으려 정말 애썼지만, 살해 도구를 직접 가져온 꼴이라 생각을 그만두기가 너무 힘들었다.

나는 미소를 지으며 네 사람을 안으로 들였다.

세 사람은 나도 안다. 마리안은 (가짜)붉은 머리에 유쾌한 성격이고, 나와 눈이 마주칠 때마다 미소가 얼어붙었다. 벳시는 구불거리는 회색 머리칼을 헬멧처럼 부풀렸고, 자신이 가져온 브라우니의 칼로리가 한 개에 285칼로리라고 말해줬다. 그리고 키가 아주 작은 페기는 나를 따라 부엌에 들어와 어떤 와인잔을 꺼내야 할지 알려주고는, 먼지 하나 없이 깨끗해 보이는 잔들을 씻기 시작했다. 자넷은 처음 보는 얼굴이다. 5년 전 플럼튼에 이사 왔으니 만날 기회가 없었다. 자넷은 긴장한 표정으로 나와 악수했다. 충분히 이해할 수 있다.

마리안이 차를 끓이기는 했다. 아주 맛있는 차를. 하지만 이 모임의 핵심은 분명 와인인 것 같았다. 마리안은 모두에게 머그잔을 나눠줬고, 그다음 페기가 더 완벽하게 깨끗해진 와인잔을 나눠줬다.

와인을 받긴 했지만, 나는 마시는 척만 했다. 술이 약해서다. 이 사람들과 대낮부터 취할 필요는 없으니까.

엄마는 부러진 다리를 앞으로 뻗은 채 소파에 앉아 있고, 페기는 반대쪽 끝에 앉았다. 자넷과 벳시는 2인용 안락의자에, 나와 마리안은 부엌 식탁에서 가져온 의자에 앉았다.

페기가 와인을 한 모금 마시며 인상을 찌푸렸다. "기억이 잘 안 나네…. 루시가 루실을 줄인 거였나?"

나는 고개를 저었다.

"그럼 그냥 루시야?"

"네."

페기는 엄마 아빠가 지어준 내 이름이 마음에 들지 않기라도 하는 듯 눈썹을 치켜세웠다. 나는 흘긋 엄마를 쳐다봤지만, 엄마는 그저 유쾌하게 미소 지을 뿐이다. 나는 커피 테이블에서 285 칼로리짜리 브라우니를 하나 집어 한 입 베어 물었다. 미친 듯이 맛있었다.

"이거 정말 맛있네요." 내가 말하자 벳시가 활짝 웃었다.

마리안이 엄마에게 물었다. "생일파티 준비는 어떻게 돼 가?"

엄마는 과장되게 한숨을 내쉬었다. "뭐, 괜찮은 것 같아. 엄마는 전혀 안 도와주지만. 무슨 칵테일을 준비할지만 계속 물어보더라고."

"정말 멋진 분이야." 자넷이 말하며 잔을 비우자 벳시가 자넷의 잔을 다시 채웠다.

"가족 모두에게 전화해서 급하게 모으려니까 너무 힘들더라. 괜한 짓을 하는 건 아닐까 하는 생각이 계속 들어."

"걱정하지 마." 자넷이 말했다. "가족들 모두 모이면 정말 좋을 거야."

"엄마 잘 도와주고 있지?" 페기가 취조하듯 내게 물었다.

"루시는 잘 도와주고 있지." 엄마가 재빨리 대답했다. "전화하는 것만 못 도와줬어. 루시가 갑자기 전화하면 놀랄 수도 있으니까."

"왜 그런 건지 도무지 이유를 모르겠네요." 나는 건조하게 대답했다.

자넷은 질겁하며 확실히 불편한 표정을 지었고, 페기는 어딘가 즐거워 보였다.

벳시는 쾌활하게 손으로 자기 허벅지를 두드렸다. "다른 얘기하자! 루시, 지금은 어디에 살…"

"그 남자는 만났어?" 페기가 벳시의 말을 잘랐다. "그 팟캐스트하는 남자 말이야. 이름이 뭐였지?"

"벤." 자넷이 말했다.

"그래, 벤. 정말 잘 생겼던데, 안 그래? 라디오에서 뭘 하는 건지는 잘 모르겠지만. 배우를 했으면 좋았을걸."

"내 눈엔 애 같던데." 마리안이 붉은 머리칼을 잡아당기며 말했다. "내 아들보다 어린 것 같아. 대학은 졸업했대?"

엄마는 브라우니 하나를 집어 들었다. "한 스물다섯 정도로 보이던데."

"스물여덟이에요." 내가 정정했다. 모두의 시선이 내게 쏠렸다.

"너도 그 방송 들었어?" 페기가 물었다.

"네."

"오늘 새 에피소드가 나왔어. 잘 만들었던데, 그렇지?" 자넷이 말했다.

"누가 남편을 두고 콜린이랑 바람을 핀 거지?" 페기는 다 들리는 목소리로 속삭이듯 말하고는 낄낄 웃었다.

나는 오늘 나온 에피소드를 반절밖에 듣지 않았지만, 콜린은 누군가를 죽이기엔 너무 멍청하고 게을렀다. 하지만 콜린을 제외한 용의자는 나 하나뿐이니 이 말은 입 밖으로 내지 않기로 했다. "엄청 재밌더라고요. 제가 범인인지 밝혀낼지 정말 기대돼요."

자넷의 입이 떡 벌어졌다.

"루시, 사람들 좀 그만 놀라게 하라니까." 엄마가 말했다.

"의도한 건 아닌데 자꾸 그렇게 되네요."

페기가 어색하게 목을 가다듬으며 말했다. "캐슬린, 다리는 어때?"

13

나는 햄프턴 하우스를 의식적으로 피했다. 그 집을 볼 필요도 없고, 괜히 갔다가 새로운 아내와 함께 있는 매트를 마주치는 일은 진심으로 없었으면 하니까.

하지만 결국 시내를 가로질러 그쪽으로 차를 몰고 있었다. 잘못된 선택인 건 알았지만 어쩌겠어, 하는 심정이었다.

막 해가 지고 가로등이 켜질 무렵에 그곳에 도착했다. 잔디는 여전히 완벽하게 가꿔져 있고, 거리에 주차된 차는 단 한 대도 없다.

햄프턴 하우스 앞 도로변에 차를 세우고 시동을 껐다.

집은 바뀐 게 없어 보였다. 앞마당에 줄지어 핀, 내가 고른 꽃들도 여전히 그 자리에 있었다. 여름을 조금 더 시원하게 보내려고 애쓰며 설치했던 현관 위 분무 기계들(효과는 없었다.)도 그대로였다.

앞쪽 창문으로 내가 고른 나무 덧문이 닫혀있는 모습이 보였
다. 맞춤으로 만든 덧문을 버리는 건 말도 안 된다고 생각하긴 하
지만, 그렇다 해도 매트의 새 아내가 저 덧문을 떼어내지 않았다
는 건 꽤 놀라웠다. 아마 나였으면 저 덧문들이 저주받지는 않았
을까 걱정했을 것이다. 남편의 전 아내, 그것도 살인 용의자가 살
았던 집에 있었던 것들을 전부 불태웠을 것이다.

과거의 나는 집을 소유하는 데는 관심이 없었고 꾸미는 것을
즐겼다. 집을 갖는 데 몰두했던 건 매트였다. 매트는 집이 곧 우리
를 보여주는 거라고 생각했다.

'저 집을 사면 우린 이 지역 스타가 될 거야. 모두들 이 집과 우
리 얘길 할 거라고.' 매트는 항상 이렇게 말했었다.

그 말이 맞았다. 플럼튼 전체가 우리 집 얘기로 시끄러웠으니
까.

나는 매트의 부모님에게 자금을 받는 게 싫었지만, 집을 사려
면 그 방법뿐이었다. 매트는 내 기분은 전혀 신경 쓰지 않았다. 매
트의 부모님은 이미 몇 년 전부터 매트의 첫 집을 사주기 위해 돈
을 모아왔기 때문이다. '당연히 모아두셨지. 아들 첫 집 비용으로
백만 달러를 안 모으는 집도 있어? 당연한 거야!' 매트는 늘 그런
식이었다.

나는 부자들의 사고방식을 전혀 이해하지 못했다. 마음이 너무
무거웠다. 매트의 부모님이 올 때마다 온몸을 두들겨 맞는 느낌이
었다. 집 유지비와 다시 집을 팔 때 가격에 관한 얘기를 할 때마
다. 양조장(이것도 매트 부모님 돈으로 샀다.)을 은근히 깎아내리
며 안 좋은 소리를 할 때마다. 그런 일을 다시 견딜 바엔 차라리

발 페티시가 있는 집주인의 아파트에서 거지처럼 사는 게 나았다.

그때 차 한 대가 그 길로 들어서자, 나는 급하게 시동을 걸고 얼굴이 보이지 않도록 고개를 돌렸다. 백미러를 통해 그 차가 멀어지는 모습을 보고서야 나는 천천히 숨을 쉬었다.

그 순간, 누군가 창문을 두드리는 소리에 나는 소스라치게 놀랐다.

고개를 돌려 조수석 쪽 창문을 내다봤다.

그곳엔 매트가 서 있었다.

벤 오웬스의 거짓말에 귀 기울일 것

Episode 3
매트가 아까웠어요.

스테파니: 미안한 말이지만, 매트가 아까웠어요.
벤: 왜 그렇게 생각했죠?
스테파니: 저만 그렇게 생각한 게 아니에요. 다들 그랬죠.

저는 많은 사람들과 매트에 관한 이야기를 나눴습니다. 매트와 루시의 친구이자 이웃이었던 스테파니 간츠도 그중 한 명이었습니다. 스테파니는 십 대 자녀를 축구 연습에 데려다주는 사이에 저와 인터뷰했습니다.

스테파니: 매트는 정말 친절했어요. 사람들과 정말 잘 어울렸죠. 매트는 플럼튼에 이사 온 지 하루 만에 제 남편과 맥주를 마셨어요. 저는 며칠이 지나서야 루시를 만났고요. 저도

플럼튼 출신이지만, 루시보다 거의 열 살은 더 많아서 루시가 어렸을 때 어땠는지는 몰랐죠. 그리고 루시는…. 뭐. 그렇게 다정한 애가 아니었다고만 해 두죠. 사실 루시랑 새비가 그렇게 친했다는 게 이해가 안 돼요.

벤: 왜죠?

스테파니: 새비는 정말 착하고 귀여운 애였거든요. 쾌활하고, 매력 넘치고, 정말 완벽했죠. 솔직히 말하면, 새비가 매트랑 더 잘 어울렸을 거예요.

벤: 그래도 결국 루시와 친해진 거죠?

스테파니: 그냥 아는 사이가 된 거죠. 전 길 아래쪽에 사는데, 이웃끼리 정말 친해요. 하지만 루시는 잘 어울리질 못했어요. 나이 차이가 많이 났으니까요. 저랑 친구들은…. 이런 얘기 하면 안 되겠지만, 뭐, 우리끼리니까. 우린 늘 루시가 매트의 첫 번째 아내일 거라며 농담하곤 했어요. 분명 두 번째 아내를 만날 거라고 생각했거든요.

벤: 두 사람이 어려서인가요, 아니면 다른 이유가 있었나요?

스테파니: 당연히 그렇죠. 그 나이에는 자기랑 다른 사람과 사는 게 재미있다고 생각할 수 있잖아요. 나중에야 못 할 짓이라는 걸 알게 되죠. 맨날 싸우는 사람이 아니라 마음을 편하게 해주는 사람을 찾게 된다고요. 매트랑 루시는 안 맞았어요.

벤: 두 사람이 많이 싸웠다는 건가요?

스테파니: 당연하죠. 같이 있는 모습을 보면 알아요. 다른 사람들이 눈치 못 채기를 바라면서 미묘하게 싸우는 그런 거요. 하지만 집 밖으로 큰 소리가 나는 걸 모두가 들었어요. 그 정도로 크게 싸웠죠.

벤: 소리 지른 건 누구였죠? 매트? 루시? 두 사람 모두?

스테파니: 둘 다요.

벤: 걱정될 정도였나요? 이웃이 경찰을 부른 적은요?

스테파니: 없었어요. 뭐, 나중에 벌어질 일을 그때도 알았다면 매트를 좀 더 걱정했겠지만. 그리고 지금도 전 매트가 정말 안 됐다고 생각해요.

벤: 사바나가 살해당한 것 때문에요?

스테파니: 음, 아뇨, 카일이요. 카일 포터. 그 얘기는 알죠?

벤: 얘기를 좀 듣긴 했죠.

스테파니: 카일이랑 꼭 얘기해 봐요.

14

나는 멍청하게도 창문을 내렸다.

매트는 두 팔을 창틀에 걸치고 두 손은 조수석 안쪽으로 늘어
뜨렸다.

매트의 손은 정말 멋졌다. 손가락도 길고, 손톱도 늘 완벽하게
다듬어져 있었다. 나는 손에 대한 나름의 기준이 있다. 한 번은
데이트했던 남자의 손톱이 너무 길어서 그대로 잠적한 적도 있을
정도다. 두 번 생각할 여지도 없었다. 그 남자는 친절했고, 잘 생
겼고, 데이트도 정말 즐거웠다. 하지만 그 손톱만 생각하면 구역
질이 났다.

매트의 어두운색 머리카락은 훨씬 짧아져 있었다. 머리가 빠지
고 있는 걸까? 옹졸하게도 나는 마음속 한구석으로 은근히 그
생각이 사실이기를 바랐다.

나는 매트의 눈에 반했었다. 그 파랗고 밝은 눈을 마주하면 시선을 뗄 수가 없다. 심지어 지금도.

"안녕, 루시."

여기 온 걸 매트에게 들킨 건 정말 거지 같은 상황이라서 나는 아무 말도 하지 않았다.

나는 그대로 창문을 올려 매트의 목을 끼운 채 가속 페달을 밟아서 끌고 가는 모습을 상상했다.

'죽여버리자—'

"들어올 생각이었어, 아니면 여기 밤새 있을 작정이었어?" 매트가 물었다.

나는 한숨을 내쉬었다. "그냥 지나던 길이야."

"차를 세웠잖아."

"그냥 집이 어떻게 변했을지 궁금했어."

매트는 집을 흘긋 보고는 다시 내게 시선을 돌렸다. "여기까지 왔는데, 들어올래?"

나는 진심으로 당황해서 매트를 쳐다본다. "네 아내가 싫어할 것 같은데."

"곧 이혼할 거야. 그 사람은 휴스턴으로 돌아갔어."

나는 미소 짓지 않으려 노력했다. 하늘에 맹세하건대, 재수 없는 내 본모습을 보이지 않으려 노력하지만, 결국 완전히 실패했다.

매트는 씰룩거리는 내 입술을 봤을 테지만, 못 본 척했다.

"들어와. 술이나 한잔하자." 매트가 눈을 반짝이며 말했다. 벌써 나를 침대로 데려갈지, 아니면 부엌 식탁에 눕힐지 고민하고 있다는 의미다. 매트는 부엌 식탁에서 섹스하는 걸 좋아했다. 그래서 우린 아주 튼튼한 식탁을 골랐었다. 매트가 아직도 그 식탁을 쓰고 있을지 궁금해졌다.

아니야. 젠장. 또 매트와 엮이면 안 돼.

"정말 나랑 단둘이 있어도 괜찮겠어?"

"루시." 매트가 크게 한숨을 내쉬었다. 매트는 내 행동을 지적할 때 이런 식으로 한숨을 내쉬었다.

'루시, 그냥 부모님 집에 가 있어. 알겠지? 며칠만. 생각할 시간이 필요해.' 매트는 현관문 근처에 서서 긴장된 표정으로 손을 만지작거리며 내게 이렇게 말했었다. 그때 난 매트가 재빨리 도망칠 준비를 하는 거라고 생각했다.

매트는 나를 두려워했다. 내가 병원에서 돌아온 지 24시간도 채 되지 않았을 때였다. 경찰이 나를 진지하게 심문하기 전, 미디어가 내게 등을 돌리기도 전이었다.

그는 내가 범인이라고 확신했다. 내 남편이 나와 한집에 있기도 힘들 정도로 날 무서워했다.

"다음에 들를게." 내가 기어를 주행으로 바꾸자, 매트는 인도로 한 걸음 물러섰다.

나는 그곳을 떠나며 백미러를 쳐다보지 않았다.

15

식당에 들어서자마자 벤이 보였다. 지난번과 같은 자리에 앉아 노트북으로 뭔가를 쓰고 있었다.

벤은 고개를 들더니 내게 미소를 지었다. 할머니 말이 맞긴 맞았다. 벤은 정말 슈퍼히어로 같은 미소를 가졌다. '걱정하지 마세요, 이 엄청나게 잘생긴 영웅이 당신을 도우러 왔으니까요.' 벤은 늘 이런 에너지를 풍겼다.

나를 인터뷰하려고 다정하게 연기하는 것뿐이겠지만, 어쨌든 엄청 좋은 연기다. 인정할 수밖에 없다. 벤은 나를 보며 진심으로 기쁜 듯 보였다.

벤의 자리로 걸어가 맞은편에 앉자 끈적한 플라스틱 의자가 맨다리에 들러붙었다.

"당신이 먼저 연락할 줄은 몰랐어요."

벤의 말에 나는 어깨를 으쓱했다. 지난밤 나는 벤에게 오늘 아침에 만나자는 이메일을 보냈다. "이제 여기가 우리 공식 회의실이에요?"

"뭐, 저는 대부분 여기 있으니까, 공식 회의실인 셈이죠."

"여기서 일해요? 호텔 같은 데 안 잡았어요?"

"잡았어요. 하지만 카페나 식당에서 일하는 걸 좋아해서요. 빈스도 괜찮다고 했어요. 바쁠 때 오는 게 아니라서. 게다가 전 음식도 엄청 많이 주문하고요." 벤은 메뉴판을 들어 내게 건넨다. "뭐라도 먹을래요? 버거가 맛있어요. 페스토 치킨 샌드위치도 정말 맛있고. 참치 샌드위치는 별로예요."

"전 괜찮아요."

"정말요? 제가 살게요. 여긴 아침 메뉴를 하루 종일 팔아요. 프렌치토스트가 엄청 맛있는데."

사실 조깅 후에 바나나 한 개 먹은 게 전부라서 잠시 망설였다. 식당에는 온통 기름과 시럽 냄새가 진동했고 배에서 꼬르륵 소리가 들렸다.

"프렌치토스트 먹고 싶은 거죠? 잘 골랐어요." 벤은 몸을 펴고 주방을 향해 말했다. "빈스! 여기 프렌치토스트 하나 추가요!"

"고마워요."

"아니에요." 벤이 노트북을 덮으며 물었다. "생일파티 준비는 어떻게 돼 가요?"

"엄마가 그런 것도 말했어요?"

"당신 할머니가요."

"뭐 잘 되고 있을 거예요, 아마도."

"아마도?"

"정말 우리 할머니 생일파티 얘기를 하고 싶어요?"

어두운색 머리칼이 벤의 이마 위로 쏟아졌고, 벤은 고개를 흔들어 머리를 넘겼다. "아뇨. 그냥 예의상 물어봤어요. 가벼운 얘기를 해보려고 했죠."

"전 그런 거 잘 못 해요."

"알 것 같네요."

"어떤 사람들은 그냥 내가 싸가지 없는 거래요."

"가벼운 얘기를 못 하면 싸가지 없는 거예요?"

"그런가 봐요. 어떤 사람들이 그러더라고요." 엄마는 항상 이런 일에 예민했다. '예의 있는 사람이라면 서로 대화를 하는 거야, 루시! 예의 있는 사람들은 안부를 묻는 거라고.'

"싸가지 없어요?" 벤이 묻는다.

"그런 편이죠."

"솔직하네요."

"그러려고 늘 노력하죠."

벤은 연주하듯 손가락으로 노트북을 두드렸고, 나는 그 모습을 보지 않으려 애썼다. 벤이 즐거워하고 있는 게 나 때문인 것 같았다.

"이제 팟캐스트에서 '바람난 창녀' 부분으로 넘어가야 할 것 같은데요."

내 말에 벤은 깜짝 놀란 듯 눈을 깜빡였다. "전…."

"괜찮아요. 익숙하니까. 딱히 새로운 정보도 아니잖아요? 그리고 사람들 생각이랑 다르게 전 당신이 정말 이 사건을 해결했으면 하니까요."

'사람 살을 태우면 바비큐 냄새가 나. 게다가 시체도 처리할

118

수 있고. 이보다 좋은 기회가 어딨어?'

나는 목소리가 사라지기를 바라며 이를 꽉 물었다.

'죽여버리자—'

"같이 해결하는 게 어때요?"

"그 팟캐스트 일에 협력할 생각 없어요."

"팟캐스트 얘기가 아니에요. 어쨌든 직접적으로는 아니죠. 당신한테 돈을 주진 않을 거니까요."

"벌써 흥미가 생기는데요."

"저랑 협력하면 누가 사바나를 죽였는지 알아낼 수 있어요."

"그러니까, 저 말고 말이죠?"

"당신일 수도 있죠. 진실이 밝혀졌을 때, 만약 당신이 범인이라면 전 모두에게 말할 거예요."

그리고서 벤은 다시 빌어먹을 슈퍼히어로 미소를 지었다. 좀 짜증 나는 타입이다.

"아주 공정하시네요."

"인터뷰하게 해 주세요. 그리고 사건을 함께 조사하자고요."

"저에게 뭘 듣고 싶은 건데요?"

"당신은 누구보다 사바나를 잘 알았잖아요. 그리고 지금까지 얻은 모든 정보 중에서 당신에게 직접 들은 건 거의 없어요. 당신 이야기를 해 줘요. 당신 생각을. 다른 사람들 생각은 넘치도록 들었으니, 그중에 뭘 걸러야 하는지 알아야겠어요. 그러려면 당신이 도와줘야 해요."

내 프렌치토스트, 벤의 샌드위치와 함께 빈스가 나타났다. 빈스는 나를 내려다보며 인상을 쓰더니 벤에게 말했다.

"당신 앞에 있는 사람이 누군지 알아요?"

"모르는 사람이랑 왜 같이 앉아 있겠어요?"

빈스의 얼굴이 더 구겨졌다. 그러고는 마치 내게 주기 싫은 듯 김이 모락모락 나는 접시를 가슴 가까이 끌어당겼다.

"고마워요. 정말 맛있어 보이네요."

진심을 담은 벤의 말에 빈스는 마지못해 내 앞에 접시를 퉁명스럽게 내려놓았다. 빵 위에 얹어진 버터 덩어리가 빵 옆으로 미끄러지듯 흘러내렸다.

나는 돌아가는 빈스의 뒷모습을 보며 말했다. "이제 당신도 싫어할 걸요. 저랑 같이 다니면 늘 이럴 거예요. 익숙해져요."

"그럼 절 도와주겠다는 거예요?"

나는 프렌치토스트를 한 입 베어 물었다. 벤의 말이 맞았다. 엄청 맛있다. "그래요."

벤의 표정이 밝아졌다. "정말요?"

"네."

"인터뷰도요? 공식적으로?"

"네."

"정말이에요?" 벤은 기뻐하며 핸드폰을 집어 들고 뭔가를 써 내려가기 시작했다.

"왜 그렇게 놀라요? 할머니는 저를 당신과 만나게 하려고 생일 파티까지 계획했는데. 할머니가 절 설득 못 할 줄 알았어요?"

"솔직히 말하면, 네."

"당신이 할머니를 못 믿었다고 말해줘야겠네요. 별로 안 좋아할 거예요."

"늦었어요. 제가 이미 문자를 보내고 있거든요." 벤은 거들먹거리는 미소를 띤 채 나를 흘긋 올려다본다.

"할머니한테 문자를 보내고 있다고요?"

"자주 연락하거든요."

"세상에."

"베버리는 절 엄청 좋아해요." 벤이 거만하게 말했다.

"잘 알고 있어요."

"저도 베버리를 좋아하고요." 벤은 다시 한번 나를 올려다봤다. "그리고, 당신이 틀렸어요."

"뭘요?"

"새로운 정보가 없다는 거요. 카일이 털어놨거든요."

벤 오웬스의 거짓말에 귀 기울일 것

Episode 3
매트가 아까웠어요.

카일 포터는 오스틴에 살고 있습니다. 저는 트렌디한 시내 한 호텔 회의실에서 카일을 만났습니다. 카일은 동료와 술을 마시러 가던 길이었는데, 마치 법정 드라마에 나오는 섹시한 주인공 같은 사람이었어요. 우아한 데다 분위기도 타고난 사람이었죠.

카일: 제가 루시를 만났을 때 루시는 플럼튼에 산 지 일 년 정도 됐었어요. 그러니까, 성인이 되어서 다시 돌아온 후죠. 저는 일 때문에 플럼튼에 자주 갔었고, 어느 주말에 그 바에서 루시랑 새비를 만났어요. 루시는 한산한 낮에 그 바에서 글을 썼죠.

벤: 글을 썼다고요?

카일: 루시는 책을 쓰고 있었어요. 바에 노트북을 가져오곤 했는데, 특이해 보였죠. 그래서 글을 쓰고 있던 루시에게 먼저 말을 걸

었어요. "일하는 거예요, 술 마시는 거예요?" 그러자 루시가 책을 쓰고 있다고 대답했고, 전 멋있다고 생각했어요. 그렇게 대화하게 됐죠.

벤: 그리고 어떻게 됐죠?

카일: 제가 플럼튼에 온 지 3주째 되는 주말이었던 것 같아요. 그땐 루시가 절 기다리고 있었던 것 같았고, 정말 엄청… 취해 있었어요. 그 식당 옆에 호텔이 하나 있어서 와인을 몇 잔 마신 후에 같이 호텔에 가겠느냐고 물었죠.

벤: 루시가 결혼했다는 사실을 알고 있었나요?

카일: 결혼반지는 봤어요. 하지만 전 만나는 사람이 없었고, 솔직히 누굴 사귈 마음도 없었거든요. 사실 유부녀인 게 더 낫다고 생각했어요.

벤: 루시는 어떤 사람 같았죠? 행복해 보였나요?

카일: 아뇨, 행복은 아니에요. 루시는 복잡한 사람이었어요. 다층적인 면이 있었죠. 남들 기분을 맞춰주는 데는 관심이 없었어요. 여자치고는 특이했죠. 이십 대 초반치고는 훨씬 성숙해 보였고 생각이 깊었죠. 책을 쓰면서, 늘 생각에 너무 갇혀 있었어요. 결국 책을 한 권도 못 냈다는 게 놀랍진 않네요.

벤: 루시가 결혼 생활에 대해 얘기했나요?

카일: 처음부터 말해주진 않았죠. 하지만 우린… 몇 개월, 거의 일 년이 되도록 계속 만났고, 결국 남편에 관한 얘기를 해 줬어요.

벤: 결혼 생활이 행복한 것 같았나요?

카일: 복잡하다는 생각을 했어요. 하지만 모든 결혼 생활이 다 그렇잖아요? 전 결혼해 본 적이 없지만, 늘 그렇게 생각했어요. 솔직히 말하면 좀 오버하는 게 아닌가 생각도 했고요. 그때 루

시는 20대 초반이었고 정말 어렸어요. 전 루시보다 15살은 더 많았고, 두 사람 모두 결혼하지 말았어야 했다고 생각했던 기억이 나요.

16

어제 식당을 나서기 전에, 프렌치토스트와 후회로 가득 찬 상태로 벤에게 내 번호를 알려줬다. 나는 그동안 기자에게 연락처를 알려준 적이 한 번도 없었는데(몇몇 기자가 예전 번호를 찾아내긴 했지만), 이번엔 심각한 실수를 저질렀다는 느낌을 떨칠 수가 없었다.

사실 요즘 큰 실수를 너무 많이 하는 것 같다. 지난 며칠간 내 삶은 빌어먹을 실수투성이였고, 그건 날 배신한 할머니를 보러 이 먼 곳까지 오기로 한 결정부터였다. 할머니는 하루의 80%(낮게 잡은 거다.)를 취해서 보낸다. 그런 사람의 결정을 믿어서는 안 됐던 게 아닐까?

다음날, 내가 엄마의 사무실에 앉아 '어제가 질투할 정도로 멋진 오늘을 살자'라고 적힌 책상 위 포스터를 멍하니 쳐다보던 중에 전화기가 울렸다. 나는 고개를 숙여 벤의 메시지를 확인한다.

【오후에 시간 괜찮아요?】

나는 최대한 짧게 답장했다. 【왜요?】

【제 어시스턴트 만나볼래요? 플럼튼에 왔는데.】

나는 책상 의자에 앉은 채 몸을 돌렸다. 놀랍게도, 벤과 일하는 어시스턴트를 만나보고 싶었다. 지난 시즌 팟캐스트에 나왔었는데, 똑똑한 사람 같았다. 그 사람은 정말 혹독하게 벤의 실수를 지적했다.

【그래요. 어디로 갈까요?】

【제 방에 같이 있어요. 플럼튼 스위트 호텔 226호요.】

【지금 가요?】

【편할 때 와요. 일하고 있을 거니까.】

그렇게 나는 노트북을 방에 버려둔 채 도시를 가로질러 플럼튼에 있는 가장 좋은 호텔로 향하는 끔찍한 결정을 또 내렸다.

벤은 청바지에 빛바랜 회색 티셔츠를 입고 문을 열었다.

객실은 주방과 작은 거실이 있는 기본 스위트룸이었다. 커피 테이블 위에는 노트북 두 대가 놓여 있었다. 풍성하게 구불거리는 긴 머리에 예쁘게 생긴 한 흑인 여자가 친절한 미소를 지으며 소파에 앉아 있었다.

"와 줘서 고마워요. 당신을 인터뷰할 수 있게 됐다고 했는데, 페이지는 못 믿더라고요."

페이지는 일어서며 말했다. "이걸로 또 엄청 빼기겠군."

"페이지, 이쪽은 루시야. 루시, 이쪽은 제 어시스턴트인 페이지에요. 절 싫어하고요."

페이지는 내게 악수를 청했다. "만나서 반가워요."

"저도요."

"앉으세요, 벤이 대체 어떻게 당신을 설득한 건지 말해줘요."

페이지는 소파에 다시 앉았고, 나는 거실 구석에 있는 의자에 앉았다. 벤은 부엌 조리대에 기대 서 있었다.

"뭐라도 마실래요?" 벤이 물었다. "물? 커피? 그 정도밖에 없어요. 아, 위스키도 있고요."

"전 괜찮아요, 고마워요."

페이지는 나를 뚫어져라 쳐다봤다. 내 얼굴을 외워서 나중에 그리기라도 할 작정인지 궁금해질 정도로.

"페이지." 벤이 말했다.

"뭐?"

"너 또 그러잖아. 적당히 해."

페이지가 눈을 깜빡이며 말했다. "아, 미안해요. 사진이랑 너무 달라 보인다고 하면 실례일까요?"

"아뇨." 나는 의자에 깊이 기대앉았다. "돌아다니는 사진들은 다 엄청 나쁜 사람처럼 나왔잖아요."

"바로 그거였네요." 벤이 손가락을 튕긴다. "당신을 보고 나서 뭔가 놀라운 점이 있다고 계속 생각했어요."

"안 나빠 보여서요?"

"표정 때문일 수도 있지만, 어쨌든요. 당신이 나쁜지 아닌지는 더 지켜보면 알겠죠."

페이지가 다시 나를 응시했다.

"당신이랑 실제로 만나서 얘기하고 있다니 믿기지가 않아요. 혹시 우리 팟캐스트 들어요?"

"네."

페이지는 소파에서 몸을 앞으로 내밀어 기도하듯 손바닥을 맞댔다. 페이지가 꽤나 흥분하고 있다는 게 느껴졌다. "뭐부터 시작해야 할지 모르겠네요."

"페이지, 루시는 인터뷰하러 여기 온 게 아니야. 그냥 들러서 인사나 하는 건 어떠냐고 물어본 거라고."

"알았어." 페이지가 손을 내리며 말했다. "한 가지만요. 하나만 물어봐도 될까요? 제가 생각한 가설이 있어서요."

"물론이죠." 안될 거 없죠. 날 마음대로 해 봐요, 페이지.

'여자를 죽여본 적은 없는데, 언젠가 죽여보고 싶긴 해.'

나는 목소리를 무시하려 애쓰며 자세를 바꿨다. 요즘 부쩍 시끄러워지고 있다.

좋은 신호일 리 없었다.

"고등학교 때 로스 아이어스는 왜 때린 거죠?"

나는 깜짝 놀라 눈을 깜빡였다. 물론 무슨 질문을 할지 모르긴 했지만, 그래도 이건 예상 밖이었다.

'그 새끼를 그냥 죽였어야 했어. 그럼 훨씬 즐거웠을 텐데.'

"아무도 모르더라고요. 모두에게 물어봤는데."

아니, 사실 에밋은 알고 있었다. 하지만 에밋은 늘 비밀을 잘 지켰다.

"로스가 같은 반에 있던 여자애 치마 속 사진을 찍고 있었거든요."

"역시 그런 거였군요." 페이지는 자신이 이겼다는 듯, 혹은 누군가를 당장이라도 때릴 듯 두 주먹을 꽉 움켜쥐었다.

"걔는 제가 선생님한테 그 사실을 말하는 걸 봤을 거예요. 선생님이 그 애 핸드폰을 확인했을 땐 이미 사진이 지워져 있었거든요. 이 얘기를 다른 사람에게 하지 않은 건, 피해를 당한 여자애가 제게 얘기하지 말아 달라고 부탁해서였죠. 수치스러웠겠죠. 그래서 내 손으로 직접 벌을 줘야겠다고 생각했어요."

"페이지…."

"알아, 로스한테 전화해서 인터뷰 다시 할 거냐고 물어볼게." 페이지는 핸드폰에 무언가를 써 내린다.

"그 자식은 인정 안 할 거예요."

"에밋은 알았던 거죠?" 페이지가 묻는다. "그 일을 물어봤을 때 뭔가 걸리는 게 있어 보였거든요."

세상에, 지난 시즌에서 이 두 사람이 어떻게 사건을 해결할 수 있었는지 알 것 같다. 확실히 실력이 있었다.

나는 그 사실에 안심이 되는 건지 겁이 나는 건지 혼란스러웠다.

'나한테 좋은 생각이 있어….'

"에밋한테 그 여자애 이름을 말하진 않았지만, 맞아요, 에밋은 알고 있었어요." 나는 목소리를 잠재우려 사실을 털어놨다.

"에밋이 당신의 비밀을 많이 알고 있는 것 같다는 느낌이 드는데요?" 페이지는 고개를 치켜들었다. 질문보다 도발에 가까운 말이었다.

"에밋하고 얘기 안 한 지 5년은 됐어요."

"왜죠?" 벤이 물었다.

"놀랍게도 친한 친구의 살인 용의자가 되면 사람들이 연락을 끊거든요."

나는 내 핸드폰에 남아있던 부재중 전화들, 답장하지 않았던 에밋의 문자들을 떠올렸다.

페이지는 내가 거짓말하는 걸 안다는 듯 나를 응시했다.

나는 시선을 피했다.

"매트하고는 연락해요?" 벤이 물었다.

"아뇨, 하지만 최근에 보긴 했어요."

"다시 만나는 건가요?"

나는 어깨를 으쓱했다. "한번 보자고 하긴 했는데, 아직 연락은 안 했어요. 왜요?"

"매트는 인터뷰를 안 하려고 할 거예요. 당신이 잘 말해주면 가능성이 있지 않을까 해서요."

나는 눈썹을 치켜든다. "진심이에요? 저보고 매트를 설득하라고요?"

"안될 거 있어요?"

"매트는 제가 범인이라고 생각해요."

"그 말이 맞아요?" 페이지가 물었다.

나는 밀려오는 두려움을 감추려 재미있다는 표정을 지어 보인다. "그래요, 알았어요. 장담은 못 하지만, 한번 해 보죠."

벤 오웬스의 거짓말에 귀 기울일 것

Episode 4
기억 상실증이라는 방어 기제

리포터 (뉴스 방송): 오늘 밤 속보입니다. 한 지역에서 열린 결혼식
이 비극으로 물들었습니다. 하객인 24세 사바
나 하퍼가 결혼식장 근처 숲에서 시신으로 발
견되었기 때문입니다. 또 다른 젊은 여성 역시
근처에서 길을 잃고 헤매던 중 경찰에게 발견
되었으며, 공격으로 부상을 입었지만, 현재 병
원으로 옮겨져 안정된 상태라고 합니다. 경찰
은 이 사건에 관해 알고 있는 사람들을 수소문
하고⋯.

숲 근처에서 조깅을 하던 길이 현장에서 사바나를 발견했을 때, 사
바나는 이미 사망한 상태였습니다. 이후 검시관은 사바나의 사인이

머리에 가해진 큰 충격이라고 밝혔습니다. 더 자세히 말하면 두 번의 충격이었죠. 누군가 어떤 흉기로 사바나의 머리를 두 번 가격했고, 그대로 죽도록 내버려 둔 겁니다.

처음에 루시는 가해자가 아닌 두 번째 피해자로 여겨졌습니다. 루시 역시 크게 다쳤으니까요.

하지만, 경찰은 현장에서 제삼자의 존재를 입증하는 증거를 발견하지 못했습니다. 또한, 부검 결과 사바나의 팔에 난 긁힌 상처가 루시의 손톱 때문에 생긴 것으로 밝혀졌고, 멍 자국 역시 루시의 손 모양과 비슷했습니다. 이후 목격자들이 결혼식 당일 있었던 일을 진술하기 시작하자, 루시를 둘러싼 여론은 급격히 바뀌었습니다.

저는 그날 밤 루시와 사바나의 모습을 목격한 니나 가르시아와 이야기를 나눴습니다.

니나: 그 결혼식에서 루시와 새비가 싸우는 모습을 본 사람이 많아요.

벤: 그때 상황을 자세히 설명해 주실 수 있을까요?

니나: 화장실에서 나왔더니 복도에서 루시와 매트가 낯 뜨거울 정도로 스킨십을 하고 있었어요. 새비는 화가 난 것 같았죠.

벤: 루시가 남편이랑 키스하는데 새비가 왜 화를 내죠?

니나: 그러게요. 어쨌든, 새비가 헛기침을 해서 두 사람이 멈췄어요. 루시가 새비에게 뭔가 말하려고 하자 새비가 바로 받아쳤죠. 무슨 말을 했는지는 못 들었지만, 분위기가 정말 살벌했어요.

벤: 그럼 아무것도 못 들은 건가요?

니나: 네. 그리고 직접 보진 못했는데, 나중에 들어보니 새비와 루시가 함께 결혼식장을 떠날 때까지 새비는 화가 나 있었다고 하더라고요. 새비가 루시에게 소리를 지르고 차 문을 부서질 듯

이 닫는 모습을 사람들이 봤대요. 뭔가 일이 있긴 있었던 거죠.

루시는 사건 초기부터 사건에 관한 기억이 없다고 주장해왔습니다. 사실, 루시는 결혼식이 있던 그날 밤 일이 전혀 기억나지 않는다고 주장하고 있죠.

사바나와 함께 결혼식에 갔던 콜린 던은 이렇게 말합니다.

콜린: 네, 루시는 그날 집에서 나간 이후로 아무것도 기억나지 않는다고 했어요. 결혼식장에 도착한 것도 기억 못 했던 것 같아요.

벤: 그럼 그녀가 뭘 기억하고 있는지는 들으셨나요?

콜린: 버드 에스테이트로 가려고 매트와 차에 탄 건 기억한다고 했어요. 그런데 그것 말고는 아무것도 기억이 안 나는 게 말이 돼요? 전 기억 상실증이라는 병이 진짜인 줄도 몰랐어요. 그냥 TV에서 만들어낸 건 줄 알았죠.

벤: 실제로 있는 증상이에요.

콜린: 이상하잖아요. 아무튼, 루시가 퇴원하고 며칠 뒤에 사람들이 저한테 루시하고 얘기해보라고 하더라고요.

벤: 왜죠?

콜린: 그러니까, 그날 밤에 무슨 일이 있었는지 기억하게 하려고 애쓰는 것 같았어요. 매트가 루시에게 뭔가 말하긴 했지만, 너무 취해 있었어요. 전 술이 세요. 제 기억은 멀쩡했어요.

벤: 당신은 괜찮았어요? 루시와 이야기하는 게?

콜린: 네, 상관없었어요. 그러니까, 그 일 때문에 마음이 안 좋았거든요. 그 여자랑 차에서 있었던 일이요. 나쁜 짓이었죠.

어쨌든, 전 체이스 씨 집으로 갔어요. 루시가 부모님과 함께 지내고 있었으니까요. 전 루시에게 기억나는 게 있냐고 물었고, 루시는 "주차장에서 만나서 다 같이 결혼식장 테이블에 앉았잖아."라고 했고, 전 "아니, 안 그랬어."라고 말했어요. 그랬더니 루시가 갑자기 울기 시작했어요. 뭔가 엄청 섬뜩했죠.

벤: 울었다고요?

콜린: 네, 사람들이 매트와 루시가 주차장에서 어떤 남녀와 얘기한 걸 봤다고 말했는데 그게 저랑 새비라고 생각했나 봐요. 그리고 그걸 경찰에 말한 거죠. 그땐 경찰에서 정보를 긁어모을 때니까. 그건 엄청 중요한 얘기잖아요, 안 그래요? 하지만 그 목격자가 헷갈렸던지, 엄청 술에 취했거나 했던 거겠죠. 저와 새비는 그 이후에 결혼식장에 도착했거든요. 루시랑 매트는 우리가 들어갔을 때 이미 테이블에 앉아 있었어요.

벤: 그것 때문에 루시가 혼란스러워했나요?

콜린: 아주 많이요. 깜짝 놀랐어요. 정말 쓰러지기라도 할 것 같았으니까요. 루시의 부모님이 나중에 얘기해 주셨는데, 루시가 매트, 저, 새비와 함께 결혼식장으로 들어갔던 기억이 난다고 말했대요. 마치 안 좋은 기억을 덮으려고 기억을 전부 새로 만들어 낸 것처럼요. 그때부터 전부 섞여버린 것 같아요. 루시는 뭐가 진짜였는지, 자기가 만들어낸 기억은 뭔지, 진짜 기억은 뭔지 구별을 못 했죠.

벤: 루시가 기억을 못 한다고 말했을 때, 그 말을 믿었나요?

콜린: 잘 모르겠어요. 그게 거짓말이면 연기가 정말 살벌한 거예요. 기억 상실증이 TV 속에만 존재하는 게 아니라는 얘기를 듣고 나서는 루시를 좀 더 믿게 된 것 같아요.

하지만 정말 이해가 안 되는 건… 그래도 머리 부상이 나은 후에는 결국 뭔가를 기억해 내지 않았을까요? 그건 좀 수상한 것 같아요.

콜린과 이야기를 나누며 마음에 걸리는 점이 있었습니다. 콜린은 루시가 퇴원한 지 이틀 만에 그녀를 보러 갔다고 말했죠. 가장 친한 친구가 살해당한 그날 밤의 기억을 떠올리게 하려고 굳이 찾아간 건데, 머리를 크게 다친 지 얼마 안 되는 사람에게는 엄청난 스트레스를 주는 일입니다.

사실, 루시의 머리 부상에 관해 얘기하는 사람은 많지 않습니다. 줄곧 루시가 '심각하지 않은 외상성 뇌 손상'을 입었다고 보도되었지만, 사실은 매우 심각한 부상이었죠. 저는 익명을 요청한 의사에게 자문을 구했습니다. 그는 루시 체이스를 직접 진료한 건 아니지만 외상성 뇌 손상으로 기억 상실증이 발생할 수 있냐는 물음에 '그렇다'라고 답했습니다. 사실, 뇌 손상을 입은 사람들은 자신이 겪었던 일을 잊어버리는 것이 아니라 기억을 아예 저장하지 못하는 것이라고 합니다. 기억 자체가 존재하지 않는 거죠.

그래서, 많은 분이 물어보셨던 그 질문에 답하자면, '그렇다'입니다. 기억 상실증이라는 방어 기제는 실제로 존재합니다. 루시의 부상 정도로 미루어 보았을 때, 그날 밤 일을 정말로 기억하지 못할 가능성도 있습니다.

하지만 정말 루시의 말은 진실일까요? 그렇다면 왜 플럼튼 사람들은 모두 루시가 거짓말을 하고 있다고 그렇게나 확신하는 걸까요?

17

【우리 헤어져야 할 것 같아.】

아침에 일어나자마자 네이선에게 문자가 와 있었다. 텍사스 시간으로 새벽 두 시에 온 문자였다. 캘리포니아는 자정이었을 것이다. 술에 취해 문자를 보낸 걸까?

【왜???】 나는 문자를 보내며 웃음을 터뜨렸다.

마침내 네이선을 벼랑 끝에서 밀어버린 게 무엇이었을지 궁금했다. 어쩌면 카일과 바람을 피운 에피소드를 들었을 수도 있다. 살인은 참아도 남편을 두고 다른 사람을 만난 건 못 참을 수도 있으니까.

지금 LA는 새벽 6시일 테니, 답장이 바로 오지는 않을 것이다. 아예 안 올 수도 있고.

엄마가 다니던 헬스장에서 내가 플럼튼에 있는 동안 엄마 대신 시설을 사용할 수 있게 해 줬고, 나는 러닝머신에 올라 머릿속이 텅 빌 때까지 뛰고, 뛰고, 또 뛰었다.

네이선은 내가 집에 돌아와 샤워를 마칠 때까지 답장이 없었지만, 매트에게는 연락이 와 있었다.

화면에 뜬 매트의 이름을 보자 온몸에 팽팽한 긴장감이 흘렀다.

【루시, 점심 같이 먹자. 응?】

이 문자를 무시하고 싶었다. 지난 몇 년간 매트가 보내온 문자들을 무시했던 것처럼.

하지만 나는 벤의 부탁을, 할머니의 부탁을, 그리고 새비의 부탁을 떠올렸다.

과거의 나는 매트를 잘 설득하지 못했지만, 지금은 다를지도 모른다. 어쩌면 지금의 나는 다를 수도 있다.

어쩌면 더 멍청해졌을 수도 있지만.

【좋아.】 나는 답장을 보냈다.

내가 그 멕시칸 식당에 도착했을 때, 매트는 자리에 있는 칸막이에 기대고 앉아 핸드폰을 들여다보고 있었다. 매트는 걸어오는 나를 발견하고 미소를 지었다.

그때, 지글지글 끓는 파히타 접시를 든 종업원이 나를 지나쳤다. 젠장. 저렇게 뜨거운 접시를 사람 머리에 내리치면 엄청 크게 다치겠지?

'죽여버리자—'

제발. 안 돼. 지금은 이 목소리와 싸울 에너지가 없다. 정신 차리고 뇌에 힘주라고.

매트는 일어서더니 손 쓸 틈도 없이 나를 끌어안았다. 익숙한 향이 났다. 늘 쓰는 애프터셰이브에서 나는 나무 향과 습관처럼 먹는 민트사탕 향.

나는 매트에게서 몸을 떼며 얼굴을 보지 않으려 애썼다. 머릿속에서 계속 파히타 접시로 매트의 얼굴을 내리치고 있어서다.

미끄러지듯 빨간 플라스틱 의자에 앉자, 마르가리타 두 잔이 눈에 들어왔다. 내 것도 미리 시켜둔 모양이다. 난 낮술도 별로 좋아하지 않았고, 술잔 가장자리에 소금이 묻어있는 것도 좋아하지 않았다. 과거 언젠가는 매트도 그걸 알았을 때가 있었을 거다. 그때도 별로 신경은 안 썼을 것 같지만.

그때 핸드폰 진동이 울렸다. 네이선의 답장이었다.

【그냥 서로 방향이 다른 것 같아.】

맞는 말이다. 아마 난 감옥으로 향하고 있을 거고, 네이선은 데이트 앱에서 새로운 여자친구를 찾고 있을 테니까.

문자가 하나 더 왔다.

【미안해. 네 물건은 정리해 둘게. 언제 가져갈지 말해줘.】

나는 핸드폰을 가방에 다시 넣고 매트를 바라봤다. 전남편 앞에 앉아 내 짐을 챙겨가라는 전 남자친구 문자를 받는 상황이라니. 나 좀 대단한데?

"와 줘서 고마워." 매트는 깍지 낀 손을 테이블 중간에 놓았다. 내가 자기 손을 좋아한다는 걸 분명 기억하고 있는 거다.

"그래." 나는 마르가리타를 한 모금 마셨다. 힘든 하루이기도 했고, 안 마시면 매트가 한 소리 할 것 같아서다. 난 매트의 신경을 거스르지 않으려면 어떻게 해야 하는지 잘 안다.

대부분은 말이다.

138

나는 조심스럽게 술잔을 내려놓았다. 색이 화려한 멕시코풍 타일로 장식된 테이블이어서, 타일 가장자리에 술잔을 내려놓으면 중심을 잃고 쏟아질 수도 있다. 매트는 내가 뭘 흘리는 걸 정말 싫어했다.

"잘 지내?" 나를 걱정하듯 매트의 눈썹이 미간으로 모였다. "돌아오는 거, 힘들었을 텐데."

"괜찮아."

"그 팟캐스트는 듣고 있어?" 매트가 물었다.

"응. 사실 그 벤이라는 사람이랑 연락하고 있어."

매트의 입가에 닿으려던 마르가리타 술잔이 그대로 멈췄다. "뭐?"

"식당에서 만났어. 나한테 도와달라고 하더라고."

"너한테…. 도와달라고 했다고?" 매트는 이상한 말이라도 들은 것처럼 되물었다.

"응, 인터뷰해 달래. 뭐, 안 될 거 없잖아?"

"진심이야?" 매트가 잔을 내려놓고 물었다. 울퉁불퉁한 타일 위에서 술이 춤추듯 흔들렸다.

"응."

"루시, 그건 별로 좋은 생각이 아니야."

"왜?"

매트의 눈이 살짝 커졌다. 마치 내가 그 질문의 답을 이미 알고 있어야 한다는 듯이.

'왜냐면 네가 새비를 죽였잖아, 루시.'

"벤은 네 편이 아니야." 매트가 마침내 할 말을 찾았는지 입을 열었다.

"응. 아니지."

"그런데 왜…." 화가 치민 목소리다. 나는 매트의 이런 모습에 익숙했다.

"내 편은 아무도 없어. 하지만 벤은 그 누구의 편도 아닌 것 같아. 나한텐 그게 최선이고."

매트는 한숨을 길게 내쉬더니 마르가리타를 한 모금 더 마셨다. 나는 아직 매트의 짧은 머리가 낯설었다. 너무 짧아서 두피가 비칠 정도다. 헤어스타일 때문에 공격적인 분위기가 느껴졌다. 두피가 왠지 화난 것처럼 보인달까.

"벤은 네가 인터뷰를 안 했다던데."

"당연히 안 했지."

"네가 인터뷰해도 난 상관없어. 그냥, 혹시 나 때문에 안 했을까 봐."

"세상에, 루시! 당연히 너 때문에 안 했지!" 매트는 점점 더 목소리가 커졌다.

'좀 더 나한테 고마워해야 하는 거 아니야? 빌어먹을!' 매트는 쓰레기봉투에 옷들을 쑤셔 넣던 나에게 이렇게 소리쳤었다. 나는 아직도 내가 뭘 고마워해야 했는지 모르겠다. 내가 가장 친한 친구를 살해했다고 생각하면서도 나와 계속 결혼 생활을 유지하고 싶어 했다는 걸까?

여전히 감사한 마음 같은 건 전혀 들지 않았다.

"난 네가 인터뷰해야 한다고 생각해." 나는 나초 칩을 소스에 찍어 입안에 털어 넣었다.

"정말 안 좋은 생각인 것 같은데."

"난 할 거야. 카일도 네가 바람피웠다는 걸 전부 말해버렸고.

네 이야기를 하고 싶지 않아?"

"난 바람 안 피웠어."

나는 겨우 비웃음을 참았다. 엄청난 성과다. "그럼 꼭 인터뷰해서 벤한테 그 사실을 말해야겠네."

매트는 칸막이에 등을 기대고 나를 늘 긴장하게 했던, 턱을 움직이는 그 표정을 지었다. 나는 앞에 놓인 식기에서 칼을 집어 매트의 눈에 꽂아 넣는 상상을 했다.

"그래, 알았어." 걸려들었다. 저건 '그래, 내가 보여줄게' 하는 말투였다.

"벤한테 다시 전화하라고 해. 인터뷰한다고."

벤 오웬스의 거짓말에 귀 기울일 것

Episode 4
기억 상실증이라는 방어 기제

사바나의 죽음에 대한 뉴스가 처음 보도되었을 때는 사바나를 죽이고 루시를 공격한 제삼자가 있다는 의견이 지배적이었습니다. 하지만 경찰이 범행 현장에 다른 사람이 있었다는 증거를 찾지 못하고, 루시가 계속해서 그날 밤의 일을 기억하지 못한다고 주장하자 여론은 변하기 시작했습니다.

조안나 클락슨을 기억하십니까? 매트와 루시의 이웃이었던 그 조안나요. 조안나는 저와 다시 마주 앉아 어떻게 루시에게 의심이 옮겨가기 시작했는지 말해줬습니다.*

조안나: 음, 새비의 팔에 남아있던 긁힌 상처와 멍이 확실히 신경 쓰이긴 했죠. 하지만 새비와 루시가 결혼식에서 싸웠다는 소문을 들었을 때까지만 해도 루시가 범인일 거란 생각은 안

했어요. 하지만 그 직후에 매트가 루시를 집에서 쫓아냈고, 그때부턴 정말 의심스러웠죠.

벤: 루시를 쫓아냈다고요? 확실한 겁니까?

조안나: 매트가 루시에게 나가달라고 했다는 건 확실해요.

벤: 루시가 퇴원한 직후에 그랬다는 거죠?

조안나: 맞아요. 타이밍이 이상했어요. 루시가 범인이 아니면 크게 다친 데다 트라우마로 고생하고 있던 아내를 쫓아낼 리 없잖아요. 매트가 그렇게 해야 했던 이유는 하나뿐이에요. 딱 한 가지죠.

벤: 그럼 그 시점에는 주변 사람 대부분이 루시가 사바나를 죽인 범인이라고 생각했나요?

조안나: 네, 모두가 그랬어요.

벤: 하지만 경찰은 루시를 살인죄로 체포한 적은 없었죠?

조안나: 네. 범행 도구나 확실한 증거가 없다고 하더라고요. 잘은 모르겠지만 그건 플럼튼 경찰의 능력 부족 때문이었던 것 같아요. 늘 술 취한 여행객들이나 상대했지, 살인 사건 같은 건 다뤄본 적이 없으니까요.

벤: 루시를 체포할 증거가 없다는 사실은 여론에 영향을 미치지 못한 건가요?

조안나: 글쎄요. 아시다시피 미국 사법 체계에서는 증거와 목격자가 있어야 하잖아요. 그러니 누군가 감옥에 가지 않았다고 해서 범죄를 저지르지 않았다는 의미는 아니죠.

벤: 정당방위는 어떻게 생각하세요? 루시는 크게 다쳤어요. 루시가 자기 자신을 방어해야 할 상황이었을 수도 있을 거라는 말은 안 나왔나요?

조안나: 사바나한테서요? 말도 안 돼요. 그 애는 몸집도 작고 착했

어요. 어쨌든 지금 제가 그 사건에 대해 알고 있는 건 그 두 명 중 한 명은 죽고, 한 명은 곧바로 캘리포니아로 도망가 그날 기억이 나지 않는다고 주장하고 있다는 거예요. 그래서 전 죽은 애 편이에요, 알겠어요? 전 사바나 편이라고요.

하지만 살해 동기는 어떨까요? 루시는 왜 갑자기 가장 친한 친구를 죽이려고 했을까요? 루시와 사바나는 그 결혼식장에서 왜 싸운 걸까요?

니나는 사바나와 매트 사이에 무언가가 있었을 수 있다는 것을 암시하는 듯했습니다. 질투 때문에 루시가 살인을 저지른 걸까요?

저는 카일 포터와 이 주제로 대화를 나눴습니다.

카일: 루시는 매트도 분명 바람을 피우고 있을 거라고 말했어요. 지난번에 인터뷰 했을 때는 루시가 이런 말을 했다고 밝혀야 하는 건지 확신이 없었어요. 루시가 그냥 우리 관계를 스스로 합리화하려고 한 말이라고 생각했거든요. 어쨌든 매트가 이웃집을 드나드는 것 같다고 루시가 말한 적이 있었어요.

벤: 그러니까, 이웃에 사는 여성이랑 잠자리를 가졌다는 말인가요?

카일: 그렇죠. 그냥 죄책감을 떨치려고 한 말인지는 잘 모르겠지만…. 아마 그랬을 거예요. 매트가 두 번째 아내와도 금세 헤어졌다는 소문을 들었고, 그때 루시 말을 믿어주지 못해서 미안하다는 생각이 들었어요.

사실 루시가 매트에 관해 몇 가지를 얘기해줬는데, 최근에 다시 생각해 보게 됐어요. 예를 들면, 한 번은 우리가 함께 있을 때 매트가 루시에게 문자를 보냈는데, 루시 표정이 이상하더라고요. 전 무슨 일이냐고 물었고 루시는 "우리 남편이 내가 멍청하대."라고 대답했어요. 또 한 번은 "매트는 우리가 친구들이랑 놀 때 내가 입을 닫고 있는 걸 좋아해."라고 말했고요. 전 루시가 그냥 과장해서 말하는 줄 알고 한 귀로 흘렸지만, 그 매트라는 남자는 꽤 나쁜 놈이었던 것 같아요. 사실 새비도 저에게 그런 말을 한 적이 있고요.

벤: 매트 얘기를요?

카일: 네. 새비는 저랑 루시 관계를 알고 있었어요. 그런데 "당신이라면 루시가 매트랑 헤어지게 할 수 있을 거예요. 그게 루시한테도 좋을 거고요."라고 말하더라고요.

벤: 그렇게 했습니까? 루시가 매트랑 헤어지게 하려고 했나요?

카일: 아뇨. 전 그때 진지한 관계를 원하지 않았으니까요. 특히, 그 당시 루시 나이가 스물두 살이었으니 더 그랬죠. 사실 그 후로 얼마 안 가서 그녀와 정리했어요. 관계가 복잡해지는 것 같아서.

벤: 루시는 어떻게 받아들였죠?

카일: 엄청 담담했어요. 저는…, (웃음) 루시가 정말 전혀 신경을 안 쓰는 것 같아서 무시당한 기분까지 들었죠. 루시는 그냥 어깨를 으쓱하더니, "마음대로 해요."라고 말했어요. 원래부터도 제게 감정을 별로 드러내지 않긴 했지만. 그래서 제가 매트 일도 별로 신경 쓰지 않았던 것 같아요. 루시가 전혀 속상해하지 않는 것처럼 보였거든요.

벤: 그 후로 루시나 사바나를 다시 본 적이 있나요?

카일: 루시는 못 봤지만, 한 달 후쯤 사바나는 한 번 봤어요. 길거리에서 매트와 얘기하고 있었죠.

벤: 무슨 얘기를 하고 있었는지 들었나요?

카일: 아뇨, 하지만 두 사람은 아주 가까워 보였어요. 매트는 사바나의 팔에 손을 얹고 있었고, 사바나는 매트와 가까이 서 있었

으니까요. 그때 전, '아, 이제야 이해가 가네. 자기가 매트랑 자는 사이니까 나한테 루시를 매트랑 헤어지게 만들라고 했던 거야.'라고 생각했죠. 그렇지만 이건 그냥 추측일 뿐이에요. 하지만 맹세할 수 있어요, 둘 사이엔 분명히 뭔가가 있었어요. 루시는 매트가 이웃집을 드나든다고 말했었고요…. 어쩌면 루시가 매트와 새비 일에 관해서 무언가를 알고 있었을 수도 있어요.

제가 만난 사람 대부분은 질투로 인한 살인이라는 가설에 회의적이었지만, 에밋 채프먼은 그중에서도 특히 회의적이었습니다.

에밋: 질투요? 무슨 질투요?

벤: 사바나와 매트가 불륜 관계였다는 걸 목격한 사람들이 있어서요.

에밋: 그건 말도 안 돼요.

벤: 왜죠?

에밋: 전 직접 본 적은 없어요. 하지만 정말 그랬다고 하더라도, 루시가 왜 그것 때문에 새비를 죽이겠어요? 루시는 그럴 만큼 매트를 좋아하지 않았어요.

벤: 루시가 자신의 남편을 별로 좋아하지 않았다는 말인가요?

에밋: 어…. 젠장, 이 말은 하지 말았어야 할 것 같네요. 그냥 그때 두 사람의 관계가 조금 틀어져 있었다는 거예요.

벤: 그럼 가장 친한 친구가 매트와 잠자리를 갖는 사이라고 해도 루시는 그렇게 신경 쓰지 않았을 거라고 생각하는 건가요?

에밋: 잘 모르겠어요. 아마도? 그게 사실이었다면 루시는 매트에게도 화가 났겠죠, 안 그래요? 하지만 매트는 살아 있잖아요.

18

에밋 채프먼은 그런 남자다. '걔는 계속 거기 있었잖아, 멍청아.'
라는 말을 듣게 하는 남자.

나이가 들어 모든 게 엉망이 되고 나서야 존재를 알아차리게
되는 그런 사람. 머릿속으로 사람을 죽여댈 정도(어쩌면 실제일
수도 있고)가 되어서야, 그의 안전과 정신 건강을 위해서라도 거
리를 아주 많이 둬야겠다고 결심하게 되는 그런 사람이었다.

이게 새비가 죽은 후 내가 에밋의 전화나 문자에 답하지 않은
이유다.

그리고 이건 과거에 에밋이 내게 마음이 있다는 걸 눈치챘을
때 그 애와 자지 않은 이유기도 하다. 물론 당시에 나는 결혼한
상태였고, 카일과 바람을 피우는 걸 막 그만뒀기 때문이라는 이
유가 있었지만, 느낌은 비슷했다. 남편에게서 벗어나기 위해 고등

학교 시절에 가장 친했던 친구를 이용하고, 그 과정에서 에밋과 자는 건 아무리 나라도 선을 너무 아득히 넘는 것이었다.

나는 차를 타고 시내에 도착해 길옆에 차를 세운 뒤 몇 분간 한 아트숍을 응시한다. 쾌활하고 둥근 글씨체로 쓰인, '창의력은 영혼의 양식!'이라는 문구가 앞 유리에 붙어 있었고, 문구 주변에는 작은 꽃들과 하트모양이 그려져 있었다.

아마 저곳이 에밋의 가게일 거다. 에밋은 늘 끊임없이 뭔가를 그렸다. 수업 중 노트에, 인도에 분필로, 심심할 때는 자기 피부에도. 새비가 일하던 바에 나와 함께 갈 때도 글을 쓰는 내 옆에서 냅킨에 그림을 그리곤 했다.

에밋은 그렇게 냅킨에 뭔가를 그려 한 장은 새비에게, 한 장은 내게 주었다. 그 그림은 구부정한 자세로 노트북을 두드리고 있는 내 모습일 때도, 만화처럼 귀엽게 그린 내 얼굴일 때도 있었고, 그냥 그날 떠오르는 무엇인가일 때도 있었다.

"그림을 제대로 그려봐, 에밋." 어느 날 나는 에밋에게 이렇게 말했다. 자동차에 대고 허리를 움직여대는 드래곤을 그린 냅킨을 받은 뒤였다.

"그래, 내 그림 수준이 좀 엄청나긴 하지." 에밋은 코웃음 치며 빈정거렸다.

"그러니까! 뉴욕으로 가서 만화를 그려보면 어때?"

"글쎄, 어디서든 실패하는 건 마찬가지야."

"그래도 뉴욕에서 실패하면 더 재밌지 않겠어?"

에밋은 웃음을 터트리고는 내 어깨에 자신의 어깨를 부딪쳤다. "그럼 대학 졸업하고 같이 가자. 늘 얘기했잖아."

그때 나는 에밋의 눈을 피했다. 대학을 졸업한 후에 매트와 결혼하지 않고 에밋과 뉴욕으로 갔다면 내 삶이 어떻게 되었을지 생각하고 싶지 않았기 때문이었다. 나는 냅킨 속 드래곤으로 다시 시선을 돌렸다.

아마 아직 그 냅킨을 가지고 있을 거다. 네이선의 아파트 구석 어느 상자 안에 정리되어 있겠지.

나는 에밋의 가게를 응시했다.

에밋이 오늘 가게에 나왔는지 차에서 나가 확인해 볼 작정이다.

심호흡을 몇 번 더 하긴 했지만, 나는 마침내 차에서 내려 끈적거리는 공기 속으로 발을 내디뎠다.

하지만 나는 곧바로 그 결정을 후회했다.

가게에 너무 집중한 나머지 주변을 살펴보지 못했기 때문이다.

한 무리의 남자들이 초록색과 흰색이 섞인 한 식당의 야외 천막 밑에 서 있었다. 그 사람들의 웃음소리가 거리를 가득 메웠다. 순간 그중 한 명의 시선이 내 쪽을 향했고, 그 남자의 얼굴에서 서서히 미소가 걷혔다.

키튼 하퍼. 새비의 오빠였다.

이전보다 턱수염도 자랐고 배도 나왔지만, 그 살기 어린 눈빛만으로 나는 키튼을 금세 알아봤다. 무리 중 한 명이 키튼의 시선을 알아챘고, 이내 날 보더니 큰 소리로 "이런 미친."이라고 외쳤다.

나는 재빨리 몸을 돌렸다. 에밋이 가게 창가에 서서 머뭇거리며 손을 들어 보였다.

당장이라도 차로 돌아가고 싶었지만, 이미 양쪽 모두 나를 봐버렸다.

에밋이 문을 가리켰고, 나는 '영업 종료' 표지판이 걸려 있는 걸

봤다. 나는 고개를 끄덕이고 문을 향해 걸어갔다. 등 뒤로 분노에 찬 중얼거림이 들렸다.

에밋이 환하게 웃으며 문을 열어줬다. 에밋의 어렸을 때가 문득 떠올랐다. 마른 몸에 어딘가 어색한 분위기, 부스스한 금발 머리.

하지만 에밋은 십대가 되면서부터 어렸을 때 모습이 사라졌다. 지금은 키도 크고 탄탄하다. 어수선한 금발 머리칼은 물결 모양으로 바뀌었고, 편하게 한쪽으로 넘긴 것 같아 보이지만, 아마 공을 꽤 들였을 거다. 턱에도 수염이 자랐다.

나는 가게 안으로 들어섰다. 가게는 꽤 컸지만, 짐이 너무 많아서 밀실 공포증이 생길 것만 같았다. 벽에는 밝은색으로 칠한 포스터나 손수 만든 정교한 모양의 나무 간판들이 빼곡하게 붙어 있다. 나는 내 왼쪽에 걸린, '환영합니다'라고 쓰인 거대한 나무 간판을 보며 저걸 누군가의 얼굴에 내려치면 정말 엄청날 것 같다고 생각했다.

나는 정신을 차리고는 에밋에게 주의를 돌렸다. "안녕."

"안녕." 에밋은 이 상황이 흥미로운 듯했지만, 나를 만나서 딱히 기쁜 것 같지는 않았다. 물론 그를 탓할 일은 아니다.

에밋이 목을 가다듬더니, 불현듯 얼굴에 환한 미소를 띤다. "미안. 네가 왔다는 말은 들었는데, 그래도 직접 보니까 너무 놀라서."

"갑작스럽게 찾아와서 미안해."

"아니야, 와 줘서 기뻐." 에밋이 미소 지었다. 나는 그 미소에 인정하기 힘들 만큼 안심했다. 나를 살인자라고 생각하는 플럼튼 사람들을 신경 쓰지 않으려고 애쓰지만, 최소한 에밋만큼은 내 편인 것 같다는 생각에 안도감이 들었다.

"가족들 보러 온 거야?" 에밋이 물었다.

"응, 할머니 생일파티를 망치러 온 거지 뭐."

에밋이 그림들이 걸려있는 통로를 가리켰다. "어… 파티에 필요한 거 사러 온 거야?"

"아니. 너 보러 왔어."

에밋은 놀란 듯 보였다. 살짝 기쁜 것 같기도 했다.

"그때, 네 전화나 문자에 답 못해서 미안해. 난 정말…"

"충격이 너무 커서?"

나는 웃음을 터뜨렸다. "맞아."

"괜찮아. 난…"

갑자기 창문을 쿵쿵 두드리는 소리에 나는 소스라치게 놀랐다. 뒤돌아보니 두 손을 창문에 댄 채 분노로 얼굴이 일그러진 키튼이 보였다.

"에밋, 씨발, 지금 뭐야?" 키튼이 다시 한번 손으로 창문을 내려친다. 조그맣게 그려진 하트 모양 바로 아래에 서 있어 마치 키튼의 머리 위에서 하트들이 자라나고 있는 것 같았다. 분명 웃긴 장면이었지만, 지금 이 상황에서 웃을 수 있는 여유 따윈 없었다.

"미안해. 그냥 전화나 했어야 하는 건데." 나는 문을 향해 한 걸음 내디디며 키튼이 나를 공격하면 도와줄 사람이 있을까 생각했다. 적어도 에밋은 경찰을 불러줄지도 모른다.

하지만 분명 경찰이 오기까지는 시간이 꽤 걸릴 거다. 온다 해도 내 편은 들어주지 않을 거고.

"괜찮아. 여기 그냥 있어." 에밋은 마치 나를 잡기라도 할 듯 손을 뻗었지만, 그저 내 팔을 살짝 스칠 뿐이었다.

키튼이 분을 못 이겨 떠나자, 나는 그제야 천천히 숨을 내쉬었다. "키튼이 다시 오기 전에 가는 게 나을 것 같네."

"그래, 알았어." 에밋은 실망한 것 같았지만, 창가로 걸어가 밖을 살펴본다. "키튼은 친구들이랑 식당으로 들어가고 있어."

나는 문을 당겨 열고 밖으로 나섰다. 아무도 보이지 않았다.

"니나가 너한테 전화해서 같이 저녁 먹자고 하던데." 에밋이 말했다. "한번 모이는 게 어때? 밀린 얘기가 많잖아."

나는 혼란스러워하며 돌아본다. "혹시 너랑 니나…"

"아! 맞아." 에밋이 미소 짓는다. "만나고 있어. 몇 달 됐어."

당연히 그렇겠지.

나는 억지로 기쁜 표정을 짓는다. "그래. 저녁 좋지."

내가 실망했다는 걸 알아차린 것 같지만 에밋은 아무런 반응도 하지 않았다. "오랜만에 얼굴 보니 좋다, 루시."

나는 더 창피한 상황이 생기기 전에 고개를 돌렸다.

"나도, 에밋."

벤 오웬스의 거짓말에 귀 기울일 것

Episode 4
기억 상실증이라는 방어 기제

루시는 매트와 함께 살던 집에서 나와, 혹은 쫓겨난 뒤, 부모님과 함께 생활했습니다. 조안나는 살인이 일어난 며칠 후에 일어난 일을 제게 얘기해줬습니다. 왜 모두 루시가 친구를 죽였다고 확신하게 된 건지 잘 이해가 되지 않았거든요.

벤: 그래서 매트가 루시를 쫓아냈기 때문에 사람들이 루시를 범인으로 생각하게 됐다는 건가요?

조안나: 네, 그게 시작이었어요. 하지만 대부분이 완전히 확신하게 된 건 루시의 부모님 때문이었어요.

벤: 왜죠?

조안나: 그 일은 너무 깊게 말하고 싶지 않아요. 전 캐슬린과 돈을 정말 좋아하니까요. 좋은 사람들이에요. 아무튼, 캐슬린은

그 사건이 벌어진 직후에는 모두에게 루시는 아무도 해치지 않았을 거라고 말했어요. 그런데 바로 며칠 뒤에 태도를 완전히 바꿨죠.

벤: 어떻게요?

조안나: 말을 아끼면서 이상하게 굴기 시작했어요. 루시를 감싸지 않았죠. 그리고 사바나의 가족에게 엄청 이상한 말을 한 것 같아요. 돈은 누구하고도 말을 섞지 않았고요. 지금까지도 그래요.

벤: 루시에 관한 얘기를 전혀 안 한다고요?

조안나: 전혀요.

저는 이런 내용을 여러 명에게 들었고, 루시의 부모님에 관한 내용을 수소문하기 시작했습니다. 한산한 저녁에 노마가 추천했던 바의 바텐더인 윌리엄을 찾아갔죠. 태어나서 지금까지 53년을 플럼튼에 살아온 윌리엄은 기꺼이 저와 이야기를 나눠주었습니다. 윌리엄은 키도, 덩치도 크고, 턱을 살짝 넘을 정도로 회색 수염을 길러서 늘 입가에 걸려 있는 친절한 미소가 아니었다면 좀 무서웠을 겁니다.

윌리엄은 루시의 가족에 관한 얘기를 전부 전해줬습니다. 루시의 할머니 베버리 무어는 플럼튼에서 나고 자랐습니다. 그리고 세 자녀 키스, 캐슬린, 카렌을 낳았죠. 키스와 카렌은 현재 휴스턴에 살지만, 캐슬린은 대학 졸업 후 플럼튼으로 돌아왔습니다. 약혼자인 돈 체이스와 함께. 두 사람은 결혼해 루시를 낳았고, 함께 베이커리를 열었습니다. 수많은 플럼튼 사람이 제게 얘기해준 그 가게, 바로 데이지 스트릿 베이커리를요.

윌리엄: 아직 캐슬린과 돈 부부랑 얘기 안 했어요?

154

벤: 아직요.

윌리엄: 해 봐요. 돈은 루시 얘기를 안 하겠지만, 캐슬린은 분명 얘기해줄 거예요. 아주 기꺼이.

벤: 그럴까요?

윌리엄: 그럼요. 캐슬린은 말이 정말 많거든요. 숨길 것도 없고.

벤: 돈은 숨기는 게 있나요?

윌리엄: 글쎄… 이건 그냥 소문일 뿐이지만, 돈이 생각보다 많은 걸 알고 있을 거라고 생각하는 사람들이 많아요. 그때 돈의 태도가 수상했거든요. 하지만 그걸 탓할 생각은 조금도 없어요. 만약 내 딸이 그런 짓을 했다면, 나 역시 끝까지 딸을 지키려고 했을 테니까.

벤: 루시가 뭔가를 떠올리고 그걸 돈에게 말했다고 생각하세요?

윌리엄: 일단 전 기억 상실증 같은 건 안 믿어요. 분명히 루시가 아빠한테 뭔가를 말했을 거고, 돈은 해야 할 일을 한 거죠. 어쨌든 제 생각은 그래요. 그리고 많은 사람들도 그렇게 생각하고요. 게다가 캐슬린과 아이비, 아 그러니까, 새비 엄마요, 그 둘 사이에 그런 일도 있었으니까요.

벤: 무슨 일이요?

윌리엄: 듣자 하니 캐슬린이 아이비에게 새비를 죽인 범인이 루시라고 말한 것 같더라고요.

19

오늘 저녁 집 분위기는 혼란 그 자체라고밖에 달리 설명할 길이 없었다.

엄마가 네 번째 에피소드를 언제부터 듣고 있었는지는 정확하게 알 수 있었다. 갑자기 모두에게 전화를 걸어대기 시작해서다. 안방 문밖을 조심스럽게 지나갈 때, 혹은 삐걱거리는 소리에 움찔하며 계단을 내려갈 때, 엄마가 '무책임하다'던가 '터무니없다'라고 말하는 게 조금씩 들렸다. 기나긴 통화는 끝날 기미가 보이지 않았다.

"나도 몰라!" 이제 엄마의 목소리는 집안을 쩌렁쩌렁 울릴 정도였다. "나랑 얘기할 때는 친절하더니, 지금은 돈이랑 내가 모든 걸 알고 있는 것처럼 말하잖아! 인터뷰는 몇 달 전에 했고 원하는 건 전부 말해줬는데, 내가 한 말은 한마디도 안 나왔어!"

나는 부엌 조리대 위에 있던 지갑을 집어 들고 집 밖으로 조심스럽게 빠져나왔다. 엄마가 이 모든 게 누구 탓인지(바로 나였다.) 알아낼 수도 있으니, 다른 곳으로 피신해야 했다.

나는 서두르다 땀에 젖은 채 집으로 들어오던 아빠와 거의 부딪힐 뻔했다.

"바빠 보이네." 아빠는…. 어딘가 즐거워 보였다. 지금 엄마의 상태로 봤을 때 좀 의외였다. 아빠가 그 팟캐스트를 듣지 않는다고 하더라도, 엄마가 아빠에게 오늘 방송 내용을 전하지 않았을 리 없다.

"미안해요." 나는 아빠를 지나쳐 걸어가며 말했다. "할머니 집에 가는 중이었어요." 아직 결정한 건 아니지만 일단 그렇게 말했다. 하지만 어쨌든 난 늘 그래왔다. 아주 어렸을 때부터. 견디기 힘들 정도로 고함이 커지기 전에 할머니 집으로 도망가는 거다.

"루시."

나는 멈춰 서서 아빠를 돌아봤다.

"뭔가를 기억하고 있다면, 그리고 그걸 털어놓고 싶다면, 나한테 얘기해도 돼."

나는 입을 열었지만, 아무 말도 나오지 않았다. 아빠가 무슨 말을 할지 전혀 모르긴 했지만, 그래도 이건 예상 밖이었다.

"난…," 아빠는 한숨을 내쉬고 주머니에 손을 밀어 넣었다. 아빠는 슬퍼 보였다. "예전엔 내가 잘못했던 것 같아. 사실 잘 모르겠어. 하지만 그때 했던 말은 진심이야. 다 괜찮아."

'다 괜찮아.' 아직도 그때 아빠의 모습이 선명했다. 5년 전, 내 어깨에 손을 얹은 채 눈물을 글썽이던 얼굴이.

'만약 뭔가가 기억나면, 나에게만 얘기해야 해. 그게 뭐가 됐든,

다 괜찮아. 약속해. 하지만 꼭 나한테만 얘기하는 거야. 알겠지?'

나는 아빠의 표정을 기억한다. 굳게 닫힌 입과 두 눈 가득 서린 절망. 나는 아빠가 새비를 죽인 범인이 나라고 생각한다는 사실을 깨달았다. 아빠는 내가 새비를 죽였다고 확신하고 있었다.

그 후로 5년이 지났지만, 나에 대한 믿음은 돌아오지 않은 것 같다. 하지만 누가 아빠를 탓할 수 있을까?

'네 부모님 머리를 부숴버리는 상상, 해 본 적 있어? 난 한두 번 해 봤는데. 다들 그런 거 맞지?'

"그럼요, 제일 먼저 아빠한테 말할게요." 나는 대답하고는 몸을 돌려 차로 향했다.

벤 오웬스의 거짓말에 귀 기울일 것

Episode 4
기억 상실증이라는 방어 기제

사바나의 어머니인 아이비 하퍼는 첫 번째 인터뷰에서 캐슬린이 자신을 찾아와 루시가 사바나를 죽였다고 고백했다는 사실을 말해 주지 않았습니다. 그래서 전 아이비를 다시 찾아갔죠. 저는 살인 사건이 일어난 직후의 상황이 어땠는지 질문했습니다.

벤: 다시 시간 내주셔서 감사합니다.
아이비: 당연히 내야죠.
벤: 루시가 어떻게 사바나의 살인 사건 용의자가 된 건지 알아보고 있어요. 혹시 설명해 주실 수 있을까요?
아이비: 노력해 볼게요.
벤: 사바나가 죽은 후에 루시를 보셨나요?
아이비: 네, 물론이죠.

벤: 그게 언제죠?

아이비: 우리는 루시가 퇴원하고 십 분 만에 그 집을 찾아갔어요. 새비에게 무슨 일이 있었는지 알아내려고요. 하지만 돈과 캐슬린이 못 들어가게 했어요. 그 날은 안 된다고 했죠. 그래서 그다음 날까지 기다려야 했어요.

벤: 루시를 봤을 때는 무슨 일이 있었죠?

아이비: 전 무슨 일이 있었는지 말해달라고 애원했지만, 루시는 기억이 안 난다는 말만 반복했어요. 그리고 계속 울기만 했죠. 그때는 마음이 아팠지만, 동시에 말할 수 없이 절망스럽고 화가 났어요. 새비에게 무슨 일이 일어났는지 말해줄 유일한 사람인데, 그냥 울기만 했으니까요.

벤: 그 후에도 루시를 만나셨나요?

아이비: 여러 번이요.

벤: 여러 번?

아이비: 계속 찾아가는 게 최선이라고 생각했어요. 계속 밀어붙이면서 제가 얼마나 힘들어하는지 알려주는 게.

벤: 그때 이미 루시가 범인이라고 생각했던 건가요?

아이비: 의심은 했어요. 새비의 팔에 남은 상처와 멍을 루시가 제대로 설명하지 못했으니까요. 그러다 결혼식에서 루시와 새비가 싸우는 걸 봤다는 말이 나오기 시작했죠. 그리고 제가 찾아갈 때마다 루시는 뭔가…. 이상하게 굴었어요.

벤: 이상했다고요?

아이비: 계속 몸을 떨면서 울었어요. 평소엔 침착하고 차분한 애라서 이상하다고 생각했죠.

벤: 머리를 다쳐서 문제가 있는 것 같지는 않던가요?

아이비: 어떤 문제요?

벤: 외상성 뇌 손상을 입은 사람들은 평소처럼 기억을 저장하지 못
하는 경우가 있다고 하더라고요. 단기기억은 특히 더 그렇고요.
손상 후 오랫동안 그 상태가 계속되기도 한다고 들었어요. 혹시
루시가 혼란스러워 보였나요? 계속 뭔가를 잊어버리지는 않았나
요? 그러니까, 사고 관련된 일 말고도요.

아이비: 음…. 그렇긴 했어요. 찾아갈 때마다 지난번에 한 얘기를 처
음부터 전부 다시 들려줬으니까요.

벤: 그때 루시가 이상하게 행동하는 게 부상 때문일 거라고는 생각
하지 않은 건가요?

아이비: 글쎄요, 정확히 기억이 안 나요. 하지만, 솔직히 그건 중요하
지 않아요. 루시가 범인이라는 걸 확신하게 된 건 돈과 캐슬
린의 행동을 본 후니까요.

벤: 두 사람이 어떻게 행동했죠?

아이비: 수상하게요. 돈은 제가 루시에게 질문할 때 주위를 계속 서
성거렸어요. 캐슬린은 저와 루시를 내버려 뒀지만, 돈은 제
가 루시를 찾아갈 때마다 이상하게 행동했어요. 처음에는
노골적으로 화를 냈죠.

벤: 화를 냈다고요?

아이비: 제가 루시를 힘들게 하고 있다고, 루시도 다친 건 마찬가지
니까 시간을 줘야 한다고 했어요. 캐슬린이 돈을 설득했지
만, 돈은 문가를 서성이면서 모든 걸 들으려고 했어요. 루시
를 혼자 내버려두지 않았죠. 사실 그래서 경찰에게도 이 이
야기를 했어요.

벤: 돈이 서성거렸다는 얘기 말인가요?

아이비: 네. 마치…. 루시의 입을 막으려고 하는 것 같았거든요. 그걸
보고 루시가 돈에게 뭔가를 말했고, 돈이 그 얘기가 다른

사람들 귀에 들어가지 못하게 하려는 게 아닐까 하는 생각
이 들기 시작했죠. 그래서 캐슬린이 죄책감을 느끼고 제게
그 말을 한 것 같아요.

벤: 무슨 말을 했나요?

아이비: (긴 한숨) 있잖아요, 전 아무에게도 이 얘기를 하지 않았어
요. 캐슬린하고 돈을 탓하지 않으니까요. 진심이에요. 하지
만 언젠가 그 집에 갔을 때, 루시와 얘기를 마치고 돌아가
는 길에 캐슬린이 저를 따라 나왔어요. 그리고 저를 꼭 안
아줬죠. 캐슬린은 울면서 말했어요. "조금만 기다려줘, 알았
지? 내가 전부 바로잡을게."

20

"은근히 내가 미쳤다는 걸 암시하는 거예요?"

벤은 식당 안 늘 앉던 자리에 앉아 편하게 등을 기대고 있었다. 테이블에는 덮여 있는 노트북 위로 노트들이 깔끔하게 쌓여있다. 오늘 일을 끝냈을 수도, 쉬고 있는 것일 수도, 어쩌면 내가 오는 걸 보고 전부 덮었을 수도 있다.

벤은 눈을 가늘게 뜨며 나를 쳐다봤다. "뭐라고요?"

나는 벤의 맞은편에 앉았다. 계산대 뒤에 선 붉은 머리 직원이 나를 응시하고 있다. 누군가가 나에 관해 말해준 게 분명했다.

"아이비에게 한 질문들. 무슨 의도였어요?"

"의도가 뭐였다고 생각하는데요?" 벤의 한쪽 입꼬리가 올라간다. 사람을 열받게 하는 표정이다.

"제가 미쳤다는 거요. 머리를 다친 데다 살인 용의자가 된 스트레스 때문에 미쳐버린 사람 같잖아요."

"제 의도는 그게 아니에요."

"그럼 뭔데요?"

"그냥 살인 직후에 무슨 일이 있었는지 정확히 알아내려는 거예요. 그때 아이비가 찾아와서 질문을 쏟아내기 전에 병원에서 며칠 정도 있었어요?"

하루도 채 지나지 않았었다. 내 병실 문가에 서서 눈물을 흘리던 하퍼 부인의 모습이 떠오른다. 새비의 엄마는 내 손을 잡고 애원했다.

'제발, 루시, 부탁이야. 우린 뭐라도 알고 싶어. 뭐라도.'

"전 당신 어머니가 그렇게 바로, 순순히 하퍼 부인을 병실에 들여보냈다는 게 이상하다고 생각해요." 벤이 눈썹을 치켜들었다.

"제가 괜찮다고 했어요. 그때는. 내가 결정한 거예요."

"당신이 억지로 그랬다는 말은 안 했어요."

나는 잠시 침묵하다 불쑥 내뱉었다. "저도 새비를 죽인 범인을 찾으려고 노력했어요. 부모님에게 제가 범인이라고 말한 적도 없고요." 어쨌든 내 기억에는 없었다. 사건이 일어난 다음 날의 기억은 아주 흐릿했다.

'있지, 누군가를 죽이고 싶다는 충동이 들면, 가끔은 그 충동에 따라야 해.'

목소리는 이제 소름이 끼칠 정도로 선명하다. 나는 깜짝 놀라 살짝 튀어 오르며 누군가 내 옆에 있기라도 한 듯 옆자리를 흘긋 거렸다.

벤이 고개를 옆으로 기울이며 말했다. "알아요."

"그러니까 제 말은, 아이비가 와서 질문하는 게 아무렇지 않았다는 거예요. 저도 돕고 싶었으니까요."

"물론 그랬겠죠."

"그게 무슨 뜻이죠?"

"루시, 그냥 그랬을 것 같다는 말이에요." 벤은 즐거워 보였다. 벤이 나를 범인으로 생각하는지를 내가 진심으로 신경 쓰고 있다는 사실이 당혹스러웠다.

"늘 사람들이 나쁜 의도를 숨기고 있다고 생각하는 거예요, 아니면 저한테만 그러는 거예요?"

"당신한테만 그래요." 나는 거짓으로 말했다.

"제가 말하고 싶은 건, 만약 내 딸이라면, 내 딸이 막 엄청난 트라우마를 겪고 목숨이 위험할 만한 상처를 입었다면, 그 누구도 곁에 오지 못하게 했을 거예요. 베개로 요새를 만들고 문 앞에서 경비를 섰겠죠. 자기가 괜찮다고 말하는 스물네 살짜리 여성이라고 해도."

나는 할 말을 찾지 못해 계산대에 서 있는 십 대 직원을 살펴봤다. 이제 그 애는 한쪽으로 혀를 살짝 내민 채 맹렬하게 핸드폰에 뭔가를 써 내리고 있었다.

"베버리가 절 생일파티에 초대한 거 알아요?"

불현듯 관심이 다시 벤에게로 돌아갔다. "그 얘기는 못 들었는데."

"제가 가도 괜찮아요?"

"할머니 파티잖아요. 제 허락은 안 맡아도 돼요."

"왠지 그래야 할 것 같아서." 벤은 등받이에 기대 어딘가 유혹하는 듯한 표정으로 눈가에 흘러내린 머리카락을 쓸어 넘겼다. 나는 조금 불편함을 느꼈다.

"왜요? 자기 팟캐스트에서 조사하는 살인 용의자 가족의 생일 파티에 가면 안 된다는 규칙이라도 있어요? 뭐, 팟캐스터 윤리라도 있는 거예요?"

"저는…," 벤은 뭔가 곰곰이 생각하는 듯 고개를 기울였다. "규칙에 어긋나는 건 아니에요. 그리고 전 늘 팟캐스터 윤리가 저널리즘 윤리와 같다고 생각하죠."

"그렇겠죠."

"당신이 불편하다면 안 갈게요."

"불편할 사람은 당신일 거예요."

"그래요?"

"엄마가 지난번 에피소드를 듣고 안 좋아했거든요. 아이비가 저랑 얘기하게 놔둔 나쁜 엄마인 데다 이 일에 관련된 사람처럼 보이게 만들었잖아요."

"전 어색한 거 잘 견뎌요." 빌어먹을 머리카락이 다시 벤의 눈 위로 쏟아졌다.

"그런 것 같아요."

"그럼 가도 된다는 거예요?"

"당연히 와야죠. 당신이 안 오면 할머니가 엄청 실망할 거예요."

"그렇게 생각해요?" 벤은 뿌듯한 표정을 지었다.

"물론이죠."

"그래요, 그럼. 내일 갈게요."

"빨리 내일이 왔으면 좋겠네요."

"그럼 첫 번째 인터뷰는 월요일에 하는 거예요?"

"첫 번째 인터뷰요? 지금까지 몇 번이나 얘기했잖아요."

"제대로 하는 첫 번째 인터뷰요. 할머니 말로는 다음 주까지 여기 있을 거라면서요?"

나는 길게 한숨을 내쉰다. "할머니가 그래요?"

"아닌가요?"

"아뇨, 맞아요." 할머니는 내게 편도 티켓을 사 주셨다. 그건 할머니가 얘기했던 것보다 여기 더 오래 머물러야 한다는 의미이기도 했다. 물론 당장 표를 사서 여길 떠날 수도 있지만, 지금 발을 뺄 수는 없다. 할머니가 했던 말, 벤이 정말로 이 사건을 해결할 수도 있다는 말이 머리에서 떠나지 않았다.

나는 새비를 위해서라도 벤이 진실을 알아낼 때까지 이곳에 머물러야 한다고 생각했다.

어차피 돌아갈 곳도 없었다. 나는 아직 실직 상태고, 남자친구는 전 남자친구가 됐고, 새집도 못 구했다. 여기 있다는 것 자체로 스스로가 싫어지긴 하지만, 그래도 그편이 낫다.

"다음 주부터 새로운 걸 해 볼 거예요. 방식을 좀 바꾸려고요. 일주일에 두 번 하는 게 아니라 미니 에피소드들을 많이 올리려고요. 그럼 실시간으로 알아낸 걸 방송할 수 있으니까요. 사람들이 좋아할 거예요."

"좋네요." 나는 건조하게 대답했다.

벤이 한쪽 눈썹을 치켜올렸다.

"그래요, 뭐. 월요일, 알겠어요. 첫 번째 인터뷰, 준비할게요."

'난 항상 준비되어 있어.' 머릿속에서 목소리가 속삭였다.

벤 오웬스의 거짓말에 귀 기울일 것

보너스 에피소드 1

안녕하세요. 원래 내일 공개될 새 에피소드를 기다리셨을 텐데, 팟 캐스트에 대해 전해드릴 소식이 있습니다. 첫 번째로, 저는 현재 텍사스 플럼튼에 다시 와 있습니다. 그리고 두 번째, 루시 체이스와 연락이 닿았습니다.

이미 많은 분들이 이 사실을 알고 있을 거라고 생각합니다. 루시와 제가 식당에 함께 있는 사진을 봤을 테니까요. 트위터로 수많은 분이 물었던 질문에 답하자면, 네, 맞습니다. 루시가 인터뷰를 하기로 했습니다.

모든 것을 투명하게 공개하기 위해 여러분께 곧 루시와 인터뷰를 하게 된다는 사실을 알려드리고 싶었습니다. 루시의 할머니 베버리는 루시를 설득하겠다고 했고, 그 약속을 지켰습니다. 베버리 말에 따르면 설득이 그렇게 어렵지 않았다고 해요. 지금까지 루시는 저에게 솔직하게 얘기하고 있습니다.

그리고, 정말 솔직히 말하면, 남은 시즌에 계획해둔 에피소드 일부를 폐기하거나 완전히 새로 써야 했습니다. 루시가 플럼튼으로 돌아오면서 상황이 완전히 바뀌었고, 최근 새로운 정보를 정말 많이 알게 됐어요.

새로운 정보가 뭔지 궁금하신가요? 내일 업로드될 매트 가드너와의 인터뷰를 기대해 주세요.

네, 그 매트 가드너입니다. 루시의 전남편이 처음으로 인터뷰에 응했습니다.

더불어 팟캐스트 앱 알림에 귀 기울여 주세요. 지금처럼 짧은 보너스 에피소드들이 업로드 될 예정입니다. 이곳 플럼튼에서 일어나는 모든 일을 전해드리기 위해서요.

이번 보너스 에피소드에서는 니나 가르시아와의 인터뷰를 공개합니다.

니나: 네, 당연히 체이스 부인, 그러니까 캐슬린을 알죠. 고등학교에 다닐 때는 루시네 집에 갈 때마다 캐슬린을 체이스 부인이라고 불렀거든요. 습관이라 잘 안 고쳐지네요.

벤: 캐슬린과 가까웠나요?

니나: 음, 마주칠 때 인사 정도는 했지만, 친하거나 그런 건 아니었어요.

벤: 결혼식에서 루시를 봤던 기억이 있나요?

니나: 네, 흐릿하게 기억나요.

벤: 전부 기억하세요? 늦은 시간에 있었던 일도?

니나: 잘 모르겠어요. 너무 오래돼서.

벤: 콜린 던은요? 혹시 아세요?

니나: 네, 조금요. 왜요?

벤: 콜린이 결혼식 후에 한 유부녀와 차 안에서 관계했다는 지난 에 피소드 들으셨나요?

니나: 네.

벤: 캐슬린과 콜린이 불륜 사이였다고 주장하는 사람들이 있어요.

니나: ...네?

벤: 그 사실을 알고 있었나요?

니나: 그게 무슨 소리죠? 누가 그런 소리를 해요?

벤: 익명으로 제보했어요. 저는 신분을 확인했지만.

니나: 콜린? 콜린 던이요?

벤: 네.

니나: 캐슬린이 콜린보다 서른 살은 더 많아요.

벤: 네, 서른두 살 많죠. 플럼튼에서는 공공연한 비밀이라고 하던데 요.

니나: 정말요? 전 처음 들어요. 하지만 제 생각엔…. 음, 언젠가 콜린 이 나이 많은 여자가 취향이라고 한 적이 있어요. 전 그게 새 비를 말하는 건 줄 알았어요. 새비가 콜린보다 네다섯 살 더 많았거든요. 그렇게…. 나이 많은 여자를 말하는 건 줄은 몰랐 어요.

벤: 좀 이상하죠, 안 그래요?

니나: 서른 살 많은 여자랑 자는 거요? 글쎄요, 사람마다 다르니까 요.

벤: 아뇨, 캐슬린과 새비의 남자친구가 불륜 관계인 걸 모두가 알고 있었는데, 아무도 그 사실이 중요하다고 생각하지 않았다는 거 요.

니나: 글쎄요, 새비랑 만날 때 있었던 일은 아니죠?

벤: 제가 알아본 바에 따르면, 시기가 겹쳐요. 그리고 말했듯이, 그 차 안에 함께 있던 유부녀는….

니나: 아…. 그렇다면, 네. 좀 이상하네요.

21

엄마는 분명 파티를 취소할 거다.

처음엔 불신하며 벤의 미니 에피소드를 듣기 시작했지만, 곧 의심은 즐거움으로 바뀌었다.

엄마에게 그런 비밀이 있는 줄은 몰랐다.

새비를 대신해 조금은 화를 낼 수도 있겠지만, 새비는 콜린을 진지하게 생각한 적이 한 번도 없었으니 솔직히 새비도 나처럼 흥미진진해 했을 거다.

나는 이를 앙다문 채 엄마가 폭발하기를 기다렸다.

하지만 엄마는 잠잠했다. 다음 날 아침 아래층으로 내려가자, 엄마는 즐거운 표정으로 교회에서 알게 된 어떤 여자에게 줄 아기 담요에 레이스를 달고 있다.

엄마는 저렇게 곧잘 상황을 부정해 버린다.

그래서 나는 아무 말도 하지 않고, 벤에게 '완전 대박'이라고 문자를 보낸 후 아무 일 없는 척 태연하게 굴었다.

엄마는 예약한 식당에 한 시간 일찍 가서 파티를 준비하는 직원들이 하는 일을 꼼꼼하게 살펴봐야 한다고 했다. 엄마는 웨딩 플래너가 천직이었을 거다. 단 하루, 세상에서 가장 행복한 이미지를 꾸며내는 걸 정말 잘 해냈을 테니까.

우리는 식당 뒤편에 마련된 특별 행사용 방을 예약했다. 식당 쪽에서 긴 식탁, 우리가 요청한 유리병에 담긴 초, 테이블 중앙을 장식하는 꽃을 준비해 두었다.

엄마는 데이지 꽃을 보고도 아무 말이 없었다. 아마 잔소리하기엔 너무 예뻐서일 거다. 아니면 원래 분홍색 장미를 두기로 한 걸 새까맣게 잊었거나.

할머니는 애슐리와 브라이언(내 사촌들이자 그 재수 없는 손자들이다.)과 함께 시간 맞춰 도착했다. 두 사람 모두 나보다 어린 이십 대 초반이고, 둘 다 딱히 이 파티에 참석하는 걸 달가워하지 않는 것 같았다. 브라이언은 핸드폰만 쳐다보다 간신히 얼굴을 들어 인사했다.

두 사람의 부모님, 키스와 재니스가 뒤이어 들어왔다. 막내 이모 카렌도 평소와 다른 부루퉁한 표정으로 들어왔다. 친척들은 모두 나를 빠르게 흘긋 보고는 눈길을 돌렸다.

나는 입고 있는 드레스를 내려다봤다. 색이 화려한 드레스를 입은 손님들과 다르게 이곳에 어울리지 않는 검은색이다. 목선도 깊이 파여 있어서, 가슴이 좀 더 큰 사람이 입었으면 더 예뻤을 거다.

할머니가 서두르며 내게로 걸어왔다. 오늘 할머니는 라스베이거스의 쇼걸만큼 화려한 보라색 반짝이가 달린 드레스를 입었다.

키스 삼촌과 재니스 외숙모가 할머니 뒤에서 나타나 딱딱한 미소를 지었다.

"오랜만에 보니 좋다, 루시." 키스 삼촌이 턱수염을 매만지며 말했다.

"네가 아직도 재혼을 안 했다니 놀랍네." 재니스 외숙모는 인상을 쓰며 말했다.

"뭐, 첫 번째도 그렇게 좋은 기억은 아니어서요." 내가 웃으며 말했지만 외숙모는 웃지 않았다.

"오랜만이야, 루시." 애슐리가 말했다. 지난번엔 밝은 갈색이었던 애슐리의 머리카락은 아주 예쁜 적갈색으로 바뀌어 있었다. 나를 외계인 보듯 쳐다보고 있지 않았다면 아마 칭찬해 줬을 거다.

"안녕, 루시." 브라이언이 이번엔 내 가슴을 쳐다볼 수 있을 만큼만 핸드폰에서 얼굴을 들었다.

"브라이언, 오늘 정말 멋있다!" 엄마는 거짓말을 하는 것 같았다. 엄마가 브라이언의 눈가에 흘러내린 덥수룩한 갈색 머리를 쓸어 넘기자, 브라이언은 스물한 살 평생 가장 기분 나쁜 일이라도 겪은 듯한 표정을 지으며 뒤로 물러섰다.

엄마는 내 뒤에 있는 무언가를 보고는 미소가 사라지더니, 이내 입이 벌어지며 얼굴이 충격으로 물들었다.

나는 뒤를 돌아봤다. 벤이 직접 준비했다고 하기에는 너무 예쁜 분홍 리본으로 포장된 거대한 선물을 들고 있다.

"벤!" 할머니는 "여기서 뭐 하는 거예요?"라는 엄마의 말과 동시에 벤을 불렀다.

벤이 한 손을 들어 흔들었다.

그는 미니 에피소드 공개를 내일로 미룰 수도 있었다. 하지만 파티에서 엄마를 만날 거라는 사실을 알고 일부러 미니 에피소드를 파티 전에 올린 것이다. 나는 그가 참 대단한 사람이라는 걸 인정하면서도 살짝 무섭다고 생각했다.

"캐슬린, 무례하게 굴지 마." 할머니가 엄마를 향해 손을 흔들며 말했다. "내가 초대했어."

"엄마가 초대했다고요?" 엄마는 황당하다는 표정을 지었다.

나는 벤에게 걸어가 손에 든 선물을 받아 들었다. "벤. 오늘도 재수 없는 표정이네요."

벤은 놀란 듯 짧게 웃음을 터뜨렸다. "이런, 고맙다고 해야 하나요?"

엄마는 내가 다른 선물들이 놓인 테이블에 벤의 선물을 놓는 모습을 입을 벌리고 쳐다봤다. 키스, 재니스, 애슐리와 브라이언은 혼란스러워하는 눈치다.

"모두들, 이쪽은 벤 오웬스에요." 할머니가 큰 소리로 말한다. "그 팟캐스터요. 다들 알죠?"

애슐리는 입이 떡 벌어졌고 브라이언은 맹렬하게 문자를 보내기 시작했다. 키스와 재니스는 아직도 누군가 이 상황이 농담이라고 말해주기를 기다리는 것 같은 표정이었다.

나는 아빠를 흘긋 쳐다봤다. 아빠는 구석에서 언짢은 표정을 짓고 있었다.

똑같이 풍성한 파마머리를 한 나이 든 여자들이 도착하자, 할머니가 그분들을 맞으러 나간다. 엄마는 화가 난 듯 할머니를 뒤따랐다.

나는 벤 옆으로 가서 저 멀리 벽 쪽에 마련된 작은 바를 가리
켰다. "한잔할래요?"

"제발요."

한 시간 후, 나는 식탁 가운데, 할머니와 벤 사이에 앉아 있었
다. 할머니가 시켜서다. ("내 생일이니까 어디에 누가 앉을지는 내
가 정해!" 할머니는 엄마의 반대를 무시하고 유쾌하게 말했다.)

두 번째 와인을 마시고 있자니 기분이 좋아지면서 시야가 조금
씩 흐려지는 게 느껴진다.

자리가 비좁아서 나와 벤의 팔이 자꾸 스쳤다. 벤이 나를 너무
빤히 쳐다봐서 나는 그를 보지 않으려 애썼다.

불현듯 섹스를 안 한 지 최소 한 달은 됐다는 사실이 떠올랐다.
네이선과 나는 살인 얘기가 나오기 전에도 이미 무미건조한 상태
였으니까. 정말 괜찮은 섹스를 한 지는 훨씬 더 오래됐다.

종업원이 내 뒤에 멈춰 거의 비운 와인잔을 다시 채웠다.

음, 섹스 생각을 안 하는 데 별로 도움이 되진 않을 것 같은데.

나는 잔으로 손을 뻗으려다 도중에 생각을 바꿨다. 대신 두 손
가락으로 잔을 조금 밀어냈다.

우리 맞은편에는 벳시가 앉았다. 엄청 맛있는 285칼로리 브라
우니를 집으로 가져왔던 엄마의 친구다. 벳시는 노골적으로 벤을
쳐다봤다. 벤은 그 시선을 모른 척했다.

"브루스." 벳시가 말했다.

"벤이에요." 나는 정정하며 물잔에 손을 뻗었다.

"벤. 당신이 라디오용 얼굴이라는 얘기 들었어요?"

나는 물을 마시다 웃음이 터지는 바람에 사레들릴 뻔했다.

"벳시!" 엄마가 소리쳤다.

"왜? 예전에 그런 얘기 했었잖아!"

"네, 들어봤어요." 벤은 즐거워 보인다.

"실제로 보니 전혀 아니네. 라디오에서 일하는 게 정말 아까울 정도예요."

모두 웃음을 터뜨렸다. 심지어 아빠도 낄낄 웃었다.

"감사합니다." 벤은 외모에 관한 칭찬에 익숙하지 않은 것처럼 얼굴을 붉혔다. 인터넷에서 얼마나 많은 사람이 자신의 얼굴을 칭찬하는지 한 번도 못 본 것처럼.

"팟캐스트는 어떻게 하게 된 거예요?" 키스가 물었다.

"원래 좋아했어요. 사실 거의 중독 수준이었죠. 특히 범죄 팟캐스트요. 그래서 제가 직접 해보기로 한 거예요."

"그냥 그렇게요?" 카렌이 물었다. "전에 범죄 기자 같은 거로 활동하지도 않았고요?" 벤에게 대답을 바라고 물은 게 아니다. 카렌은 구글에서 벤에 관한 내용을 엄청나게 뒤졌을 거다. 못해도 5페이지까지는 읽었겠지.

"아뇨, 기자로 일할 때는 라이프스타일이나 연예 쪽에 있었어요. 범죄는…. 취미에 가까웠죠. 실제로 몇 년 동안 아마추어 탐정들이 운영하는 온라인 사이트에 참여해서 도움을 준 적도 많아요. 직접 팟캐스트를 진행하기로 하고 첫 사건을 정할 때, 이전에 가장 정보가 많았던 걸 골랐어요. 그러면 조금 더 수월할 테니까요."

"그래서 해결했어요?" 키스가 물었다.

"네, 해결했어요." 벤이 대답했다.

"당신도 기억하지?" 재니스가 키스에게 말했다. "사우스캐롤라이나에서 한 십 대 여자애가 졸업 파티에서 살해당했잖아. 한 선생님 차 트렁크에서 시체가 발견됐는데, 그 남자는 완강히 부인했어. 게다가 동기도, 알리바이도 없었고."

키스는 전혀 감을 못 잡은 표정으로 머리를 흔들었다. "그 사람이 범인이었어요?"

"아뇨," 벤이 대답한다. "그 여자애 남자친구가 범인이었어요. 여자애가 그 선생님에게 호감이 있는 것 같다고, 둘 사이에 무슨 일이 있었을 거라고 생각해서 시체를 그 선생님 차에 뒀대요. 제가 아는 한 둘 사이에는 아무 일도 없었지만요."

"너무 뻔한 이야기네요." 애슐리가 눈썹을 치켜세우며 말한다. "남자친구 아니면 남편이죠, 뭐."

"그런 예감이 들긴 했어요." 벤은 순순히 인정했다.

"이번엔 어때요, 벤?" 내가 물었다. "이번 사건도 해결할 수 있을 것 같아요?"

"아, 잘됐네, 음식이 왔어." 엄마가 큰 소리로 말했다. 종업원 두 명이 접시들을 들고 방안에 들어왔다.

나는 나를 응시하는 벤의 시선을 마주쳤다. 벤은 입술을 약간 들썩였지만, 아무 말도 하지 않았다.

나는 빠르게 음식을 먹었다. 아까 마신 와인의 술기운이 점점 도는 게 느껴져서다. 종업원은 언제든 잔을 다시 채워줄 준비를 하며 주위를 맴돌았다.

방안의 모든 잔에 와인이 빠르게 채워졌다. 나는 잔을 들고 있지만, 마시지는 않은 채 테이블을 흘긋 둘러봤다. 키스는 볼이 붉어졌다. 애슐리는 큰 소리로 웃고 있었다.

"책은 쓸 거니, 벤?" 할머니가 물었다. 내가 모르는 사이에 대화가 진행되고 있던 모양이다.

"책이요? 아뇨." 벤이 나를 흘긋 봤다. "언젠가는 쓸 수도 있지만, 지금은 계획 없어요."

"사람들이 네가 책을 쓸 거라던데."

"누가요?"

"그 사람들 있잖아." 할머니가 벌레를 쫓듯 팔을 흔든다. "트위터."

"할머니, 트위터도 하세요?" 브라이언이 지나치게 놀랐다. 갑자기 브라이언이 트위터에 무슨 거지 같은 말을 올려대고 있는지 궁금해질 정도였다. 할머니가 보면 안 될 뭔가를 올린 게 분명했다.

"글을 잘 쓰던데요." 재니스가 말했다. "《애틀랜틱》이랑《베니티페어》에 쓴 기사들 봤어요."

"감사합니다." 벤이 말했다.

"루시, 너 예전에 작가가 되고 싶다고 하지 않았어?" 키스는 마치 내가 자기를 실망시킨 것처럼 나를 쳐다봤다. 가족이라는 걸 빼면 서로 거의 알지도 못하는데.

'그럴 실력은 안 됐던 것 같아요.'라고 말했어야 했다. 사람들은 그런 걸 좋아하니까. 무례한 질문 뒤에 분위기를 누그러뜨리는, 부끄러움과 솔직함이 섞인 그런 대답을.

나는 미소 지으며 대답했다. "글쎄요, 다들 알잖아요. 살인자가 쓴 책을 누가 읽겠어요?"

키스는 얼굴을 붉혔고, 아빠는 눈을 굴렸다.

"왜 회고록은 안 썼어?" 아마 애슐리는 이 질문을 하려고 오늘밤 내내 기회를 엿봤을 것이다.

"기억이 없는데 회고록을 어떻게 쓰겠어?"

"다른 걸 쓰면 되지."

나는 어깨를 으쓱했다.

'죽여버리자—'

"언니 입장은 한 번도 얘기한 적 없잖아." 애슐리가 밀어붙이듯 말한다.

이미 셀 수 없이 말했다. 아무도 믿지 않았을 뿐이다.

"벤에게 얘기하고 있어." 나는 와인을 한 모금 마셨다.

아빠가 고개를 치켜든다. 두 눈이 의아함과 분노로 번뜩였다.

"벤에게 얘기하고 있다고?" 엄마가 지나치게 천천히 말했다. 아마 이 테이블에 앉은 다른 사람들은 엄마와 아빠가 침착한 거라고 오해할 수도 있을 만큼.

아니, 실제로 그런 것 같다. 사람들을 재빨리 훑어봤지만, 누구도 긴장한 기색은 없었다.

나 역시 긴장할 필요 없다. 나는 다 큰 성인 여성이다. 재수 없는 팟캐스터도, 인터뷰하는 것도 자유롭게 선택할 수 있는.

'나한테 생각이 있어. 죽여버리자—'

나는 주먹을 꽉 쥐며 목소리를 무시했다. "네. 곧 벤이랑 인터뷰할 거예요."

"벌써 몇 가지는 얘기했어요." 벤이 덧붙였다.

"이건 조금 놀랍네, 루시." 아빠가 말했다.

애슐리는 코웃음을 쳤다가 손으로 입을 막았다. 다른 사람들도 초조한 표정으로 조심스럽게 웃었다.

"모두가 벤에게 많이 기대하고 있잖아요." 나는 아무렇지 않게 말하려 애썼다. "그냥 제가 할 수 있는 걸 하려는 거예요."

"고마운 일이죠." 벤도 아무렇지 않은 척하려 했다. 이건 내가 더 나은 것 같다.

아빠는 질문할 게 더 있는 듯 입을 열었다가 이내 다시 입을 다물었다.

"제가 루시에게 얘기하는 것보다 루시가 스스로 자기 얘기를 해야 하지 않을까요?" 벤이 물었다.

"그럼요." 애슐리가 순수한 척 눈을 크게 뜨며 말했다.

'저게 무슨 개소리야.'

머릿속 목소리가 너무 커서, 나는 펄쩍 뛸 뻔한 것을 겨우 참아 낸다.

'쟤 죽여버리자.'

나는 칼을 쳐다봤지만, 애슐리를 죽이기에는 너무 취했다. 진짜로든 머릿속으로든.

'그럼 벤을 죽일까?'

나는 의자에서 몸을 움직였다. 대화는 나 없이도 이어지고 있었지만, 엄마는 나를 응시했다.

"그렇지?" 엄마가 말했다.

"뭐가요?"

'나한테 생각이 있어!'

"진실." 엄마가 말한다. "그게 우리 모두가 원하는 거잖아. 진실을 밝히는 거."

"네." 나는 끄덕인다. "그렇죠, 진실."

나는 와인을 쭉 들이켰다. 그래서는 안 됐지만, 목소리를 잠재우려면 어쩔 수 없었다. 어쨌든 효과가 있었다.

"그 진실이란 게 사람들 개인사를 캐는 건가요?" 키스의 얼굴은 더 붉어져 있다. 분노와 알코올이 만나자 키스는 거의 불타고 있는 것처럼 보였다.

"키스." 재니스가 조용히 말하며 키스의 팔에 손을 얹었다.

키스는 재니스의 손을 떨쳐냈다. "미안하지만, 왜 모두 저 남자를 반기는 척하는 거죠? 저 남자는…."

"벤, 와 줘서 고마워." 할머니가 끼어들며 벤의 팔을 토닥였다.

벤은 재미있다는 표정으로 할머니를 바라봤다.

"엄마!" 키스가 두 손을 든다. "세상에. 저 남자가 팟캐스트에서…."

"키스!" 엄마가 화를 냈다.

"…캐슬린이 차에서 스무 살짜리 남자애랑 잤다고 떠들었다고요!"

"와." 애슐리가 말했다.

"세상에." 브라이언은 핸드폰을 내려놨다.

"이런 젠장, 키스." 아빠가 말했다.

"왜요? 사실도 아닌데!" 키스는 분노하며 벤에게 삿대질한다. "당신은 그 같잖은 팟캐스트에서 '익명의 정보원'에게서 들었다면서 가짜 뉴스나 퍼뜨리고 있잖아!" 키스는 양 손가락을 구부리며 '익명의 정보원'이라는 말을 강조했다.

"이제 케이크 먹을까?" 엄마가 물었다.

키스는 엄마의 말을 무시하고 여전히 벤에게 시선을 고정한 채였다. "그 정보원이라는 게 누군데?"

"죄송하지만, 정보원을 밝힐 순 없어요."

"아니면 선물을 열어볼까?" 엄마가 제안했다.

"당연히 못 밝히겠지! 애초에 없으니까!"

"아니면 와인이나 더 마실까?" 할머니가 자기 잔을 들어 올리며 말했다. 종업원 한 명이 잔을 채우러 종종걸음으로 다가왔다.

벳시는 이제 테이블에 거의 눕듯이 몸을 구부린 채 기대 있다. "난 이제 가야 할 것 같은데." 벳시가 속삭였다.

"장난해? 이제 막 재밌어지는데!" 할머니가 유쾌하게 소리쳤다.

키스는 싸우기라도 할 듯 두 손을 테이블에 올렸다. "그리고 당신은 캐슬린이랑 그 남자애…"

"콜린이요." 내가 덧붙였다.

"와." 애슐리가 놀랍다는 듯 내뱉는다.

"…그 콜린이라는 남자애가 사바나를 죽인 것처럼 말했잖아! 모두가 범인이 누군지 아는데도…"

내가 항복하듯 두 손을 들었다. 벳시의 입이 떡 벌어졌다.

"기분 나쁘게 듣지는 마, 루시." 키스가 말했다.

"전 그냥 모두의 알리바이를 확인하려는 거예요." 벤은 놀라울 정도로 침착했다.

"제발 좀!" 엄마가 소리치자 모두가 얼어붙었다. "그래요, 그 결혼식 날 밤에 내 차에서 콜린이랑 잤어요! 이제 만족해요, 벤? 내가 아주 딱 걸렸네요! 난 그 스무 살짜리 남자애랑 잤고, 더 솔직히 말하면, 아주 즐거웠어요."

"와."

"어쨌든 새비가 죽던 시간에 난 내 차에 있었어요." 엄마는 차분하게 말을 끝맺었다. 그러고는 완벽하게 다듬은 머리를 손으로 매만졌다. 머리는 거의 움직이지 않았다. "그 애가 내 알리바이에요."

키스 삼촌은 자신의 여동생이 섹스를 할 줄 안다는 사실을 막 깨달은 것처럼 입을 떡 벌린 채 엄마를 쳐다봤다. 아빠는 괴로워하며 긴 한숨을 내뱉었다.

"돈, 제발 좀." 엄마가 말했다. "당신은 안 그런 것처럼 굴지 말라고."

나는 웃지 않으려 정말 애썼지만, 작은 웃음소리가 입술 사이로 새어 나갔다.

지금까지 엄마도, 아빠도 불륜 관계를 딱히 서로에게 감추려 하지 않았다. 아빠는 종종 부엌 식탁에 노트북을 열어둔 채 어디론가 가 버렸고, 메시지 알림 소리가 끊이지 않는 바람에 엄마는 빨리 와서 당신 여자친구에게 답장하라고 소리를 지르곤 했다. 확신하건대 엄마는 아빠에게 복수하려고 다른 사람과 잠자리를 하기 시작했을 테지만, 이제는 엄마 스스로 그 지옥을 즐기고 있는 모양이다. 엄마에게는 잘된 일인 것 같다.

나는 왜 아직도 두 사람이 이혼하지 않는지 이해할 수 없었다. 분명 갈라서기 전에 내가 독립하기를 기다리고 있었던 것 같은데, 내가 대학을 졸업해 집을 나온 지 벌써 10년이 넘었다. 그냥 두 사람은 이혼하는 것보다 남은 평생 서로를 고통스럽게 하는 게 더 나을 거라고 결정을 내린 것 같다.

할머니는 와인잔을 내려놓고 테이블로 손을 뻗어 엄마의 손을 잡았다. "캐슬린, 이건 진심인데…. 난 네가 정말 자랑스럽다."

우리는 침묵 속에서 케이크를 먹었다. 할머니가 선물을 풀어보는 동안 할머니의 친구들이 분위기를 살려보려 애썼지만, 우리 모두 이미 '내 차에서 콜린이랑 섹스했어.'라는 엄마의 말에 사로잡혀 있었다.

파티에 온 사람들은 모두 서둘러 자리를 떴고, 나는 할머니를 데려가러 나타난 매끈한 검은색 차로 할머니를 모셨다. 처음 보는 남자인데, 할머니보다 최소한 열 살은 어려 보였다. 비싸 보이는 차 안에서는 향수 냄새가 너무 심하게 났지만, 미소를 띤 채 내게 고개를 끄덕이며 인사하는 얼굴은 아주 친절했다.

할머니는 조수석에 앉으며 내 볼을 토닥였다.

"제가 할머니 생일파티를 망칠 거라고 했잖아요."

"아가, 네 덕에 최고의 생일파티가 됐어."

나는 못 이기겠다는 표정으로 고개를 젓고는 차 문을 닫았다. 떠나는 차 안에서 할머니는 내게 손을 흔들었다.

나는 터덜터덜 다시 식당으로 돌아갔다. 이제 식당은 거의 비었고, 종업원들은 안내데스크 주변에 모여 뭔가 얘기하고 있었다. 하지만 내가 식당에 들어서자 하던 얘기를 급하게 멈췄다.

나는 엄마가 가져온 초와 남은 케이크를 가지러 뒷방으로 향했다. 방에 들어가기 직전 웅얼거리는 말소리가 들려 나는 속도를 늦췄다.

아빠가 팔짱을 낀 채 벤과 함께 테이블 끝 쪽에 서 있었다. 두 사람 옆, 막 꺼진 초에서 연기가 올라오고 있었다. 나는 보이지 않을만한 곳에 서서 죄책감이라고는 눈곱만큼도 없이 두 사람의 얘기를 엿들었다.

"당신이 신경 쓸지는 모르겠지만, 루시에게 뭐가 가장 좋은 건지 생각해 줬으면 좋겠어요." 아빠가 말했다.

"그게 무슨 뜻이죠?" 벤이 물었다. 벤은 우리 중 와인을 가장 덜 마셨다. 확실히 아빠 목소리보다 훨씬 선명했다.

"루시는 이미 몇 번이나 반복해서 자기 얘기를 했어요. 그 기억을 다시 들춰낼 필요는 없잖아요." 아빠는 이미 기분이 상해 있었다.

"루시는 자기 얘기를 한 적이 없어요."

"했어요."

"직접은 아니에요. 늘 경찰이나, 당신이나, 루시의 엄마나, 루시의 변호사나, 미디어를 통해 걸러졌죠. 누구도 루시에게 직접 얘기를 듣지는 못했어요."

"왜 그랬을 거라고 생각하는데요?"

"당신이 루시를 보호하려고 해서요?"

"당연히 그렇죠!"

"지금도 루시를 보호하려는 건가요?" 벤이 물었다. 아빠가 벤의 목소리에 담긴 의심을 눈치챘는지 궁금했다.

"물론이죠."

"좀 더 자세하게 얘기하고 싶다면, 인터뷰도 환영이에요." 벤이 말했다.

"난 인터뷰 따위 안 해요." 아빠가 날카롭게 소리친 후 방에서 나왔다. 아빠는 인상을 쓴 채 나를 지나쳤다.

내가 다시 들어가 초를 담을 상자를 집을 때, 벤은 핸드폰에 무언가를 쓰고 있었다.

벤은 나를 보더니 내 쪽으로 걸어와 초 몇 개를 집었다. 그리고 상자 안에 초를 넣는 그때, 우리 두 사람의 시선이 마주쳤다.

"월요일에 봐요." 벤이 나긋하게 말한다. 그리고 문으로 향하다 멈춰 서더니, 어깨너머로 나를 뒤돌아봤다. "제가 관심 있는 건 진실뿐이라는 거 알죠? 사바나를 위한 진실이요."

"알아요."

벤은 고개를 끄덕이고는 다시 걸음을 뗐다.

186

"벤, 잠깐만요."

벤이 나를 돌아봤다.

"내가 원하는 것도 그거예요. 진실."

머릿속에서 그 목소리가 코웃음을 쳤다.

"새비에게 무슨 일이 있었던 건지 알아내는 거요." 나는 고쳐 말했다. "그 멍청이들이 뭐라고 하든, 전 당신을 도와서 진실을 알 아낼 거예요." 나는 몇 분 전 그 멍청이들(내 가족)이 앉았던 식 탁을 애매하게 가리켰다.

벤이 미소 지었다. "반가운 말이네요. 우린 진실을 알아낼 거예 요, 루시."

나는 벤이 손을 흔든 뒤 뒤돌아 걸어가는 모습을 보며 초조하 게 침을 삼켰다. 벤의 발소리가 멀어져갔다.

진실.

'**진실은 중요하지 않아.**' 그 목소리, 새비의 목소리가 선명하게 들렸다. 지난 몇 년간보다 훨씬 선명하게.

늘 내게 말을 거는 목소리는 새비였다. 새비가 죽은 후 처음 며 칠 동안은 그녀의 비명 소리에 머리가 터질 것 같았다. 그리고 그 이후, 조용해진 새비는 내 머릿속 살인의 동반자가 되었다.

'**죽여버리자—**'

나는 그 기억이 사라지기를 바라며 눈을 감지만, 기억은 사라지 지 않는다. 새비는 며칠 동안이나, 내 모든 생각의 끝에 매달려 자 기를 돌아보라며 소리를 질러댔다.

그 기억은 밝고 선명하다. 시간이 지나도 흐려지지 않고, 더욱 날카로워지기만 했다.

5년 전

"진실이 중요하지 않다는 건 알아." 내가 말했다. 나는 텅 빈 바에 앉아 있었다. 멀리 떨어진 부엌에서 직원들의 웃음소리가 희미하게 들렸다. 이제 막 영업을 시작해서 식당 안에는 아직 아무도 없었다. 나와 새비뿐이었다.

새비는 내 맞은편, 바 안쪽에서 두 팔을 카운터에 짚은 채 몸을 기대고 있었다. 탱크톱을 입고 있어 문신들이 보였다. 한쪽 팔에는 꽃들이, 다른 팔에는 할리퀸이 새겨져 있다.

새비는 아름다웠다. 눈꼬리가 아래로 처진 큰 눈에 어두운 금발을 늘 동그랗게 올려 묶었다. 눈화장은 거의 항상 번져 있었다. 아마 화장 지우는 걸 맨날 잊는 모양이라고 나는 생각했다. 다음 날 눈화장을 살짝 수정하고는 다 됐다고 말하곤 했으니까.

언젠가 한 남자가 새비에게 말했다. "넌 유쾌한 엉망진창이네."

무례했지만, 틀린 말은 아니다.

반대로 나는, 엉망진창이었지만 조금도 유쾌하지 않았다.

나는 볼에 멍이 들어 있었다. 작은 멍이었다. 화장으로 쉽게 가릴 수 있었지만, 매트가 보고 죄책감을 느꼈으면 하는 마음에 그대로 두었다. 매트는 죄책감을 느끼지 않았다. 오히려 비난하듯 손을 들어 내가 할퀸 자국을 보여줬다.

새비 말이 맞았다. 내가 스스로를 방어하려고 매트를 할퀴었다고 해도 아무 소용없다. 매트가 먼저 싸움을 시작했다고 해도.

그렇게 말하면 매트가 반박할 거다. 매트는 내가 또 자기한테 소리를 질러댔다고 말할 테니까. "감당 못 할 거면 시작도 하지 말라고 몇 번이나 말해." 매트는 늘 이렇게 말했다.

"집을 나가서 부모님에게 가면 내가 자기를 계단에서 밀친 걸 말해버리겠대." 나는 말했다.

"넌 그런 적 없잖아." 새비가 말했다.

나는 매트를 계단에서 민 적이 없지만, 매트가 그렇게 생각한다는 건 분명했다. 거짓말을 너무 많이 한 나머지 실제로 그걸 믿어버리기 시작했으니까.

젠장, 나 역시도 그 거짓말이 진짜처럼 느껴지기 시작했다. 내가 거칠게 매트를 밀어버리는 (가짜?)기억, 그리고 화를 내며 팔을 휘두르던 나와 또다시 술에 취해 어딘가에 걸려 넘어지는 매트의 모습(진짜?)이 뒤섞였다.

"진실은 중요하지 않아." 새비가 다시 말했다.

"내가 성질을 좀 죽였어야 했는데." 나는 작게 말했다. 그냥 울고만 있었어야 했다. 내게 날아오는 주먹과 발길질을 그대로 맞았어야 했다. 더 괜찮은 피해자가 돼야 했다. 맞서 싸우는 순간, 진실은 중요하지 않게 된다.

"나한테 생각이 있어." 새비가 내 쪽으로 몸을 더 가까이 기댄다. 그리고 시선을 맞췄다. 입은 일자로 꾹 닫혔고, 눈빛은 진지하고 단호했다. "네 남편, 죽여버리자."

22

할머니의 생일파티 다음 날, 니나에게 전화가 왔다.

"진짜 생일파티에 벤을 초대했어?" 니나가 인사 대신 첫 마디로 질문을 던졌다.

나는 침대 밖으로 나왔다. 이미 해가 높이 떠 블라인드 사이로 빛이 스며들고 있었다. 나는 십 대 청소년처럼 부모님을 피해 내 방에 숨어있는 중이다. "할머니가 초대했어. 잠깐, 네가 그걸 어떻게 알아?"

"세 명이나 나한테 전화해선 벤 때문에 난리가 났었다고 하던데."

"벤이 난리 친 게 아니고, 그냥 가만히 앉아서 자기 때문에 벌어진 난장판을 즐긴 거야."

"와, 세상에."

"어제 파티를 영상으로 남겼어야 했는데."

그랬다면 잘난 척하는 벤의 미소가 담겼을 텐데. 그건 슈퍼히어로의 미소가 아니었다. 눈앞의 모든 게 불타는 모습을 즐겁게 바라보는 남자의 미소였다.

"정말 인터뷰할 거야?"

"응. 빠진 부분만 채워주고 있어."

"네가 멍청한 건지 똑똑한 건지 모르겠다, 루시."

"나도 그래."

니나는 웃음을 터뜨렸다. "오늘 저녁 먹으러 올래? 에밋도 올 거야. 일요일에는 일 안 하거든."

"그래." 어떻게든 집을 나갈 핑계가 필요했다.

"좋아. 주소 보내줄게."

니나 가르시아는 내가 늘 플럼튼에서 제일 재미없다고 생각했던 지역에 살고 있다. 나는 차를 세운 뒤 밖으로 나왔다. 문을 두드리자 어두운색 머리카락에 조그마한 남자아이가 입가에 뭔가 파란 걸 묻힌 채 문을 열었다.

"안녕."

아이는 아무 말도 하지 않고 그냥 나를 쳐다봤다. 나는 늘 이렇게 뻔뻔할 정도로 사람을 빤히 쳐다보는 아이들의 시선이 대단하다고 생각한다. 상대방이 불편해하는지 그렇지 않은지는 조금도 신경 쓰지 않는다.

"아들, 네 형한테 가." 니나가 나와 아이를 다른 곳으로 보냈다. "미안. 문 열어주는 걸 좋아해서. 요즘 아주 푹 빠져있어." 니나는 뒤로 물러서며 손짓했다. "들어와, 얼른."

니나는 편해 보이는 초록색 드레스를 입고 있었다. 부드럽게 구불거리는 머리카락이 얼굴 주위로 자연스럽게 흘러내렸다. 어렸을 때는 니나와 에밋이 서로를 이성으로 보는지 전혀 몰랐지만, 지금 보니 두 사람이 왜 만나는지 알 것 같다. 둘 다 예쁘고 잘생겼다.

하지만 니나가 날 괴롭히려고 부른 걸지도 모른다는 생각이 떠나지 않았다. 니나는 나의 현재가 될 수도 있었던 삶을 살고 있다. 물론 내가 조금 더 상식적이고 몸매도 완벽했다면.

나는 집안으로 걸어 들어가며 놀라울 정도로 깔끔하게 정리된 거실에 들어섰다. 장난감들은 모두 상자에 담겨 한쪽 구석에 놓여 있었다.

집 뒤쪽에서 한 아이가 악을 쓴다. 나는 깜짝 놀라지만, 니나는 담담했다.

에밋이 두 팔에 한 아이를 매단 채 방으로 걸어 들어왔다. 입가에 파란 걸 묻히고 문을 열어줬던 아이가 에밋의 팔에 거꾸로 매달려 깔깔 웃었다. 에밋이 내게 미소를 지었다. 어두운 금발 머리가 흐트러져 있다. 아이들과 놀면서 장난스러운 몸싸움이 있었던 것 같다.

'지금 나만 이래? 아니면 에밋이 진짜로 섹시해진 거야?' 새비의 목소리가 불쑥 머릿속에 울렸다. 한 번 받아주니 떠날 생각을 안 한다.

내 의지와는 상관없이 언젠가 새비와 그 식당에서 있었던 기억이 떠올랐다.

"난 늘 에밋이 귀엽다고 생각했는데." 나는 에밋이 서 있는 식당 문가를 흘긋 쳐다보며 말했다.

"그래, 그런데 지금 에밋은 '너를 거칠게 벽에 밀쳐서 섹스하는' 그런 남자처럼 섹시하잖아." 새비는 이렇게 말하고는 내 표정을 보고 웃음을 터뜨린다. "너 진짜 웃겨, 알아?"

"난 아무 말도 안 했는데."

"무슨 여고생처럼 섹스 얘기만 하면 얼굴이 빨개지잖아. 우리가 고등학교 때부터 알았으면 좋았을걸. 널 타락시키는 거, 진짜 재밌었을 텐데." 새비는 바 너머로 손을 뻗어 내 손을 토닥인다. "하지만 지금이라도 너랑 친해져서 기뻐. 기회가 없는 것보단 늦은 게 낫잖아."

"뭐가?" 에밋이 내 옆에 있는 의자에 앉으며 묻는다.

"내가 이 천사 같은 애를 타락시키는 거." 새비가 다정한 목소리로 말한다.

에밋은 큰 소리로 웃음을 터뜨렸고, 새비는 반대편 바에 모여 있는 남자들의 주문을 받으러 갔다.

"새비 하퍼랑 친구가 된 거야?" 에밋이 즐겁다는 듯 나를 바라봤다.

"응, 나도 이렇게 될 줄 몰랐어."

"고향으로 돌아오면 그렇게 되는 거지. 결국, 치어리더에 프롬 퀸이었던 애랑 친구가 되는 거."

"다 들려!" 새비가 잔을 집으며 말한다. "그리고 난 홈커밍 퀸이었지, 프롬 퀸은 아니었어. 우린 프롬 퀸 후보 안 뽑았잖아."

"그런 것까지 알고 있네." 에밋이 믿기지 않는다는 듯 웃었다.

"모든 사람이 모든 일에 쿨한 척 애쓰는 건 아니거든." 새비는 의미심장한 눈길로 우리를 쳐다봤다.

"그게 무슨 소리야," 나는 에밋의 어깨에 팔을 둘렀다. "우린 척한 게 아니야. 진짜로 엄청 쿨했다고."

"아니, 그건 아니야." 에밋이 속삭인다.

나는 에밋을 보며 웃었다. "그래, 아니었지."

세비가 나에게 윙크했다. "그래도 지금은 나랑 어울리고 있으니 다행이지."

에밋이 나를 바라봤다. 나는 지난 기억에 습격을 받지 않은 정상인인 척하려 노력했다. 성공한 것 같지는 않다.

니나는 거꾸로 매달린 아이를 안아 바닥에 내려놨다. 에밋은 키가 더 큰 다른 아이를 내려줬다.

"존이랑 크리스야." 니나가 작은 아이, 좀 더 큰 아이를 차례로 가리키며 말한다.

나는 어색하게 손을 흔들었다. 평생 아이들과 가까이 있어 본 적이 없다. 아이들과 있으면 어떻게 행동해야 하는지도 잘 모른다.

"루시는 엄마랑 오래된 친구야." 니나가 아이들에게 말했다. 둘 다 전혀 관심 없어 보인다. 하지만 작은 아이(벌써 이름을 잊어버렸다.)는 다시 나를 뚫어져라 쳐다봤다.

그때 다시 초인종이 울리자, 큰 아이가 소리쳤다. "할머니!"

"자, 가자." 에밋은 즐거운 표정으로 나를 흘긋 보고는 아이들을 데리고 문으로 향했다.

"어른들끼리 얘기 좀 하게 엄마한테 애들 봐달라고 부탁했어." 니나가 말했다.

"둘 다 너무 귀여워." 나는 거짓으로 말했다. (사실 애들은 다 똑같아 보인다.)

"고마워." 니나가 미소 지었다. "골칫거리들이지 뭐."

에밋이 아이들 없이 돌아왔다. 그러고는 니나에게 걸어가 허리에 손을 감았다. 니나는 익숙하게 몸을 기댔다. 오래 만났지만, 여전히 서로 애정이 있는 커플의 모습이다.

고등학교에 다닐 때, 에밋은 플럼튼을 떠나자고 말하곤 했다. 에밋은 우리 셋 중에 가장 고향을 떠나고 싶어 했고, 넓은 세상을 보고 싶어 했다.

에밋은 플럼튼 밖을 나가지 못한 것이 아쉬웠을까? 혹시 로스앤젤레스로 떠난 나를 부러워했을까?

하지만 사실 난 완전히 떠나지 못했다. 물리적으로는 떠났지만, 마음은 지난 5년간 단 하루도 플럼튼을 벗어나지 못했다. 그동안 다른 사람들은 자신의 삶을 찾았다. 니나와 에밋처럼.

내게는 여전히 이곳에서 일어난 모든 일이 따라붙는다. 전 남편과의 결혼 생활과 이십 대 초반의 삶이 곧 내가 된다. 마치 고등학교 시절의 전성기를 벗어나지 못하는 풋볼 선수나 마찬가지다. 내 경우엔 풋볼이 아니라 비극적인 살인이지만.

젠장, 엄청 우울하잖아?

에밋이 마치 내 표정에서 감정을 읽기라도 한 듯 걱정스러운 눈길을 보냈다. 나는 재빨리 시선을 돌리며 벽에 걸린 가족사진을 보며 감탄하는 척했다.

"마실 거 줄까?" 니나가 냉장고로 걸어가며 물었다. 냉장고는 그림이 되고 싶었던 낙서들, 미소 짓는 아이들이 있는 크리스마스카드들(지금은 8월이지만)로 뒤덮여 있었다. "에밋이랑 난 술을 잘 안 마셔서. 그래도 탄산수는 있어."

"좋아, 고마워." 어차피 어젯밤을 너무 화려하게 보내서 술은 필요 없었다. 아직도 머리가 지끈거리니까.

니나는 탄산수병을 열어 내게 건넨다. "와 줘서 고마워."

"뭐, 사실 딱히 다른 약속도 없었거든."

에밋은 팔짱을 낀 채 부엌 조리대에 기댄다. "예전보다 사람들이 잘 대해줘?"

"잘 모르겠어. 조금 덜 공격적이긴 한 것 같기도?"

에밋이 살짝 웃는다. "다들 생각할 시간이 있었을 테니까."

"그래서 어떻게 결론이 났는데?"

에밋과 니나가 눈빛을 주고받았다. 나는 사람들이 어떤 결론을 내렸는지 단번에 알아차렸다. 결론은 바뀌지 않았다.

"몇몇 사람들은 이전에 너무 성급하게 결론을 내린 것 같다고 생각하는 것 같아." 니나가 말했다. "증거가 충분했으면 경찰에서 너를 재판에 넘기려고 했겠지."

나는 탄산수를 마시며 웃음을 삼켰다. 니나가 마치 자기 자신을 설득하듯 말하는 것 같아서다. 아마 니나는 잠자리에 누워 천장을 바라보며 내가 왜 범인이 아닌지 논리적인 이유를 애써 떠올렸을 거다.

"우린 늘 네가 아니라고 생각했어." 에밋이 조용히 말했다.

"고마워."

두 사람은 잠시 침묵하더니 다시 눈빛을 교환했다. 니나가 조리대에서 행주를 집더니 초조한 기색으로 만지작거렸다.

"난 아직 아무것도 기억이 안 나. 물어보고 싶은 게 그거라면." 나는 선선히 먼저 말을 꺼냈다.

니나는 손에 든 행주를 거의 반으로 찢을 듯 세게 쥐어짜더니, 이내 뒤로 돌아 오븐을 열었다. "라자냐 했는데, 좋아할지 모르겠네!"

그 순간 나나 옆에 선 새비가 보였다. 새비는 번진 눈화장에 아무렇게나 동그랗게 올려 묶어 흐트러진 머리를 한 채 소리 없이 활짝 미소 짓고 있었다.

나는 얼어붙었다. 끔찍하도록 완벽한 환영이었다. 지난 5년간 머릿속 깊은 곳에 처박아두었던 모든 것들이 다시 살아나 나를 뒤쫓는다.

다시 새비를 쫓아내야 한다. 새비는 내게 귓속말을 해서도, 빌어먹게 익숙한 표정으로 히죽거리며 여기에 서 있어도 안 된다. 절대 좋은 징조가 아니다.

물론 그동안 새비를 밀어내려는 내 절박한 노력은 조금도 성공하지 못했다. 내가 LA로 오고 나서 첫 번째로 만났던 상담사가 여기 있었다면 "내 말이 맞죠?"라는 말을 참지 못했을 거다. 그 상담사는 새비의 목소리를 무시하는 건 해결책이 아니라고 했다. "언제든 다시 돌아올 거예요. 과거를 평생 외면할 수는 없어요."

그 상담사의 말이 맞았고, 나는 틀렸다. 새로울 것도 없다.

'**무시는 라자냐 안 좋아해.**' 새비가 짐짓 다정한 척 말한다. '**얘는 여전히 최악이네. 놀랍지도 않다.**'

나는 흠칫 몸을 떨었다. 에밋이 다시 나를 걱정스럽게 쳐다봤다.

새비가 에밋 주위를 느릿하게 걷는다. '**그런데 에밋은 여전히 완전 섹시하다.**'

"괜찮아?" 에밋이 조용히 물었다.

새비는 에밋 옆에 서서 마치 에밋의 물건을 입에 넣기라도 한 듯 볼을 부풀린다. 지금의 새비는 모든 사람이 알던 그 사랑스러운 사람이 아니었다. 팟캐스트에 나온 플럼튼 사람들은 새비를 금발의 천사처럼 얘기했다. 마치 후광이 반짝이기라도 했던 것처럼.

하지만 사실 내 눈앞에 있는 게 새비의 본모습이다. 뿌리 염색을 미뤄 색이 다른 머리카락, 반쯤 번진 눈화장, 탱크톱 위로 튀어나온 너덜너덜한 브래지어 끈까지.

나는 목을 가다듬고 에밋에게 억지웃음을 지어 보였다. "응. 괜찮아."

전혀 안 괜찮다. 새비에 관한 것들을 다시 떠올리며 내 삶에 새비를 다시 들였으니 새비는 자신에게 무슨 일이 있었는지 알아내기 전까지 나를 떠나지 않을 것이다. 정신을 똑바로 차리지 않으면 새비와 그 살의 가득한 목소리에 평생 쫓겨야 한다는 의미다.

새비는 실망스러운 듯 긴 한숨을 내뱉는다. '**죽일 거야, 말 거야?**'

"좀 앉지 그래?" 에밋이 식탁을 가리키며 말했다.

"그래, 어서 앉아!" 니나가 말했다. "저녁 준비 거의 다 됐어."

나는 의자에 앉으며 억지로 웃었다. 머릿속에는 새비와 함께했던 그날의 기억이 다시 선명하게 떠오르며 나를 가뒀다.

5년 전

"그래, 좋아. 같이 내 남편을 죽여버리자." 나는 웃음을 터뜨리며 말했다. "어떻게 죽일 건데? 자고 있을 때 칼로 찔러? 도로에서 밀어버릴까? 잠깐, 아니야. 술병에 독을 타는 거야. 매트는 아마자기가 죽을 때까지 맛이 이상한 것도 모를 거야. 엄청 빨리 퍼마실 테니까."

나는 다시 웃었지만, 새비는 웃지 않았다. 새비가 눈썹을 치켜세웠다. 내 얼굴에서 미소가 서서히 사라졌다.

"새비." 나는 새비가 한 말이 장난이 아니라는 걸 깨닫고 자세를 고쳐 앉았다. "난 매트를 못 죽여. 누가 됐든 마찬가지야."

"왜? 죽어도 싼데."

내가 반박하려고 입을 열었다.

"아니라는 말이면 꺼내지도 마." 새비가 내 팔에 따뜻한 손을 감았다. "네가 멍들어서 오는 걸 너무 많이 봤어. 게다가 훨씬 심한 일들은 나한테 말 안 한 거 알아."

새비 말이 맞았다. 다시 말하기엔 너무 끔찍해서였다. 수치스러워서도 아니었다. 그저 매트가 내가 기절할 때까지 목을 졸랐다는 걸 설명할 말을 찾을 수 없었을 뿐이다. 혹은 "일이 걷잡을 수 없게 되었을 때"(매트는 늘 이렇게 말했다.) 매트가 내 머리채를 잡고 주방부터 거실까지 질질 끌고 가 눈앞이 하얘질 때까지 마룻바닥에 내 머리를 찧어댔다는 것도.

"맞아, 죽어도 싸." 나는 조용히 말했다. "하지만 내가 매트를 죽여버리고 싶다고 해도…."

"우리," 새비가 끼어든다. "우리가 매트를 죽여버리고 싶은 거지. 내가 널 혼자 하게 두겠어?"

나는 웃음을 터뜨렸다. "와, 새비, 네가 내 소울메이트라는 건 알았지만, 이건 차원이 다른데."

새비는 어깨너머로 머리카락을 털어 넘기며 활짝 미소 지었다. "난 세계 최고의 친구니까. 그리고 세계 최고의 친구로서 기꺼이 네 남편, 그 개새끼를 죽이는 걸 도와주지."

나는 새비를 쳐다봤다. 분명 장난일 거라고 생각하면서.

새비가 눈썹을 치켜세우며 말했다. "어떡할래? 죽일 거야, 말 거야?"

벤 오웬스의 거짓말에 귀 기울일 것

Episode 5
미스터리한 여자

오늘은 언론 최초로 루시의 전남편, 매트 가드너와 얘기를 나눠보 겠습니다. 매트는 사바나가 죽은 이후부터 미디어와의 대화를 계속 거부했지만 루시의 부탁으로 이 인터뷰에 응하게 되었습니다.

매트는 아침이 되자마자 플럼튼에 있는 제 호텔 방으로 왔습니다. 사진에서 봤던 것보다 조금 더 나이가 들어 보였고, 피곤해 보였어 요. 저는 매트에게 이 인터뷰를 하게 된 이유가 루시의 부탁 때문인 지 물어봤습니다.

매트: 네, 루시가 당신하고 얘기해 봐야 한다고 했어요.
벤: 왜죠?
매트: 모르죠. 루시가 당신을 좋아하는 걸 수도 있죠. 아니면… 누 가 새비를 죽였는지 알고 싶거나.

벤: 루시와의 관계를 물어보고 싶네요. 이혼 후에도 계속 연락했습니까?

매트: 아뇨. 5년 전에 여길 떠난 후로는 연락 안 했어요. 그러다 며칠 전 루시가 집으로 찾아왔고, 최근에는 점심도 같이 먹었어요.

벤: 그럼 루시가 먼저 연락한 건가요?

매트: 그런 셈이죠. 어느 날 갑자기 나타났으니까요.

벤: 결혼 생활을 할 때 두 분의 관계는 어땠죠?

매트: 음…. 열정적이었죠. 서로 정말 사랑했지만, 많이 싸우기도 했어요. 너무 어릴 때 결혼해서 그랬던 것 같아요. 하지만 전 루시를 정말 사랑했어요. 처음 본 순간부터 반했죠.

벤: 두 분이 싸운 이유는 뭐였죠?

매트: 그냥 흔한 이유죠. 돈, 가족, 일 같은 거요. 함께 상담이라도 받았어야 했어요. 지금은 그때 우리가 서로 대화를 잘하지 못했다는 걸 깨달았죠. 저도 책임이 있고요. 그렇게 포기하지 말고 좀 더 노력했으면 좋았을 텐데.

벤: 그럼 결혼 생활을 계속하고 싶었나요?

매트: 딱히 그런 뜻은 아니에요.

벤: 사건 당시 루시는 퇴원한 후에 자신의 집이 아니라 곧장 부모님 집으로 갔죠. 몇몇 분들에게 들은 바로는 루시에게 집에서 나가 달라고 했다던데, 맞나요?

매트: 네, 맞아요.

벤: 왜죠?

매트: 그때는 너무 정신이 없었어요. 새비는 루시만이 아니라 우리의 친구기도 했으니까요. 그런 새비가 죽었고, 경찰은 사건에 대해 계속 질문해대고…. 정말 감당하기 힘들었어요.

벤: 경찰의 질문 때문에 아내가 자신의 친구를 죽였다고 의심하게

된 건가요?

매트: 글쎄요…. 잘 모르겠어요. 경찰이 불편한 질문을 했어요. 그렇게 루시를 보내면 안 됐는데. 지금은 후회해요.

벤: 루시가 부모님 집에 있을 때 보러 간 적이 있나요?

매트: 어, 네, 한 번이요.

벤: 그때 루시는 어땠죠?

매트: 그냥…. 똑같았어요. 슬퍼하고. 혼란스러워하고.

벤: 루시가 부모님 집에 머무르는 동안 당신은 뭘 했죠?

매트: 무슨 말이에요?

벤: 그냥, 일상이 어땠는지요. 아내가 집에 없으니 분명 어딘가 어색했을 텐데요, 안 그래요? 어떻게 지내셨어요?

매트: 뭐, 평소와 다를 건 없었어요. 일하러 갔죠. 사실 일을 많이 했어요. 가끔 지역 기자들이 집으로 들이닥치기도 해서, 집보다 직장에 더 오래 있었어요.

벤: 친구들과 같이 있지는 않았나요?

매트: 한두 번 정도 친구 집 소파에서 자긴 한 것 같아요.

벤: 여자는요? 여자 집에서 머무른 적은 없나요? 아니면 집에 여자가 머무른 적은요?

매트: 그러니까…. 5년이나 됐잖아요. 이미 말했지만, 몇몇 친구 집 소파에서 잔 적이 있어요. 그중 일부는 여자였고요.

벤: 당신이 한 여성의 집에 주기적으로 드나드는 모습을 봤다고 제보한 사람들이 있어요. 그 여성분이 누군지 이 자리에서 얘기하진 않겠지만요.

매트: 말했지만, 친구들 집에 가끔 갔어요. 기자들을 피하려고요.

벤: 들어보니 사바나가 죽기 전부터 당신과 그 여자분이 잠자리를 같이하는 관계였다고 하던데요.

매트: 그 익명의 제보자들이 누군지도 모르겠고, 왜 그 사람들이 제 사생활에 대해 떠들어대는지 모르겠군요.

벤: 그리고 루시가 떠난 지 얼마 안 돼서 그 여자분이 당신 집에서 밤을 보내기 시작했다고도 했습니다.

매트: 다시 말하지만, 그 사람들이 왜 제 사생활을 알고 있다고 생각하는지 모르겠어요.

벤: 그럼 그 말이 틀린 건가요? 그분들이 거짓말한 건가요?

매트: 네, 틀렸어요. 만약 사실이라고 해도, 그게 무슨 상관이죠? 사건이랑은 상관없잖아요?

벤: 좋은 지적이네요. 넘어가죠. 그 결혼식 날 집에는 어떻게 왔죠?

매트: 운전해서 왔어요.

벤: 본인 말대로라면, 꽤 취했을 텐데요?

매트: 잘못된 행동이라는 건 알아요. 하지만, 네, 그랬죠. 그리고 결혼식장을 떠날 때쯤에는 술이 조금 깼었어요.

벤: 그때가 언제였죠?

매트: 루시와 새비가 떠나고 얼마 안 돼서요.

벤: 두 사람이 떠나는 모습은 못 본 건가요?

매트: 네, 못 봤어요. 루시와 새비는 뒷길로 갔어요. 저는 큰 도로로 갔고요.

벤: 바로 집으로 갔나요?

매트: 네.

벤: 그럼 그날 밤 계속 혼자 있었나요? 이후에 누군가 당신을 데리러 오지도 않았고?

매트: 이제 그만 하죠. 여기 오는 게 아니었어요.

벤: 한 이웃이 경찰에게 당신이 집에 오는 걸 봤다고 말했어요.

매트: (웅얼거리는 소리) 그만한다고요.

벤: 그 이웃이 우리 쪽에 연락해 거짓말한 게 후회된다고 말했어요. 당신을 보긴 했지만, 곧 다른 차가 나타났다고 하더군요. 그분들 말로는 여자였고, 진입로에서 당신과 그 여자가 말싸움을 했다고 했어요.

매트: (웅얼거리는 소리, 쾅 하는 소리)

벤: 그 여자가 누군지는 모르지만, 당신이 그 여자에게 소리를 지르고 있었고, 여자는 떠났다고요. 그다음 당신은 차를 타고 나갔다고 했습니다. 그러니까, 당신은 경찰에 그날 밤 집에 있었다고 말했지만, 사실 새비가 살해당한 것으로 추정되는 시간에 밖에 있었어요.

인터뷰는 여기까지입니다. 매트는 그렇게 방을 나갔고, 그 이후로 연락이 닿지 않고 있습니다.

23

나는 벤과 함께 그 숲에 가 보기로 했다. 새비가 발견된 그곳. 첫 번째 인터뷰부터 그곳에 갈 줄은 몰랐지만, 거절할 만한 핑계도 없었다.

그래서 지금 나는 벤의 호텔 방 문으로 걸어가 이 재수 없는 거짓말쟁이 팟캐스터를 태우고 범죄 현장으로 가야 한다.

"안녕하세요." 벤이 호텔 방 문 앞에서 웃으며 내게 인사했다.

"안녕하세요, 오늘도 재수 없네요."

벤 뒤로 페이지가 낄낄거리는 소리가 들렸다. 페이지는 소파에 앉아 편한 자세로 커피 테이블에 맨발을 올리고 있었다. 두 사람은 같이 자는 사이인 걸까?

순간 두 사람이 그런 사이가 아니었으면 좋겠다고 생각한 나 자신이 싫어진다.

벤은 재수 없다는 내 말이 재밌기라도 한 듯 더 환하게 웃었다.
"저도 반가워요, 루시."

"새비가 죽던 날 매트가 어떤 사람이랑 함께 나갔다는 건 언제
말해주려고 했어요?"

나는 지난밤 팟캐스트를 듣고 매트에게 몇 번이나 문자와 부재
중 전화를 남겼다. 놀랍게도, 매트가 나를 피하는 것 같았다.

'매트가 널 죽이기 전에 우리가 먼저 죽이자.' 새비가 속삭였
다. '내가 그걸 얼마나 잘하는지 말 안 했어? 난 남자가 내게
손대는 건 고사하고 눈도 마주치지 말았어야 한다고 생각하게
만들 수 있어.'

그 결혼식 날 밤에 매트를 죽일 계획을 한 것도 아니었다. 우린
그때까지도 그냥 말뿐이었으니까.

계획이 바뀌었던 걸까? 그날 밤 우리가 매트를 찾아갔던 걸까?

나는 매트가 현관 근처에 서 있던 모습을 떠올렸다. 그의 눈에
는 진짜 두려움이 서려 있었다. 한때는 나를 비웃으며 "그게 때린
거야? 쳐 봐. 다시 쳐 봐!"라고 소리치던 남자가 말이다.

"말 안 해도 알게 됐잖아요, 안 그래요?" 벤의 말이 나를 다시
현실로 불러왔다.

"협력하는 줄 알았는데요. 나한테는 미리 안 알려줘요?"

"네."

"날 안 믿나 보네요, 벤."

벤이 웃으며 말했다. "당신은 나를 믿어요?"

조금도 안 믿었다. "좋은 지적이네요."

벤은 가방을 들고 방에서 나오며 등 뒤로 문을 닫았다. "차에
타면 마이크를 켤 거예요. 괜찮아요?"

"네." 나는 혹시나 표정 관리가 안 될까 봐 등을 돌리며 대답했다.

우리는 벤의 차로 향했다. "인터뷰 도중에 놀랄만한 일이 더 있어요?"

"물론이죠." 벤은 차 문을 열며 건너편에 있는 나를 보며 웃었다. "준비됐어요?"

"사건 이후에 여기 와본 적 있어요?" 15분 후, 벤이 걱정스럽게 말했다. 벤이 얼굴을 찌푸린 채 내 쪽으로 고개를 너무 오래 돌리고 있어서, 나는 앞을 가리키며 지금 운전 중이라는 사실을 상기시켰다. 그러자 벤이 다시 앞을 봤다.

우리는 버드 에스테이트로 들어가는 좁은 길에 들어섰다. 새비가 발견된 장소로 들어가는 길은 두 개였다. 덜 위험하고 포장이 잘 되어 있는 대로, 그리고 양옆에 큰 나무들이 무성한 데다 좁고 울퉁불퉁한 이 길. 우리가 들어온 이 길은 고속도로로 향하는 지름길이자, 새비의 차가 버려진 채 발견된 곳이기도 했다.

"네." 나는 조수석에 몸을 파묻었다. 심장이 너무 빠르게 뛰어서, 이건 그저 집에서 나오기 전에 먹은 쿠키 때문에 혈당이 치솟는 것일 뿐이라고 스스로를 다독였다.

차 안 에어컨에서 나오는 공기가 드디어 차가워지기 시작했고, 나는 얼굴에 닿는 찬바람에 집중한다.

새비를 다시 보지는 못했지만, 그녀의 목소리는 머릿속을 떠나지 않았다. '네 **남편 죽여버리자!**'라고 말하는 목소리가 끊임없이 울려 퍼지고 있으니까.

"언제요?" 벤은 내 쪽으로 다시 고개를 돌렸다가 이번에는 곧

바로 정면을 봤다.

"경찰에서 여기 통제를 풀었을 때 엄마가 데리고 왔어요. 뭔가 떠오르는 게 있을까 해서 주변을 걸어 다녔죠." 나는 머릿속으로 신중히 생각해서 말을 골랐다. 지금은 팟캐스트 녹음 중이니까.

지금의 나는 '친구와 함께 남편을 죽일 계획을 하던' 루시가 아니다. 그 루시는 마음 깊은 곳에 묻어둬야 한다.

"하지만 아무 기억도 떠오르지 않았군요."

'일어나, 루시. 일어나!' 손에 흙을 움켜쥔 채 쓰러진 내게 소리 치던 엄마와의 기억이 비명을 지르듯 다시 떠오른다. 나는 그 기억을 밀어내려 애썼다.

'결백한 사람들은 이렇게 행동 안 해. 알잖아?' 엄마는 집에 돌아가는 차 안에서 조수석에 앉아 흐느끼던 내게 말했다.

나는 몰랐다. 결백한 사람이 어떻게 행동하는지 내가 어떻게 알아? 나는 늘 그걸 묻고 싶었다.

"루시." 벤이 다시 걱정스러운듯 불렀다.

"네, 기억이 돌아오진 않았어요."

벤이 도로 한 쪽 흙이 쌓인 곳에 차를 세웠다. 차 문을 열자 귀뚜라미 소리가 더 크게 들린다.

벤이 디지털 녹음기를 꺼낸 다음, 우리는 숲속으로 걸어 들어갔다. 나무들이 커서 그늘은 충분했지만, 더위를 가시게 해 주지는 못했다. 저녁 6시가 넘었지만, 태양은 아직 타는 듯이 뜨거웠고, 공기는 습기로 가득하다. 차에서 나온 지 2분 만에 등에는 이미 땀이 흥건했다.

긴 시간이 지났으니, 이곳에 다시 오는 건 그리 불편하지 않을 거라 생각했다. 하지만 아직 모든 게 엉망이었고, 나는 평정심을 잃었다. 이곳에 오자는 제안을 거절했어야 했다.

우리는 좁은 흙길을 지났다. 나는 숨을 쉬기 위해 집중했다.

"경찰이 여길 한 일주일 정도 통제했던 건가요?" 벤이 물었다.

"네, 그랬을 거예요."

"그럼 그 후에 이곳은 언제 온 거죠?"

"정확히는 기억 안 나요. 아마 이틀쯤 후일 거예요."

"어땠나요? 그러니까, 이곳에 다시 왔을 때요."

나는 튀어나오려는 말을 겨우 삼켰다. 완전 파티나 다름없었죠, 벤, 어땠을 것 같은데요? 지금은 팟캐스트 녹음 중이다. 결백한 사람은 비꼬지 않을 것이다.

"힘들었죠."

벤은 고개를 끄덕이더니 잠시 침묵했다.

"그 전에는 어땠죠? 당신은 달리는 걸 좋아하잖아요. 이쪽으로 운동하러 온 적 있어요? 근처에 있는 산길로요."

내가 달리는 걸 좋아한다는 사실을 벤이 어떻게 알았는지 모르지만, 지금만큼은 벤이 나보다 나를 더 잘 알고 있을지도 모른다.

"몇 년 전까지는 러닝을 안 했어요. 그리고 전 밖에서 뛰는 걸 싫어해서 여기로 나온 적은 없어요. 특히 이렇게 더울 때는요." 벌레 한 마리가 내 얼굴로 돌진하는 바람에 비명을 지르며 욕을 내뱉을 뻔한 것을 겨우 참았다. 나는 조금 과하게 얼굴 앞으로 손을 휘저었다. 이것도 비명을 지르는 것만큼이나 미친 사람처럼 보일 거다.

"그래도 그 길이 어딘지는 알죠?"

"네, 당연하죠. 여긴 작은 마을이고, 표지판이 도로 바로 옆에 있으니까요. 백만 번은 봤을 거예요."

우리는 계속 걸었고, 나는 내가 새비가 발견된 곳이 정확히 어디인지 모른다는 사실을 깨달았다. 이곳은 전부 똑같아 보였다. 똑같이 생긴 나무들 사이로 나 있는 흙길일 뿐이니까.

결백한 사람이라면 기억했을까? 어쩌면 결백한 사람은 매일 이곳에 들러 절박한 심정으로 기억을 찾으려 했을지 모른다. 나는 이곳에 두 번 왔고, 두 번 다 정신이 나갈 뻔했다.

이제 생각해보니 엄마가 왜 그랬는지 알 것 같다.

벤의 시선이 느껴졌다. 벤은 걱정되는 듯 눈썹을 모은 채 나를 바라봤다. 분명 새비의 시신이 어디에서 발견됐는지 알고 있을 거다. 길, 질문, 이 모든 것을 미리 준비했을 것이다. 어쩌면 계속 내게 보내는 저 걱정스러운 시선도 연습했을지 모른다.

벤이 한 곳을 가리켰다. "바로 저기예요."

이쯤 되면 벤이 내 생각을 읽을 수 있는 것은 아닌지 혼란스러웠다. 생각이 거기까지 미치자 마음이 불편해져서 벤에게 등을 돌렸다.

심장이 지나치게 빨리 뛰어 귀에서 쿵쿵 울리고, 등에서는 땀이 쏟아졌다. 텍사스 기준으로 오늘 날씨는 그렇게 더운 것도 아닌데도 살짝 어지럽기까지 했다.

나는 한 나무 앞, 작은 분홍색 꽃병을 보고 걸음을 멈췄다. 노란 장미가 꽂혀 있었다. 새비가 제일 좋아하는 꽃이다.

"사바나 어머니가 종종 온다고 했어요." 벤이 내 시선을 눈치채고 설명을 덧붙였다. 나는 말없이 고개를 끄덕였다.

새비가 어디에서 발견되었는지 알 수 있는 흔적은 없다. 너무 오래됐으니까. 하지만 이제는 기억할 수 있다. 경찰이 내게 새비의 시신이 찍힌 사진을 보여줬었다. 새비는 흙에 반쯤 덮여 있었고, 드레스는 갈기갈기 찢어져 있었다.

나는 거의 뜯어져 실 하나에 겨우 의지하고 있는 새비의 드레스 끈을 응시했다. 나는 저 끈이 어쩌다 저렇게 되었는지 알고 있었다. 알았지만, 그게 무엇인지 기억해내지는 못했다.

혹은 떠올리고 싶은 마음이 너무 절박해 기억을 만들어내려고 했을 수도 있다. 지금은 잘 모르겠다.

"괜찮아요?"

"네."

"여기 오니 기분이 어떤가요?"

나는 벤을 응시했다. 멍청한 질문에 놀라서다.

"차에서 내릴 때부터 표정이 안 좋아서요. 여기, 새비가 죽은 곳에 있는 게 힘든 건가요?"

"당연, 당연히 힘들죠." 나는 숨을 들이쉬어 봤지만, 별로 도움이 되지 않았다.

새비가 벤 뒤에 서 있다. 자주 입던 짧은 검은색 드레스를 입고. 면으로 된 그 드레스를 입으면 캐주얼하면서도 몸에 딱 달라붙어 모두가 한 번쯤 돌아보곤 했다. 새비는 웃으며 벤의 목을 조르는 시늉을 했다. 눈을 깜빡이자 그녀는 사라지고 없었다.

여기서 나가야 했다. 정신을 똑바로 차리지 못한 채로 팟캐스트에 나갈 말을 뱉을 수는 없다. 뭔가 부적절하거나 멍청한 말을 할지도 모른다. 아니면….

'결백한 사람들은 이렇게 행동 안 해.'

"여기 있는 게 왜 이렇게 힘든지 말해줄 수 있어요? 단지 새비가 목숨을 잃은 장소라서 그런 건가요, 아니면 다른 기억들이 떠올라서인가요?"

턱선을 따라 구슬땀이 흘러내렸다. 더워서 숨을 쉴 수가 없다. 공기가 너무 습하고 무거웠다.

시야 끝이 까맣게 바랜다. 다리가 움직이지 않았다. 귀에서 엄청나게 큰 소리가 울리는데, 빌어먹을 벌레들 때문인지, 아니면 내 뇌가 그냥 모든 걸 포기해버린 건지 모르겠다. 뇌세포들이 집을 나가버렸다고 해도 탓할 수는 없는 일이다. 지금까지 버틴 것만 해도 놀라울 지경이니까.

"이런 젠장." 벤의 목소리가 멀어진다. 하지만 나는 휘청거리며 땅이 아니라 벤에게 부딪혔다. 벤 덕분에 조금 덜 세게 부딪히긴 했지만, 결국 우리는 바닥에 넘어졌다. 벤은 기절하는 여자를 잡아준 적이 별로 없는 것 같다. 잘 못 하는 걸 보니.

"루시. 날 좀 봐요." 벤은 옆에 무릎을 꿇고 앉아 한 손을 내 등에 댄 채 다른 한 손으로 내 팔을 잡았다.

"괜찮아요?"

오늘 벤은 멍청한 질문을 많이도 했다.

"어떻게 해야 할지 모르겠네요. 구급차를 부를까요?" 벤은 이미 핸드폰을 꺼내고 있었다. 멀지 않은 곳에 떨어져 있는 마이크가 보인다.

나는 고개를 저었다.

"물 마실래요?"

나는 다시 고개를 저었다.

"세상에. 미안해요." 벤은 부드러운 목소리로 말하며 내 팔을 조금 더 세게 잡았다. "정말 미안해요."

나는 눈을 두어 번 깜빡였다. 바람이 살짝 불어 벤의 머리가 흩

214

날린다. 그 덕분에 아주 잠깐 이곳의 열기가 멀어졌다.

"뭐가 미안해요?"

벤은 놀란 눈치다. "여기 데려와서요. 당신을 밀어붙인 것도."

마치 상처 입은 강아지를 발견한 듯 다정한 표정이다. 마음에
안 든다. 나는 팔을 빼내고 천천히 일어섰다. 벤은 내가 균형을
잃지 않을지 걱정하며 손을 뻗지만, 나를 다시 잡지는 않았다.

"차로 돌아갈래요."

24

벤은 나를 다시 호텔로 데려가지 않았다.

작은 집이 시야에 들어올 때까지 나는 우리가 어디로 가는지
조차 모르고 있었다. 벤이 서서히 속도를 늦추자 허리에 두 손을
얹은 할머니가 보였다.

"여긴 왜 왔어요?" 내가 물었다.

벤이 안전벨트를 풀며 말했다. "당신이 혼자 있지 않았으면 하
는데, 당신 부모님은 좀 별로잖아요."

"와, 정말 솔직한데요, 벤."

벤이 '맞는 말이잖아요.'라는 듯한 표정을 지어서 나는 웃음을
터뜨릴 뻔했다. 벤이 내 부모님을 별로라고 생각한다는 사실에 기
뻐하는 내가 싫었다.

술이 필요하다. 적어도 그런 면에선 정확히 찾아온 거다.

216

"할머니한테 연락했더니 오라고 했어요."

나는 벤이 할머니와 얼마나 자주 연락하는 건지, 또 여긴 얼마나 자주 온 건지 궁금해하며 그를 따라갔다. 벤은 내 부모님이 별로라는 것도 알고, 할머니와 친하게 지내고 있다. 내가 바랐던 것보다 나에 대해 너무 많이 알고 있었다.

'네 남편을 죽이기로 한 건 우리 둘만의 비밀로 할 수도 있어.' 새비가 속삭였다. '하지만 그럼 넌 평생 나와 함께 해야 해. 같이 범죄를 저지른 친구를 어떻게 버리겠어?'

할머니는 벤을 향해 두 번째 손가락을 흔들며 말했다. "내가 뭐랬어."

벤은 항복하듯 두 손을 들었다. "맞아요."

나는 할머니를 향해 터덜터덜 걸었다. 다리가 무겁다. "벤한테 뭐라고 한 거예요?"

"네가 보이는 것만큼 강한 애가 아니라고." 할머니는 노란 데이지꽃 무늬가 있는 흰색 드레스를 입었다. 한쪽 가슴 부분에 붉은 갈색 얼룩이 보인다. 아마 레드와인일 테지만, 나는 보자마자 핏자국이 아닐까 생각했다. 머릿속에서 새비가 낄낄거렸다.

"오늘 설탕 덩어리 말고 다른 거 챙겨 먹었어?" 할머니는 열 살짜리 아이를 대하듯 내게 묻는다.

나는 곰곰이 생각한다. "아니요."

"들어가자. 무슨 피자 좋아하니, 벤?"

한 시간 후, 소시지와 버섯이 듬뿍 올라간 피자로 배를 채우자 세상이 다시 잠잠해졌다. 우리는 할머니 집 현관 앞, 삐걱거리는 플라스틱 의자에 앉아 있었다. 할머니는 내게 보드카 토닉을 만들어줬고, 나는 이 적당한 술기운만이 벤 앞에서 기절한 당황스러움을 잊게 해주는 유일한 방법일 거라고 생각했다.

"요즘엔 글 쓰고 있어?" 할머니가 때 탄 발 받침용 의자에 두 발을 올린 채 손에 든 술을 한 모금 홀짝이며 말했다.

"아뇨. 사랑에 빠진 행복한 사람들 얘기를 쓸 기분이 아니어서요."

"하지만 네 글은 정말 재미있잖아!" 할머니가 손을 뻗어 벤의 어깨를 철썩 때렸다. "안 그래?"

"그렇죠." 벤이 옅은 미소를 띠며 나를 흘긋 본다. 두 번째 잔(할머니가 술을 엄청 많이 따랐다.)을 마시고 있는 벤은 두 다리를 쭉 뻗고 있었다. 내가 본 모습 중 가장 편해 보였다. 대체 여길 몇 번이나 온 건지 다시 궁금해졌다.

"사실 벤이 네 책 얘기를 물어봤을 때 좀 바보같이 굴었어." 할머니가 말했다. "그런데 너희 이미 그 얘길 했다면서."

"네, 맞아요." 나는 한숨을 내뱉었다. "곧 모두가 알게 되겠죠."

"벤이 얘기 안 한다고 했어!"

"안 할 거예요." 벤이 재빨리 대답한다.

"알아요. 하지만 벤이 알아냈다면, 다른 사람들도 알아낼 수 있다는 거죠. 안 그래도 지금 모두가 다시 절 떠올리고 있잖아요." 나는 화난 눈길로 벤 쪽을 쳐다보자 그는 내 시선을 피했다.

"아닐 수도 있지. 난 사람들이 네 책에 나오는 섹스를 하고 있길 바라."

벤이 술을 마시려다 사레에 들려 연신 기침을 하며 손등으로 입을 가렸다.

"내가 이십 대였을 땐 다들 너무 참고 살았어. 그냥 처음으로 프러포즈하는 놈하고 결혼하려고나 했지."

"할아버지가 처음으로 프러포즈한 놈이었어요?"

"응."

"아." 나는 할아버지가 거의 기억나지 않는다. 내가 어렸을 때 돌아가셨으니까. 하지만 할머니가 한 번도 얘기하지 않은 걸 봐선 할아버지가 딱히 그립지 않은 것 같다.

"그땐 여자로 살기 정말 위험한 세상이었어."

"그리고 지금 우린 여자를 죽인 살인범을 찾고 있는 남자와 함께 앉아 있고요. 그다지 안전해진 것 같진 않네요."

"당연하지." 할머니가 말할 가치도 없다는 듯 손을 휘젓는다. "하지만 너도 알잖아. 난 너처럼 남편을 떠나 혼자 LA로 가지 못했어. 결혼하고, 결혼한 채로 있어야 남편이 나를 지켜줄 수 있으니까. 아빠 밑에 있다가 바로 남편에게 가지 않으면 뭔가 끔찍한 일이 생길 거라고 생각했거든."

할머니는 술을 쭉 들이켰다. "그 두 남자가 죽은 후에야 내 삶은 아주 많이 행복해졌어. 남자가 날 보호해주는 건 아니더라고. 남자들은 자기 자신이나 지킬 줄 알지. 아니면 자기들끼리 지켜주려고 하거나. 남자들이 내게 준 건 불행뿐이었어."

"이런." 벤이 한숨 쉬듯 웅얼거렸다.

"당신이 듣기엔 좀 과하게 솔직한 말이죠?" 내가 물었다.

"안 그랬으면 오히려 실망했을 거예요." 벤이 진심 어린 애정을 담아 할머니에게 미소를 지었다.

"벤, 넌 좋은 사람이라고 말하기는 좀 그렇지만, 적어도 나쁜 놈은 아니야."

벤이 큰 소리로 웃음을 터뜨리자 그 소리가 조용한 현관에 울려 퍼졌다. "칭찬으로 들을게요, 감사해요."

나는 머리를 뒤로 기대며 한숨을 내뱉었다. 할머니 말이 맞다. 할머니 말은 늘 맞다. 내가 플럼튼으로 돌아온 것도, 생일파티도, 벤에 관한 것도 전부 맞았다. 과거를 들춰낸 벤이 미웠지만, 그건 들춰내야 하는 과거다.

그때는 아무도 새비를 지켜주지 않았다. 지금 내가 할 수 있는 최소한의 일은 새비를 위해 그 사건의 답을 찾는 것이다.

"나쁜 놈은 아니죠." 나는 작은 목소리로 할머니의 말을 따라 했다. 벤이 한쪽 입꼬리를 올리며 웃었다. 벤과 눈이 마주치는 순간 나는 시선을 피했다.

할머니가 눈을 가늘게 찌푸렸다. 할머니의 시선을 따라가 보니 머리가 하얗게 센 한 남자가 1920년대 멋쟁이 신사처럼 지팡이를 흔들며 우리 쪽으로 걸어오고 있었다. "아, 잠깐만." 할머니는 자리에서 일어나더니 한 손에 잔을 든 채 당당한 걸음걸이로 그 남자에게 걸어갔다.

할머니는 입맞춤으로 남자를 반겼다. 술기운은 점점 더 올라오고, 할머니의 모습이 살짝 부럽기까지 하다. 멋진 섹스를 한 지 얼마나 오래됐는지가 다시 떠올라서다.

"베버리를 인터뷰할 때 왔던 분이 아니네요." 벤이 살짝 웃으며 말한다. 그리고 잠시 말을 멈췄다. "매트에 대한 거, 할머니 생각에 동의해요?"

나는 놀라며 벤을 쳐다봤다. "매트가 왜요?"

"에피소드 5는 다 들었어요?"

"아뇨, 인터뷰하러 나와야 해서 반 정도밖에 못 들었어요."

"아." 벤은 할머니와 할머니에게 구애하는 남자를 쳐다봤다. "에피소드 5를 끝까지 들어봐요."

"왜요? 할머니가 뭐라고 했는데요?"

벤이 술을 쭉 들이켰다. "당신 할머니는 매트가 새비를 죽였다고 생각해요."

벤 오웬스의 거짓말에 귀 기울일 것

Episode 5
미스터리한 여자

솔직히 말하면, 베버리 무어 씨는 이 두 번째 시즌을 제작하게 된 이유나 다름없습니다.

제가 베버리에게 연락한 건 작년이었어요. 답장이 올 줄은 몰랐는데, 제 이메일을 받은 지 몇 시간 만에 베버리는 제게 전화로 연락해 왔습니다. 기꺼이 루시 얘기를 해 주겠다면서요.

벤: 무어 씨, 오늘 함께해 주셔서 정말 감사합니다.

베버리: 아니에요, 그냥 베버리라고 불러요.

벤: 알겠습니다. 베버리. 제게 손녀 이야기를 해주실 수 있나요? 어렸을 때 루시는 어떤 아이였죠?

베버리: 아주 단순하고 솔직한 아이였죠. 쓸데없는 데 시간을 낭비하지 않았어요. 난 늘 루시의 그런 면이 놀라웠죠. 내가 그

나이 때는 모두가 날 좋아하는지 싫어하는지 엄청 신경 썼는데 말이에요.

그리고 사람들은 어린 여자애 성격이 그러면 아주 싫어하죠, 안 그래요? 인정받으려고 안달 내지 않는 여자애를 보면 어떻게 해야 할지를 모르니까요. 그래서 그냥 콧대를 꺾어놓으려고만 하죠.

벤: 사바나와도 알고 지내셨죠?

베버리: 그럼요. 사랑스러운 아이였죠. 죽은 아이라서 좋은 말을 해주려는 게 아니에요. 어떤 젊은 애들은 나이 든 사람들이랑 말도 섞지 않으려고 하는데, 새비는 모두에게 정말 다정했어요. 난 딸 내외가 하는 베이커리에 일을 도우러 자주 나갔고, 새비는 일주일에 몇 번씩 들렀어요. 가게에 와서 한참 머물며 얘기를 하곤 했어요.

벤: 매트를 어떻게 만났는지도 말해주세요.

베버리: 루시가 매트를 집으로 데려왔어요. 루시가 대학교 4학년이 되기 전 여름이었을 거예요. 그때는 이미 두 사람이 만난 지 꽤 됐고.

벤: 매트는 어땠나요?

베버리: 글쎄요, 루시가 완전히 빠졌다는 건 알았죠. 그래서 루시를 봐서라도 매트를 좋아하고 싶었지만… 별로 그러지 못했어요. 매트는 지나치게 매력적이었고, 그래서 늘 뭔가 수상했어요.

벤: 조금 더 자세히 말해주실래요?

베버리: 어떤 남자들은 여자 앞에서 연기를 해요. 사실은 여자랑 어떻게 대화해야 하는지를 모르니, 지나치게 정중한 척하는 거죠. 매트가 딱 그랬어요.

벤: 루시에게 그런 걱정을 말했나요?

베버리: 그때는 안 했어요. 루시는 스무 살이었으니까요. 그 나이대에 할머니가 자기 남자친구 평가하는 걸 누가 좋아하겠어요? 사실 나이 상관없이 모두가 그렇죠. 그래서 조용히 있었어요. 두 사람이 약혼하기 전까지는.

벤: 그때는 루시에게 다른 조언을 했나요?

베버리: 그랬죠. 루시는 엄청 들떠서 매트가 프러포즈했다고 전화로 알려줬는데, 전 이렇게 대답했어요. "아가, 조금만 나중에 하는 게 어때? 넌 아직 젊잖아. 유럽에도 가 봐. 낡은 차를 사서 여행도 해 보고. 결혼은 나중에도 할 수 있어. 아직 시간은 많잖아."

루시는 당연히 별로 안 좋아했어요. 그리고 루시가 제게 매트를 싫어하는 거냐고 물었을 때, 전 그렇다고 말했어요. 뭔가 느낌이 안 좋고, 만약 매트가 널 정말 사랑한다면 몇 년 후에 결혼하자고 해도 기꺼이 기다려줄 거라고. 요즘 스물두 살에 결혼하려고 하는 남자가 어딨어요? 무슨 모르몬교도 아니고.

벤: 루시의 반응은 어땠죠?

베버리: 대들거나 그러진 않았지만, 내 말을 듣지 않을 거란 건 분명했죠. 루시를 탓하진 않아요. 나도 그 나이대엔 그랬으니까. 한없이 긍정적이고, 기쁜 일만 있을 거라 생각하죠. 예쁜 웨딩드레스와 나를 닮을 귀여운 아이들만 생각하는 거예요. 하지만 결국 삶은 지루하게 늘어지기만 하고, 아이들은 나와 내 모든 선택을 비난하죠. 그렇지만, 그런 얘길 누가 듣고 싶어 하겠어요?

벤: 두 사람이 결혼한 후에는 어땠나요? 매트와 잘 지내셨어요?

베버리: 절대 아니죠. 결혼 후에는 더 싫어했고, 전 누가 그걸 알든 모르든 상관도 안 했어요. 입에 발린 말 하는 게 줄어들기 시작하더니, 곧 화살이 루시에게 돌아가는 걸 봤어요. 루시 가 무슨 말을 할 때 눈을 굴리더라고요. 그렇게 몇 년 지나 니까 슬슬 본모습이 나왔어요. 남자들은 정말 오래도 숨기 잖아요, 안 그래요?

벤: 뭘 말이죠?

베버리: 본모습이요. 몇 년이 지나니 매트의 본모습, 그 끔찍한 모습 이 새어 나왔어요.

벤: 매트가 무슨 말을 했죠?

베버리: 글쎄, 결정적이었던 것 하나만 말해보죠. 내가 나이는 들었 지만, 이것만은 정확하게 기억해요. 언젠가 새비가 일하는 식당으로 밥을 먹으러 갔어요. 식당에 들어가면서 바 너머 에 있는 새비를 봤고, 돈이 매트에게 몸을 기울여 뭔가를 말했죠. 뭐라고 했는지는 몰라요. 그런데 매트가, "저 걸레는 절 엄청 싫어하거든요."라고 답하더군요.

벤: ...당신 앞에서 '걸레'라는 말을 했다고요?

베버리: 그랬어요. 내뱉은 후에 마치 그 말을 하려던 건 아니었다는 듯이 약간 머쓱해하기는 했죠. 돈도 머쓱한 듯 살짝 웃었지 만, 둘 다 내가 그 말을 못 들었다고 생각한 것 같아요.

벤: 루시에게 그 얘기를 했나요?

베버리: 아뇨. 그럴까 생각은 했지만, 그게 루시에게 도움이 될지는 모르는 일이었으니까요. 하지만 그때부터 정말 걱정되기 시 작했어요. 장인 앞에서 저런 말을 하는데, 머릿속에선 대체 무슨 생각을 하고 있겠어요? 그리고 루시에겐 무슨 말을 할 지 어떻게 알겠어요?

25

"엄마, 적어도 저한테 먼저 말은 해줬어야죠." 엄마는 할머니가 문에 들어서자마자 인사도 없이 말했다.

할머니는 딸을 손으로 휘휘 쫓아내며 집안에 들어갔다. "내가 사람들한테 내 할 말 하는데 왜 네 허락을 받아야 해?"

"벤은 그냥 사람들이 아니잖아요, 벤은…." 엄마는 현관문을 반쯤 닫다 멈춰 서서 목발 끝으로 문을 받쳤다. "저 트럭은 누구 차예요?"

"친구." 할머니가 부엌 식탁에 털썩 주저앉았다.

"친구 누구요?" 엄마는 문을 닫고 절뚝거리며 걸어왔다.

"그냥 친구."

"요새 만나는 친구들이 대체 몇 명이에요?"

"몰라, 캐슬린. 그냥 몇 명 있어." 할머니가 짜증이 섞인 목소리로 말했다. "내가 좀 호감 가는 스타일이잖아."

엄마는 동의하지 않는다는 듯 코를 찡그린다.

"커피 드실래요?" 내가 할머니에게 물었다. "지금 막 내렸는데."

"그래, 아가. 고마워."

할머니에게 커피 한 잔을 따라준 뒤 도넛 상자를 식탁 가운데로 밀자 할머니는 슈가파우더가 뿌려진 도넛을 하나 집었다.

"벤은 그냥 사람들이 아니잖아요!" 엄마가 말을 잇는다. "그 인터뷰는 수백만 명이 듣는다고요."

"수천 명 정도일걸요." 내가 끼어들었다. "벤을 더 치켜세워주진 말자고요."

"잠깐만이라도 진지할 수 없어, 루시? 네 할머니가 고소당할 수도 있어."

"뭐로요? 매트가 개자식이라고 말한 거요? 사실이잖아요. 사실을 말했다고 고소할 수는 없어요." 사실 실제로 법이 어떤지는 모르겠지만, 제법 그럴싸하게 들렸다.

"매트가 새비를 죽인 것처럼 말했잖아. 그걸로 고소할 수도 있어." 엄마는 식탁 가운데 있는 냅킨 홀더를 만지작거리더니 그 안에 있는 보라색 냅킨을 완벽하게 정리하기 시작했다.

"아니, 그렇겐 못 해." 할머니가 무시하듯 손을 휘저었다. "난 누가 누굴 죽였다고는 한 적 없다. 매트가 한 끔찍한 말들을 얘기했을 뿐이지. 그런 말들이 알려지는 게 싫었으면 애초에 하지를 말았어야지."

"남자들은 그런 개 같은 말 종종 하잖아요." 엄마가 말했다. 나는 엄마가 험한 말을 했다는 사실에 놀라 주춤했다. 나와 할머니가 엄마한테 나쁜 영향을 미치는 것 같다. "생각 없이 내뱉다가 가끔 끔찍한 말을 하기도 하죠. 하지만 원래 남자들이 그렇잖아요. 큰 의미가 있는 건 아니라고요."

"당연히 의미가 있지." 할머니가 말한다. "의미가 없으면 왜 말했겠어? 그리고 난 플럼튼 인간들 모두가 매트를 무슨 완벽한 남자라도 되는 것처럼 떠받드는 데 질렸어. 누군가는 진실을 말해야 하지 않겠어?"

'**진실은 중요하지 않아.**' 새비가 내 귀에 속삭인다.

"난 루시가 인터뷰할 때 매트에 대해 사실대로 말할지 궁금한데." 할머니가 기대에 찬 눈으로 나를 바라봤다. 아니, 기대가 아니다. 이건 도발이다.

"그럴 거예요," 나는 거짓으로 대답했다. "꼭."

할머니는 만족스러운 듯 미소 지었다.

"사실이라고 해도…. 할 말을 잘 선택해야 해." 엄마가 느릿하게 말했다.

내 눈썹이 휙 치켜 올라갔다. "진심이에요? 지금까지 그렇게 오랫동안 그날 있었던 일을 사실대로 말하라고 따라다니면서 괴롭히더니 이제는…."

"널 따라다니면서 괴롭힌 적 없어. 그리고 당연히 새비에 관련된 모든 일에 솔직해야지. 하지만 내 말은 이 팟캐스트가 살짝 궤도를 벗어났고, 사실, 너무 섹스에 집착하잖아."

"섹스에 집착한다니!" 할머니가 낄낄 웃었다.

"루시가, 매트가, 제가 바람피운 얘기를 굳이 할 필요가 있어요? 벤은 왜 계속 그런 얘기만 하는 건데요?" 엄마가 코웃음 쳤다.

"네 말이 맞아, 네가 바람피운 얘기를 들춰낼 거면 돈이 바람피운 것도 전부 얘기했어야지." 할머니가 말한다.

"그 얘기가 아니에요, 엄마. 루시, 부탁이니 네 아빠가 계속 여자친구를 갈아치웠다는 얘긴 하지 마."

"세상에." 나는 신음하며 머리를 뒤로 기댔다. "고등학교 때 기억이 떠오르잖아요."

할머니가 내 손을 다시 토닥였다.

엄마는 내가 아빠의 불륜 관계를 얘기하는 것도, 할머니가 매트를 개자식이라고 얘기하는 것도 막으려 한다. 늘 그랬다. 엄마의 삶에서 가장 중요한 것은 남자들을 보호하는 것이다. 아마 스스로 깨닫지 못하고 있을 수도 있다. 이제는 아마 습관이 됐을 것이다.

"사실 얘기가 나와서 말인데," 내가 입을 뗀다. 엄마를 더 불편하게 만들고 싶어 참을 수가 없어서다. 내가 무언가 중요한 말을 할 거라고 생각했는지 엄마와 할머니는 긴장했다. "잠깐 콜린 얘기 좀 해도 돼요?"

엄마가 지친 듯 길게 한숨을 내쉬며 냅킨을 뽑는다. "말 돌리지 마."

"아니야, 말 돌리자." 할머니가 윗옷에 묻은 슈가파우더를 털어내며 말했다.

"콜린 얘기는 안 할 거야, 할 말이 없으니까."

"어쩌다가 그렇게 됐는지는 말해줄 수 있잖아요." 나는 밀어붙였다. "벤은 두 사람이 계속 만나던 사이라고 하던데."

"벤이 왜 내 사생활을 안다고 생각하는지 모르겠네."

"그래도 벤 말이 맞는 거지?" 할머니가 능글거리며 씩 웃었다.

엄마는 도넛 하나를 집어 조금 뜯어내 입에 넣고, 나머지는 냅킨 위에 내려놓았다. "아뇨. 그날 밤이 처음이자 마지막이었어요."

"아쉽네. 이십 대치고는 엄청 귀엽던데." 할머니의 말에 엄마는 눈을 굴렸지만, 입꼬리가 씰룩거리는 게 보였다.

"그 결혼식 날이 처음이었어요?" 내가 물었다.

"그래. 왜 나를 그런 표정으로 봐?"

"무슨 표정이요? 이건 그냥 평소 표정이에요!"

엄마는 인상을 찌푸리며 다시 도넛을 아주 조금 뜯었다. "몇 년 전이고, 한 번뿐이었어. 그리고…"

"좋았어?" 할머니가 끼어들었다.

"엄마, 제발 좀."

"왜? 나 어릴 땐 어린 남자애들은 섹스를 잘 못했…"

"제발 거기까지만 해요." 엄마가 고통스러운 듯 얼굴을 구기며 말했다.

"그냥 하는 말이야. 나이가 들면서 능숙해지는 것들도 있잖아."

나는 코웃음을 쳤다. 엄마는 가슴 앞에 팔짱을 끼고는 고개를 저었다.

나는 할머니에게 가까이 몸을 기울인 다음 속삭였다. "새비한테서는 그런 불만 못 들었어요."

할머니가 깔깔 웃었다. 남은 도넛을 입으로 욱여넣는 엄마의 볼이 살짝 붉어졌다.

26

그날 오후, 나는 침대에 앉아 노트북을 무릎에 올려놓고 벤에게 메시지를 보내 다음 인터뷰는 언제 할지 물었다. 중요한 인터뷰가 될 것이다. 매트에 관한 얘기를 전부 털어놓을 테니까.

하지만 여전히 '전부'가 어느 정도일지는 결정하지 못했다.

사실 팟캐스트에 내 슬픈 이야기를 털어놓는 건 내키지 않았다. 지금까지 새비를 제외하고는 그런 얘기를 나누고 싶은 사람이 없었다.

새비는 이해할 거다. 새비는 내 손을 잡고 경찰서로 데려가는 그런 짓은 하지 않았다. "그냥 이혼하면 안 돼?"라고 묻지도 않았다.

대신 새비는 이렇게 말했다. "남자들이 바로 그럴 때 여자를 죽이는 거야. 여자가 떠나려고 할 때."

나는 대답했다. "매트는 안 그럴 것 같은데."

"정말 그런 위험을 감수하고 싶어?" 새비가 물었다.

아니. 그러고 싶지 않았다.

그리고 새비는 내가 그냥 떠나고 싶은 게 아니라는 걸 곧바로 알아차렸다.

나는 처절하게 복수하고 싶었다.

"델마랑 루이스에 나오는 그런 거, 해 보자고." 새비의 말에 나는 웃음을 터뜨렸다.

노트북에서 벤이 보낸 메시지 알람이 울렸다.

【오늘 저녁에 술 한잔할래요?】

【인터뷰도 같이요?】

【아뇨. 인터뷰는 내일이요, 아마도?】

나는 '그냥 빨리 해치워버리면 안 돼요?'라고 쓰다가 빠르게 지웠다. 결백한 사람이라면 이런 말은 안 할 테니까.

할 말을 잃어버린 나를 벤이 구해줬다. 【한 시간 후에 블루보닛 태번에서 만날까요?】

옷장을 흘긋거리며 어떤 원피스를 입어야 할지 고민하는 나 자신을 보며 벤을 만나는 건 좋은 생각이 아니라는 느낌이 들었다. 한 시간이 남았으니 머리도 하고 화장도 할 수 있다는 생각에 안심하기도 했다. 이건 위험하다. 안 된다고 말해야 한다. '안 될 것 같아요, 벤. 인터뷰할 때 봐요.' 이렇게 답장을 보내야만 한다.

【그래요, 한 시간 후에 봐요.】 하지만 나는 이렇게 답장을 보내고 말았다.

한 시간 후, 나는 보라색 원피스를 입고 블루보닛에 도착했다.

나는 벤이 내가 이 옷을 입은 모습을 이미 본 적이 있다는 핑계를 대며 스스로 합리화하려고 노력했다. 벤과 처음 만나던 날, 그 식당에서 이 옷을 입고 있었다. 면 소재라서 캐주얼한 옷이다. 데이트할 때 입는 원피스가 아니다. '바지 입기엔 너무 더운 날' 입는 그런 원피스일 뿐이다.

블루보닛은 여느 때처럼 앞쪽 큰 창문으로 초저녁 햇빛이 쏟아지고 있었다. 나무로 된 바닥과 벽, 특히 텍사스 장식품으로 뒤덮여 있는 벽은 여기가 어딘지를 확실히 기억나게 해준다. 텍사스를 상징하는 깃발, '텍사스를 건드리지 마!'라는 슬로건 문구, 힐 컨트리 와인 투어를 홍보하는 광고지들이 여기저기 붙어 있다. 그 옆을 지나가자 밝게 깜빡이는 '진짜 에일맥주' 네온사인이 보였다.

벤은 이미 바에 앉아 있었다. 푸른 셔츠를 입고 소매를 팔꿈치까지 걷은 채다. 나는 저건 데이트용 셔츠라고 생각했다. 이 날씨에 입기엔 너무 더운 옷이다. 나는 너무 깊이 생각하지 않으려 애썼다.

벤은 나를 발견하자 미소를 지었고, 나는 그의 옆으로 가 앉았다.

"와 줘서 고마워요."

나는 분홍색을 띠는 벤의 술잔을 흘긋 쳐다본다. "코스모폴리탄이에요?"

"왜 그렇게 말해요? 코스모폴리탄이 얼마나 맛있는데. 이거 해피 아워 스페셜이라고요."

"아무 말도 안 했어요."

세련된 단발의 예쁜 여자 바텐더가 우리 쪽으로 다가와 주문을 기다린다.

"같은 걸로 주세요." 나는 벤의 잔을 가리켰다. 평소에 도수가 높은 술은 잘 안 마시는 나는 이 보라색 원피스를 고이 집으로 가져가야 한다는 내면의 목소리를 무시했다.

"바로 드릴게요." 바텐더는 칵테일을 만들러 다른 곳으로 멀어졌다.

불현듯 새비가 바 반대편, 늘 있던 곳에 나타났다. 나는 시선을 돌리려 하지만, 지나치게 진짜 같은 모습이었다. 나는 저 모습이 내 뒤틀린, 고장난 뇌에서 만들어낸 허상이라는 사실을 다시 한 번 되새겼다.

새비는 내 쪽으로 몸을 기울였다. 머릿속 허상일 뿐인데도 새비에게서 옅은 담배 냄새가 났다. 새비는 술을 마실 때만 담배를 피웠지만, 뭐, 술을 자주 마셨으니까.

'나라면 어떻게 했을지 알잖아.' 새비가 씩 웃으며 말했다.

'나라면 화장실에서 이 남자랑 했을 거야.' 새비의 눈에 아쉬운 기색이 스쳤다. '그리고 이 식당 뒤편에서도. 그때 주차장에서 나랑 찰리 봤지? 내가 엉덩이를 훤히 드러낸 채로 그 남자 차 후드에 엎드려 있었잖아. 넌 찰리가 날 강간이라도 하는 줄 알고 급하게 뛰어왔고. 그때 내가 너한테 말했지, 내가 그러자고 했다고.'

벤은 칵테일을 한 모금 마셨다. "왜 남자가 분홍색 칵테일을 마시는 걸 이상하게 생각하는 거죠? 술에 성별이 있는 것도 아닌데."

"전 아무 말도 안 했다니까요."

'그 원피스 안에 브래지어 안 입었지?' 새비가 물었다. '난 찬성이야.' 새비가 내게 윙크하고는 사라지자 나는 긴 숨을 내뱉었다.

234

"남자들이 자기는 과일 맛 나는 술을 안 좋아한다고 말하는 건 거짓말이에요. 저기 맥주를 마시고 있는 저 남자도 사실은 코스모폴리탄을 시키고 싶었을걸요."

내가 웃음을 터뜨리자 벤의 얼굴이 밝아졌다. 나는 바텐더가 막 내놓은 칵테일을 일단 한 모금 마셨다. 와, 정말 세네.

내 뒤에서 큰 소리로 여러 사람이 웃음을 터뜨렸다. 뒤돌아보니 구석 자리에 앉은 여자들 앞에 빈 마르가리타 잔들이 여러 개 놓여 있었고, 종업원이 새로운 마르가리타 잔을 그 테이블에 내려놓았다.

테이블 끝에 앉은, 어두운 머리카락의 한 여자가 들고 있던 마르가리타를 끝까지 털어 넣더니 숨을 돌리기도 전에 새로운 잔을 들어 쭉 들이켰다. 니나였다.

"한잔 더 갖다 줘야겠네요." 니나는 종업원에게 말했다. 종업원은 웃으며 고개를 끄덕였다.

술을 안 마신다는 사람치고는 마르가리타를 너무 물처럼 마시는 거 아닌가?

니나가 잔을 내려놓는 순간 나와 눈이 마주쳤다. 니나가 우리 쪽으로 다가왔다.

"안녕, 루시."

그 순간 벤이 돌아보자 니나는 깜짝 놀라 뒷걸음질 쳤다. 니나의 얼굴에는 당장 이 자리에서 도망치고 싶어 하는 표정이 그대로 드러났다.

벤도 분명 그 표정을 봤겠지만, 아무렇지 않은 척 말했다. "안녕하세요, 니나."

얼굴이 빨갛게 달아오른 니나는 눈을 가늘게 떴다. "어…" 아까

물처럼 마신 마르가리타의 술기운이 올라오는 게 실시간으로 보일 지경이다. "너 정말 이 사람이랑 어울려 다니는 거야?"

벤이 웃으며 말했다. "좀 솔직해져 봐요, 니나."

니나가 벤에게 짜증 섞인 눈빛을 보냈다. 팟캐스트에서는 친해 보였는데, 지금 니나의 눈길에 섞인 짜증은 진심이다. 분명 인터뷰를 한 후에 무슨 일이 있었던 거다.

"내가 제일 친한 친구를 죽였다는 걸 밝혀내려는 팟캐스터 말고 또 누구랑 친하게 지내겠어?" 분위기를 살려보려고 한 말이었지만 벤과 니나는 경악하며 나를 쳐다봤다. 젠장. 결백한 사람이라면 이런 말은 안 할 텐데.

"이만 자리로 돌아갈게." 니나는 내게 눈길도 주지 않은 채 몸을 돌렸다. "만나서 반가웠어."

저 말은 진심이 아닐 거다.

"전 당신이 사바나를 죽인 걸 밝히려는 게 아니에요." 벤이 말한다. "누가 사바나를 죽였는지 알아내려는 거죠."

"그 두 가지가 똑같다고 생각하는 사람들이 많아서요."

"난 아니에요." 벤은 어깨너머로 뒤를 돌아봤다. 시선을 따라가니 우리를 보며 인상을 쓰고 있는 니나가 보였다.

"두 사람 무슨 일 있었어요?"

"그런 건 없는데. 하지만 제가 기분 나쁘게 한 사람이 한두 명이 아니니까, 또 모르죠."

내가 웃음을 터뜨리자 니나의 얼굴이 더 구겨졌다. 나는 벤의 팔에 손을 얹었다. (맞다. 굳이 스킨십은 안 해도 된다. 알지만 그냥 하는 거다.) "뒤돌아봐요. 이제 니나는 우리가 자기 얘길 하는 줄 알 거예요." 벤은 미소를 지으며 나를 향해 몸을 돌리고, 내가 팔에 얹었던 손을 떼는 순간, 잠깐이지만 벤이 내 손가락을 잡았다.

"니나 얘기하는 거 맞잖아요."

"조심해야 해요. 여긴 텍사스니까."

"사실, 전 니나랑 에밋이 마음에 들어요." 벤이 내게 가까이, 어깨가 닿을 정도로 가까이 몸을 숙였다.

"이런 말 하긴 싫은데, 그 두 사람은 같은 마음이 아닐걸요." 벤과 떨어져야 한다. 하지만 나는 그러지 않았다.

"괜찮아요. 저만 좋아해도 상관없어요."

"대체 어떤 면이 그렇게 마음에 드는데요?"

"저 두 사람은 당신 편이거든요."

내가 한쪽 눈썹을 치켜든다.

"제 말은, 인터뷰한 모든 사람이 똑같은 얘기를 하면 방송이 금방 지루해지지 않겠어요? 두 사람이 다른 의견을 들려줘서 고맙다는 거죠."

내가 미소를 보이자 벤의 시선이 내 입술을 스쳤다.

나는 닿아있던 어깨를 떨어뜨리려 몸을 살짝 뒤로 하고 내 칵테일을 한 모금 마셨다.

"지난 에피소드 방송 후에 매트하고 연락했어요?" 내가 이 식당에 들어서는 순간부터 벤이 이 질문을 하기 위해 기다린 건 아닐까 하는 생각이 들었다.

"아뇨. 문자를 보냈는데 답장을 안 하더라고요. 매트 집에 다시 들러야 할 것 같아요."

벤은 나를 쳐다보다가 시선을 돌리고 칵테일을 한 모금 마셨다.

"위험하진…. 않을까요?"

젠장. 누가 말한 거지? 이웃에 사는 여자들 몇몇이 눈치채고 있을 거란 생각은 했지만, 벤에게 말했을 줄은 몰랐다.

"개자식처럼 구는 남자랑 만나는 건 원래 위험해요."

나는 두 시간 동안 벤과 그 바에 머물렀다. 벤은 가족과 친구들, 그리고 왜 LA 동부가 LA에서 제일 살기 좋은 곳인지 같은 이야기를 늘어놨다. 나도 벤의 말에 동의한다. 알고 보니 벤이 사는 곳이 내가 사는 곳에서 15분 거리에 있다는 사실에 조금 설렜다. 네이선의 아파트에서 쫓겨난 게 장점도 있는 것 같다.

술기운이 점점 오르는 것 같아 나는 두 번째 코스모폴리탄을 다 마시지 않았다. 어쩌면 이미 살짝 취한 걸지도 모르겠다.

나는 바에서 나와 가게 건물에 몸을 기댄 채 핸드폰을 꺼냈다. 벤이 나를 의아하게 쳐다봤다.

"택시 부르려고요."

"저거 당신 차 아니에요?"

"취해서 운전 못 해요."

"진심이에요? 겨우 두 잔인데?"

"전 몸무게가 작게 나가잖아요."

"그러네요."

"괜찮을 것 같긴 한데, 그래도 혹시 모르잖아요. 친구를 죽인 것도 모자라 음주운전까지 한 사람이 되고 싶진 않아요. 창피하잖아요."

벤은 소리 내 웃고는 주머니에서 차 열쇠를 꺼냈다. "가요. 내가 데려다줄게요."

나는 핸드폰을 다시 가방에 넣었다. "고마워요."

"여기서 택시를 부르면 오긴 해요?"

"한 명 있어요. 오려면 엄청 오래 걸리긴 하겠지만."

"유일한 콜택시 기사니까 서두를 필요가 없겠죠."

"거기, 너!" 그때 익숙한 고함 소리가 들렸다. 나는 본능적으로 손을 말아쥐고 주위를 둘러봤다.

매트였다. 마치 엉덩이에 불이라도 붙은 듯 주차장을 가로질러 미친 듯이 뛰어오고 있다. 얼굴은 분노로 일그러져 있고, 몸까지 긴장이 전해진 탓에 팔 근육이 잔물결처럼 흔들리는 게 보일 정도였다.

하지만 매트의 분노는 나를 향한 게 아니었다. 매트는 곧장 벤에게 달려들 기세였다. 이건 새로운데.

벤이 차 안으로 들어가길래 나는 벤이 도망칠 작정인가 싶었다. 하지만 잠시 후 차에서 나온 벤은 작고 검은 무언가를 차 후드에 던졌다. 디지털 녹음기였다.

"안녕하세요, 매트."

"이 개새끼, 네 목을 꺾어버릴 거야." 매트는 벤 앞에 멈춰 섰지만, 목을 꺾지는 않았다.

대신 얼굴에 주먹을 날렸다.

벤은 비틀거리며 차에 등을 부딪쳤다. 매트는 벤의 먹살을 잡아 올렸다. 벤보다 키가 꽤 작았지만, 오직 분노로 그 차이를 메우고 있었다.

"널 고소해서 재산을 전부 털어버리겠어." 매트가 이를 꽉 물며 소리쳤다.

벤은 매트의 손아귀에서 벗어나려고 몸을 비틀었다. "내 변호사 번호 줄게요. 그러니까 이제 이 손 좀 놓을래요?"

매트는 대답 대신 벤의 멱살을 더 세게 잡더니 차에 내동댕이
쳤다.

"매트!" 나는 놀란 척 외쳤다. 사실 별로 놀라지 않았지만.

매트가 고개를 돌려 나를 쳐다보더니 내 뒤쪽으로 시선을 옮겼
다. 뒤를 돌아보니 바에 있던 사람들이 우르르 몰려 나와 우리를
보고 있었다.

"베버리는 빌어먹을 알코올 중독자고, 저년은 거짓말쟁이야!"
매트는 누가 거짓말쟁이인지 확실하게 하고 싶은 것처럼 벤의 옷
깃을 놓고 내게 손가락질했다. 매트는 숨을 거칠게 몰아쉬며, 분
노로 이성이 끊어진 듯한 사나운 눈빛으로 나를 쏘아봤다.

벤은 셔츠 옷깃이 축 늘어지기는 했지만, 놀라울 정도로 담담
했다.

"원한다면 팟캐스트에 당신의 입장도 올려줄 수 있어요." 벤의
목소리가 아주 약간 떨렸다.

"지옥에나 떨어져, 개새끼야. 이게 내 입장이야." 매트는 그대로
뒤돌아 쿵쿵거리며 사라졌다.

벤이 마치 다 괜찮다는 듯 어깨를 으쓱하더니 차 후드로 걸어
가 녹음기를 집었다. 그리고 평소보다 조금 더 재수 없어 보이는
만족스러운 미소를 지었다.

"호텔로 가서 한 잔 더할래요?"

27

이쯤 되면 내가 또다시 멍청하게 벤을 따라 호텔로 갔다고 해도 아무도 놀라지 않을 거다.

벤의 방은 에어컨이 세게 돌아가고 있어 추울 정도였다. 내가 몸을 떨자 벤은 부엌으로 걸어가는 길에 에어컨 전원을 껐다.

"앉아요." 벤이 소파를 가리키며 말했다. 소파 앞 테이블에 놓인 노트북과 수첩들은 깔끔하게 정리되어 있어서 내가 볼 만한 정보는 없었다. 사실 그 안에 있는 내용이 정말 궁금한 건지도 잘 모르겠다.

"위스키 어때요?" 벤이 물었다.

안 좋은 생각인 것 같은데. "그래요."

매트는 두 잔을 따르고는 조심스럽게 자신의 볼을 만져본다. "주먹 좀 써 본 사람인 것 같네요."

그럼요. 누구한테 연습 좀 했죠.

벤은 위스키 잔을 들고 내 쪽으로 걸어와 한 잔을 내밀었다. 한 모금 마시자 목이 타들어 가는 것 같았지만 다시 취하는 게 나을 것 같아 곧바로 두 번째 모금을 넘겼다.

나는 벤이 부엌 조리대 위에 올려놓은 디지털 녹음기를 흘긋 쳐다봤다. 불이 들어와 있지는 않았다. 벤이 내 시선을 알아차렸다.

"녹음했어요? 매트가 당신한테 소리 지르는 거?" 나는 소파 반대편에 앉는 벤에게 물었다.

"네, 딱 맞게 켰어요."

"불법 아니에요?"

"텍사스에서는 합리적으로 사생활 보호에 관한 기대가 없는 상황이면 상대방 동의 없이 음성을 녹음할 수 있어요. 그러니까, 식당에서나, 바에서나…."

"주차장에서 소리 지르거나 할 때요?"

"그렇죠."

"바에서도 녹음하고 있었어요?"

"아뇨."

그 말을 믿어야 할지는 잘 모르겠지만, 어차피 상관없었다. 수천 명의 팟캐스트 청취자들이 들어서는 안 될 말은 한마디도 안 했으니까.

"그냥 차 타고 가버릴 수도 있었잖아요. 도망갈 시간은 충분했는데."

벤이 예의 그 재수 없는 미소를 지으며 말했다. "그럼 재미없잖아요."

나는 위스키 잔을 두 손으로 잡아 배 쪽으로 끌어안으며 두 발을 커피 테이블에 얹었다.

"오늘 녹음한 거 팟캐스트에 내보낼 거죠?"

"네. 안된다고 하지 마요."

"안 그래요." 나는 벤이 위스키를 쭉 들이켜는 모습을 바라봤다. "사람들은 당신이 매트가 새비를 죽인 범인이라고 몰고 간다고 생각해요."

"제가 좀 노골적이었죠?"

"정말 매트가 새비를 죽였다고 생각해요?"

벤은 눈썹을 치켜세운 채 나에게 말했다. "매트가 새비를 죽였을 거란 생각은 한 번도 안 해봤어요?"

"세상에, 벤, 내가 그렇게 멍청해 보여요? 당연히 생각해 봤죠."

벤의 볼이 살짝 붉어졌다. "그렇겠죠. 미안해요."

"난 그냥…."

이 주제에 대해서는 할 말이 없었다. 경찰에게 할 말이 없었던 것처럼. 무슨 말을 할 수 있었을까? '아뇨, 전 절대 새비를 죽이지 않았어요. 사실 새비랑 같이 제 남편을 죽일 생각이었거든요.'라고? 별로 좋은 변론은 아니다.

벤이 뒷말을 기다리며 나를 응시했다.

"전 매트한테 너무 집중하지 않으려고요."

"정말이에요?"

"난 매트가 범인이라고 생각 안 해요."

"진심으로요?" 내가 그러면 안 된다고 생각하는 말투다. '진심이에요, 루시? 그 사람이 당신을 때렸잖아요!'라고 말하고 싶은 듯 벤은 빨갛게 부은 자신의 볼을 가리켰다.

"전 그냥 제 생각을 말하는 것뿐이에요."

벤이 긴 한숨을 내쉰다. "사실 매트에겐 동기가 없어요. 새비와 매트가 같이 자는 사이였을 수도 있다는 카일의 말은 개소리 같고요."

"그건 확실히 개소리죠."

벤은 자기 볼을 만지고는 움찔했다. "그래도 매트는 개자식이에요."

"얼음 좀 대고 있어요."

"괜찮아요."

나는 냉동실에서 얼음을 한 줌 꺼내 키친 타월로 감싸 벤에게 건넸다.

"괜찮다니까요." 벤이 말한다.

나는 벤 옆에 앉아 얼음을 벤의 볼에 댔다.

"아야."

"몇 분만 대고 있어요. 아니면 붓게 놔뒀다가 사진 찍어서 트위터에 올리려는 거예요?"

벤의 얼굴에 미소가 번졌다. 나도 참지 못하고 웃었다.

벤은 내 손에서 얼음을 가져가 볼에 대고 누른다. 잠시 침묵이 흘렀다. 꽤 불편한 침묵이.

한순간, 벤이 얼음을 테이블에 가볍게 던지고는 몸을 기울여 내게 입을 맞췄다.

그와 거의 동시에 나는 벤의 무릎에 올라탔고, 벤의 손이 원피스 속 내 허벅지로 밀려 들어왔다. 왜 여기 오는 게 잘하는 짓이 아니라고 생각했는지 기억조차 나지 않았다. 이건 엄청 잘한 짓이다. 이 빌어먹을 도시에 와서 내가 한 것 중에 제일 잘한 짓이었다.

벤은 내 원피스를 허리까지 끌어내린 뒤 가슴에 손을 얹었고, 나는 벤의 바지 단추를 풀었다. 이건 다 보드카 때문이다.

그리고 이 소파 위에서 벤이 내 속옷을 벗기게 놔둔 건 위스키 때문이다.

물론 거짓말이지만.

28

나는 해가 뜨기도 전 새벽에 잠에서 깼다. 벤은 내 옆에서 엎드린 채 잠에 빠져있다. 헝클어진 머리카락이 그의 눈을 덮고 있었다. 머리가 아파온다.

나는 천천히 일어났다. 벤의 침대 위, 알몸인 상태였다. 소파에서 섹스한 후 벤의 손에 이끌려 침대에서도 뜨거운 시간을 보냈기 때문이다.

베개로 벤을 질식시키는 상상이 머릿속을 스친다. 남자와 한 침대에서 일어날 때면 늘 하는 상상이다. 잠자고 있는 남자를 죽이는 건 쉬울 거다.

'얘는 목을 조르라니까.' 새비가 속삭인다. 나는 고개를 세차게 저어 목소리를 몰아냈다.

나는 바닥에서 원피스를, 거실에서 속옷을 발견했다. 속옷은 입을 수 없을 정도로 찢어져 있어서, 나오는 길에 쓰레기통에 던져 넣었다.

나는 밖으로 나와서야 내 차가 그 술집 앞에 있다는 사실이 떠올랐다. 잠깐 택시를 부를까 생각하지만, 아마 그 기사는 자고 있을 것이고, 술집은 여기서 별로 멀지 않았다. 나는 인도를 따라 걷기 시작했다. 바람이 너무 세게 불어서 온 세상이 내 엉덩이를 보게 되는 일은 없기를 바라면서.

해가 뜨기 전인데도 꽤 더워서, 땀이 등을 타고 흘러내렸다.

지난밤에는 많이 취하지 않아서 내 선택을 술 탓으로 돌릴 수가 없었다. 차라리 엄청나게 취했어야 했다. 그래야 변명이 하나라도 생기는 건데. 하지만, 변명할 거리 따윈 없었다. 심지어 콘돔도 안 썼다. 몇 년 전에 피임 시술을 받아서 잘난 척하는 아기들을 낳게 될 일은 없겠지만, 모르는 일이다. 벤은 그것마저 피해갈 기세로 섹스했으니까.

이건 팟캐스트 기념품쯤인 거다. 티셔츠도 하나 만들어야겠다. '저는 한 범죄 팟캐스트의 유력 용의자였고, 제게 남은 건 이 티셔츠와 성병뿐입니다.'라는 문구를 넣어서 말이다.

다행히도 내 차는 주차장에 얌전히 있었고, 나는 곧 어둡고 조용한 집에 도착했다.

나는 위층으로 올라가 조용히 방문을 닫고, 옷을 갈아입고, 침대에 누웠다. 아침 햇살이 블라인드 사이로 스며들고, 핸드폰에는 벤의 문자가 와 있었다. 나는 무시한 채 눈을 감았다.

자고 일어나니 두통은 사라졌지만, 배가 너무 고팠다. 나는 터덜터덜 아래층으로 내려갔다. 엄마가 내는 소리가 들리지 않아 다행이다. 숙취에 엄마까지 상대할 힘은 없으니까. 나는 크림치즈를 바른 베이글을 들고 서둘러 내 방으로 돌아왔다.

핸드폰에는 벤이 보낸 메시지가 몇 개 더 와 있었다.

【루시. 집에 잘 갔어요?】

【깨우지 그랬어요.】

【메시지라도 보내줘요, 생사는 알아야죠.】

나는 침대 모서리에 걸터앉아 베이글을 한 입 베어 물고 벤에게 답장을 보냈다.

【안 죽었어요. 집에 잘 왔어요.】

곧바로 전화벨이 울렸다. 밀당도 참 못하네요, 벤.

"여보세요."

"남자를 침대에 혼자 두고 가면 안 되죠."

"그래요?"

"전 그렇게 생각해요."

"자주 이래요? 팟캐스트에 나오는 살인 용의자랑 자는 거?"

"지난 시즌 용의자는 남자였어요."

"아니라는 말이에요?"

"네, 아니에요." 즐거운 목소리다.

"콘돔도 자주 잊어버리나 봐요?"

"아뇨. 음, 정말 미안해요, 그럴…,"

"괜찮아요, 내 잘못도 있으니까. 전 피임 시술해서 괜찮아요. 그냥 당신이 LA 전역을 누비면서 그런 짓을 하지 않았기를 바랐던 거예요."

벤이 깜짝 놀란 듯 짧은 웃음을 터뜨린다. "전 LA를 누비면서 그런 짓 한 적 없어요. 어디에서도. 보통은요."

그럼 나쁘다는 건데. 내가 특별한 건지 만만한 건지 애매했다.

"이렇게 됐으니 당신의 그 팟캐스터 윤리는 아주 박살 난 것 같은데요." 비꼬아 말한 거였지만, 벤은 소리 내 웃었다.

"상관없어요. 좋은 결정을 내렸다고 저를 비난할 사람은 없으니까요."

'윤리적인 문제는 있지만, 화제성만큼은 부정할 수 없다!' 몇 주 전에 읽었던 벤에 관한 기사가 떠올라 웃음을 참았다.

"아침 같이 먹을래요?" 벤이 물었다. "말해줘야 할 게 있는데."

"글 써야 해서요. 지금 말해요."

벤은 잠시 말을 멈췄다가, 목소리를 가다듬었다. "음, 네. 그래요. 그러니까, 어제 녹음한 매트 이야기를 정리해서 내일 보너스 에피소드로 올리려고요. 당신한테 완성본을 먼저 보내줄 테니 들어봐요. 내키지 않으면 취소할게요."

내키지 않으면 취소한다고? 이 남자와의 섹스 두 번으로 갑자기 팟캐스트 책임자가 된 기분이다. 이게 자랑스러운 일인지 끔찍한 일인지 판단이 서지 않았다. 마음이 복잡했다.

"왜 그래야 하는데요?"

"조금 불편한 인터뷰가 들어있거든요. 당신이 원하면 그 부분은 자를게요."

"누구 인터뷰인데요?"

"마야 하퍼요."

뱃속이 뒤틀린다. 이 이름을 들을 때마다 그랬듯이.

마야, 새비의 여동생이다.

"인터뷰 보내줘요."

벤 오웬스의 거짓말에 귀 기울일 것

마야 인터뷰 무편집본

안녕하세요, 여러분. 예정보다 일찍 돌아오게 됐습니다. 지난밤에 생긴 일 때문이죠. 저는 한 바에서 루시를 만났습니다. 트위터에 사진이 돌아다니는 걸 보니 이미 다들 알고 계시겠죠. 맞습니다, 루시와 저는 함께 술을 마셨지만, 여러분이 상상하는 불미스러운 일은 전혀 없었습니다.

그렇게 술집을 나서는데, 매트가 주차장에 차를 세우더니 밖으로 나왔습니다. 이건 그다음 일어난 일입니다.

(부스럭거리는 소리)
"안녕하세요, 매트."
"이 개새끼, 네 목을 꺾어버릴 거야."
(몸싸움하는 소리, 끙끙거리는 소리)

이 소리 들리시나요? 매트가 제게 주먹을 날리는 소리입니다.

"널 고소해서 재산을 전부 털어버리겠어."
"내 변호사 번호 줄게요. 그러니까 이제 이 손 좀 놓을래요?"
(쾅 부딪히는 소리)

여기서 매트가 저를 차로 내던진 겁니다.

"매트!"

루시입니다. 이 일이 일어날 때 옆에 서 있었죠.

"베버리는 (삐— 처리)고, 저년은 거짓말쟁이야!"

여기서 '저년'은 루시입니다. 매트가 손가락으로 루시를 가리켰거든요.
　다들 동의하실 겁니다. 그렇죠? 루시는 거짓말하고 있다. 루시는 뭔가를 숨기고 있다.
　글쎄요, 우리는 매트도 거짓말하고 있다는 것을 이미 확인했습니다. 매트는 사바나가 죽던 날 집에 있지 않았는데도 경찰에 거짓 진술을 했죠.
　그리고 카일 포터는 이 팟캐스트에 나와 사바나와 매트 사이에 뭔가 있었을지도 모른다고 말했습니다. 사바나의 여동생 마야 하퍼는 이 주장에 대한 생각을 제게 말해줬습니다.

마야: 새비는 매트랑 잔 적 없어요. 카일이 한 말은 개소리고, 당신이 그 말을 팟캐스트에 내보낸 것도 말도 안 되는 일이에요.

벤: 그렇군요. 조금 더 자세히 말해줄 수 있어요?

마야: 당신이 얼마나 개자식인지요?

벤: 왜 새비가 매트랑 관계를 했다는 말이 개소리라고 생각하는지요.

마야: 새비는 매트를 정말 싫어했어요. 처음 제게 루시에 관한 얘기를 할 때, 루시의 장점을 계속 말하다 갑자기 이렇게 말했죠. "그런데 나랑 얘기할 때 내 가슴만 쳐다보는 멍청한 개자식이랑 결혼했어."

벤: 그럼 그 뒤로 몇 년 동안 매트에 대한 생각은 바뀌지 않은 건가요?

마야: 네. 만약 바뀌었다고 하더라도 절대 친구 남편이랑 한 침대에 눕지는 않았을 거예요. 그런 사람이 아니었으니까요. 새비는 루시를 정말 좋아했고, 절대 상처 주는 일은 안 했을 거라고요.

벤: 왜 새비가 매트를 좋아할 일이 절대 없었을 거라고 생각하는 거죠? 새비가 매트에 관한 얘기를 한 건가요?

마야: 몇 가지 얘기해주긴 했죠. 가끔 불만스러운 듯이 말하곤 했어요. "루시가 매트를 떼 놓질 못해서 그 자식이랑 같이 저녁을 먹었어." 같은 말을요. 그리고 새비는…. 글쎄요, 이건 제 생각이긴 하지만, 새비는 루시와 매트 사이에 무슨 일이 있다고 생각했던 것 같아요.

벤: 무슨 일이요?

마야: 그…. 폭력 같은 거? 잘은 몰라요. 제가 오해한 걸 수도 있죠. 하지만 새비가 죽기 얼마 전에 어떤 TV 프로그램을 같이 보

252

고 있었는데, 아내를 학대하는 남편 얘기였어요. 그러다 잠깐 새비를 봤는데, 눈을 굴리고 있더라고요. 그래서 왜 그러냐고 물었더니, TV에서는 그 남편이 완전 괴물같이 보이는데, 실제로 저런 남자들은 그렇게 행동하지 않는다고 말했죠.

저는 조금 걱정돼서 물어봤어요. "그걸 어떻게 아는데?" 그러자 새비는, "아, 내 얘기는 아니고. 아는 사람 얘기야. 그리고 그 남자는…. 그 남자를 좋아하는 사람이 많거든."

저는 그 사람이 루시인지 안 물어봤어요. 하지만 분명 루시였을 거예요. 그 당시 루시 말고는 친하게 지내는 사람이 없었거든요. 그리고 과거가 아니라 현재형이었어요. "아는 사람 얘기야."라고 했어요. 다른 사람은 모두 매트를 좋아하는데, 왜 새비만 매트를 죽일 듯이 싫어하는지 이해가 안 됐었어요. 그런데 그 말을 들으니 단번에 이해가 됐죠.

29

나는 에피소드를 다 들은 후 벤에게 문자를 보냈다.

【"새비는 루시를 정말 좋아했고, 절대 상처 주는 일은 안 했을 거라고요." 다음에 나오는 마야 얘기 전부 잘라줄 수 있어요?】

나는 초조하게 벤의 답장을 기다리며 아래층으로 내려가 남은 베이글을 쓰레기통에 던져 넣는다. 다시 위층으로 올라가는 중에 답장이 왔다.

【네. 그럴게요.】

나는 길게 숨을 내뱉는다. 손이 조금 떨리고 있다.

【궁금해서 묻는 건데, 사실이 아니라서 그러는 거예요, 아니면 사실이라서 그러는 거예요?】

나는 벤의 질문을 오래 응시하다 답장을 보낸다.

【진실은 중요하지 않으니까요.】

새비의 동생을 보러 오스틴까지 왕복 5시간이 걸리는 여정을 떠나는 것 말고 더 좋은 선택지가 있으면 좋겠지만, 딱히 대안이 없다. 그래서 나는 오스틴으로 향했다.

마야에게 미리 연락은 하지 않았다. 마야는 나를 정말 싫어하고, 아마 경찰을 부를 테니까. 그냥 급습해서 경찰이 오기 전 15분을 틈타 얘기하는 게 제일 가능성 있을 거다.

나는 마야가 어디에 사는지 모르고, 만약 벤이 알고 있다고 해도 벤에게 물을 수는 없다. 내가 마야를 보러 간다는 걸 그에게 알리고 싶지 않아서다. 벤은 이미 너무 많은 걸 알고 있다.

하지만 마야의 직장은 알고 있다. 마야는 한 회계 회사의 보조원이고, 회사 웹사이트에 업무 시간이 올라와 있었다. 그 회사는 직업소개소와 창문에 임대 표시가 붙은 텅 빈 가게들이 늘어선 상점가 안에 있었다. 나는 어느 작은 부지에 차를 세운 후 기다렸다.

'**죽어도 싼 새끼였어.**' 새비가 내 귀에 속삭인다.

나는 눈을 감았다. 심장이 요동친다. 나를 제외하고 유일하게 이 세상에서 새비의 가장 어두운 비밀을 알고 있는 사람을 기다리고 있는 것이다.

'**내가 어떤 자식을 죽였는데…**'

조수석에 새비가 나타났다. 대시보드에 올린 발가락에 파란색 매니큐어가 칠해져 있었다. 새비는 내게 씩 웃어 보였다. "사실을 알고 싶어?"

나는 고개를 끄덕였다.

"내가 어떤 자식을 죽였는데, 하나도 후회 안 해. 죽어도 싼 새끼였어."

5년 전

새비는 대답을 기다리며 계속해서 나를 빤히 쳐다봤다. 내 남편을 죽이자는 제안의 답을.

"우리가 매트를 죽이고 싶다고 해도," 내가 천천히 입을 뗀다. "우린 그럴 능력이 없어. 우리 둘 다 사람을 죽여본 적이 없잖아."

"너나 그렇지."

나는 또다시 웃음을 터뜨렸지만, 새비의 얼굴에는 미소 한 점도 보이지 않는다. 한순간 새비의 분위기가 바뀌더니, 어둡고 무거운 무언가가 그녀의 눈에 스쳤다.

"잠깐만, 설마 너…." 나는 말을 잇지 못했다. 숨이 턱까지 찼다.

새비는 몸을 숙여 나와 눈높이를 맞추고는 딱 한 번, 고개를 끄덕였다.

나는 새비를 바라봤다. 심장이 목으로 튀어나올 것 같았다. "정말이야?"

"응." 속삭임에 가까웠지만, 이내 새비는 몸을 일으켜 마치 나쁜 생각을 좇듯 세차게 고개를 저었다.

"그래, 정말이야." 새비의 목소리가 단단해진다. "내가 어떤 자식을 죽였는데, 하나도 후회 안 해. 죽어도 싼 새끼였어."

"새비." 나는 새비의 손을 잡았다. 나는 후회하지 않는다는 새비의 말을 믿지 않았다.

하지만 내가 틀렸을 수도 있다. 내가 새비에 대해 모든 걸 아는 건 아니었으니까.

"괜찮아, 트라우마 같은 거 없어." 새비는 자신이 얼마나 괜찮은지 보여주려는 듯 어깨를 으쓱했지만, 내게는 억지로 하는 것처럼 보였다.

"누굴 죽였는데? 너한테 무슨 짓을 한 거야?"

"트로이. 바에서 만난 개자식인데, 나한테 손을 대려고 하더라고. 그렇게는 안 됐지." 새비가 녹녹한 미소를 지었다.

"세상에, 새비…."

"난 괜찮아."

"경찰서엔 갔어? 정당방위였잖아, 안 그래?"

"경찰?" 새비가 코웃음 친다. "아니. 내가 그 새끼를 몇 번이나 찔렀는지 알려지면 정당방위로 안 보일걸."

"몇, 몇 번이나 찌른 건데?" 내 목소리가 속삭이듯 작아진다.

"필요 이상으로 몇 번 더. 그리고 혹시 모르니까 몇 번 더."

나는 내가 겁에 질린 건지 감명을 받은 건지 혼란스러웠다.

"솔직히 사람을 죽인 것보다 피가 더 신경 쓰였어." 새비가 어깨를 으쓱한다. "온통 핏자국이어서 엄청 짜증 났거든. 내가 손이 피

범벅 된 채로 화장실에서 나오는 걸 어떤 남자가 봐서 살짝 당황하긴 했지만, 그냥 이렇게 말했어. '이런, 생리가 제대로 터졌네!' 그때 그 남자 표정을 네가 봤어야 하는데."

나는 입을 떡 벌렸다.

"그러고는 트로이를 내 차에 싣고, 늪으로 가서 거기에 버렸어. 결국에는 시체가 발견될 거라고 생각했는데, 아무 소식도 안 들리더라고. 악어들이 먹어 치웠나 봐."

이건 감명이다. 나는 감명을 받은 거다.

"그 남자를 네 차에 실었다고? 시체를? 어떻게 거기까지 끌고 갔어?"

"루시." 새비가 자신의 팔 근육을 보여준다. "나 힘세."

"시체를 들 정도로 세?"

"그렇게 덩치 큰 사람이 아니었거든."

나는 의심스러운 눈초리를 던진다.

"빌어먹게 오래 걸렸어." 새비가 웅얼거린다. "해치백 차여서 다행이지. 그냥 거기까지 시체를 끌고 가서 담요만 덮으면 됐으니까."

나는 큰 소리로 웃음을 터뜨렸다가 황급히 입을 막았다. "미안. 웃으면 안 되는데."

"왜? 웃기잖아." 새비는 데킬라 한 잔을 따라 내 쪽으로 밀었다. 그리고 한 잔을 더 따라 곧바로 자기 입에 털어 넣었다.

"그래서 대학을 그만뒀구나. 네 어머니는 네가 집을 그리워해서 그런 거라고 하던데, 그것 때문이 아니었어."

새비는 눈을 굴리더니 두 번째 잔을 털어 넣었다. "플럼튼을 그리워하는 사람이 어디 있어? 전혀 아니야. 난 대학이 싫었어. 학자

258

금 대출을 몇천 달러나 받아서 말도 안 되게 비싼 교과서를 줄줄 읽기만 하는 지루한 수업에 앉아 있어야 한다고? 난 됐어."

나는 새비가 세 번째 잔을 털어 마시는 모습을 바라봤다. 새비가 잔을 바에 내려놓자 나는 손을 뻗어 그녀의 손을 잡았다.

"정말 유감이야, 새비."

새비가 어깨를 으쓱한다.

"진심이야." 내가 부드러운 목소리로 말했다. "내 앞에선 아무렇지 않은 척 안 해도 돼."

새비는 나를 흘긋 보며 잔을 손가락으로 밀어냈다. 그리곤 아무 일 아닌 것처럼 한쪽 어깨를 으쓱했지만, 두 눈에 보이는 감정은 행동과 달랐다. 새비는 내 손을 꽉 쥐었다.

"죽어도 싼 새끼였어, 매트도 마찬가지고."

30

오후 5시가 지나자 마야가 사무실에서 나왔다. 주차장에 남은 차는 두 대뿐이었고, 나는 마야의 차로 짐작되는 보라색 해치백 옆에서 기다렸다.

마야는 나를 보자 잠시 멈칫했다. 마야는 범죄자들을 만날 것을 대비해 두 손가락 사이에 차 열쇠를 끼운 채였다.

"루시." 마치 겁먹은 것처럼 턱 막히는 숨소리에 내 이름이 섞여 나왔다.

생각해보니 그럴 만도 하다.

나는 항복하듯 두 손을 들었다. "그냥 얘기하러 온 거야."

마야의 두 눈이 가늘어진다. 지난번에 봤을 때 마야는 열여덟 살이었고, 막 고등학교를 졸업하고 대학에 갈 준비를 하고 있었다.

'마야한테 말하지 말았어야 했는데.' 작은 아파트의 침대에 앉아 있던 새비의 모습이 선명했다. '젠장. 마야는 아직 어리잖아, 그런데….'

'그 남자를 죽였을 때, 너도 십 대였구나?' 추측이었지만, 새비는 내가 자신을 이해한다는 사실에 안심하며 고개를 끄덕였다.

마야가 나를 쳐다봤다. 마야는 새비와 전혀 안 닮았다. 마야의 머리카락은 더 밝은 금발이다. 다른 사람들은 미용실에 가야 나올 수 있는 그런 금발. 인상도 새비보다 날카롭다. 코가 길고 턱이 뾰족해 언니와는 다른 느낌이다. 마야는 산호색 긴 치마에 깃이 둥근 흰색 블라우스를 입고 있었다. 귀여운 옷이다. 새비는 절대 귀여운 옷을 입지 않았다.

하지만 두 눈만은 똑같다. 분노에 불타는 듯한 푸른 눈. 등 뒤로 땀이 흘러내렸다.

"어디라도 가서 얘기할까? 밖은 덥잖아."

"언니랑 할 말 없어." 마야는 버튼을 눌러 차 문을 연다.

"마야, 부탁이야…." 나는 한 발자국 앞으로 나섰다가 이내 멈춰 섰다. 대화를 어떻게 시작해야 할지 알 수 없어서다.

마야가 나를 쏘아본다. "보아하니 지금은 모두 언니가 결백하다고 믿는 것 같은데, 그래도 난 언니랑 얘기하기 싫어."

모두 내가 결백하다고 생각한다고? 이건 몰랐는데.

"그런 거 아니야."

마야는 차 문을 열고 가방을 던져 넣었다. 나는 다급하게 다음 말을 덧붙였다. "나도 트로이 일을 알아."

마야가 운전석에 앉아 치마를 정리했다. "그게 누군데."

나는 마야가 출발해버리기 전에 문을 손으로 잡고 말했다. "새비가 죽인 남자."

마야가 내 쪽으로 고개를 돌린다. 색이 다 빠져나간 듯 새하얗게 질린 얼굴이었다. 마야는 그렇게 잠시 나를 쳐다봤다.

"차에 타."

마야는 차를 몰면서 원래 가려던 곳으로 나를 데려가는 건 별로 좋은 생각이 아니라고 판단한 것 같았다. 마야는 폐업한 지 오래되어 보이는 한 식당 주차장의 우거진 나무 밑에 차를 세웠다.

"그게 그 남자 이름이었어? 트로이?" 마야가 물었다.

"응. 새비가 말 안 했어?" 나는 안전벨트를 풀고 마야의 얼굴을 마주 봤다. 퇴근 시간인데도 티끌 하나 없이 하얀 블라우스가 자꾸 눈에 들어온다. 나였으면 지금쯤 커피랑 점심을 다 쏟았을 텐데.

마야는 아랫입술을 짓씹더니 고개를 저었다. "안 들은 걸로 할래. 알고 싶지 않아."

나는 알고 싶었다. 그 남자의 이름을, 생김새를, 온통 흩뿌려졌을 피 냄새를 알고 싶었다.

마야가 내 쪽으로 고개를 휙 돌렸다. "성도 알아? 난 늘 누군가가 그 남자를 죽인 게 새비라는 걸 아는 건 아닌지, 그 사람들이 혹시 언니를…." 내가 고개를 끄덕이자 마야가 말을 멈췄다.

"트로이 헨더슨. 몇 년 전에 알아봤어. 사설탐정을 고용했었거든."

그땐 그럴만한 돈이 없었지만, 내게는 유일하게 확실한 단서였다. 하지만 나는 경찰에 그 사실을 말하지 않았다. 새비를 배신할 수 없었으니까.

"아무것도 안 나왔어?" 마야는 이미 무너진 것 같은 모습이었다.

"응, 안타깝지만. 시체는 아직 발견 안 됐어. 그때 고용했던 탐정이 그러는데, 트로이는 술에 잔뜩 취해서 사람들이랑 싸우고 다니는 걸로 유명했대. 공소시효가 끝난 건 아니지만, 그 사람을 그렇게 애타게 찾는 사람은 없는 것 같아. 그 탐정이 여동생을 만났는데, 실종된 것도 몰랐다고 하더라고. 그냥 어디로 이사 가서 연락이 끊긴 줄 알았다더라."

"아."

"미안해. 더 일찍 말해줘야 했는데…." 하지만 그때 마야는 너무 어렸다. 언니를 잃었을 때 마야는 겨우 대학교 1학년이었으니까. 그 앞에 갑자기 나타나서, '안녕! 죽은 네 언니가 사람 죽였던 거 기억하지?' 같은 말 따위를 할 수는 없었다.

"원하면 그 탐정이 모은 자료 보내줄게."

마야는 좌석에 등을 기대며 긴 한숨을 내쉰다. "그날 밤 일, 정말 기억 안 나는 거지?"

"응."

"언니가 범인이라면 사설탐정을 고용하지는 않았겠지." 마야는 몸을 돌려 내 눈을 바라봤다. "그리고 그 얘긴 꺼내지도 않았잖아. 언니 변론으로는 최선이었을 텐데. 새비가 트로이를 죽인 거."

"그렇지."

"만약에 언니가 진짜로 체포됐으면 그 얘길 했을 것 같아?"

나는 창밖을 응시했다. "어쩌면." 그러지 않았을 거라고 생각하고 싶지만, 감옥에서 수십 년을 보낼 상황에 처하면 새비와의 의리 따위는 잊었을지도 모른다.

나는 목소리를 가다듬고 말했다. "내가 알기론 새비가 그 일을 얘기한 건 우리 둘밖에 없어. 맞지?"

"나한테 얘기했을 땐 이걸 아는 사람은 나밖에 없다고 했어."

"난 벤에게 말하지 않을 거야. 그냥 알고 있으라고. 무슨 일이 있어도 벤에게 이 일을 말하진 않을 거야."

"정말 그 팟캐스트에 나가고 있는 거야? 인터뷰 같은 것도 하고?"

"응. 이미 하고 있어."

"와." 새비는 앞 유리 쪽으로 시선을 돌렸다. "내가 매트 얘길 좀 했는데, 편집했다고 하더라고."

"알아."

"안다고?"

"벤이 물어봤어. 내가 허락하지 않을 것 같아서 편집했대. 아마 법적인 문제 때문일 거야. 매트가 벌써 고소하겠다고 협박했거든." 나를 그럴듯하게 둘러댔다.

"미안해. 괜히 얘기했나봐. 그때 전화 끊고 후회했어."

나는 어깨를 으쓱한다. "네가 새비랑 매트 얘기를 해 줘서 기뻐. 새비가 매트랑 절대 자지 않았을 거라는 말도 맞고."

마야는 생각만으로도 진저리가 쳐지는 듯 몸을 떤다.

"그냥 우리가 같은 생각인지 확실히 하고 싶어서 온 거야. 누구한테도 트로이 얘긴 안 하는 거야. 절대로."

"같은 생각이야."

마야는 기어에 손을 뻗다가 잠시 멈추더니, 손을 다시 거둬들이고 나를 바라봤다. "새비가 언니도 그 일을 알고 있다고 말해줬으면 좋았을걸."

"왜?"

"언니가 새비를 잘 모른다고 생각했거든. 다들 새비가 정말 어떤 사람인지는 잘 모르잖아."

"그렇지."

"그래도 짐작했어야 하는 건데. 언니는 새비의 다른 친구들이랑 달랐잖아. 새비는 언니가 오고 나서 플럼튼을 덜 싫어하게 됐어. 이전보다 행복해했고."

나는 목까지 올라온 응어리를 애써 삼켰다. 알고는 있었지만, 마야에게 듣는 건 달랐다. 나는 눈을 감고 숨을 골랐다. 가슴이 아플 정도로 새비가 너무 그리웠다.

"나도 그랬어." 내가 조용히 말했다.

시선을 돌리자 거칠게 눈물을 닦아내는 마야가 보였다. 우리는 함께 슬픈 미소를 지었다.

마야는 목을 가다듬고는 기어를 후진으로 바꿨다. "그 개새끼를 잡는 데 최선을 다하겠다고 약속해, 알았지? 새비한테 적어도 그 정돈 해 줘야 하잖아."

"약속할게."

31

다음 날 아침, 나는 내 차 운전석에 앉아 벤에게 문자를 보냈다. 키를 돌려 시동을 걸자 따뜻한 바람이 얼굴에 쏟아졌다.

【매트 집으로 갈 거예요. 제가 죽으면 그걸로 팟캐스트 만들어 줘요.】

벤은 내가 매트와 살던 그 집에 도착할 때까지 답장이 없었다.

나는 마음이 바뀌기 전에 집 앞 인도로 들어선다. 정말 멍청한 짓이겠지만 매트를 직접 마주하지 않으면 내가 폭발해버릴 것 같았다.

'네 남편 죽여버리자.'

조용, 새비. 오늘은 아무도 안 죽일 거야.

내가 손을 뻗기도 전에 문이 열리더니 한 여자가 커다란 여행 가방 두 개를 끌며 걸어 나왔다. 150센티 정도밖에 안 돼 보이는 왜소한 여자가 자기 몸무게보다 더 무거워 보이는 가방들과 씨름하고 있었다. 가방 하나가 옆으로 굴러 떨어지자, 여자가 욕을 내뱉었다.

"도와드릴까요?"

여자의 고개가 홱 들렸다. 푸른 눈동자에 핏발이 서 있다. 동그랗게 묶은 붉은 머리카락은 흐트러져 어깨 한쪽에 늘어져 있었다. 엉망이지만, 그런데도 눈부시게 아름다웠다.

"두 번째 아내분?" 내가 물었다.

"줄리아예요."

"루시예요."

"알아요."

줄리아가 도움이 필요하냐는 내 질문에 대답하지 않았지만, 나는 넘어진 가방을 일으켜 세웠다. 우리는 진입로에 세워진 줄리아의 차까지 가방을 끌고 가서 트렁크에 실었다. 줄리아는 트렁크 문을 쾅 닫더니 나에게 물었다.

"여긴 왜 온 거예요?"

"매트랑 얘기 좀 하려고요."

"무슨 얘기요?"

"살인이요."

줄리아는 울음을 터뜨렸다.

내가 울고 있는 내 후임을 어떻게 해야 할지 곤란해하고 있을 때, 핸드폰 진동이 울렸다. 가방을 열고 핸드폰 화면을 흘긋 들여다봤다. 벤에게 메시지 두 개가 와 있었다.

【하나도 재미없어요.】

【진짜 매트 집에 간 거예요?】

줄리아가 훌쩍거리며 내 두 손을 잡았다. 그녀의 손은 이상할 정도로 차가웠다.

"들어가지 마요." 줄리아가 말한다. "지금 기분이 안 좋아요."

그럴 거다. 내 핸드폰이 다시 진동했다.

"당신을 돕고 싶어요."

나는 줄리아의 말에 혼란스러워하며 고개를 갸웃했다. "절 도 와준다고요?"

"그 팟캐스트요. 저도 얘기하고 싶어요."

우리는 벤이 묵고 있는 호텔에서 벤과 페이지를 만났다. 그 자리가 불편해서 일어나고 싶었지만, 줄리아가 마치 우린 한배에 탔다는 듯 눈물을 글썽이며 계속 나를 쳐다보고 있었다.

나는 호텔 방으로 들어가며 벤의 시선을 피했다. 페이지는 줄리아에게 자신들을 소개했다. 어쩌면 나는 페이지와 줄리아가 우리가 잤다는 걸 알아차릴까 봐 걱정하는 것일 수도 있다.

또 어쩌면 나랑 자는 남자가 내 삶을 너무 잘 알고 있다는 것, 거기다 곧 내 결혼 생활에 관해서도 너무 많은 걸 알게 될 거라는 사실이 정말, 정말 짜증 나는 것일 수도 있다.

벤이 소파에 앉은 줄리아에게 커피를 가져다줬고, 나는 얼음장 같은 손에 커피를 쥔 줄리아의 옆에 앉았다. 벤의 녹음기는 테이블 위에 놓여 있지만, 아직 켜져 있지 않았다.

"저도 인터뷰하고 싶어요. 매트에 대해서요."

"그래요." 벤이 따뜻한 표정으로 미소를 지었다. 줄리아를 안심시키려는 것 같다. "어떤 얘기죠?"

"우리…. 결혼 생활이요. 그리고 매트가 루시에 대해 했던 얘기들도요." 줄리아는 미안하다는 듯 나를 흘긋 쳐다봤다.

"사바나를 알았나요?" 벤이 물었다. 이미 저 질문의 답을 알고 있을 텐데도.

줄리아는 고개를 저었다. 흐트러진 머리를 정리하자, 훨씬 나아 보였다. 줄리아는 그냥 대충 머리를 묶어도 신경 쓴 것처럼 자연스럽고 예쁘게 흘러내리는 그런 사람이다. 마음에 안 들었다. "아뇨. 한 번도 만난 적 없어요. 사바나에 관해서는 전혀 몰라요. 그 사건도…." 줄리아가 다시 나를 봤다.

"전 이만 갈까요?" 내가 기대하며 묻는다. "제가 가는 게 더 나을 것 같은데."

"아뇨." 줄리아가 내 손을 잡았다.

"그럼 인터뷰 시작 후에 가면 되겠네요." 페이지가 말했다. 나는 다행이란 표정을 보이지 않으려 애썼다. 그러고는 내 손에 감긴 줄리아의 손을 조심스럽게 떼어냈다.

"매트의 진짜 모습이 어떤지 말하고 싶어요. 우리 결혼 생활이 어땠는지도요. 왜냐면, 이웃에 사는 여자들이 하는 말들은…." 줄리아는 커피잔을 들어 천천히 한 모금 마셨다. "그렇게 놔둘 순 없어요. 그냥 무시할 수 있을 줄 알았는데, 제가 입을 다물면 절대 저 자신을 용서 못 할 거예요."

페이지의 시선이 내게 꽂히자 나는 그 짧은 시선에서 벤이 마야의 인터뷰 끝부분을 잘라 낸 걸 페이지에게도 알리지 않았다는 사실을 알아차렸다. 허를 찔린 표정이다.

'**진실을 말해봐야 아무 소용없어, 루시.**' 새비가 속삭인다.

나는 이 상황을 더 견딜 수 없을 것 같아서 일어섰다. 줄리아가 놀란 눈으로 나를 쳐다봤다.

"전 가야겠어요." 나는 커피 테이블을 돌아 문으로 향했다. "줄리아가 인터뷰할 때 제가 있었다는 걸 사람들이 알게 되면…." 나는 문고리를 잡고 말했다. "제가 여기 없는 게 나을 거예요."

줄리아는 동의하지 않는다는 듯 무언가 말하려고 했지만, 페이지가 고개를 끄덕였다. "루시 말이 맞아요. 나중에 봐요, 루시."

나는 문을 열고 도망치듯 방을 나왔다.

벤 오웬스의 거짓말에 귀 기울일 것

보너스 에피소드 2

줄리아 가드너는 어느 날 갑자기 제가 머무는 호텔 방 앞에 나타났습니다. 줄리아가 제게 하고 싶은 말이 있다는 정보를 전해 들었고, 저는 인터뷰를 수락했습니다. 줄리아가 이 사건에 관해 할 말이 무엇일지 혼란스럽기는 했지만요. 매트 가드너의 아내 줄리아는 사바나를 만난 적이 없고, 이웃들의 말에 의하면 완벽한 부부였다고 합니다. 누군가 제게 말한 것처럼 매트가 마침내 제대로 어울리는 짝을 만난 거죠.

하지만, 현재 매트와 줄리아는 갈라선 지 몇 달이 넘었다고 합니다.

벤: 오늘 이사하는 건가요?

줄리아: 네. 사실 두 달 전에 이미 짐을 좀 옮겼어요. 매트가 오늘

다른 지역에 간다고 해서 남은 짐을 챙기러 온 거예요.

벤: 잠깐 과거 얘기를 해 보죠. 매트와 결혼한 지는 얼마나…?

줄리아: 3년이요.

벤: 어떻게 만났죠?

줄리아: 저는 회의에 참석하러, 매트는 친구들을 보러 휴스턴에 갔었죠. 호텔에 있는 바에서 만났는데, 보자마자 빠르게 가까워졌어요. 한동안 장거리 연애를 하다가 제가 플럼튼으로 왔어요. 그리고 얼마 뒤에 결혼했죠.

벤: 매트는 어떤 사람인가요?

줄리아: 매트는 정말… 음, 매력적인 사람이었다고 말하려고 했는데, 그건 아닌 것 같아요. 매트는 매력적인 사람은 아니에요. 편안한 사람이죠. 마치 오래 만난 친구 같은 느낌을 주는 사람이에요. 저는 낯선 사람하고 얘기를 잘 못 하거든요. 그래서 매트의 그런 면을 바로 알아봤죠. 그 호텔 바에서도 제게 추근거리는 느낌이 아니었어요. 친구처럼 정말 편하게 대해줬어요. 그런 남자는 흔치 않은데 말이에요.

처음엔 정말 좋았어요. 과거, 그러니까 루시 얘기도 전부 털어놨고, 그래서 솔직한 남자라고 생각했어요. 저는 서로에게 솔직한 관계를 원했거든요. 하지만 어느 순간 상황이 정신없이 흘러갔고, 매트가 제게 플럼튼으로 오라고 꽤 강하게 밀어붙였어요. 전 그냥 매트가 관계에 헌신적인 사람인가보다 하고 생각했죠.

제가 플럼튼으로 넘어오고 이사까지 마친 후에 상황이 조금 변했어요. 전 대부분 그냥 무시하고 넘어갔지만, 매트의 감정 기복이 심해졌고, 제게 화를 내는 일도 빈번해졌어요. 하지만 그럴 수 있잖아요? 관계에 익숙해지면 예의를 조금 덜 차리게 되니까요.

그러다 제게 소리치는 날이 잦아지고, 매트가 술을 꽤 많이 마신다는 사실도 알게 됐어요. 제가 보지 못하게 밖에 있는 쓰레기통 안에 술병들을 숨겨놨죠. 저녁만 되면 저를 피하면서 혼자만의 공간에서 공부를 하겠다고 했는데, 그렇게 핑계를 대고 술을 마셨다는 걸 알게 됐어요.

그래서 저는 그 얘기를, 아주 조심스럽게 꺼냈는데, 매트가 엄청나게 화를 내면서 고상한 척하지 말라고 하더라고요. 자기는 그저 저녁에 술 한잔하면서 피로를 푸는 걸 좋아하는 거고, 매번 쓰레기도 버려 주는 데 무슨 불만이냐고요.

전 매트가 늘어놓는 말들이 변명이라는 걸 알았지만, 본인이 술 문제를 얘기할 준비가 안 됐다면 몰아붙이고 싶진 않았어요. 문제를 겪는 사람에게 그 사실을 받아들이라고 강요할 순 없잖아요? 스스로 깨달아야 하니까요.

하지만, 유감스럽게도 매트는 제 반응을 보고, 제 눈앞에서 마음대로 술을 마셔도 된다고 생각했던 것 같아요. 그리고 매트는 술을 곱게 마시는 편도 아니었죠. 결혼한 지 얼마 안 됐을 때부터 그렇게 방심하기 시작한 거예요. 생각해보니 이미 결혼했으니 그렇게 행동한 것 같아요. 그리고 저는 이 상황을 어떻게 헤쳐나가야 할지 당황스러웠죠. 그러다 제가 좀 바보같이 굴었다는 생각이 들었어요. 애초에 매트에게 문제가 있는 걸 알고 결혼했으니까요. 정확히 알고 결정을 내린 거죠.

그런데 매트가 절 때리기 시작했어요.

처음엔 벽에 유리잔을 던지거나 집 안에 있는 물건들을 던지면서 화를 냈어요. 그러다 그 화살이 제게로 향했죠. 뺨을 때리고, 제 머리카락을 움켜쥐고 머리를 벽에 찧었어요. 그리곤 항상 저도 똑같이 자기를 때렸다고 했어요. 제 잘못도 있다고 소리를 질러댔죠. 전 생각했어요…. 대체 무슨 소리지? 난 손도 댄 적 없는데?

벤: 그러니까, 매트가 당신을 때렸는데, 아니, 학대했는데, 매트는 당신이 자신을 때렸다고 말했다는 건가요?

줄리아: 네. 끊임없이 그랬어요. 다음 날 제가 말했어요. 한 번만 더 내게 손대면 이혼하겠다고요. 그러면 매트는 저도 자기를 때렸으니 그런 말 할 자격이 없다고 했죠. 제가 매트를 때린 적이 없었는데도요.

벤: 당신이 그 얘기를 했을 때 매트의 반응은 어땠죠?

줄리아: 가끔은 진심으로 혼란스러워 보였어요. 일방적인 게 아니라…. 정말 서로 때리면서 싸웠다고 생각한 것처럼요. 어쩌면 매트가 너무 취하는 바람에 전날 일이 기억이 안 나서 그런 말을 하는 게 아닐까 생각했어요.

벤: 이 일을 다른 사람에게 말한 적이 있나요?

줄리아: 엄마한테요. 일부만 얘기했죠. 그대로 얘기하면 엄마가 걱정할 테니까. 하지만 플럼튼 사람들한테는 말한 적 없어요. 여기 사람들은 매트를 너무 좋아했거든요. 게다가 제가 자기를 때렸다는 거짓말을 이웃들한테도 할까 봐 걱정되기도 했고요.

사실…. 정말 이상한 말처럼 들리겠지만, 제가 제일 대화하고 싶었던 사람은 루시 체이스 씨였어요.

벤: 한 번도 만난 적이 없는 데도요?

줄리아: 네. 이상하죠? 첫 번째 부인이랑 만나고 싶어 하는 두 번째 부인이 어디 있겠어요. 더군다나 살인 혐의를 받는 사람을.

하지만 저는 두 사람의 결혼 생활도 똑같았는지 궁금했거든요. 매트가 루시 얘기를 너무…. 좋게 해서요.

벤: 잠깐만요, 좋게 했다고요?

줄리아: 네. 사실 처음 만났을 때 그것 때문에 매트를 좋아하게 된 것도 있어요. 전 전에 만났던 사람들을 나쁘게 얘기하는 남자들이 정말 싫거든요. 여자를 혐오하는 것처럼 느껴지기도 하고요.

매트는 루시 얘기를 할 때 좀 슬퍼 보였어요. 착하고 다정한 사람이었는데, 사랑하는 고향을 떠나게 돼서 안타깝다고. 아직 루시를 사랑하지만, 더는 함께할 수 없을 것 같다고 솔직히 말해주기도 했어요. 그저 루시가 행복했길 바란다고.

벤: 그럼 왜 이혼했는지도 물어봤나요? 아직 루시를 사랑하는데도?

줄리아: 네, 매트는 루시가 자길 떠났다고 했고, 전 그게 사실일 거라 믿었어요. 매트는 새비가 살해당한 이후에 플럼튼에 있는 게 루시에게는 너무 힘든 일이었을 거라고 했어요. 하지만 그 이후로는 매트가 폭행을 해서 루시가 떠난 게 아닐까 생각하게 됐죠.

그리고 전 매트가 저에게만 이러는 건지도 궁금했어요. 이혼 때문에 너무 힘들어서 술을 마시게 됐고, 변한 게 아닐까 하고요. 그래서 루시와 만나보고 싶었던 거예요. 물론 연락을 하진 않았죠. 그럼 정말 이상해졌을 테니까.

벤: 오늘 루시랑 처음 만난 거죠?

줄리아: 네. 우연히 만났어요. 하지만 그 질문을 하진 않았어요. 물어보고 싶었지만, 제가 그런 질문을 할 입장은 아니니까요. 제 생각에 루시는…. 그러니까, 루시는 이미 힘든 일을 겪고 있으니까요. 제 문제까지 더할 필요는 없죠.

벤: 매트와 헤어지기 전까지 학대는 얼마나 당한 건가요?

줄리아: 6개월 정도요. 폭력이 정말 서서히 심해져서, 실제로 깨닫게 된 건 6개월 정도였어요. 지금 이게 내 삶인가? 내가 어쩌다 학대당하는 아내가 된 거지? 현실감이 없었어요. 제 상황을 조금 더 빨리 인지했다면 훨씬 전에 매트를 떠났을 거예요.

벤: 괜찮았나요? 헤어지는 과정은?

줄리아: 제가 짐을 챙기는 동안 엄마가 옆에 있어서 매트는 얌전히 굴 수밖에 없었어요. 그때쯤 매트는 제게 소리를 정말 많이 질렀거든요. 오늘은 혼자 있었지만 괜찮았어요. 혹시 몰라 매트한테 엄마랑 친구들이 제가 플럼튼에 있는 걸 알고 있다고 말해뒀거든요.

벤: 당신에게 혹시 무슨 일이 생길 것을 대비해서요? 매트를 보러 간다는 걸 누군가에게 알려야겠다고 생각했고, 그 이유는 당신이 플럼튼에 있는 동안 무슨 일을 당할까 봐 걱정했기 때문이라는 거죠?

줄리아: 음, 그렇게 말하니까 꽤 심각하게 들리네요. 그래도…. 네, 맞아요.

저는 이쯤에서 인터뷰를 마무리하려 했지만 줄리아는 아직 할 말이 남은 것 같았습니다.

줄리아: 잠깐만…. 한 가지만 더 말해도 될까요? 하고 싶은 말이 있어서요.

벤: 물론이죠.

줄리아: 언젠가 매트가 루시에 대해서 했던 말이 있어요. 취했을 때요. 매트는 가끔 갑자기 딴 길로 새서 루시 얘길 했거든요.

아마 제 기분을 상하게 하려고 그랬던 것 같아요. 루시가 얼마나 좋은 사람이었는지 말하면서요. 그럴 때마다 매트에 게는 화가 났지만, 루시가 어떤 사람인지는 점점 더 궁금해 졌어요.

아무튼, 그날도 매트가 "내가 루시를 지켜줬어야 했는데."라 고 말했어요. 저는 "살인 사건 이후에?"라고 물었죠. 매트가 루시를 부모님 집으로 보내고 마음이 안 좋았다는 걸 알고 있었거든요.

그런데 매트가 이렇게 말했어요. "아니, 그날 밤에. 내가 지 켜줬어야 했어."

저는 "무슨 말이야? 넌 거기 없었다면서? 결혼식장에서 루 시랑 같이 나왔어야 했다는 말이야?"라고 물었어요. 알고 싶었어요. 매트는 그날 밤 얘기는 한 번도 한 적이 없거든 요.

그러다 매트가 자기가 무슨 말을 하고 있는지 불현듯 깨달 은 것처럼 얼굴이 붉어졌어요. 그러고는 변명하듯이 웅얼거 렸는데… 그건 거짓말이었을 거예요.

제 생각엔 매트가 거기 있었던 것 같아요. 루시랑 같이. 새 비가 죽었을 때요.

32

　벤은 월요일 아침 일찍 줄리아의 인터뷰가 실린 에피소드를 올렸다. 나는 러닝머신 위에서 팟캐스트를 들었고, 에피소드가 나오자마자 들은 사람이 나 뿐만은 아닌 것 같았다. 다 들었을 때쯤 핸드폰에 부재중 전화와 메시지가 쌓여있었기 때문이다. 나는 등 뒤로 흘러내리는 땀을 느끼며 주차장으로 걸어가는 동안 메시지들을 읽었다.

　【할머니: 루시, 전화 줄래? 아니면 집으로 오던지. 너 편할 때.】

　【아빠: 벌써 간 거야? 엄마랑 같이 얘기 좀 하자.】

　【네이선: 루시, 괜찮은 거야? 헤어졌지만, 그래도 친구로 지낼 순 있잖아. 얘기할 사람 필요하면 연락해.】

　【에밋: 점심 같이 먹을까?】

　뭐야, 갑자기 인기가 엄청 많아졌네. 매트가 두 번째 아내를 때렸다는 걸 알게 되자 다들 멋대로 추측을 해대기 시작했다.

나는 에어컨 바람을 맞으며 운전석에 몇 분간 앉아 있었다. 이 추측들에 어떻게 대응해야 할지 생각하면서.

한편으로는 그럴 수 있다고 생각했다.

다른 한편으로는 전부 꺼지라고 하고 싶었다.

나를 이 이야기 속 피해자로 만들어주는 것 따위, 전혀 고맙지 않았다.

피해자는 새비다. 새비는 죽은 후 사람들의 슬픔 어린 칭찬을 받으며 나였으면 절대 될 수 없는 완벽한 피해자가 되었다. 그러니 그대로 놔둬야 한다.

핸드폰에 새로운 메시지가 뜬다.

【안녕하세요, 줄리아예요. 벤이 번호를 알려줬어요.】

내가 벤에게 필요하면 번호를 줘도 된다고 했었다. 벌써 후회된다.

【괜찮았으면 좋겠네요. 원하면 언제든지 연락해주세요.】

줄리아는 정말 한 번도 맞서 싸우지 않았을까? 매트가 우리 두 사람을 헷갈린 걸까, 아니면 줄리아가 나처럼 폭발해 악몽 같은 현실에서 벗어나기로 한 걸까?

나는 진심으로 후자이기를 바란다. 그렇게나 작고 귀여운 줄리아가 매트를 때렸다고 해도 아무도 안 믿을 거다. 그러니 줄리아가 매트를 죽도록 때렸기를 바랐다.

나는 줄리아의 메시지를 바라봤다. 줄리아가 바라는 걸 해 줄 생각은 없다. 나는 누굴 지지해주고 공감해주는 그런 사람은 아니니까.

나는 빠르게 답장을 썼다.

【고마워요. 행운을 빌어요.】

'칼로 목을 찌르면 순식간에 죽을 거야. 그렇게 빨리 죽었으면 좋겠어?' 새비가 귓가에 속삭인다.

분명 줄리아는 나를 만나지 않는 편이 훨씬 나을 거다.

핸드폰 벨소리가 울렸다. 할머니에게 온 전화였지만, 받지 않았다. 결정을 내려야 한다. 만약 내가 진실을, 매트가 나를 때렸다는 사실을 말하면, 매트는 분명 모두에게 내가 반격했다고 말할 것이다. 셀 수 없이 많은 밤, 온 집이 울릴 듯 큰 목소리로 모욕을 당하고, 쓰릴 만큼 아프게 뺨을 맞고, 머리가 움푹 패지 않은 것이 기적일 정도로 매트의 손아귀에 잡혀 벽에 머리를 찧었다는 사실은 중요하지 않게 될 것이다.

나는 그런 생활을 견디다 결국 폭발한 것이지만, 그건 내 폭력적이고 악랄한 본성을 증명하는 또 다른 증거가 될 뿐일 것이다.

내가 거짓말을 하면, 줄리아를 버려두는 꼴이 된다. 여성들의 연대에 반하는 일이다. 하지만 사람들에겐 줄리아를 믿지 않을 이유가 없다. 줄리아는 내가 아니니까. 줄리아는 호감이 가는 사람이고, 여전히 훌륭한 피해자로 보였다.

내 앞에 놓인 선택지는 하나같이 거지 같지만, 나는 내가 무엇을 해야 하는지 안다.

내게 진실을 기대하는 사람은 없으니까.

"술에 취했을 때는 화를 잘 내긴 했지만, 제 상황은 줄리아와 조금 달랐어요." 나는 마치 연습한 듯 자연스럽게 얘기했다. 오늘 오후 벤과 긴 인터뷰를 할 때 이미 했던 말이다. 물론 벤과 페이지 모두 내가 터무니없는 거짓말을 하는 걸 안다는 듯한 눈빛이었지만.

하지만 엄마는 안심한 눈치였다. 엄마는 목발에 기대 주방에서 있었다. 엄마 뒤에 선 아빠는 주걱을 들고 있었는데, 마치 그 주걱으로 누군가를 위협이라도 할 기세였다. 할머니는 식탁에 앉아 있었다. 모두 나를 기다린 모양이었다. 나는 온종일 가족들을 피해 다녔었다.

"조금 달랐다는 게 무슨 소리니?" 할머니가 눈을 가늘게 뜨며 물었다.

"말 그대로예요. 매트가 좀 다혈질이었어요. 벽에 유리잔을 던지기도 하고, 쿵쿵거리면서 돌아다닌 적도 많죠."

"그래도 널 때리지는 않았고?" 아빠가 긴장한 표정으로 물었다.

"당연히 안 때렸겠지!" 엄마가 소리친다. "고작 몇 마일 떨어진 곳에 살았잖아. 그랬으면 우리가 알았겠지."

나는 한쪽 눈썹을 치켜들었다. 부인하더라도 조금 더 솔직하게 말할 생각이었는데, 엄마가 일을 어렵게 만들고 있다. 나 자신을 보호하려는 마음이 엄마가 틀렸다는 사실을 증명하고 싶은 마음과 치열하게 싸웠다.

"다른 사람 결혼 생활이 어떤지는 아무도 모르는 거죠, 아무리 가까이 산다고 해도."

모두가 얼어붙었다.

아빠는 여전히 주걱을 무기처럼 들고 있었다. 아빠의 얼굴에 익숙한 눈빛이 떠오른다. 내가 아이였을 때 자주 보던 눈빛이다. 마치 내가 하려는 말이 자기가 처리해야 할 일, 게다가 절대로 하고 싶지 않은 일일까 봐 두려워하는 것 같았다.

"그렇다고 팟캐스트에서 눈물의 고백을 할 생각은 없어요. 그걸 걱정하시는 거라면요." 내가 재빨리 덧붙였다.

엄마가 참았던 숨을 내쉬었다. 마치 걱정하던 게 바로 그거였다는 듯이. 아빠는 나를 위해 싸울 필요가 없다는 기쁜 소식을 듣자마자 주걱을 조리대에 내려놓았다.

"우린 널 걱정하는 거야!" 할머니가 말했다.

"뭐, 전 지금 행복한 싱글이니까, 뭐가 됐든 상관없어요. 저녁은 뭐예요?"

"뇨끼!" 엄마가 지나치게 쾌활한 목소리로 말하며 음식 포장을 여느라 끙끙대는 아빠를 가리켰다.

그 순간, 할머니가 두 손을 들고 말했다. "뭐야 지금? 새비를 죽인 게 매트일 수도 있다는 얘기는 안 하고 넘어가는 거야?"

아빠가 들고 있던 뇨끼가 바닥에 쏟아졌다.

33

【매트: 집 앞이야. 나올 수 있어?】

10시가 넘은 시간, 매트에게서 온 메시지다. 부모님은 이미 잠들었고, 집안은 조용했다.

나는 침대에서 내려와 조심스럽게 창문으로 다가가 집 앞에 주차된 매트의 차를 확인했다.

이 메시지를 무시하고 자는 척하는 게 맞을 거다. 하지만 나는 여전히 매트와 정면으로 부딪치고 싶은 마음이 간절했고, 지금까지는 나에게 그럴만한 기회가 없었다.

나는 '금방 내려갈게'라고 답장한 뒤, 반바지를 입고 머리를 묶은 다음 아래층으로 내려가 슬리퍼를 꿰어 신고 습한 바깥 공기 속으로 걸어 나갔다.

나를 보자 차에 기대어 서 있던 매트가 자세를 바로 하며 주머니에서 손을 꺼냈다. 가로등 빛이 젖은 도로에 비쳐 매트의 모습이 또렷이 눈에 들어온다. 그의 오른손가락 관절에는 멍이 있었는데, 누굴 때려서 생긴 건지 벽을 내려치다 생긴 건지 궁금했다.

"줄리아랑 만났어," 내가 말한다.

"알아, 줄리아가 말해줬어."

"좋은 사람 같더라. 나보다 더."

매트는 턱을 움직이며 아무것도 없는 내 뒤쪽을 응시했다. 나는 줄리아가 매트와 전화로 얘기했기를, 직접 만나지 않았기를 바랐다. 매트에게서 뿜어져 나오는 분노가 느껴져서다.

"내 메시지에는 왜 답장 안 했어?" 내가 물었다.

매트는 피곤한 듯 엄지와 검지로 콧대를 지그시 눌렀다. "상황이 엿 같아져서."

"그걸 이제 알았어?"

매트가 웃음을 터뜨렸다. 처음에는 짧게, 그리고 다시 한번, 얼굴에 미소가 남을 정도로 크게 웃었다. "세상에, 네가 정말 그리웠어."

'**독으로 죽이는** 게 **깔끔하긴 하겠지만, 그만큼 재미는** 덜할 **거야.**' 새비가 속삭인다.

"내가 줄리아를 망쳐버릴 거라는 걸 알았어야 했어. 난 그냥 그렇게 좋은 사람이라면…"

"널 구해줄 수 있을 거라고 생각했어?"

"맞아."

"넌 구원받을 자격 없어, 매트."

매트는 얼굴을 찌푸렸지만, 반박하지는 않았다. "네가 줄리아랑 다르게 얘기했다고 전해 들었어. 내 얘기 말이야." 매트가 목소리를 가다듬는다. "네 상황은 조금 달랐다고 말했다는 거."

"전해 들었다고?"

"응."

매트가 그 얘기를 엄마에게 직접 들은 건지, 엄마가 너무 많은 사람에게 말해서 매트의 귀에까지 들어간 건지 확실하지 않았다.

"난 내 상황이 줄리아랑은 달랐다고 말한 거야. 그건 진실이고. 과거 얘기는 별로 하고 싶지 않아서."

매트가 내 쪽으로 몸을 돌린다. 진심으로 고마워하는 표정이다. "고마워."

"그럴 필요 없어. 널 위해서 그렇게 말한 건 절대 아니니까."

'우리 얘기를 다른 사람들한테 하면 안 돼, 루시.'

5년 전 매트의 얼굴이 떠오른다. 나를 부모님 집으로 쫓아냈던 바로 그 날이다.

'새비가 죽었어, 매트.' 나는 목이 멘 채 말했었다. '우리 사이에 무슨 일이 있었건, 그건 지금 중요하지 않아.'

'경찰들은 중요하다고 생각할 거야. 우리가 서로에게 무슨 짓을 했는지 내가 말하게 하지 마, 알았어? 그렇게 만들지 마.'

나는 매트의 말을 알아들었다. 만약 경찰이 내가 이전에도 폭력적이었다는 증거를 찾고 있다면, 매트가 그 증거를 주겠다는 의미였다. 물론 부인할 수는 있겠지만, 매트가 나를 학대한 거라고 말할 수도 있겠지만, 이제는 다 뒤죽박죽이 되어 버렸다.

사람들은 맞서 싸우는 여자를 안 좋아한다. 남자가 여자를 학대하면, 사람들은 그 남자가 성질을 못 죽였다거나 끔찍한 실수를 한 거라고 말한다. 하지만 여자가 그런 짓을 하면, 그 여자는 사이코패스가 된다.

순간, 갑자기 매트가 한 걸음 가까이 다가오는 바람에 나는 다시 현실로 돌아왔다. 매트가 나를 차에 밀어붙이고 몸을 붙여오더니 이내 입술이 닿았다.

매트에게선 알코올이 아닌 민트 맛이 났다. 사귄 지 얼마 안 됐던 시기가 떠오른다. 헤어지기 전쯤의 매트에게선 늘 술맛이 났다. 아니면 술 냄새가 나거나. 술을 너무 많이 마신 나머지 마치 모공에서 스며 나오는 것 같았다.

나는 매트의 입술을 세게 깨물었다.

몸을 뺀 매트는 재미있다는 표정이었다. 마치 내가 피를 보려고 한 게 아니라 유혹이라도 하려 했던 것처럼. "미안. 너한테 키스하고 싶은 걸 참기 힘들 때가 있어서."

"참아."

"같이 집으로 가자."

"싫어."

다행히 내겐 상식이 아주 조금은 남아있었고, 나는 그게 정말 자랑스러웠다.

매트는 한숨을 쉬었지만, 말을 덧붙이지는 않았다.

"줄리아 말이 맞아?" 내가 물었다. "새비가 죽었을 때 거기 있었어?"

매트가 고개를 저었다. "아니."

"그럼 그 후엔?"

"아니. 새비가 죽은 후에 떠나버려서 미안해. 줄리아에게 한 말은 그런 뜻이었어. 네 옆에 있어 줘야 했는데. 빌어먹을 네 부모님에게 보내는 게 아니었어. 아이비가 널 추궁하게 놔두다니."

매트의 말이 진심인지는 알 수 없다. 매트는 거짓말을 정말 잘

하니까.

"그날 밤에 진입로에서 싸웠다던 그 여자는 누구야?"

"그 사람은 끌어들이지 마."

"왜?"

나는 내 차로 뛰어 들어가 그대로 매트를 뭉개버릴까 생각했다. 그리고 다시 후진해서 확실히 죽이는 거다.

"그 여자는 새비가 죽은 거랑 아무 상관 없어. 내가 보장할게. 그 사람은 새비를 절대 안 죽였어."

"그렇게 신뢰가 두텁다니 보기 좋네."

등 뒤로 땀이 흘러내리기 시작했다. 나는 한동안 침묵하다 다시 입을 열었다. "이제는 다들 네가 범인이라고 생각하기 시작했다는 거 알아?"

매트는 눈을 내리깐 채 고개를 끄덕였다.

"그 사람들이 생각이 맞을지도 몰라."

매트가 고개를 홱 치켜들었다. 진심으로 당황한 눈치다. "넌 내가 새비를 죽였다고 생각해?"

"기분이 어때, 이 개자식아?"

"그건…." 매트가 잠시 눈을 감는다. "그래. 이해해. 하지만 나는…." 매트가 눈을 깜박였다. "루시, 제발 다 그만둬."

"그만두라고? 넌 거짓말한 것도 모자라서…."

"제발." 매트가 내 손을 잡았다. 나는 손을 빼내려 했지만, 매트는 더 단단히 힘을 주며 애원하는 눈빛으로 나를 바라봤다. "LA로 돌아가, 루시. 그 팟캐스터도 그만 도와주고. 날 믿어, 응?"

"널 믿으라고?" 내가 말도 안 된다는 듯 물었다.

"그렇게 안 보이는 거 알지만, 난 늘 널 지켜주고 싶었어. 지금도 널 보호하고 있고." 매트가 내 손을 꽉 쥐며 눈을 번득였다.

심장이 발끝까지 추락했다. 나는 매트의 손을 뿌리치고 비틀거리며 뒷걸음쳤다. 세상이 빙글빙글 돈다. 나는 가슴속에서 요동치며 올라오려는 공황 증상을 눌러 참았다. "누군지만 말해줘. 그날 밤에 널 보러 온 사람이 누구야? 새벽 한 시에?"

"루시, 제발…. 그러지 마, 응?"

"말해, 매트. 나한테 이 정도는 갚아야지."

매트는 한숨을 내쉬며 마른세수를 했다.

"니나였어. 니나 가르시아."

34

【니나였어요.】

다음날, 나는 엄마의 사무실에서 내 노트북으로 벤에게 메시지를 보냈다. 벤을 돕지 말라는 매트의 말은 무시한 채로. 엿이나 먹으라고 하지, 뭐. 만약 내가 범인이라면, 벤이 알아내게 할 거다. 그렇게 고생했으니 그 재수 없는 자식도 그 정도 보상은 받아야 할 테니까.

【결혼식 끝나고 진입로에서 매트랑 싸웠던 여자요.】 내가 덧붙였다.

【녹음기에 직접 말해줘야 할 것 같아요.】 벤에게 곧바로 답장이 왔다. 【이쪽으로 와서 인터뷰하고 자고 갈래요?】

벤에게 당장 달려가고 싶은 마음이 들었다.

【인터뷰하고 자고 가라고요? '넷플릭스 보고 갈래?' 팟캐스터

버전이에요?】

【그럴 수도요.】

【몇 시간은 작업해야 해요. 그 후에 갈게요.】

【그래요. 니나도 당신이 알고 있다는 거 알아요?】

【매트가 말 안 했으면 모를 거예요.】

【부탁할게요. 아무것도 말하지 마요.】

고등학교 시절 가장 친했던 친구를 좀 더 보호해줘야겠지만, 나는 니나가 한밤중에 왜 매트를 찾아갔는지 정확히 안다. 매트가 그 사실을 인정하지 않는다 해도.

【그래요.】

호텔 방에 도착하자 벤이 웃는 얼굴로 나를 맞았다. 맨발에 청바지, 살짝 낡은 티셔츠를 입고 있었다. 이런 꼴로도 잘생겨서 너무 좋기도, 싫기도 했다.

"그럼 시작하죠." 벤이 한쪽 구석 작은 테이블로 걸어가며 말했다. 마이크가 이미 세팅되어 있었다. "끝나면 음식이라도 시킬까요?"

내가 고개를 끄덕이자 벤이 마이크를 켰다.

"최근에 매트를 만났나요?" 벤이 곧바로 물었다.

"네, 어젯밤에 집 앞으로 왔더라고요. 얘기를…." 나는 의도적으로 말끝을 흐렸다. "그냥 얘기하러 온 거예요. 전 그날 밤 매트가 싸운 사람이 누구였는지 알고 싶었어요. 그 전에 며칠 동안이나 계속 매트에게 연락했는데 답장이 안 왔거든요."

"매트가 그 사람이 누구인지 말했나요?"

"네. 니나 가르시아라고 했어요."

'내가 그년 재수 없다고 했잖아.' 새비가 속삭인다. 나는 온 힘을 다해 새비를 무시했다.

"니나가 왜 한밤중에 온 건지는 설명했나요? 왜 거짓말을 한 건지도?"

"아니요. 하지만…. 글쎄요, 사람들이 우리 결혼 생활에 관해서 한 얘기들 다 들었잖아요. 같이 보드게임이나 하러 온 건 당연히 아니겠죠."

벤의 입술이 웃음을 참는 듯 씰룩거렸다. 나는 줄리아에 관한 얘기나 매트가 나에게 키스한 순간에 나눈 대화를 조심스럽게 피해 가며 대답해야 했다.

'결백한 사람들은 이렇게 행동 안 해.'

"됐어요, 끝났어요. 이제 왜 니나가 절 안 좋아하는지 알겠네요." 벤이 마이크를 끄며 말했다.

"그냥 당신 성격이 싫은 걸 수도 있죠."

벤이 내게 한쪽 눈을 찡긋 감아 보였다. 거실에서 새어 나오는 불빛이 문 아래로 비치고 있었다.

벤의 침대에서 일어났을 때, 나는 혼자 일어났다. 시계를 보니 새벽 3시 38분이었다. 몸을 돌려 보니 욕실 문이 열려 있고, 방은 어두웠다. 거실에서 새어 나오는 불빛이 문 아래로 비치고 있었다.

나는 침대에서 나와 바닥에 널브러진 속옷과 탱크톱을 주워 입었다. 그러고는 문을 살짝 밀어 바깥을 살펴봤다.

벤이 티셔츠와 사각팬티 차림으로 베란다 유리문 옆 바닥에 앉아 있었다. 문은 살짝 열려 있었고, 그는 담배를 피우며 문밖으로 연기를 내보냈다. 반쯤 비어 있는 술잔이 옆에 놓여있다.

내가 밖으로 나오자 벤이 몸을 돌렸다.

"잠이 안 와요?"

벤이 고개를 젓더니 내게 피우던 담배를 건넸다.

"난 됐어요." 나는 방을 가로질러 벤의 옆에 앉았다.

"매트한테 메시지가 왔어요." 벤이 커피 테이블 위에 있는 내 핸드폰을 가리켰다.

나는 손을 뻗어 핸드폰을 집었다. "내 핸드폰을 안 본 척도 안 하는 거예요?"

"네." 벤의 입술 한쪽 끝이 올라갔다. "변명하자면, 30분 전쯤에 메시지가 왔는데, 어쩌다가 이름을 본 것뿐이에요."

나는 핸드폰 잠금을 풀고 메시지를 읽었다. 새벽 3시에 온 메시지였다. 분명 취해서 보냈을 거다.

【미안해. 얘기 좀 할 수 있어?】

"얘기 좀 하고 싶다네요." 나는 핸드폰을 다시 테이블에 내려놓았다.

"얘기할 거예요?"

"아뇨. 그냥 취해서 저러는 거예요."

벤은 담배를 한 모금 피우고는 나를 쳐다봤다. "얘기하고 싶어요?"

"술 취한 전남편 얘기요?"

"아무거나요…. 술 취한 당신 전남편도 포함해서."

"아뇨."

"얘기하기 싫은 이유가 있어요?"

"제 말은…. 잠깐, 이거 비공식인 거죠?"

"당연하죠. 지금 우린 속옷 차림이잖아요."

"속옷 차림이면 비공식인 거예요?"

"그래야 한다고 생각한다는 거예요."

나는 두 다리를 쭉 뻗고 한쪽 다리를 다른 한쪽 위에 겹쳤다. 벤이 내 종아리에 한 손을 얹는다. "얘기할 수는 있어요. 하지만 당신 팟캐스트 청취자들을 위해서 내 슬픈 결혼 생활을 다시 털어놓을 생각은 없어요."

"그 슬픈 결혼 생활이 사건과 관련 있을 수도 있잖아요."

벤은 내 결혼 생활이 이 사건과 얼마나 깊이 관련됐는지 모르고 있다. 나는 어깨를 으쓱했다.

벤이 천천히 연기를 내뿜는다. "결혼했을 때 매트가 그렇게 개자식처럼 굴었어요?"

나는 흥미로운 눈길을 보냈다. "아뇨. 아니, 맞아요. 잘 모르겠어요. 사랑스러운 개자식이었죠. 아니면 제가 그땐 조금 더 관대했을 수도 있고요. 아마 둘 다겠죠."

"사람들이 말하는 당신 모습을 저는 본 적이 없는 것 같아요." 벤은 남은 담배를 다 피우고는 손을 뻗어 테이블 가장자리에 놓인 빈 잔에 꽁초를 버렸다. "사람들이 말하는, 매트랑 결혼했던 22살의 루시는 완전히 다른 사람 같거든요."

"맞아요, 어떤 면에서는. 플럼튼에 살던 루시였죠. 고등학교에 다닐 때와 같은 루시." 나는 벤의 술잔을 들어 한 모금 마셨다. 아무것도 섞지 않은 위스키가 들어가자 목이 타는 듯했다. "전 늘 그때의 루시가 존경스러워요. 고등학생일 때 전 지금이랑 정말 달랐거든요. 그때는 무섭지 않았어요…."

'**피투성이가 되는 것보다 이 말이 더 속상하네.**' 새비가 귓가에 속삭인다.

벤은 내 다음 말을 기다렸다.

"...변하는 거 말이에요." 내가 말을 끝맺었다.

"고등학생 루시는 그렇게 나쁜 애는 아니었던 것 같네요. 개자식들에게 주먹을 날리고 다녔잖아요. 우린 그때 만났어도 친해졌을 거예요."

"주먹을 맞는 게 당신이었을 수도 있죠."

벤은 웃었다. 눈에 살짝 핏발이 서 있다. 그리고 취했다, 꽤 많이. "전 고등학생 때 엄청 찌질했어요."

"궁금한데요? 사진 보여줘요."

"싫어요." 벤은 거절했지만, 아주 단호하지는 않았다.

"그러지 말고요. 당신은 요즘 맨날 내 과거를 파헤치면서 살잖아요. 내 이십 대 초반 때 사진도 다 봤을 것 같은데."

벤이 눈을 가늘게 뜬다. "그건 그렇네요." 벤이 한숨을 쉬며 핸드폰으로 손을 뻗었다. "알았어요."

벤은 잠시 핸드폰을 뒤적이더니 내게로 화면을 돌렸다.

졸업 파티 때 찍은 사진이다. 벤은 갈색 머리에 초록색 드레스를 입은 예쁜 여자애 옆에 서 있었다. 드레스 색과 같은 넥타이를 맸다. 머리카락이 좀 과하게 짧고, 이마에 엄청 큰 여드름이 있었다. 벤은 또래보다 성장기가 뒤늦게 찾아온 듯했다. 굽이 낮은 신발을 신은 파트너와 키가 거의 비슷했다. 아니면 여자애 키가 많이 컸거나.

"거짓말." 나는 핸드폰을 돌려줬다.

"왜요?"

"여자애들이 줄을 섰을 것 같은데요."

"아니에요! 어리바리하고 숫기도 없었어요. 맨날 아이언 맨 얘기만 하고."

"세상에, 잘난 척 좀 그만 해요. 예쁜 졸업 파티 파트너에 학생기자상도 많이 받았잖아요. 지금은 혼자 힘으로 사건도 해결했고, 살인 용의자랑 섹스도 하는데."

"당신이 저 혼자 사건을 해결했다고 생각한다는 걸 알면 페이지가 엄청 열 받을 거예요. 그리고 내가 상 받은 건 어떻게 알았어요? 내 뒷조사했어요?"

"당신은 내 뒷조사한다고 탐정을 고용했는데, 구글링 좀 했다고 뭐라고 하는 거예요?"

"뭐라고 하는 게 아니라, 으쓱해진 거예요."

"그럴 필요 없어요."

벤이 웃음을 터뜨렸다. 벤의 손가락이 내 종아리 부근을 서성인다. 내가 조금 더 가까이 몸을 붙이자, 벤의 손이 허벅지로 미끄러져 올라왔다.

"장래희망이 뭐였어요?" 내가 물었다. "졸업 앨범에 쓰는 그런거 있잖아요. 전 '제일 친한 친구 죽이기'였는데."

"'30살에 CEO 되기'였잖아요."

"고맙네요, 스토커 씨."

"우린 그런 거 안 썼어요. 영상 같은 걸 만들었던 것 같은데. 그냥 그런 영상이랑 재미없는 거 몇 개 했을 거예요."

"썼으면 뭐였을 것 같아요? 퓰리처상 수상자?"

벤이 웃었다. "글쎄요. 살인 사건에 집착하는 사람? 전 그때도 그런 걸로 유명했거든요."

"알아요."

"안다고요?"

"인터넷 글에 있더라고요. 당신 고등학교 동창들이 댓글을 달아서 좀 더 그럴듯하더라고요."

"세상에, 나나 당신에 대해서 인터넷에 떠도는 얘기들은 보지 마요."

"왜요? 날 미친 살인자라고 부르면서도 나랑 자고 싶어 해서요?"

"그래요! 그것 때문에요."

"그런 건 익숙해요." 나는 더 가까이 다가가, 벤의 무릎 위에 앉아 두 다리로 벤의 허리를 감았다. 벤이 두 팔로 내 허리를 감싼다.

나는 벤에게 키스하려고 몸을 숙였다. "당신도 미친 살인자랑 자는 사람인데, 그렇게 화낼 자격 없는 거 아니에요?"

내 말에 대답하는 벤의 입술이 내 입술에 스쳤다. "미쳤다는 말은 안 하고 싶은데요. 어쨌든 그런 건 아니니까."

"신경 쓰이는 말이 살인자가 아니라 미쳤다는 거예요?"

"그 말이 신경 안 쓰인다고는 안 했어요."

나는 팔을 벤의 목에 두르며 입을 맞췄다.

"다시 침대로 갈까요?"

35

나는 문이 열리는 소리에 두 번째로 잠에서 깼다. 아침 햇살이 블라인드 사이로 들어왔다. 벤은 내 옆에서 엎드린 자세로 잠에 빠져있었다.

"벤!" 거실에서 익숙한 목소리가 들린다. 페이지다. "안에 있어? 연락 안 되면 총이라도 맞았을까 봐 걱정된다고 했잖아."

벤이 끙끙거리며 뒤척이더니 마른세수를 했다. 이미 열 시가 훨씬 넘었다.

벤은 침대에서 굴러 내려가 속옷을 입었다. 그러고는 문으로 걸어가며 내게 손짓했다. 가만히 있으라는 뜻인 것 같다. 벤이 문을 살짝 열었다.

"페이지."

"벤, 야, 이런. 네가 속옷 입은 모습은 안 보고 싶은데."

"그럼 새벽에 내 방으로 쳐들어오질 말아야지."

"일단 지금 거의 점심이 다 됐어. 그리고 열쇠는 네가 줬잖아. 이걸로 달리 뭘 하라는 거야?"

"나 씻어야 해. 한 시간 뒤에 네 방으로 갈게."

"샤워하는 데 한 시간이나 걸려?"

"할 일이 있어. 인터넷 기사들 살펴봐야지. 확인해야 할 정치 뉴스도 있고. 조금만 기다려 줘."

긴 침묵이 흐른다. "설마, 아니지?"

"조금만 기다…."

"저 가방 누구 건지 알아, 이 멍청한 새끼야."

페이지가 방안으로 밀고 들어오자, 벤은 비틀거리며 뒤로 물러섰다. 나는 침대 시트로 몸을 가리며 일어나 앉았다. 페이지는 밀고 들어온 기세에 비해 그다지 놀란 것 같지는 않았다.

"안녕하세요, 페이지."

페이지가 한 손으로 이마를 지그시 누른다. "벤, 대체 무슨 짓이야."

"이번이 처음이 아니라고 하면 좀 나을까요?" 내가 물었다.

벤이 진심으로 화가 난 눈빛으로 나를 쳐다봤다.

페이지는 벤에게 손가락질하며 분노에 찬 목소리로 말했다. "이 멍청한 새끼."

벤이 페이지의 어깨를 잡아 조심스럽게 밖으로 데려간다. 그리고 등 뒤로 문을 닫았다.

"벤, 이게 뭐 하는 짓이야?" 페이지는 속삭이듯 말했다. 나는 침대에서 내려와 바닥에 떨어진 속옷을 집으며 두 사람의 대화를 들으려고 문으로 가까이 다가갔다.

"이렇게 신박하게 네 팟캐스트를 말아먹고 있는 걸 놀라워해야 하는지 화를 내야 하는지 모르겠네."

"그건…."

"네가 정신 차리고 똑바로 할 거면 도와준다고 했는데, 이건 정신 차린 게 아니잖아. 이건 정신이 나간 거라고."

"언제부터 내가 누구랑 자는지 그렇게 신경 썼어?"

"다른 사람이 아니라 우리가 조사하고 있는 사람이잖아! 사람들이 이걸 알기라도 하면 무슨 일이 벌어질지 알고는 있지? 저 사람이 너랑 잔다고 입만 열어도 모든 시즌이 다 날아가는 거라고! 아무도 널 안 믿을 거야."

"이해해, 하지만 루시는 말 안 할 거야. 그리고, 루시가 왜 그런 짓을 하겠어? 이 팟캐스트 덕분에 지난 몇 년보다 이미지가 훨씬 좋아졌는데."

기분이 나빠야 맞겠지만, 사실 틀린 말은 아니다.

"그러다 네가 마음에 안 드는 말을 하면? 어떻게 믿는데? 루시는…."

"나중에 얘기하면 안 돼?" 벤이 말을 끊었다.

두 사람이 잠시 침묵했다. 나는 문에서 살며시 떨어져 옷을 입었다.

"다음 팟캐스트에 어떤 내용이 들어갈지 당신한테 미리 알려주진 않을 거예요!" 페이지가 갑자기 목소리를 높였다.

"알았어요!"

나도 소리 높여 대답하고는, 벤이 마야의 인터뷰에 대해 내게 허락을 구했던 일은 페이지에게 절대 말하지 않기로 결심했다.

벤 오웬스의 거짓말에 귀 기울일 것

Episode 6
니나

루시로부터 니나와 매트 얘기를 들은 후, 저는 니나를 언급했던 사람들의 지난 인터뷰를 훑어봤습니다. 그리고 흥미로운 사실을 발견했죠. 콜린 던은 첫 번째 인터뷰에서 이렇게 말했습니다.

콜린: 새비 친구들이요?

벤: 네. 잘 알고 지내던 사람들이 있나요?

콜린: 거의 없어요. 다 저보다 나이가 많아서 학교를 같이 안 다녔거든요… 아! 니나요. 성이 뭐였지? 브랜슨인가?

벤: 가르시아요. 이혼하고 나서 원래 성으로 바꿨어요.

콜린: 미친, 니나가 결혼했었어요?

벤: 네, 이전에요. 지금은 이혼했어요.

콜린: 아, 그렇구나.

벤: 그래서, 니나를 알았나요?

콜린: 네, 조금요.

벤: 하지만 결혼해서 아이가 있다는 걸 알 만큼은 아니고요?

콜린: 와, 애도 있어요?

벤: 두 명이요.

콜린: 와. 뭐. 잘됐네요. 아니, 잠깐. 한 번인가 아이 얘기를 했던 것 같아요. 흠.

벤: 니나는 어떻게 알았죠?

콜린: 몇 번 같이 놀았어요. 그러니까, 그냥. 친구로서요.

콜린에게 다시 연락해 의심스러운 부분을 확인할 수는 없었습니다. 물론 그건 순전히 제 추측일 뿐이고요. 그래서 전 조안나 클락슨에게 콜린의 인터뷰에 대해 질문했습니다.

조안나: 니나하고 콜린이요? 이성으로요?

벤: 네. 얘기 들은 게 있나요?

조안나: 음…. 걔는 정말 여자를 많이도 만나네요. 안 그래요?

벤: 인기가 많아 보이긴 해요.

조안나: 저기요, 벤. 내가 떠도는 소문들이 사실인지 아닌지 말할 수는 없는 것 같아요.

벤: 그럼 그냥 소문일 뿐인가요? 니나와 콜린은?

조안나: 콜린에 관한 소문은 많아요. 어떤 게 진짜인지 어떻게 알겠어요?

벤: 콜린이 제게 니나를 알았다고 말하던데요.

조안나: 흠. 글쎄요. 마음대로 생각해요.

36

【시간 있어? 술 한잔할까?】

엄마의 사무실에서 일을 마무리하고 있을 때, 에밋의 메시지가 도착했다. 죄책감이 척추를 훑고 지나간다. 나는 에밋이 마지막으로 보낸 메시지에 답장하지 않았고, 그 후 벤은 에밋의 여자친구인 니나가 내 전남편과 자는 사이였다는 에피소드를 내보냈다. 게다가 벤은 니나가 새비의 남자친구와도 그런 관계였을 수 있다고 암시하는 말을 남기기도 했다. 에밋을 만나기 훨씬 전이긴 하지만, 그래도. 분명 에밋의 오늘 하루가 쉽진 않았을 것이다.

나는 그러자고 답장했고, 한 시간 후에 고속도로 옆 약간 수상해 보이는 바에서 에밋과 마주 앉았다. 플럼튼에 수년이나 있었지만, 이 바에 와본 적은 없다. 늘 내 엉덩이만 뚫어져라 쳐다볼 트럭 운전사들만 바글거리는 술집일 거라고 생각했기 때문이다.

302

직접 와 보니, 역시 내 생각이 맞았다. 바에 들어서자 카우보이 모자를 쓴 덩치 큰 남자들이 입을 떡 벌린 채 나를 멍하니 쳐다봤다. 스피커에서는 대체 얼마나 오래된 건지도 모를 컨트리 음악이 흘러나왔다. 텍사스 그 자체인 곳이다.

에밋은 뒤쪽에 있는 작은 테이블 위에 가득 찬 맥주잔을 올려두고 앉아 있었다. 내가 다가가자, 한 모금을 마시고는 잔을 내려놓으며 얼굴을 찌푸렸다.

나는 참지 못하고 웃음을 터뜨렸다. 에밋은 가끔 이렇게 어린애처럼 귀여울 때가 있다.

에밋은 나를 발견하고 이내 얼굴에 미소가 번졌다. "안녕, 루시."

"맥주가 마음에 안 드는 것 같은데, 내가 마실까?" 나는 에밋 옆 의자에 앉았다.

"난 술을 잘 안 마셔서. 맛없잖아. 그래도 오늘은 술이 좀 필요할 것 같아." 에밋은 한 모금 더 마시고는 또다시 얼굴을 구겼다. 나는 웃음을 참았다. 에밋이 너무 힘들어 보여서다.

나는 바텐더에게 에밋과 같은 것으로 달라고 눈짓했다.

"혹시 나 때문이야?" 내가 물었다.

"아니. 그러니까, 꼭 너 때문만은 아니지."

"그럼 팟캐스트?"

에밋이 한숨을 쉰다. "그 빌어먹을 팟캐스트. 너무 싫어."

나는 바텐더가 내온 맥주를 들이켰다. 에밋은 내가 자기 말에 동의해 주지 않을까 기대하는 눈으로 나를 바라봤지만, 사실 나는 그 팟캐스트가 딱히 싫지 않았다.

"니나는 화가 많이 났어?" 나는 조심스럽게 물었다. 지금 나는 에밋이 정확히 뭐 때문에 화가 난 건지 모른다. 니나가 전남편을 두고 바람을 피워서? 이전에 가장 친했던 친구의 남편과 자서? 사실 전부 거지 같은 일이긴 하지만, 따지고 보면 에밋과 직접 관련된 건 아니다.

에밋은 건조하게 웃었다. "화난 건 확실해." 그러고는 맥주를 더 많이 들이켰다. 이번엔 얼굴을 찌푸리지 않았다. 점점 술에 익숙해지고 있는 것 같다. "니나는 지금도 매트랑 자."

잔을 입으로 가져가려던 내 움직임이 뚝 멈췄다. "뭐라고?"

"자주는 아니지만, 맞아. 니나가 다른 사람을 만나는 것 같다는 의심은 했었어. 그래도 믿고 싶지 않았는데, 그 에피소드를 듣고 나니까 니나가 인정하더라고."

긍정적으로 보자면, 나는 니나를 질투할 필요가 전혀 없었다. 니나도 나만큼이나 멍청한 선택을 했으니까.

"잘 맞는 점이 있어서 그랬다고 하는데…" 에밋이 눈을 굴리더니 의자에 등을 기댄다. "같이 술이나 마셨겠지. 둘 다 주정뱅이니까."

마르가리타를 물처럼 마시던 니나의 모습이 눈앞을 스친다.

"니나는 금주를 잘하고 있다고 했고, 내가 술을 별로 안 좋아하는 게 도움이 됐다고도 했어. 잘 견디고 있었다고. 그런데 매트가…" 에밋은 고개를 젓더니 술을 한 모금 더 마셨다.

"그 자식이 너무 싫어. 처음 봤을 때부터 싫었어."

내 눈썹이 치켜 올라갔다. "정말이야?"

"응. 네 남편이었으니까 잘 지내려고 애는 썼지만, 매트는 건방진 개새끼야. 그리고 그 새끼가 줄리아한테…" 에밋이 갑자기 말을 멈췄다. 화를 참는 듯 목부터 붉은 기가 올라오고 있다.

"매트가 얼마나 개새끼인지 얘기하는 거면 언제든 환영이야."

에밋은 몸을 앞으로 기울이며 한 손으로 턱을 괬다. 까칠하게 자란 수염의 감촉이 느껴지는 듯해서 나는 하마터면 손을 뻗어 에밋의 반대쪽 얼굴을 만질 뻔했다.

"니나랑 만난 건 바보 같은 짓이었어." 에밋이 자신의 술잔에 손을 감았다. 손이 정말 예뻤다. 이미 알고 있긴 했지만. "니나는 고등학생 때랑 많이 달라졌고, 나도 알고 있었어. 문제가 있는 걸 알고 있었지. 하지만 플럼튼엔 선택지가 별로 없잖아."

"왜 여길 안 떠난 거야?"

"모르겠어. 원래 대학을 졸업한 후에 잠깐 있는 거라고 생각했지. 그런데 네가 아파트를 사고, 직업이 생기고, 다른 곳으로 이사하는 걸 보니까 엄청 주눅 들더라고. 나는 미루고 미루다 보니 서른이 다 돼 버렸고, 이젠 그냥 여기 눌러살아야 할 것 같아."

"아직 안 늦었어. 날 봐. 여기서 박차고 나갔잖아."

에밋의 시선이 나를 향한다. "늘 대단하다고 생각해."

"그래? 다들 바보 같다고 생각한 것 같은데."

"아니, 용감한 거지. 똑똑한 거고. 여기선 아무도 널 안 좋아하잖아."

"와, 에밋, 너무 솔직한 거 아니야?"

"사실인 거 알잖아." 에밋이 웃으며 말했다. 우리 사이에 무언가 불편하고도 강렬한 분위기와 침묵이 흘렀다.

우리 사이에 강렬한 무언가가 흘렀던 순간은 많았다. 특히 내 결혼 생활이 무너지기 시작했을 때는 더. 그중 한순간이 머릿속에 떠오르며 심장 박동이 빨라졌다.

"나한테는 말해도 돼, 알잖아." 에밋이 나를 위층 복도 구석에 몰아넣은 채 말했다. 아래층에서 매트가 친구들과 웃는 소리가 들린다.

"알아." 내가 조용히 말했다.

"어떤 얘기라도." 에밋이 손가락으로 거실을 가리켰다. "매트도 포함해서."

나는 숨을 작게 들이쉬며 아무렇지 않은 표정을 지으려 했다. 에밋을 안심시킬만한 미소를 지으려 했지만, 에밋이 이런 표정으로 나를 보고 있을 때면 그러기가 쉽지 않다.

에밋이 내 뒤쪽 벽에 손을 짚었다. 갑자기 거리가 가까워져 에밋의 비누 냄새가 느껴질 정도였다. 내가 까치발을 들자, 에밋은 그걸로 충분하다고 생각했던 것 같다. 에밋이 입술로 내 입술을 덮으며 몸을 겹쳐왔다.

하마터면 그를 침실로 데려갈 뻔했다. 어쩌면 매트가 아래층에 있는 동안, 빠르게 일을 끝낼 수도 있을 것이다. 마음에 들었다. 어쩌면 이후에 내가 깜빡 잊어버린 속옷을 발견하고 에밋과 나 사이에 무슨 일이 일어났다는 것을 매트가 알아차릴 수도 있을 것이다.

나는 몸을 움찔하고는 재빨리 에밋에게서 벗어났다.

"미안해, 안 되겠어." 나는 에밋에게 눈길도 주지 않고 도망쳤다. 더 별로인 사람이 됐다. 제일 친한 친구를 이용해 남편을 엿먹이려고 하다니. 에밋이 내게 마음이 있다는 걸, 아마도 고등학생 때부터 그랬다는 걸 알면서도.

나는 에밋의 손을 잡았다. 그가 손을 빼지 않는다는 것에 살짝 놀랐다.

"그날 밤에 너랑 떠났어야 했는데." 내가 조용히 말했다.

에밋이 이해하지 못한 듯 고개를 갸웃한다.

"우리가 키스한 그날 밤에. 그때 매트를 떠나서 너랑 집에 갔어야 했어."

"아." 에밋이 웃으며 말했다. "그랬으면 매트 표정이 정말 굉장했을 텐데."

나도 웃음을 터뜨렸다.

"LA로 와." 내가 말했다. "그냥 짐 싸서 와. 우리 같이…" 시간을 보내자? 새로 시작하자? 말을 어떻게 끝맺어야 할지 알 수 없었다.

"진심 아니면 그런 말 하지 마."

나는, '내가 정말 새비를 죽인 게 아니면'이라고 말할 뻔했다.

그러지 않고, 나는 미소를 지었다. "당연히 진심이지."

순간, 에밋의 시선이 내 뒤에 있는 무언가에 꽂히고, 얼굴에서 미소가 사라졌다. 에밋이 천천히 내 손을 놓았다.

뒤돌아보니 키튼 하퍼가 나를 향해 걸어오고 있었다. 위험할 정도로 비틀거리면서.

37

"진정해, 그냥 얘기하러 온 거야." 키튼이 말했다.

나는 내가 아주 침착한 상태라고 말하고 싶은 충동을 삼켰다. 오늘 새비의 오빠에게 살해당하긴 싫으니까.

키튼은 테이블에 과격하게 맥주를 내려놓더니 의자를 끌어다 앉았다.

그는 새비와 닮았다. 항상 그랬지만, 그가 고개를 들어 나와 눈을 맞추자 잠시 숨이 멎었다. 새비와 똑같은 푸른 눈, 똑같은 코, 긴장할 때 비틀리는 입술까지.

키튼의 눈은 나만큼이나 또렷하고 차분했다. 술기운이 오르긴 했지만, 완전히 취하지는 않은 것 같다. 키튼은 취하고 싶은지 맥주를 벌컥벌컥 들이켰다.

"어떻게 지냈어?" 침묵 끝에 내가 물었다.

"잘 지내. 결혼했어. 애도 있고."

키튼이 그 두 가지 선택 때문에 꽤 우울해 보여서, 나는 어떻게 대답해야 할지 알 수 없었다.

"너하고 새비 얘기를 하고 싶어서." 키튼은 잔을 비우고 수염에 묻은 맥주를 닦아낸 뒤 바텐더에게 다음 잔을 주문했다.

"그럴 것 같았어."

"너랑 그 팟캐스터, 사이 좋아 보이던데?"

지난밤, 내 허벅지 사이를 파고들던 벤의 얼굴이 머릿속을 스친다.

나는 어깨를 으쓱했다. 종업원이 새 맥주잔을 키튼 앞에 내려놓았다.

"벤은 네가 범인이라고 생각해?" 키튼이 물었다.

"몰라, 직접 물어보지 그래?"

키튼은 의자에 등을 털썩 기대더니 긴 한숨을 내뱉었다. "넌 여전히 골칫거리야, 알아?"

"키튼…." 에밋이 입을 열었다.

"응, 내가 좀 그렇지." 내가 대답했다.

"재밌는 골칫거리지." 에밋이 나를 도우려고 한 말에 웃음이 났다.

키튼이 눈을 굴린다.

"난 몰랐어. 매트 일은."

"매트랑 줄리아 일?" 나는 모른 척 물었다. "아무도 몰랐던 것 같더라고."

키튼이 말을 멈췄다. 에밋은 맥주를 한 모금 더 마시고 인상을 찌푸렸다.

"매트가 그렇게 개자식인 줄은 몰랐어."

에밋이 코웃음 치며 말했다.

"무슨 의미야?" 키튼이 물었다.

"아무것도 아냐." 에밋이 술을 들이켜고 얼굴을 구겼다.

키튼은 에밋을 이상하게 쳐다봤다. "어쨌든. 나는 그 새끼가…. 그러니까, 폭력적인 줄 몰랐어."

"그래, 상상도 못 한 일이지." 내가 진지하게 말했다.

"난 몰랐어." 키튼이 말을 잇는다. "그리고 그 자식이 그날 밤 집에 갔다가 다시 나간 줄도 몰랐고. 니나가 그 집에 찾아갔다는 것도. 난…." 키튼은 한숨을 내쉬더니 주먹을 말아쥔다. 나는 키튼에게서 조금이라도 멀어지려 의자에 등을 기댔다.

키튼이 안타까움을 담은 눈빛으로 나를 쳐다본다. 마음이 불편하다. 그냥 예전처럼 죽일듯한 눈초리로 나를 쏘아보는 게 나을 것 같다.

"넌 그날 밤 일이 정말 기억 안 나는 거지?" 키튼이 가만히 물었다.

'난 매일 밤 저 자식 목에 어떻게 칼을 꽂을지 생각해. 내 자장가 같은 거야.' 새비가 귓가에 속삭인다.

"응."

"루시가 거짓말하고 있다고 생각했어?" 에밋이 진심으로 궁금해 하며 물었다.

"당연하지! 모두 그랬잖아."

"난 아닌데." 에밋이 당연하다는 듯 말하자, 바보 같지만, 나는 그 말을 믿었다.

"그래, 착해서 좋겠네. 너 빼고 아무도 안 믿었어. 하지만 지금은…." 키튼은 고개를 젓더니 맥주를 한 모금 마셨다.

나는 몸을 앞으로 기울여 식탁에 팔을 기댔다. 맥주 때문에 축 축하고 끈적거린다. "키튼, 지금 나한테 사과하려는 거야?"

"아니." 키튼이 한 손으로 입을 가렸다. "젠장, 모르겠어. 지금 내가 무슨 생각 하는지 알아? 난 매트도 니나도 잘 아는데, 둘 중 누구도 그날 밤에 밖에 있었단 소리는 입 밖으로 꺼낸 적이 없어. 아무한테도 그런 얘길 안 했다고. 그러면 안 되는 거잖아."

38

　벤이 다시 할머니 집에서 만나자고 연락했다. 내가 그 조그마한 분홍색 집 앞에 차를 세울 때쯤 그가 현관에서 나를 기다리고 있었다. 내가 차에서 내리자 그는 내게 걸어오더니, 눈 위로 흘러내린 머리카락을 고갯짓으로 넘겼다. 마치 거울을 보면서 섹시한 표정을 연습이라도 한 것처럼.

　"왜 맨날 여길 오는 거예요?" 내가 물었다.

　"맨날 안 와요."

　"나랑 할머니 둘 다랑 자는 거 아니죠? 그런 거면 정말 불쾌한데."

　"할머니랑 안 자요. 솔직히, 내가 낄 자리도 없어요. 주위에 남자가 너무 많아서." 벤이 장난치듯 말했다.

　집 안으로 들어가니 테이블 위에는 이미 팟캐스트 장비가 설치

되어 있었다. 할머니는 소파에 앉아 핸드폰을 보고 있었다. 할머니가 빨갛고 긴 치마에 낡은 티셔츠를 넣어 입은 모습을 보고 나는 할머니가 나보다 훨씬 옷을 잘 입는다는 사실에 다시 한번 놀랐다.

"이제 여기가 공식 인터뷰 장소에요?" 나는 의자에 털썩 앉았다.

"조용하잖아요. 베버리도 괜찮다고 했어요." 벤이 할머니에게 미소 지었다. 할머니와 자는 거냐고 물었던 건 반은 진심이었다.

"네가 여기 있으면 더 편해 보여서 좋대." 할머니는 핸드폰에서 눈도 떼지 않은 채 말했다.

그 말에 벤은 깜짝 놀랐다. 아무래도 할머니가 멋대로 추측해서 말한 모양이다.

좀 전에 한 생각은 취소다. 할머니는 벤 오웬스랑 자기에는 너무 똑똑하다. 이런 판단력이 내게 유전되지 않은 게 안타까웠다.

"오늘은 당신과 니나의 관계를 조금 더 깊이 알아볼 수 있으면 좋겠네요." 벤이 내 옆에 있는 의자에 앉았다.

나는 한숨을 내쉬고, 벤의 얼굴 너머 창문 밖에 펼쳐진 집 뒤쪽의 공터를 바라봤다. 키 큰 잡초들 사이로 바람이 분다. 벤은 내 시선을 따라 어깨너머를 보더니 다시 나를 바라봤다.

나는 키튼이나 에밋과 나눈 대화를 벤에게 말하지 않았다. 벤은 매트와 니나가 어떤 사이인지 모르고 있다.

니나에 대해서도 벤에게 하지 않은 얘기가 많았다.

'내가 칼을 들고 있었더니 소리를 지르더라고. 내가 칼로 얼마나 재밌는 일들을 했는지 알았으면 안 그랬을 텐데.' 새비가 귓가에 속삭인다.

새비가 내게 이렇게 말했을 때 나는 웃음을 터뜨렸었다. 니나와 새비가 왜 서로를 싫어했는지는 정확히 기억도 나지 않았다. 두 사람이 서로를 얼마나 싫어했는지 아는 사람이 나 외에 또 있었는지도 잘 모르겠다.

"루시?" 벤이 나를 불렀다.

니나는 새비를 싫어했다. 하지만 내가 그 말을 하는 순간 니나를 평생 따라다닐 비난거리가 생기는 거다. 그러니 나는 거짓말을 하거나, 벤이 인터뷰했던 다른 사람들처럼 교묘하게 말해야 한다.

왜냐하면, 니나가 그랬을 리 없으니까. 내 머리로는 그 가설을 떠올리는 것조차 할 수 없었다. 그동안 머릿속으로 그렇게 많은 사람을 죽이는 상상을 했지만, 니나가 무언가로 새비의 머리를 내리치는 장면은 상상이 되지 않았다.

"얘야?" 할머니가 내 팔을 살짝 만졌다. 할머니와 벤은 걱정스러운 눈빛으로 내 주위를 서성였다.

"하기 싫어요." 내가 조용히 말했다.

할머니가 눈을 가늘게 뜨고 나를 바라봤다. "뭘 하기 싫은데?"

"니나 얘기요."

"하지만…." 벤이 입을 연다.

"하루만 시간을 줘요." 나는 머리카락을 쥐어뜯듯 한 손을 머리카락 사이로 밀어 넣었다. "오늘은 다른 얘기 하면 되잖아요." 갑자기 핸드폰에 문자가 왔다는 알람이 떴다. 나는 핸드폰을 들어 문자를 확인했다. 심장이 쿵하고 떨어졌다. "젠장."

"왜 그래?" 할머니가 묻는다.

"제가 에바 나이틀리라는걸 들켰어요."

벤 오웬스의 거짓말에 귀 기울일 것

Episode 6
니나

처음 연락했을 때, 니나 가르시아는 인터뷰를 망설였습니다.

니나: 음, 잘 모르겠어요. 기분이 좀 이상해요.

벤: 이상해요?

니나: 네, 그러니까⋯ 사람들이 이 사건에 관심이 많잖아요. 다들 루시가⋯.

벤: 루시가⋯?

니나: 음. 다들 루시가 범인이라고 생각했잖아요. 하지만 에밋하고 얘기해 봤는데⋯. 에밋 알죠? 저랑 루시랑 에밋이 고등학생 때 친했다는 거?

벤: 네, 알고 있어요.

니나: 에밋은 제가 인터뷰를 해야 한다고 하더라고요. 마음이 정말

안 좋아요…. 전 새비를 잘 알지도 못했지만요.

벤: 같은 고등학교에 다녔잖아요. 꽤 작은 마을에서.

니나: 맞아요, 하지만 딱히… 어울리지는 않았거든요.

벤: 알겠습니다. 하지만 루시를 잘 알았잖아요. 이 팟캐스트는 사바나만큼이나 루시에 관한 얘기기도 해요. 그리고 매트와 꽤 친하다고 들었는데요?

니나: 어, 조금요, 그런 것 같아요. 친하죠.

벤: 그럼 처음부터 시작해보죠. 고등학교 때 루시는….

니나: 미안해요, 잠깐만 멈출 수 있어요?

벤: 왜죠?

니나: 잠깐…. 시간이 필요해서요.

니나는 인터뷰를 하며 자주 긴장한 모습을 보였습니다. 흔한 일입니다. 잘 알지 못했더라도 아는 사람의 살인 사건에 관해 이야기한다는 건 쉬운 일이 아닙니다.

하지만 본격적으로 인터뷰를 시작하면서, 니나의 진술에 일관성이 부족하다는 생각이 들기 시작했습니다. 스테파니 간츠가 한 얘기를 다시 들어보시죠.

벤: 이 졸업 앨범을 찾았습니다. 니나와 사바나도 있는 것 같아요.

스테파니: 아, 네. 3학년 때 앨범 같은데요?

벤: 두 사람은 같이 학생회에 있었죠?

스테파니: 네.

벤: 듣기로는 두 사람이 서로를 잘 몰랐다고 하던데.

스테파니: 그건 아니에요. 물론 친하진 않았죠. 1학년 때인가? 두 사람이 남자 때문에 싸운 적이 있었거든요. 전 그런 건 질색

이었지만, 아직 어렸잖아요.

벤: 알겠습니다. 그래서, 두 사람이 서로를 싫어했다는 거죠?

스테파니: 그렇게 심하지는 않았지만, 맞아요. 둘은 딱히 서로를 좋
아하진 않았어요. 신입생 때 좀 일이 있었거든요.

벤: 무슨 일이 있었는데요?

스테파니: 그냥…. 말했듯이, 남자애가 한 명 있었어요. 제 생각엔
새비가…. 니나한테 살짝 못되게 굴었던 것 같아요. 뭐. 그
때 우린 열네 살이었으니까요.

벤: 루시는 니나와 사바나 사이에 그런 일이 있었다는 걸 알고 있었
나요?

스테파니: 분명 알았을 거예요. 그땐 니나랑 제일 친했으니까.

벤: 이후에 루시가 사바나와 그렇게 친해졌다는 게 이상하다고 생각
하진 않았나요?

스테파니: 아뇨, 그땐 우린 전부 성인이었어요. 어렸을 때 있었던 일
을 못 잊으면, 평생 화내면서 살아야 하잖아요, 안 그래
요?

벤: 니나는 어떻게 생각하던가요?

스테파니: 음…. 약간 못되게 말한 적은 있을 거예요.

벤: 그러니까 니나는 어렸을 때 새비에게 원한이 있었던 거네요?

스테파니: 아마도요. 네.

39

내 모든 책에 살인자라는 리뷰가 달리는 데는 겨우 세 시간밖에 걸리지 않았다. 이제 내가 쓴 달달한 가짜 데이트 로맨틱 코미디 책의 리뷰를 보러 스크롤을 내리면, 가장 먼저 보이는 문장은 이랬다. '이 책의 작가는 루시 체이스입니다. 가장 친한 친구를 죽인 살인자예요.'

정말 유감스러운 일이 아닐 수 없다.

벤은 인터뷰가 끝난 뒤 할머니 집을 나오는 나를 걱정스러운 표정으로 쳐다봤지만, 그의 감정을 신경 쓸 에너지 따윈 없다. 따지고 보면 이건 전부 벤 때문이니까.

나는 몇 번이고 내 차로 벤을 밀어버리는 상상을 했다. 그걸 행동으로 옮기지 않은 것만 해도 칭찬받아야 할 일이었다.

나는 곧바로 니나의 집으로 향했다. 말도 없이 집에, 특히 아이들이 있는 집에 쳐들어가는 건 무례한 짓이지만, 지금 나는 제정신이 아니었다.

니나는 당연하게도 화난 표정으로 문을 열었다. 이게 날 초대한 대가다. 이런 게 싫었으면 내게 어디 사는지 알려줘서는 안 됐다.

니나는 운동복 차림에 머리카락을 제멋대로 올려 하나로 대충 묶은 채였다. 그러고는 서 있는 것만 해도 힘들다는 듯 머리를 문에 기댔다.

"오늘 정말 거지 같은 날이었거든, 루시?" 니나가 말했다.

'**두 사람이 고등학생 때 친했다는 건 알아. 하지만 맹세하는데, 그 앤 나쁜 년이야.**' 머릿속 새비가 무례하게 말한다. 나는 그 말에 조금 반발했다. 가끔 냉정하게 굴 때도 있었지만, 사실 정말 착한 애였다고.

"난 지난 5년이 거지 같았어. 그러니까 10분만 시간 내줄래?" 내가 대답했다.

니나는 한숨을 내쉬며 애니메이션이 흘러나오는 TV 쪽을 흘긋 넘겨본다. 니나의 아이들이 소파에 앉아 TV를 보고 있었다. 니나는 현관에서 걸어 나와 등 뒤로 문을 닫았다.

"난 벤이랑 더는 인터뷰 안 해." 니나가 말했다. "몇 시간 전에 안 한다고 메시지 보냈어."

"현명한 선택이네."

니나가 의심스러운 눈길을 보냈다. "그게 무슨 뜻이야?"

"앞으로 네가 나 대신 바람피우고 거짓말하는 창녀 살인자 역할을 맡게 될 테니까, 인터뷰해 봐야 좋을 게 없다는 말이야."

니나는 얼굴이 창백해져서는 말을 더듬었다. "너··, 너 내가 새비를 죽…, 죽였다고 생각하는 거 아니지?"

그렇게 생각하지 않지만, 나는 어깨를 으쓱했다.

"매트랑 내 일은…."

"신경 안 써."

"일부러 그런 게 아니야. 나랑 전남편은 맨날 싸웠고, 매트가 그 얘기를 들어준 것뿐이었어."

"진심이야. 난 신경 안 써. 예전 같았으면 아니었겠지만, 지금은 그런데 쓸 에너지 따윈 없어. 줄리아에게 들은 얘기가 있어서 그런데, 너도 그쯤에서 그만두는 게 좋을 거야."

니나가 지친 듯한 표정으로 문에 몸을 기댔다. "난 몰랐어. 매트랑 나는 잠자리 상대 그 이상도 이하도 아니었으니까 싸울 일도 없었고…." 니나가 힘겹게 마른 침을 삼킨다. "내가 멍청했지."

"매트랑 결혼한 나는 어떻고."

니나가 잠시 내 눈을 보더니 빠르게 시선을 피했다. 내 말에 무언가 대답하려는 것 같았지만, 분명 말을 삼키는 듯했다.

나는 니나가 또 어떤 비밀을 삼키고 있는 것일지 궁금했다.

"콜린이랑도 만났어?" 내가 물었다.

"플럼튼에 콜린 던이랑 안 만난 여자도 있어? 네 어머니도 걔랑 잤잖아."

"하지만 넌 콜린이 새비랑 사귈 때 만난 거 아니야?"

"아니, 그 전이야. 하지만 콜린이랑 새비가 서로에게 충실했던 게 아니라는 건 우리 둘 다 알잖아." 니나가 눈썹 한쪽을 치켜세웠다. "내 기억이 맞다면, 새비는 콜린보다 다른 사람을 더 많이 만나고 다녔어. 그 팟캐스트에서는 왜 그런 얘기를 편할 대로 빼고 말하는지 모르겠네."

새비는 마치 모욕을 당한 것처럼, 과장되게 화난 척 입을 떡 벌리며 현관에 나타났다. '잠깐, 내가 걸레였다고 말하고 싶은 거야? 그러니까 내가 말했잖아, 나는 항상 저년이 싫었다니까.'

"그 결혼식 날 밤에는 왜 매트를 보러 간 거야?" 나는 새비를 무시하며 물었다.

"취해서 그랬어. 멍청한 짓이었고."

나는 설명을 기다리지만, 니나는 말을 잇지 않았다.

'분명히 말하는데, 난 네 남편이랑 절대 잔 적 없어. 난 네 친한 친구이기도 하고, 년 남자 보는 눈이 끔찍하게 낮으니까.' 새비가 말했다.

"네가 나한테 그런 말을 한다고?"

나는 내가 그 말을 큰소리로 했다는 사실을 뒤늦게 깨달았다.

니나는 얼어붙더니 조금 전 내가 상상 속 친구에게 소리친 곳을 느릿하게 돌아봤다.

"너… 괜찮아?" 니나가 주저하며 물었다.

얼굴이 붉어졌다. "괜찮아. 그래서 그날 밤에 취해서 매트랑 뭘 하려고 했는데?"

"난…," 니나가 한숨을 쉬며 한 손으로 머리를 짚는다. "그날 밤 너희 둘이 결혼식에 갔다는 건 알고 있었어. 그래서 한바탕 소란을 피우려고 했어. 내가 매트랑 자는 사이라는 걸 너도 알게 하려고. 매트가 계속 너랑 말로만 헤어지겠다고 해서, 난 강제로라도 그렇게 만들려고 했어. 그래서 매트 집에서 기다린 거야."

"매트가 온 후에는 어떻게 됐는데?"

"내가 너는 어디 있냐고 물었는데, 갑자기 나보고 집에 돌아가라고 소리를 질러대더라고. 아마 내가 뭘 하려고 했는지, 왜 자기

집 앞에서 기다리고 있었는지 이미 알고 있었던 것 같아. 그래서 난 그냥 미안하다고 하고 갔어."

"매트 옷차림 같은 게…. 그러니까, 흐트러져 있었어? 흙 같은 건?"

니나가 한 걸음 물러서더니, 이 대화에서 도망갈 준비를 하듯 한 손을 문고리에 올렸다.

"매트는 새비를 안 죽였어. 난 매트를 알아. 그럴 사람이 아니야."

내가 한쪽 눈썹을 치켜들었다. "매트를 그렇게 잘 안다면서 자기 아내를 패고 있다는 건 몰랐어?"

니나는 표정이 굳더니 아무 말도 하지 않았다.

"대체 왜 모두들 그렇게나 매트를 변호하려고 하고, 모두가 갑자기 날 살인자라고 생각하게 된 거야?"

"우선, 매트는 새비 피를 뒤집어쓰고 있지 않았어. 그리고 난 그 팟캐스트에 나가서 널 변호했어."

"알아. 우리가 친구여서 그런 줄 알았는데, 이제 보니 매트랑 그런 사이라는 죄책감 때문에 그랬던 것 같네. 내 말 맞지?"

"엿이나 먹어, 루시." 니나가 집 안으로 들어가며 문을 쾅 닫았다.

40

벤은 우리가 한 침대에 있던 장면을 페이지가 봤다는 걸 전혀 신경 쓰지 않는 것 같았다. 왜냐하면, 그날 밤 벤은 나를 다시 호텔로 불렀고, 난 현명한 선택을 하려는 척마저 그만뒀기 때문이다.

나는 벤의 호텔 방으로 들어가기 전에 주위를 흘긋 살폈다. 아무도 없었다.

"페이지한테 열쇠 다시 받았어요." 벤이 부엌으로 걸어가며 말했다. 얼음이 든 잔 두 개가 조리대 위에 놓여있다. 술을 따르려고 준비해 둔 모양이다.

"그건 그냥 우리가 계속 자는 사이라는 걸 인정하는 거나 다름없잖아요."

"알아요. 페이지는 내가 누굴 만나든 상관 안 해요."

"벤, 우리가 만나는 사이는 아닌 것 같은데요."

벤이 위스키를 따르다 멈칫하고는, 나를 보며 한쪽 눈썹을 치켜세웠다. "책들은 괜찮아요? 그러니까, 당신 책들이요."

"엄청나게 많이 팔리거나 커리어가 완전히 망가지겠죠. 어느 쪽일지 기대하고 있어요."

벤은 움찔했지만, 사과하지는 않았다.

내게 자존감이 조금이라도 있었다면, 그대로 그 방을 나왔을 것이다. 내 삶과 내 친구의 살인 사건을 이용해 팟캐스트를 만들고, 그 광고비를 받는 남자와 몸을 섞지는 않았을 거다.

나는 자존감이 없는 모양이다. 나는 그대로 거실로 걸어가 소파에 앉았다. 테이블 위에 놓인 종이들 사이에서 내 이름이 눈길을 사로잡았다. 나는 몸을 앞으로 기울여 종이를 바르게 돌렸다. 에피소드의 개요를 적어둔 글이었다. 엄마 이름이, 니나의 이름이 보인다. 벤이 깔끔한 글씨체로 대사 몇 줄을 써 놓았는데, 한 문장이 눈에 띄었다.

'루시는 새비를 죽일 생각은 없었던 것 같습니다. 하지만 저는 루시가 자신이 한 행동에 충격을 받아 정신이 무너진 나머지 기억이 사라져버린 거라고 생각합니다.'

나는 위스키 잔을 들고 내 옆에 선 벤을 올려다봤다.

"내가 했다고 생각하는 거네요?" 질문이 아니었다.

벤의 시선이 재빠르게 종이로 향했다. 내가 이 종이를 보길 원했던 건지는 알 수 없다. 보통 내가 있을 때는 깔끔하게 증거들을 치워두니까.

"그냥 가능성 있는 결말 중의 하나일 뿐이에요." 벤이 말했다.

나는 벤에게서 잔을 받아 들었다. 묵직하다. 이걸로 머리를 내려친다 해도 죽지는 않겠지만, 그래도 미친 듯이 아프긴 할 거다.

나는 보던 종이를 옆으로 치우고 그 뒤에 있던 종이를 봤다. 벤의 말은 사실이었다. 가능성 있는 결말 중 하나일 뿐이었다. 매트가 새비를 죽였다는 문장과 함께 뚜렷한 확신이 없는 결말도 써놓았다.

오직 내 얘기만 자세했다. 다른 결말들은 고작 두세 개의 문장만 쓰여 있을 뿐이다. 내가 범인인 결말은 한 페이지를 채웠다.

"내가 했다고 생각했군요." 내가 다시 말했다.

왜 실망스러운 마음이 드는지 이해할 수 없었다. 벤이 내 편이라고 생각한 적도 없는데.

벤은 테이블 맞은편 의자에 앉아 몸을 앞으로 기울이며 술잔을 내려놨다. "아직 완전히 결론 낸 건 하나도 없어요."

"벤…"

"아직 조사 중이에요." 벤이 잠시 침묵했다. "그건 당신이 여기와서 인터뷰하기 전에 썼던 결말이에요."

나는 술을 쭉 들이켰다. 목이 타는 듯했다. 그러고는 테이블에 잔을 지나치게 세게 내려놓았다. 안에 있던 술이 튀면서 미래의 팟캐스트 대본에, 완벽할 만큼 깔끔한 벤의 글씨 위에 여기저기 스며들었다.

"그럼 지금은 생각이 바뀌었어요?"

벤은 망설였다. "이전에도 결론을 내린 건 아니었어요. 지금도 마찬가지고."

현재로서 내가 바랄 수 있는 건 이게 최선인 것 같다.

"당신도 진실을 전부 말해주지 않잖아요." 벤이 한쪽 눈썹을 들어 올리며 말했다.

나는 그냥 벤을 쳐다보기만 했다. 벤의 말이 맞기 때문이다.

"당신과 매트의 결혼 생활뿐만이 아니에요." 벤이 말한다. "다른 것들도 말하지 않았죠. 당신 인터뷰가 내일 방송돼요. 난 당신이 범인이라고 생각하고 싶지 않지만, 아직도 의문이 있어요. 당신은 답하기 싫거나, 답하지 못하는 것 같지만."

나는 고개를 들어 벤이 술을 한 모금 마시는 모습을 바라봤다. 침묵이 이어지며 내가 자신의 질문에 답하지 않으려 한다는 벤의 주장을 증명했다. 결백한 사람이라면 서둘러 벤에게 그걸 증명하려 했을 것이다.

"내가 범인일 가능성이 있다고 생각한다면, 내가 당신도 죽일까봐 걱정되지는 않아요?"

벤의 눈에 무언가가 번뜩였다. "아뇨, 딱히."

"딱히?" 나는 남은 술을 전부 마셨다. 정말 잘못된 선택이었다. 지금은 누구도 취해선 안 된다. 특히 나는. "지금 이것도 팟캐스트에 나오는 건 아니죠? 우리가 어떻게 잤는지 모두한테 말하면서 끝낼 거예요?"

"세상에, 아니에요, 그럼 난 정말 끔찍한 사람이 될 거라고요."

"역시 자기 생각밖에 없군요." 내가 감정 없이 웃었다.

"그리고 당신에게 절대 그런 짓은 안 해요." 벤이 진심을 담아 말했다. 나는 내가 벤을 믿는 건지 알 수 없었다.

벤이 라임을 자르던 부엌 조리대에 칼이 놓여있었다. 나는 그 칼을 집어 그의 가슴에 찔러 넣는 상상을 했다. 찌르고, 또 찌르는 상상을.

'퇴마사처럼 찔러버리자!' 새비는 즐거운 듯 소리쳤다.

구석에 있는 조명도 벤의 머리를 내려치기에 적당히 묵직해 보였다. 내게 근력만 있다면 손가락 근처에 있는 펜으로도 그의 목을 찌를 수 있을 것이다.

아니면 오늘 밤 벤이 잠들었을 때 베개로 질식시킬 수도 있다.

'재미없어-' 새비가 노래하듯 말했다.

"루시." 벤이 나를 응시하며 몸을 내 쪽으로 기울였다. "나랑 할 때, 무슨 생각 해요?"

내 이성이 뚝 끊겼다.

"당신을 죽이는 상상이요."

벤 오웬스의 거짓말에 귀 기울일 것

Episode 7
루시의 진실

제가 루시를 처음 만난 건 플럼튼의 한 식당이었습니다. 전 루시를 기다리고 있었죠. 루시는 저를 보고 몹시 놀란 눈치였습니다.

이 모든 걸 계획한 건 루시의 할머니 베버리였습니다. 전 베버리의 집에서 루시를 만나는 게 어떨지 제안했지만, 베버리는 식당에서 만나는 게 더 나을 것 같다고 말씀하셨죠.

베버리: 내 집에서 루시를 습격하지는 말자고요. 식당은 공공장소잖아요. 루시가 원하지 않으면 그냥 차로 돌아갈 수 있는 선택지는 줘야죠.

루시는 그러지 않았습니다. 사실 루시는 바로 제 쪽으로 걸어와 맞은편에 앉았고… 뭐, 솔직히 말하면 딱히 친절하지는 않았습니다.

하지만 제 생각과는 달리 적대적인 태도는 아니었죠.

루시가 식당에 들어오는 순간 쉽게 알아볼 수 있었습니다. 그녀는 사진과 거의 비슷했습니다. 사진보다 조금 더 말랐고, 인터넷에 돌아다니는 사진들에서 보이는 이미지와는 달리 잘 웃었습니다.

하지만 그녀의 존재감은 미처 예상하지 못한 것이었습니다. 루시는 키가 크고, 사람들이 모두 자신을 보고 있는 걸 안다는 듯 행동합니다. 식당에 들어올 때도 그랬죠. 사람들이 쳐다볼 걸 알지만, 신경 쓰지 않는다는 태도로요.

루시가 이 사건을 어떻게 생각하는지, 무슨 생각을 하는지 짐작하는 건 아주 힘듭니다. 루시는 정말, 정말 방어적이기 때문이죠. 마치 머릿속에서 미리 답변을 연습하는 듯 질문에 답하는 데 시간이 걸릴 때가 많습니다.

지금까지 루시는 단 한 번도 인터뷰에 응하지 않았습니다. 사바나가 죽은 직후 기자들과도 인터뷰하지 않았고, 플럼튼 주민들이 자신을 살인자로 생각했을 때도 아무 말도 하지 않았죠. 지난 5년간 수많은 기자들이 그녀에게 연락해 사바나에 대한 진실 한 조각이라도 얻으려 했지만, 그녀로부터 아무런 대답도 듣지 못했습니다. 저 역시 몇 개월 동안 계속 이메일을 보냈지만, 답장은 한 번도 받지 못했습니다.

루시가 왜 마음을 바꿨는지는 모릅니다. 베버리는 그냥 자신이 부탁했기 때문이라고 말했죠.

하지만 어쨌든 인터뷰는 진행됐습니다. 처음으로, 사건에 대한 루시의 입장을 들어보시죠.

벤: 절 엄청 경계하는 것 같네요.

루시: 제가 당신을 어떻게 생각하는지가 얼굴에 드러나는 것뿐이에

요, 벤.

잠시 여기서 루시가 아주 냉소적인 사람이라는 것, 심지어 진지하거나 심각한 상황에서도 엉뚱한 반응을 보인다는 것을 먼저 설명해 두겠습니다.

하지만 루시의 말은 진실입니다. 루시는 늘 저를 의심하죠. 제 생각엔 모든 사람을 의심하는 것 같지만, 그중에서도 저를 가장 의심스럽게 생각합니다.

벤: 플럼튼에 돌아온 지 얼마나 됐죠? 일주일 정도?

루시: 네.

벤: 돌아오니 어때요?

루시: 끔찍하죠.

벤: 왜죠?

루시: 날은 덥고, 모두 제가 제 친구를 죽였다고 생각하니까요. 사실, 이제는 어디서든 누구나 제가 새비를 죽였다고 생각하기는 하지만, 여기선 실제로 사람들이 절 알아보거든요.

벤: 그날 일을 말해주실래요? 기억나는 만큼?

루시: 네. 토요일이었고, 매트가 기분이 안 좋아서 저도 일찍 깼어요. 매트가 시끄럽게 쿵쿵거리며 돌아다니고 있었죠.

벤: 왜 기분이 안 좋았는지 기억하세요?

루시: 아뇨. 아마 또 사소한 것 때문이었겠죠. 매트는 항상 화가 나 있었거든요.

벤: 싸운 건가요?

루시: 아뇨, 딱히. 그때 매트랑 저는 이미 사이가 많이 멀어져 있어서, 늘 적대감이 조금씩 흐르고 있었어요. 하지만 그날은 서로

소리 지르거나 그러지는 않았죠.

아무튼, 그 결혼식 전날 밤에는 별일 없었어요. 그냥 돌아다니고, TV도 보고, 집 청소도 했죠. 그리고 5시쯤에 결혼식장으로 갔어요. 이게 끝이에요. 그날 밤에 대해 기억나는 건 이게 다예요.

벤: 콜린 말로는 당신이 그날 결혼식장에 도착해 걸어 들어간 기억이 있다고 했다가 이후에 그 기억이 잘못된 걸 깨달았다고 하던데요.

루시: 다른 사람들이 말해준 정보로 기억을 만들어낸 거죠.

벤: 이후에도 그런 적이 있나요?

루시: 아뇨. 어쨌든 그 일 때문에 그날 기억을 떠올리려고 노력하는 걸 그만뒀어요.

벤: 그만뒀다고요?

루시: 네. 제 기억을 믿을 수 없게 됐으니까요.

벤: 매트와 함께 결혼식장으로 출발한 기억 다음에 기억나는 건 뭔가요?

루시: 갓길을 걷고 있던 거요. 트럭에 탔던 그 남자가 제게 괜찮은지 물어봤어요.

벤: 어디로 가고 있었던 거죠? 기억나요?

루시: 새비를 만나야 한다고 생각했던 것 같아요. 트럭에 탄 남자를 보면서, "무슨 소릴 하는 거지? 난 그냥 새비 차로 가고 있는 건데"라고.

벤: 온몸에 피가 묻어있었다는 건 인지하고 있었나요?

루시: 흙이라고 생각했어요. 계속 내려다보면서 옷이 왜 이렇게 더러운 건지 혼란스러웠죠.

벤: 옷에 묻은 게 사바나의 피라고 했을 때, 어떻게 반응했죠?

루시: 심하게 충격 받았죠. 진정제를 맞아야 했어요.

벤: 그때 사바나가 죽었다는 사실을 알고 있었나요?

루시: 저한테 말해줬던 것 같은데, 받아들이지는 못했어요. 믿을 수가 없었거든요.

벤: 머리를 다쳐서 인가요, 아니면….

루시: 말이 안 돼서요. 제 마지막 기억은 매트와 함께 집을 떠난 거니까요. 12시간 전이 아니라 5분 전 같았어요.

벤: 경찰이 바로 와서 당신을 조사했나요?

루시: 몇 시간쯤 후에요. 왜 길가에 있었는지 물어봤었는데, 전 이해를 못 하고 있었어요. 그래서 계속 "새비는 어딨어요? 새비는 어딨어요?"라고 묻기만 했죠.

벤: 이해를 못 했다고요?

루시: 그러니까, 그 순간에 저는 제가 어디에 있는지, 뭘 하고 있는지 몰랐어요. 머리를 다쳤으니까요. 제가 새비를 죽였다면 새비가 어딨는지는 왜 물어봤겠어요? '제가 새비를 해쳤어요'나 '죄송합니다'라고 말하지 않았을까요? 의식도 완전하지 않았는데? 제가 무슨 짓을 했는지 말하지 않았을까요? 모르겠어요. 그냥 저 자신을 위로하려고 이런 생각을 하는 걸 수도 있죠.

벤: 위로라면, 스스로 사바나를 죽이지 않았다고 생각하려는 건가요?

루시: 네.

벤: 확신을 못 해서요?

루시: 확신할 수가 없죠. 그날 밤 기억이 없으니까요. 전 새비를 정말 아꼈고 새비를 다치게 하는 건 상상도 못 할 일이지만, 모든 사람이 제가 범인이라는 걸 너무 확신하고 있었어요. 그래서 혹시 내가 정신을 잃고 그런 건 아닐까? 내게 정신병이 있었

던 거면 어떡하지? 정신병이 있으면 그걸 자각할 수 있나? 하는 생각을 안 할 수가 없어요.

벤: 저는…. 잘 모르겠네요.

루시: 그냥 한 말이에요, 벤.

(웃음소리)

벤: 당신 팔에 난 상처와 사바나의 손톱 밑에서 당신의 피부 조직이 발견된 건 어떻게 설명할 수 있을까요? 사바나의 팔에 있던 멍이 당신 손가락 모양과 일치하는 건요?

루시: 모르겠어요. 기억이 안 나요.

벤: 두 분이 이전에 폭력 사건에 휘말린 적이 있나요?

루시: 전혀 없어요.

벤: 하지만 이전에 폭력 사건이 있었다고 들었는데요. 로스 일로요. 다른 사람이 또 있었나요?

루시: 아뇨, 걔뿐이에요. 전 아직도 걔 맞을 만했다고 생각해요.

벤: 사바나는 어떤가요? 사바나가 누구랑 싸우거나 폭력 사건과 관련된 적이 있었나요?

루시: 제가 아는 한은 없어요. 사실 상상이 안 돼요. 새비는 정말 착하고 현실적인 사람이었어요. 그러니까, 이미 여기 나온 사람들한테 많이 들었잖아요. 모두 새비를 좋아했어요. 새비는 누굴 해칠 사람이 아니에요.

41

벤은 자신을 죽이는 상상을 한다는 내 말에도 딱히 걱정하지 않는 눈치다.

사실, 별로 놀라지도 않은 것 같았다.

벤이 고개를 들었지만, 아무 표정이 없었다. "날 죽이는 상상을 한다고요?" 질문이 아니라 내 말을 다시 담담히 읊조리는 것이었다.

"항상 그런 생각을 해요."

왜 절대 말하면 안 될 사람에게 내 비밀을 털어놓고 있는지 알 수 없었지만, 어쨌든 돌이킬 수는 없다. 벤은 내게 진실을 듣고 싶다고 했다. 그 비밀 중 하나가 이거다. "모든 사람을요. 난 모두를 죽이는 상상을 해요."

"그럼 어떤…" 벤이 자세를 고치더니, 잠깐 멈칫했다. 나는 벤의 시선이 문 옆에 있는, 마이크가 들어있는 가방을 재빨리 스치는 것을 알아차렸다. 내게 이 얘기를 녹음해도 되는지 묻고 싶은 것이다.

하지만 벤은 묻지 않았다. 내가 거절할 것을 잘 알고 있어서다.

"내 의지와는 상관없이 떠올라요. 멈출 수가 없어요. 무기를 고르고, 사람들을 죽이는 상상을 하죠."

"무기를 고른다라⋯."

"주위에 있는 거면 뭐든지요. 아주 창의적이죠."

벤의 입술이 뒤틀린다. 흥미일 수도, 두려움일 수도 있다.

"여기선 어떤 무기를 골랐죠?"

"처음엔 술잔이었어요." 내가 술잔을 가리켰다. "하지만 저걸로는 당신을 못 죽일 거예요. 그래서, 다음은 칼을 생각했죠. 그다음은 램프."

"램프?"

"머리에 내려칠 수 있잖아요."

"당신이 저걸 내려치기엔 너무 무거운 것 같은데요."

"늘 현실적이진 않아요."

"그렇군요."

"그다음은 베개로 질식시키는 거예요. 나중에. 당신이 잠들었을 때."

이 말을 듣자 벤의 무표정에 금이 갔다. 벤은 천천히 숨을 들이쉬었다.

"그건 현실적이네요." 벤이 불편한 목소리로 말했다.

"아닐 수도 있죠. 일어나서 저를 막을 수도 있잖아요."

벤이 한쪽 눈썹을 치켜세웠다. "어쩌면요."

"당신이 일어나기까지 얼마나 걸릴지에 따라 다르겠죠."

"그리고 당신 힘이 얼마나 센지에 따라서." 벤은 알 수 없는 눈빛으로 나를 바라봤다. 그러다 벤이 의자에서 살짝 몸을 움직인 순간, 나는 눈빛의 의미를 알아차렸다. 벤은 흥분한 거다.

나는 자리에서 일어나 벤에게 다가갔다. 그러고는 원피스를 끌어 올리고 다리로 벤의 허리를 감싸며 무릎 위에 앉았다.

나는 두 손을 벤의 목에 둘렀다.

"아니면 지금 당장 목을 조를 수도 있어요."

벤은 내 눈을 마주 보며 숨을 헐떡였다.

나는 목에서 한 손을 떼 벤의 바지 지퍼를 내렸다. 나는 내 속옷을 한쪽으로 젖히고 허리를 들어 올렸다가 내려앉았다. 벤의 것이 내 안으로 들어오자, 벤은 숨을 삼켰다.

나는 다시 벤의 목에 두 손을 얹고 조금 세게 힘을 줬다.

그러고는 몸을 기울여 벤의 귓가에 입술을 붙인 채 속삭였다. "페이지한테 열쇠를 다시 받았다면서요. 당신 시체가 발견될 때까지 얼마나 걸릴 것 같아요?"

벤은 목이 졸린 채 신음을 흘렸다. 나는 허리를 움직이며 목을 쥔 손에 더 힘을 줬다.

"괜찮은 결말 아닌가요? 당신이 팟캐스터로서 무죄 판결을 내릴 거라고 모두가 생각했던 여자한테 살해당하는 거? 당신은 영원히 기억될 거예요. 사건을 해결했지만, 범인과 섹스하다가 살해당한 남자로."

나는 몸을 뒤로 젖히고 벤을 쳐다봤다. 그의 얼굴은 벌겋게 달아올라 있었다.

'**더 세게, 더 세게!**' 새비가 응원하듯 소리친다.

벤의 몸이 움찔하더니 숨 막힌 신음이 새어 나왔다. 그러고는 잠잠해졌다.

나는 천천히 벤의 목을 놓았다.

벤은 긴 숨을 내뱉었다. 그는 잠시 천장에서 눈을 떼지 못한 채 숨을 거칠게 몰아쉬었다.

그러다 마침내 나와 시선을 마주쳤다. 얼굴은 여전히 붉어진 채였다.

나는 몸을 앞으로 기울였다. 입을 열자 내 입술이 벤의 입술을 스친다.

"어쩌면 이따 저녁에 당신을 죽일 수도 있겠네요."

벤은 미소를 지었다.

42

다음 날 저녁 아래층으로 내려갔을 때, 엄마는 옆에 있는 벽에 목발을 기대둔 채 부엌 식탁에 앉아 있었다. 뒷문 쪽으로 해가 빠르게 지고 있었지만, 불을 켜놓지 않아 어두웠다. 유일하게 밝은 곳은 엄마의 핸드폰 불빛이 비치는 곳뿐이다. 핸드폰에서는 벤의 목소리가 흘러나오고 있었다.

엄마가 나를 올려다보더니 재빨리 팟캐스트를 껐다. 나는 문에 달린 고리에서 내 가방을 집었다.

"밤마다 어딜 가는 거니?"

"별로 알고 싶지 않을걸요."

엄마는 입을 꾹 다물고는 잠시 생각하더니 고개를 끄덕였다.

"정말 나한테 말도 없이 책을 세 권이나 낸 거야?"

"엄마는 비밀 잘 못 지키잖아요."

엄마가 크고 짧은 웃음소리를 냈다. 내 말에 동의하지 않는다는 의미인 것 같다.

"어차피 엄마는 안 좋아할 거예요."

"왜?"

"엄마는 문학이 아니면 쓰레기라고 생각하잖아요. 그 책들은 문학이 아니에요."

엄마는 코웃음을 쳤다. "이젠 책을 거의 안 읽긴 해도, 시간이 있으면 좋은 문학을 읽고 싶지. 그게 잘못은 아니잖아?"

"문제라고 한 적 없어요." 나는 이렇게 말하고 싶었지만, 하지는 않았다. 엄마는 마치 내 마음을 읽기라도 한 듯 눈을 가늘게 떴다.

"니나 에피소드 들었어?"

"네."

"그 불쌍한 애한테 그러면 안 돼." 엄마의 목소리가 살짝 갈라졌다.

"전 니나한테 아무 짓도 안 해요. 벤이 저한테 팟캐스트에서 무슨 말을 할지 알려주는 것도 아니고요." 거짓말이었지만, 벤이 니나에 관해서 나와 상의하지 않았다는 건 사실이다.

"니나가 범인이라고 암시하고 있잖아."

"벤이 그렇게 암시하는 사람은 많아요. 니나한테만 그러는 건 아니에요."

"매트는 그럴만해." 엄마의 단호한 목소리에, 나는 약간 감동했다. 엄마가 그 일에 신경을 쓸 줄은 몰랐다. "네 아빠랑 나도… 어쩌면 그럴만해. 콜린은 멍청해서 신경도 안 쓸 거고."

"맞아요."

"하지만 니나는 그렇게 공개적으로 공격받을 필요는 없잖아. 새비를 좋아하지 않았다는 게 어때서? 팟캐스트에 나온 사람들이 말하는 여자애는 실제 새비와 전혀 다르잖아. 새비가 그렇게까지 착한 애였던 건 아니었는데."

나는 아무 말도 하지 않았다. 엄마 말이 사실이기 때문이다. 새비는 다정할 때도 많았지만, 그렇지 않을 때도 많았다. 고등학생 때는 특히 더.

"니나는 아이가 둘이나 있어. 내가 보기엔 정말 개자식이었던 전남편보다 훨씬 나은 남자친구도 있고. 니나는 이렇게 고통받을 만한 짓은 하지 않았어."

"그럼 나는요?"

엄마의 시선이 나를 향한다. 대답을 듣지 않아도 알 것 같았다.

"벤이 자기 팟캐스트에서 멍청한 말을 하는 걸 내가 막을 순 없어요. 그냥 한두 회만 더 기다려 봐요. 아마 마지막엔 내가 범인이라고 말하고 마무리할 테니까."

엄마가 눈썹을 치켜세웠다. "뭐라고?"

"벤은 내가 새비를 어떻게 죽였는지 자기 가설을 요약해서 이미 원고를 다 써 놨어. 이건 그냥…. 모르죠. 벤은 여러 각도로 사건을 보고 있는 거예요. 아니면 그냥 광고비를 최대한 뽑아내려고 하는 걸 수도 있고."

"하지만 어쨌든 니나를 범인으로 지목하고 있는 거 아니야?" 엄마는 진심으로 화를 냈다.

"그게 엄마가 화나는 부분이라니 놀랍네요." 나는 건조하게 말했다.

"제발, 루시. 그만 좀 해. 벤한테 결정적인 증거라도 있어?"

그 가능성을 생각하자 가슴이 답답해졌다. 증거가 있었다고 해도, 벤이 나에게 그 사실을 말했을까? 그럴 것 같지 않다. "몰라요. 그럴 것 같지도 않고."

엄마는 긴 숨을 내쉬었다. "그래. 좋아. 중요한 건 그거야. 벤이 뭔가 새로운 걸 찾아내지 않는 한 널 고발할 수는 없어."

나는 엄마가 왜 늘 내가 범인이라는 걸 그렇게나 확신하는지 물으려 입을 열었다. 지난 몇 년간 나는 이 질문을 하지 않았다. 전에 물었을 때는 그냥 소리를 지른 거라 제대로 된 질문이라고는 할 수 없었다. 그땐 답을 기대한 것도 아니었다.

나는 입을 다물었다. 이유를 알고 싶지 않았다. 엄마가 나를 낮게 평가하는 건지, 아니면 정말 뭔가를 알고 있는 건지 알고 싶지 않았다. 생각만으로도 구역질이 났다.

나는 몸을 돌려 빠르게 집 밖으로 나갔다.

벤 오웬스의 거짓말에 귀 기울일 것

Episode 7
루시의 진실

벤: 매트와 하퍼 부인 말에 따르면, 사바나가 죽은 직후 당신의 아버지가 당신 일에 극도로 방어적인 태도를 보였다고 하던데요. 자신이 없는 곳에서는 사람들이 당신과 말도 못 섞게 했다고 들었어요. 맞나요?

루시: 네. 제 방을 떠나질 않았어요. 제가 좀 나가달라고 해도요.

벤: 그 이유를 아시나요?

루시: 네. 제가 새비를 죽였다고 생각해서죠. 그래서 절 지키려고 했던 것 같아요.

벤: 그걸 직접 당신에게 말했어요? 당신이 새비를 죽였다고 생각한다고?

루시: 그렇진 않아요, 하지만 아빠가 그렇게 생각했다는 건 분명했죠. 아빠는…. 잠시만요, 확실히 정리 좀 할게요. 아빠는, "나

342

는 무슨 일이 일어났는지 알고 싶지 않아, 그냥 내가 네 편이
란 걸 네가 알기만 하면 돼"라고 말했어요. 그리고 "갑자기 무
언가가 떠오르면, 나한테 말하기 전에는 다른 사람에게 한마
디도 하면 안 돼"라고도 했죠.

벤: 당신은 어떻게 반응했죠?

루시: 혼란스러웠고, 솔직히 엄청 충격받았어요. 왜 아빠는 제가 새
비는 물론이고 누군가를 죽일 수 있을 거라고 생각한 건지 이
해가 안 갔죠. 한편으로는 아빠가 절 지키려고 한다는 게 좋
았지만, 다른 한편으로는 왜 제 혐의를 그대로 믿어버린 건지
궁금했어요. 왜 제게, "네가 절대 그런 짓을 안 했다는 거 알
아. 넌 그런 거 못 하는 애니까"라고 말해주지 않은 건지. 부모
님 두 분 다 제게 그런 말은 안 했거든요.

벤: 사바나가 죽고 며칠 후에, 당신의 어머니가 그 사건에 대해 뭔가
아는 것처럼 행동했다는 아이비의 말을 들으셨죠? 아이비는 당
신의 어머니가 자신이 이 일을 바로잡겠다고 말했다고 했어요.

루시: 이 팟캐스트에서 그 인터뷰를 듣기 전까진 몰랐어요.

벤: 그래서, 어머니가 왜 그런 말을 했는지는 모르는 건가요?

루시: 뭔가 알고 있었다고 해도, 저한테는 말해주지 않았어요.

벤: 매트는 어떤가요? 집으로 돌아간 뒤에 당신을 어떻게 대했죠?

루시: 저를 무서워하는 것 같았어요. 그리고 제게 부모님 집으로 가
줬으면 좋겠다고 했죠.

벤: 조금 더 자세히 말해줄 수 있어요? 매트가 어떻게 행동했다는
거죠?

루시: 제 곁에 오지 않으려고 했어요. 문 옆에 서서 거의 애원하는
듯한 눈으로 절 쳐다보던 게 기억나요. 진심으로 두려워하는
표정이었어요.

벤: 당신의 남편과 부모님은 사건이 일어나자마자 당신이 사바나를 죽였다고 생각했군요?

루시: 직접 말한 적은 없지만, 맞아요.

벤: 그런 모습을 보고 어땠나요? 그러니까, 감정적으로요.

루시: 당연히 도움은 안 됐죠.

벤: 조금 더 자세히 말해줄 수 있어요?

루시: 무슨 말을 듣고 싶은데요, 벤? 정말 거지 같았어요.

벤: 그런 감정이 당신의 기억에 영향을 쳤다고 생각하나요?

루시: 무슨 뜻이죠?

벤: 콜린은 당신이 거짓 기억을 만들어냈고, 자신이 그 기억을 정정해 준 이후에 다시 이야기하러 갔을 때는, 당신이 문을 닫아버렸다고 했어요. 그 후로 아무것도 기억하지 않으려고 했다고 하던데요.

루시: 전 그런 게 아니….

벤: 기억 회복 치료 같은 걸 받은 적이 있나요?

루시: 아뇨. 그런 방법들은 논란도 많고, 그러다 거짓 기억을 만들어낼 수도 있어요. 전 그때 이미 그런 적이 있었고요. 그래서 더는 하고 싶지 않았어요.

벤: 살인 사건 이후에 어떤 일이 일어났는지 기억해 내려고 적극적으로 무언가를 한 적이 있나요?

루시: 어떤 걸 말하는 거죠? 전 정신과 치료를 받았어요. 의사 선생님에게 새비 얘기를 아주 많이 했죠. 그러다 보면 뭔가 떠오를 수도 있을 거라 생각했어요.

벤: 기억이 떠오르지 않는 이유 중에 당신이 그날 일을 기억하고 싶지 않은 것도 조금은 있다고 생각하세요?

루시: 아뇨, 전 머리를 다쳐서 그런 거라고 생각해요.

344

벤: 하지만 머리를 다치기 전 일들도 기억이 안 난다고 들었어요. 어쩌면 부모님과 남편이 당신을 곧바로 범인으로 생각한 것 때문에 트라우마가 생겨서 그런 건 아닐까요?

루시: 미치겠네, 전 모르죠. 의사한테 물어봐요.

벤: 이미 물어봤어요. 의사는 그럴 수 있다고 하던데요.

루시: 그럼 됐네요. 엄마 아빠, 덕분에 참 고맙게 됐네요.

벤: 진실을 알고 싶나요?

루시: 제가 새비를 죽였는지요? 당연하죠.

벤: 정말이에요?

루시: 그렇다니까요!

벤: 그날 당신이 사바나를 봤던 장소 중에 가본 곳이 있나요? 당신의 예전 집은요? 결혼식장은? 제가 당신과 함께 사바나의 시신이 발견된 버드 에스테이트 근처에 갔을 때, 당신은 큰 충격을 받았잖아요.

루시: 아뇨, 안 갔어요. 옛날 집 안으로도 들어가 보지 않았어요. 밖에서만 봐도 달라졌다는 게 보여서요. 결혼식장도 마찬가지예요. 결혼식이 있을 때마다 바뀌니까요.

벤: 그래도…. 기억을 되살리러 가 봤어야 하는 거 아닌가요?

루시: 맞아요.

벤: 그렇게 생각해요?

루시: 가 봤어야 했어요. 제가 왜 안 갔는지 저도 모르겠어요.

벤: 사바나의 시신이 발견된 숲은 왜 갔던 거죠?

루시: 엄마가 데리고 갔어요.

벤: 하지만 그 외 다른 곳은 안 갔고요?

루시: 엄마랑 결혼식장에 가보자는 얘기는 했지만…. 안 갔어요. 그때도 똑같은 얘길 했던 것 같아요. 어차피 결혼식이 있을 때마

다 전부 바뀌니까 소용없을 거라고.

벤: 그렇다면 당신이 기억을 떠올리는 걸 그만뒀다고 할 만하지 않나요? 그러니까, 사실 당신은 그날 밤에 일어난 일을 기억하려고 노력한 적이 없는 거잖아요.

루시: 아뇨, 절대 아니에요. 처음 며칠간은 미친 듯이 노력했다고요.

벤: 하지만 그 후로는요?

루시: 제가 그만둔 것 같네요, 맞아요. 하지만 사실을 알고 싶지 않아서 그런 건 아니에요! 생각하지 않으면 언젠가는 떠오를 거라고 생각했기 때문이죠. 어떻게 해도 뭔가가 기억나지 않으면 그렇게 하잖아요, 안 그래요?

43

"엿 같은 마이크 가지고 밖에서 만나요."

"아, 안녕, 루시. 연락 줘서 기뻐요." 벤이 전화기 반대편에서 대답했다.

나는 핸드폰을 반대쪽 귀로 옮기며 내 방문을 닫았다. "마이크 갖고 나오라고요. 10분 안에 갈게요."

"알겠어요. 그런데 왜요?"

"그 빌어먹을 결혼식장에 가보게요."

호텔 밖에서 벤과 만나 함께 차를 타고 버드 에스테이트로 갔다. 결혼식장으로 이어지는 흙길에 들어서면서부터는 차를 천천히 몰았다. 거대한 고목들이 그늘을 드리우고, 오래된 집들이 어렴풋이 보이는 그곳에는 커다랗고 하얀 천막이 설치되어 있었다.

대체 어떤 변태가 8월에 야외 결혼식을 하는 건지 이해할 수 없었다.

차를 세우고 밖으로 나서자마자 위험할 정도로 하얀 슈트를 입은 여자 한 명이 결혼식장에서 빠르게 걸어 나왔다.

"아, 안녕하세요! 5시 30분 예약 손님이세요?"

"아뇨." 내가 말했다.

여자의 미소가 살짝 옅어졌지만, 순간 시선이 벤에게 향했다. "벤! 또 보네요, 반가워요!"

"안녕하세요, 트루디." 벤은 가방을 어깨에 걸치고 한 손으로 이동식 마이크를 쥐었다. 불이 켜져 있다. 녹음이 시작된 것이다. "말도 없이 와서 미안해요."

"아, 괜찮아요. 무슨 일이에요?"

"루시랑 저랑 조금 둘러봐도 괜찮을까요? 기억이 떠오를만한 곳을 가보고 싶어서요."

트루디는 내 이름을 듣고 흠칫 놀랐다. "아. 음…. 물론이죠, 도움이 된다면요."

"지난번엔 기절했지만, 이번에는 최선을 다해서 정신 똑바로 차려볼게요." 나는 가볍게 말하려 애썼지만, 목소리가 약간 떨리고 있었다.

트루디는 내 떨림을 눈치채지 못했는지 나를 보며 인상을 썼다. "버드 에스테이트를 둘러보는 건 괜찮지만, 전 아무것도 책임 못 져요."

"고마워요, 트루디." 트루디는 못마땅한 시선으로 우리를 흘깃거리며 다시 안으로 들어갔다.

"왜 오늘 여기 오고 싶었는지 말해줄 거예요?" 트루디가 사라지자 벤이 내게 물었다.

"당신 말이 맞을 수도 있을 것 같아서요. 이미 거대한 당신 자아에 바람을 더 넣고 싶진 않은데, 아무튼요. 기억을 떠올리려고 노력하지 않았다는 당신 말이 맞아요. 그래서 온 거예요."

"내 자아는 평범한 것 같은데."

"벤, 집중해요. 그리고 우리 둘 다 그게 아닌 거 알잖아요."

벤은 눈을 굴렸다. "알았어요. 우리가 뭘 할 거냐면…." 벤이 말을 멈췄다. 트럭 하나가 굉음을 내며 올라오더니 주차장 한쪽에 섰다. 그 안에서 매트가 내렸다.

"아, 그리고 매트도 오라고 했어요." 내가 매트에게 손을 흔들며 말했다.

"지금 무슨 짓이야, 루시?" 매트가 우리 쪽으로 성큼성큼 걸어오며 말한다. "이 새끼도 올 거라는 얘긴 안 했잖아."

"그 새끼는 지금 녹음 중이에요." 벤이 마이크를 들어 올리며 말했다.

"어련하겠어." 매트가 가까이에 멈춰 서면서 내 팔에 매트의 손이 스쳤다. 나는 조금 몸을 피했다.

"도움이 될지는 모르겠는데, 루시는 저한테도 당신이 온단 얘기 안 했어요."

그 말이 매트에게 도움이 된 것 같지는 않았다.

"그날 밤에 우리가 뭘 했는지 말해줄 사람이 필요해서 그래. 아니면 그냥 의미 없이 돌아다니는 셈이니까."

"루시, 정말 괜찮겠…." 매트가 부드러운 목소리로 말을 꺼냈지만, 마이크를 흘긋 보더니 말끝을 흐렸다. 그러고는 한숨을 내뱉으며 한 손으로 머리를 짚었다. "그래, 알았어. 같이 가자."

"고마워." 나는 진심으로 말했다.

"고마워요." 벤이 마이크를 잡지 않은 손으로 가운뎃손가락을 들어 올리며 말했다.

매트는 몸을 돌려 자신의 트럭을 가리켰다. "그때도 저쪽에 주차했어. 콜린 말대로 우린 콜린이랑 새비가 오기 전에 여기 도착했고, 주차장에서 한 커플하고 대화했지만 그게 콜린이랑 새비는 아니었어. 넬슨 부부였지."

"무슨 얘기를 했죠? 기억해요?"

"그때 경찰한테 얘기해서 기억나요. 그냥 사소한 얘기였어요. 날씨가 5월인데도 벌써 덥다는 얘기였죠. 그냥 짧게 얘기하고 그대로 결혼식장으로 들어갔어요." 매트가 한 곳을 가리켰다. "안에 있는 접수처로 갔어." 우리는 매트를 따라 옆문을 통해 안으로 들어갔다.

식장 안은 비어 있었고, 한쪽 구석에 의자들이 쌓여있었다. 바가 있는 뒤쪽으로 걸어가자, 내 샌들이 바닥과 부딪히는 소리가 울렸다.

"눈에 익어요?" 벤이 묻는다.

"다른 결혼식에도 와봤으니까요. 그날 밤 이전에." 나는 매트를 향해 몸을 돌렸다. "그때 어떻게 되어있었는지 기억나?"

매트는 식장 건너편, 바 맞은편을 가리켰다. "저쪽에 DJ가 있었어. 그리고 벽을 따라서 테이블이 놓여있었던 것 같아. 둥근 테이블이. 우리가 앉은 테이블은…." 매트가 제자리에서 한 바퀴 돌더니, 바 쪽을 가리켰다. "맞아! 바 근처에 앉았었어. 기억나, 콜린이 얘기했었거든. '바랑 가까워서 좋네.' 같은 얘기."

'좋다! 바 바로 옆이네. 제일 좋은 자리잖아.'

나는 얼어붙었다. 구겨진 슈트를 입은 콜린이 내 앞에 서서 바를 가리키며 웃는 모습이 보였다. 벌써 와인잔을 들고 있는 새비는 뒤꿈치를 들어 콜린의 볼에 입을 맞췄다.

그날 분홍 드레스를 입은 새비는 정말 아름다웠다. 얇은 끈들이 새비의 타투를 돋보이게 했고, 걸을 때마다 무릎 근처에서 하늘거렸다. 피와 흙에 얼룩지기 전에 그 드레스가 어떤 모습을 하고 있었는지 잊고 있었다.

현장에서 찍힌 사진들이 머릿속을 스쳤다. 새비의 다리를 휘감은 그 분홍 드레스에는 진흙이 말라붙어 있었다. 순간, 범죄 현장 사진이 현실로 변했다. 나는 내 발밑에 있는 새비의 시신을 내려다보고 있었다.

하지만, 그럴 리 없었다. 지금은 대낮이었다. 나는 대낮에 죽은 새비를 본 적이 없었다. 아마도.

"루시." 누군가의 손이 내 등에 닿았다. 올려다보니 매트가 갈색 눈썹을 찌푸리며 걱정스러운 표정을 하고 있었다. 내 맞은편에 서 있는 벤은 내가 다시 쓰러지면 잡을 준비를 하는 듯했다.

나는 눈을 깜박이며 두 사람 모두에게서 떨어졌다. "다른 건? 우린 이쪽에만 있었어?"

"미안, 결혼식이 시작되고 난 후에 기억은 거의 흐릿해서." 매트가 미안한 듯 말한다. "그리고 그날 너랑 난 거의 떨어져 있었으니까. 그날 저녁엔 대부분 따로 있었어. 새비가 날 싫어했잖아. 그걸 숨기지도 않았고. 그게 새비 탓은 아니지만."

나는 놀라서 매트를 쳐다봤지만, 매트는 맞은편을 응시했다.

"그날 밤에 넌 거의 새비와 함께 있었어. 내내 그런 건 아니지만. 어느 순간에 돌아봤더니 새비가 너 없이 혼자 테이블에 앉아 있었고, 한 30분 후에 다시 봤는데 그때도 넌 없었어."

"경찰에게도 그렇게 말했던 거로 기억해요." 나는 벤을 흘긋 쳐다봤다. "내가 어디 있었는지 기억하는 하객은 없었어요?"

"네. 이상하다고 생각할 만한 곳에서 당신을 본 사람은 없었어요." 벤은 맞은편을 가리켰다. "화장실이 저쪽이죠? 저쪽으로 가보죠."

벤을 따라 화장실로 걸음을 옮기자 심장이 미친 듯이 뛰기 시작했다. 나는 천천히 심호흡했다. 긴장할 이유가 없었다. 나는 그저 텅 빈 결혼식장을 걷고 있을 뿐이다.

새비가 복도에 서 있다. 분홍색 드레스를 입고, 손에 피 묻은 칼을 든 채로. 매트가 옆을 지나치자 새비는 싱긋 웃으며 매트의 얼굴에 칼을 갖다 댔다.

'주변에 있는 걸 활용해야지, 항상 준비돼 있어야 해, 보이 스카우트처럼! 네 무기 가져와!'

나는 눈앞의 장면을 외면하려 고개를 저었다.

우리는 모퉁이를 돌아 걸음을 멈추고 왼쪽을 바라봤다.

밖으로 통하는 문 하나가 있었다. 작은 정사각형 모양 창문을 통해 비치는 햇살이 마치 우리를 그곳으로 부르는 듯했다.

"내가 저쪽으로 간 것 같아요."

"밖이요? 왜요? 당신은 밖에 나가는 거 싫어하잖아요."

나는 문으로 향하며 웃음을 참았다. "맞아요. 하지만 그랬던 것 같아요."

문을 밀어 열자, 밝은 햇빛이 쏟아져 눈이 부셨다. 이쪽에는 별다른 게 없었다. 멀리 건물 반대편 끝에 놓인 쓰레기통과 벽에 기대어 놓은 부서진 캐노피 같은 잔해뿐이었다.

"여기 맞아?" 매트가 벤과 함께 문가에 서 있었다. "사람들이 담배 피우는 곳은 반대쪽인데."

나는 한 걸음 더 나아갔다. 벽 근처에는 거의 바닥을 보이는 페인트 통들이 몇 개 쌓여있다.

불현듯 등에 닿는 벽의 감촉이 느껴졌다. 내 입술에 닿는 누군가의 입술과 함께 막 칠한 페인트 냄새가 코를 스쳤다. 내 드레스 어깨끈 한쪽이 내려가고, 가슴엔 손이 올라와 있었다. 나는 남자에게 다시 키스했다. 남자다. 남자가 내 입술을 짓누르듯 입을 맞추는 감각이 생생하다.

"루시." 벤이 나를 불렀다.

'루시.' 새비가 날카롭게 나를 불렀다.

나는 번쩍 정신이 들었다. 남자가 손을 뗐을 때 맨가슴에 느껴지던 공기를 기억한다. 새비의 시선을 느끼며 나는 어깨끈을 다시 올렸다. 새비의 표정이 어땠지? 화난 표정? 새비가 화를 냈었나?

나는 남자의 얼굴을 보려 했다. 하지만 보이지 않았다. 내 입술에 닿는 남자의 숨결이 느껴졌다. 남자의 골반이 내게 닿았다. 하지만 얼굴이 있어야 할 곳에는 허공뿐이다.

그리고 기억은 끊겼다. 그 남자에게 작별 인사를 했는지 기억나지 않았다. 새비를 바로 따라갔는지도 확실하지 않다. 어쩌면 그 자리에 남아서 그 남자와 섹스를 했을 수도 있다. 내게 끈적하게 붙여오던 몸을 생각하면 그랬을 가능성이 크다.

나는 매트를 쳐다봤다.

"왜? 왜 여기 왔는지 기억났어?"

한 가지는 확실하다. 그 남자는 매트가 아니다.

그리고 그 남자가 누구였든, 그 사람은 누구에게도 그 일을 말하지 않았다.

"아니, 기억 안 나."

매트가 한쪽 눈썹을 치켜올렸다.

내가 거짓말한다는 걸 알아차린 것이다.

44

나는 벤을 호텔에 데려다주면서 왜 오늘은 자고 갈 수 없는지 변명했다. 지난주에는 거의 매일 벤과 함께 자다시피 했지만, 너무 지쳐 집으로 가야겠다는 내 말에 벤은 별다른 말을 하지 않았다. 벤도 에피소드에 넣을 파일들을 편집하고 싶을 것이다. 오늘 일어난 일로 꽤 흥분한 것 같았으니까.

나는 차를 몰고 도시 반대편에 있는 내가 전에 살던 집, 매트의 집으로 향했다. 내가 차를 세우자마자 매트가 문을 열고 현관으로 걸어 나왔다. 마치 나를 기다린 것처럼.

젠장. 내가 이렇게 예측하기 쉬운 사람이라니.

나는 현관으로 향했다. 매트는 다시 온 걸 환영한다는 듯 집 안으로 손짓했다. 오늘은 블라인드가 열려 있어 집안으로 따뜻한 빛이 들어오고 있었다.

"잘 왔어. 막 저녁 시키려던 참이었거든."

마음속 한구석에서 어쩌면 줄리아의 에피소드가 나간 후에 매트가 마음을 고쳐먹고 이번 주에는 술을 끊은 게 아닐까 하는 생각이 들었지만, 집안에 들어서자마자 꽉 찬 술장이 보였다. 예전과 같은 곳, 거실 한쪽 거대한 청록색 소파 오른쪽에.

내가 샀던 그 소파다. 술장도 내가 샀던 거다.

나는 잠시 멈춰 왼쪽과 오른쪽을 살폈다. 못 보던 그림 몇 개가 보였다. 하지만 그 외에는 거의 그대로다. 아름다운 어두운색 나무 바닥, 높은 천장, 중앙에 커다란 아일랜드 식탁이 있는 매끈한 화이트톤 주방까지. 나는 늘 이 거대한 주방이 이 집에서 가장 멋진 공간이라고 생각했고, 지금 봐도 그 생각은 틀리지 않았다.

하지만 이렇게까지 전과 달라진 게 없는 건 이상했다. 매트가 재혼한 사실을 몰랐다면, 집에 들어왔어도 몰랐을 것이다. 줄리아는 이 집에 흔적을 남기지 않았다. 어쩌면 매트에게도.

"술 한잔해야겠어." 내가 말했다. 매트와 술을 마시면 안 된다는 걸 잘 알고 있으면서도. 나는 매트에게 술을 권해서는 안 된다. 성숙하고 책임감 있는 사람이라면 알코올 문제가 있는 사람과 있을 때는 그래야 한다.

"센 걸로." 나는 말을 이었다.

매트가 웃음을 터뜨렸다. "나도."

하지만 여기 성숙하고 책임감 있는 사람 따윈 없다.

매트는 내게 뭘 마실지 묻지 않았다. 그저 말없이 보드카와 크랜베리 주스를 집었다. 내가 힘든 하루를 보냈을 때 뭘 마시는지 이미 알기 때문이다.

매트가 칵테일을 만드는 동안 나는 (내가 산) 소파에 앉았다.

"집에 들러 줘서 기뻐." 매트가 텀블러를 흔들며 말했다. 자기가 마실 마티니를 만들고 있었다.

"왜 이렇게 하나도 안 바뀌었어?"

매트가 거름망에 칵테일을 거른다. "무슨 말이야?"

"줄리아가 집을 다시 꾸미고 싶다고 하지 않았어?"

"뭐하러? 네가 다 잘 골랐잖아."

"아."

매트가 두 손에 술잔을 든 채 거실을 가로질러 와 한 잔을 내게 건넸다. "그 '아'는 무슨 뜻이야?" 매트가 옆에 앉으며 물었다.

나는 술을 한 모금 마신 뒤 커피 테이블 위에 잔을 내려놨다. "네가 줄리아에게 이 집에 손을 못 대게 한 것 같아서 그래."

"그런 거 아니야. 난 지금 그대로가 좋다고 했고, 줄리아도 별로 신경 안 쓰는 것 같았어."

별로 그럴 것 같지 않았지만, 나는 줄리아를 잘 모른다. 줄리아가 집 꾸미는 걸 귀찮아했을지도 모른다. 어쩌면 정말 내가 집을 잘 꾸며놨다고 생각했을 수도 있고.

"이제 말해줄 거야?" 매트가 물었다.

나는 다 알면서도 무슨 말인지 모르겠다는 듯 한쪽 눈썹을 들어 올렸다.

"거기서 기억난 거 말이야." 매트가 자신의 술잔을 커피 테이블에 올려놓았다. 벌써 그 많은 마티니를 절반이나 마셨다.

나는 벽난로 위에 걸린 사진을 바라봤다. 줄리아와 매트의 결혼식 사진이다. 줄리아는 인어공주를 연상시키면서도 필라테스로 완벽히 조각한 듯한 어깨를 드러내는 민소매 드레스를 입고 있었다. 한때는 나와 매트의 결혼식 사진이 걸려 있던 곳이다.

이제 보니 액자까지도 똑같다. 사진만 새로 넣은 것 같았다.

뭐야, 이건 너무 이상한데.

"거기서 누군가랑 키스하고 있었어."

나는 다시 매트에게로 주의를 돌렸다. 매트의 턱이 움찔거렸다. 화가 나면 늘 보이는 표정이다. 매트는 입을 일자로 꾹 다물었다.

"그만해." 내가 말했다.

"난 아무 말도 안 했어!"

"난 네가 화났을 때 어떤 표정인지 알잖아. 그리고 넌 화낼 자격 없어. 넌 그날 밤에 니나랑 잤으니까."

매트가 긴 한숨을 내쉰다. "그날 밤은 아니지만, 네 말이 맞아. 내가 누굴 판단할 자격은 없지."

나는 놀란 표정을 숨기지 못했다.

"그냥 조금 더 솔직해지려고 노력 중이야." 매트가 내 시선을 눈치챈 듯 말했다. "너한테는. 모든 부분에서. 난 그때 완벽한 결혼 생활을 하는 척하면 언젠가는 그렇게 될 거라고 생각했어. 너에게 더 솔직해야 했는데. 내가 먼저 널 두고 다른 사람을 만나지 않았으면 너도 그러지 않았을 거야."

사실 이 부분은 나도 잘 모르겠다. 물론 매트를 엿 먹이려고 카일과 잔 건 맞지만, 그 관계를 계속 이어간 건 그 스릴을 즐겼기 때문이기도 했다.

하지만 매트에게는 말하지 않기로 했다.

"누구였는데? 내가 화낼 만한 사람이야?"

"네가 화 안 나는 일이 어딨어?" 생각만 한다는 게 입 밖으로 나와 버렸다. 이전엔 숨 쉬듯 매트의 말에 반박했으니까.

358

하지만 매트는 미소 지을 뿐이다. 조금은 슬픈 듯이. "맞는 말이네."

세상에. 나는 술잔을 들어 꿀꺽꿀꺽 들이켰다.

"모르겠어." 내가 술잔을 내려놓으며 말했다. "그곳에서 어떤 남자랑 키스한 건 기억났는데, 얼굴은 기억 안 나. 하지만 중간에 새비가 끼어들었고, 엄청 화 난 것 같았어."

매트의 눈썹이 올라간다. "화를 냈다고?"

"응. 화나 보였어. 아마 그 후에 우린 그 자리를 떠났을 거야. 새비가 '가자'라고 했으니까."

"그럼 콜린이었겠네."

"아니, 절대 그럴 리 없어. 난 콜린을 별로 좋아하지도 않았고, 새비의 남자친구랑은 절대 그런 짓 안 해."

"콜린은 새비 남자친구가 아니었잖아. 둘 다 다른 사람을 만나고 있었고."

"그래도, 내가 그랬을 리 없…" 나는 생각에 잠겨 말끝을 흐렸다. 그러고는 얼굴을 구기며 고개를 저었다. "콜린은 그날 밤에 우리 엄마랑 잤잖아. 나랑 밖에서 그런 짓을 하고 다시 들어와서 우리 엄마랑 잤다는 거야?"

"안될 이유 없잖아? 둘이 닮기도 했고." 매트는 내 표정을 보며 웃음을 터뜨렸다. "아마 캐슬린이 네 엄마인지도 몰랐을 거야. 그 자식은 상상 이상으로 멍청하니까."

"아무리 취했어도 그건 아닌 것 같아. 다른 사람이었어야 해."

매트가 손을 뻗어 내 치마를 살짝 밀며 무릎에 손을 얹었다. "그건 중요하지 않아." 매트가 다정한 목소리로 말했다.

나는 매트의 손을 쳐냈다. "당연히 중요하지! 내가 몇 년 만에 겨우 기억해 낸 중요한 사실인데."

"새비는 떠났어. 무슨 짓을 해도 새비는 돌아올 수 없어." 매트
는 다시 내 무릎에 손을 얹고 힘을 줬다. "이 팟캐스트 때문에 힘
들었겠지만, 이제 거의 끝났어. 그리고 그 사람이 뭐라고 하든 그
건 중요하지 않아. 벤이 범인으로 지목하는 게 너든, 나든, 콜린이
든, 니나든, 다른 누구든. 그 사람은 경찰이 아니잖아."

"벤이 뭐라고 하든 상관없지만, 나한테는 새비를 죽인 범인을
아는 게 중요해. 난 그게 나였는지, 너였는지, 콜린이었는지, 니나
였는지, 우리 엄마였는지 알아야 해."

"네 엄마?"

"엄마도 그날 밤 밖에 있었으니까. 가능성은 있잖아! 엄마 알리
바이는 새비의 남자친구고."

매트는 흥미로운 동시에 조금은 안쓰럽다는 눈빛으로 나를 바
라봤다. 나는 술을 한 모금 더 마신 뒤 매트의 손이 내 무릎을 지
나 허벅지로 올라오는 이 상황을 어떻게 해야 할지 생각했다.

나는 벽난로 선반 위에 걸린 결혼사진을 흘긋 쳐다봤다. 눈을
조금만 감으면 저 사진은 우리의 결혼사진이 될 거다. 눈을 조금
만 감으면, 이 집 전체가 다시 내 것이 될 거다. 이 모든 삶이, 다시
내 것이 될 거다. 맥박이 내달리기 시작한다. 구역질이 올라왔다.

매트가 몸을 기울여 내게 키스하자 미친 듯이 뛰는 심장을 무
시한 채 나도 입을 맞췄다. 매트의 그곳을 무릎으로 찍어버리고
싶지만, 나는 강제로 잠시 이 상황에 몸을 맡겼다. 나는 다시 스
물넷이 되어 이 집에서, 새비가 죽던 그날 밤 느꼈던 모든 것을 다
시 느껴야 한다. 더는 미루고 싶지 않다. 엉망진창이었던 스물넷
시절이 어땠는지 그 기억을 떠올린다면, 어쩌면 모든 기억이 되살

아닐 수도 있다.

매트가 팔을 내 허리에 두르며 나를 더 가까이 끌어당긴다. 매트와 섹스할 때면 늘 혼란스러웠다. 한편으로 늘 이 자식을 죽여버리고 싶었으니까.

하지만 한편으로 우리의 잠자리는 늘 황홀할 만큼 좋았다.

매트가 잠시 떨어졌다가 다시 내 목에 입술을 묻었다. "여기 같이 있자." 매트가 입술을 내 목에 댄 채 웅얼거린다. "LA로 다시 가지 말고."

내가 아무 말도 하지 않자, 매트는 내 침묵을 망설이는 것으로 받아들인 듯했다. 다시 뒤로 물러나 진지한 눈빛으로 나를 쳐다봤다. 불편한 감정이 뱃속을 휘젓는다.

"아니면 다른 곳으로 가도 돼. 새로 시작하자. 우리 둘이서." 매트가 내 머리카락을 등 뒤로 넘기고 한 손으로 내 볼을 감싼다. "네가 너무 그리웠어. 대체 우리가 왜 이렇게 된 거지?"

'무슨 일이야? 루시, 대체 이게 무슨 일이야?'

어딘가에 부딪힌 것처럼 갑자기 기억이 밀려와, 나는 뒤로 물러서며 숨을 헐떡였다.

매트가 내 앞에 서 있었다. 5년 전, 지금보다 머리가 길고 겁에 질린 표정을 짓고 있는 매트가. 눈에는 핏발이 서 있다. 매트는 취해 있었다.

'세상에, 이거, 네 피야?'

내가 뭐라고 했더라? 내 모습은 보이지 않았다. 보이는 건 매트와 그의 표정뿐이다.

매트가 계속 무언가를 흘긋거리며 내려다본다. 뭘 보고 있는 거지?

내 손에 무언가가 있다. 축축하고 거칠고….

'그건 누구 피야?'

"루시, 정신 차려." 매트의 목소리가 날카롭게 들렸다. 눈을 깜빡이자 매트가 다시 눈에 들어왔다. 현재의 매트다. 매트가 내 볼을 두 손으로 잡고 강제로 자신을 보게 했다. "정신 좀 차려봐."

"안 돼, 뭔가 기억나, 뭔가…."

'세상에, 루시, 무슨 짓을 한 거야? 젠장. 정말 죽은 거야?'

"죽여버리자…." 나는 그 말을 내뱉었다. 나는 그때도, 매트에게 이렇게 말했다. 한순간 그 숲이 나를 둘러쌌다.

"죽여버리자…." 의식이 깜빡인다. 당황한 남편을 앞에 두고 머릿속에 맴도는 새비의 말이 계속해서 반복했다. 굵은 빗방울이 속눈썹에 맺혀 매트의 얼굴이 흐려졌다.

"뭐?" 매트가 충격에 빠져 내 얼굴에서 손을 뗀다. "너, 누굴 죽였어?"

"그래도 싸." 내가 웅얼거린다. "우린 계획이 있었어."

"세상에." 매트는 한 발자국 물러섰다. 얼굴에 떠오른 두려움이 더욱 짙어졌다.

"새비가…."

"새비가 뭐? 루시, 새비가 뭘 하려고 했는데?"

"다 알아." 매트가 나를 가만히 흔들며 나를 현재로 데려왔다. "루시, 네가 그럴 수밖에 없었다는 거 알아."

이제야 보인다. 내 손에는 나뭇가지가 들려있었다. 거대하고, 두껍고, 온통 피에 젖은 나뭇가지가.

나는 비명을 질렀고, 나뭇가지를 떨어뜨렸다.

그리고 달아났다.

숨이 가쁘다. 시야가 좁아지고 있다. 매트는 여전히 내 볼을 붙잡고 있었다. 내가 쓰러지지 않게 잡고 있는 것 같았다.

"두 사람이 그 숲에 갔을 때 무슨 일이 있었는지는 모르지만, 네가 해야 할 일을 했다는 건 알아." 매트가 단호하게 말했다. "너무 늦게 가서, 너를 못 지켜줘서 미안해."

"왜…." 나는 말을 끝맺지 못했다. 볼을 타고 눈물이 흘러내렸다. "왜 경찰을 부르지 않았어? 그날 밤 나를 봤을 때? 왜 사람들이 다음 날 아침에 날 찾은 거야…?"

"널 찾아다녔어. 하지만 먼저 그 나뭇가지를 내 트렁크에 숨겨야 했어. 살해 도구가 없으면 널 감옥에 넣기 힘들 테니까. 그래서 난 대로까지 가서 바 뒤에 있는 쓰레기통에 그 나뭇가지를 버렸어. 내가 돌아왔을 땐 비가 정말 심하게 오고 있었고, 도로에 물이 넘쳐서 네가 있었던 곳으로 못 갔던 거야. 네가 집에 갔을 거라고 생각했는데, 집에 와 보니까… 너는 없었어."

나는 고개를 저었다. 이제 나는 큰 소리로 흐느꼈다.

"괜찮아." 매트가 나긋하게 말했다. "난 그때 널 지키려고 했는데, 완전히 망쳐버렸어. 난 취해 있었고, 멍청했고, 네가 집에 왔을 때 모든 게 무서웠으니까. 내 잘못이야."

온몸이 떨리기 시작했다.

매트가 한 손을 자신의 가슴에 댔다. "정말, 내 잘못이야. 그때 우리 사이는 걷잡을 수 없는 상태였고, 나도 알고 있었어. 내가 먼저 놨어야 했어. 그렇게 오래 끌고 가선 안 됐어."

나는 혼란스러워하며 눈을 깜빡였다.

"그 싸움들, 우리가 서로에게 상처를 주고, 힘들게 했던 일들. 그게 널 변하게 했고, 거기에 내 책임도 있다는 거 알아. 그날 밤, 넌 스스로를 멈출 수 없었을 거야."

내가 거칠게 숨을 내쉬었다. 지금 매트가 말하는 우리 결혼 당시의 폭력은 어딘가 잘못됐다. 늘 매트가 시작했고, 내게만 크나큰 상처를 남겼는데.

이 모든 게 잘못됐다.

"나를 탓해. 나한테 화내. 그럴만하니까."

나는 자리에서 일어서 비틀거리며 뒤로 물러섰다. 매트에게서 멀어지기 위해. "아니. 난 새비를 안 죽였어. 난 절대 그런 짓은…. 아니야."

매트도 나를 따라 일어섰다. "새비가 널 해치려고 했어. 왜인지는 모르지만, 네가 그렇게 말했어. 내가 그때 바로 경찰을 불렀으면 우리 둘 다 정당방위라고 주장할 수 있었을 텐데, 난 그때 술에 취했고, 겁에 질렸어. 그리고…." 매트가 불현듯 말을 멈췄다.

나는 매트를 날카롭게 쏘아봤다. "그리고?"

매트가 다음 말을 망설였다. "누워서 좀 쉴래? 따뜻한 물에 몸을 담그는 건 어때? 그 욕조 좋아하잖아. 내가 물 받아줄게."

매트가 내게 손을 뻗었다.

나는 매트가 날 쫓아오기라도 하는 듯 문까지 내달렸다. 그리고 문을 벌컥 열고 매트를 돌아봤다. "거짓말하지 마."

매트가 한숨을 내쉬며 두 손을 바지 주머니에 넣었다. "루시, 부탁이야. 잊어버려. 기억이 더 돌아오면 너만 힘들 거야. 정말이야."

나는 매트를 안 믿는다. 이전에도, 지금도.

나는 부서질 듯 문을 닫고 그 집에서 걸어 나왔다.

5년 전

"루시."

뒤를 돌아보자 홀에서 걸어 나오는 매트의 모습과 그 뒤로 음악에 맞춰 무대에서 신나게 춤추는 한 커플이 보였다. 문이 닫히자 음악 소리가 점점 희미해졌다.

매트는 내 허리에 팔을 두르며 나를 가까이 끌어당겼다. 나는 그대로 몸을 맡겼다. 어둑한 복도에는 우리 둘뿐이었고, 멀리서 웅얼거리는 목소리들이 들렸다.

"아까는 내가 미안해." 매트가 속삭였다.

"넌 항상 사과만 하네."

매트는 내게 키스했다. 나는 매트를 밀어냈어야 했다. 집이었다면 그대로 뺨을 후려쳤을 거다.

하지만 나는 매트의 목에 두 팔을 둘렀다. 그리고 다시 입을 맞쳤다. 매트에게서 위스키 맛이 났다.

"내가 더 잘할게." 매트가 몸을 뒤로 젖히고 나를 보며 말했다.

'더 잘한다'라는 말은 이제 나를 그만 때리겠다는 걸까, 아니면 다른 여자랑 몸을 섞고 다니는 걸 그만두겠다는 걸까?

더 나아질 거란 말은 수도 없이 했지만, 매트는 둘 중 무엇도 그만두지 않았다.

매트는 두 손을 내 엉덩이로 미끄러트리며 목에 입술을 묻었다. "지난번에 여기서 열린 결혼식에 왔을 때 화장실에서 했던 거 기억해?"

생생하게 기억한다. 내 몸도 그런 게 분명했다. 다시 매트를 향해 기울어지며 벌써 카운터 위로 엎드릴 준비를 하고 있었으니까.

그러다 누군가 헛기침하는 소리가 들려서 나는 재빨리 매트에게서 멀어졌다. 화장실 문밖에 서 있는 새비가 보였다.

"내가 방해한 거야?" 새비가 물었다. 목소리에 언짢음이 뚝뚝 묻어났다. 하지만 그럴만했다.

얼굴에 열이 몰렸다. 왜 계속 매트의 품으로, 그 모든 일이 있었음에도 다시 돌아가게 되는지 이해할 수 없다. 분명 내게 문제가 있는 것이다. 내 안의 무언가가 고장 나버려 자꾸 매트에게로 끌려가는 거다. 마치 건드리면 안 되는 걸 알면서도 아픈 상처에 계속 손이 가는 것처럼. 왜냐하면, 좋을 때는 정말 좋았으니까.

새비 뒤로 여자 한 무리가 화장실에서 나와 복도에 멈춰 웃음을 터뜨렸다. 그중에는 니나도 있었다. 니나는 나를 보며 인사하듯 고갯짓했다.

나는 나를 지나치려는 새비의 팔을 붙잡으려 했지만 새비가 내 손을 뿌리쳤다.

"저 개새끼는 널 만날 자격 없어." 새비가 이를 꽉 문 채 얘기했다. "저런 것들을 어떻게 해야 하는지 알잖아."

새비는 그대로 자리를 떠났고, 나는 그녀의 뒷모습을 보며 마른침을 삼켰다. 자신만만하게 얘기했지만, 정말 매트를 죽일 수 있을 거라고는 생각하지 않았다. 다른 사람도 마찬가지지만, 특히 매트는 더. 매트는 이미 나를 분노로 가득한 괴물로 바꿔놓았다. 매트 때문에 살인자까지 될 수는 없다.

하지만 새비는 정말 매트를 죽일 마음의 준비가 끝난 것 같았다. 그 계획은 취소라는 말을 꺼내기가 망설여졌을 정도니까.

나는 여자들이 나를 흘긋거리며 연회장으로 돌아가는 모습을 지켜봤다.

매트는 새비의 말을 무시한 채 여전히 나를 향해 미소 짓고 있었다. "보아하니 화장실은 빈 것 같네."

조금 전 새비의 표정이 떠오르며 결심이 섰다. "네가 날 욕조에 빠뜨려 죽이려고 한 게 고작 몇 시간 전인데, 너랑 화장실에서 뒹굴진 않을 거야."

매트는 눈을 굴렸다. "과장 좀 하지 마. 내가 언제 널 죽이려고 했어?"

아직도 내 목을 누르던 매트의 손이, 몸부림치던 나를 물속으로 밀어 넣던 그 손이 생생하게 느껴졌다. 분노로 숨을 몰아쉬며 고개를 든 나를 보며 매트는 웃었다. 매트는 너무나도 태연하게 그 일을 대수롭지 않게 넘겨버려서, 혹시 매트의 말이 사실인 건 아닌지 또다시 나를 혼란스럽게 만들었다.

순간, 손으로 내 머리를 세게 내려치고 싶은 충동이 솟구쳤다. 머리가 부서질 듯 때리다 보면 정신을 차릴 수 있을 것처럼. 뇌를 제자리에 돌려놓으면, 어쩌면 매트의 기억보다 나 자신의 기억을 더 믿을 수 있을지 모르니까.

나는 그 충동을 참아내고 매트를 스쳐 지나갔다. 매트는 내 팔을 붙잡았다.

"그냥 다른 사람 찾으면 그만인 거 알지? 당장 잘 수 있는 여자만 해도 열 명은 돼." 매트는 입술을 비죽거렸다. 매트는 늘 이렇게 세상 제일 못생긴 표정을 지으며 자기가 다른 여자들에게 얼마나 인기가 많은지 으스댔다.

나는 매트의 손을 뿌리쳤다. "그럼 한 명 잡아서 만나. 난 신경 안 쓰니까."

매트의 눈이 번득인다. "날 시험하지 마."

"어디 마음대로 해 봐, 매트. 어차피 플럼튼 여자 중에 절반은 이미 너랑 잤잖아."

매트는 눈을 깜빡였다. 자신이 (엄청나게 비밀스럽게) 바람을 피우고 있다는 사실을 내가 안다는 것에 놀란 눈치였다.

"그리고 나랑 자고 싶어 안달 난 남자들은 열 명 정도가 아니야." 나는 홀로 향하는 문을 가리키며 소리 내어 웃었다. "나도 한번 해 볼까 봐."

매트의 얼굴이 분노로 일그러졌다. 집이었으면 정말 큰일이 났을 거다.

하지만 문이 열리며 음악과 웃음소리가 들리자, 매트는 어쩔 수 없이 분노를 숨겼다. 매트는 고개를 떨구고 일부러 어깨를 세게 부딪치며 나를 지나쳐 안으로 들어갔다.

"루시, 괜찮아?"

나는 익숙한 목소리 쪽으로 몸을 돌렸다.

45

매트는 거짓말을 하고 있다.

나는 매트의 집을 나와 집으로 돌아와서도 제대로 잠을 이루지 못했다. 새비가 머릿속에서 비명을 질러대는데, 나는 그 목소리가 내 기억인지 내가 만들어 낸 환상인지조차 구분할 수 없었다.

'새비가...'

새비가 뭘 했을까? 날 죽이려고 했을까? 새비가 내 머리를 내리쳐서 그걸 그대로 돌려주려다 실수로 새비를 죽여버린 걸까?

머릿속에 오직 그 생각만 맴돌아 자리에서 일어났다. 그러고는 책상 밑 쓰레기통에 속을 모두 게워 냈다.

핸드폰에는 버드 에스테이트 근처 그 숲에 다시 가 보고 싶은지 묻는 벤의 문자가 와 있다.

나는 LA로 돌아가는 비행기 표를 예약했다.

피 묻은 분홍색 드레스를 입은 새비가 팔짱을 낀 채 내 방구석에 서 있었다. 나를 비난하는 눈치였다.

그럴만하다. 다 포기할 거다. 더는 무엇도 알고 싶지 않다. 벤에게 매트가 범인이 아닐 거라고 말했지만, 마음 깊은 곳에서는 매트가 새비를 죽였을 수도 있다는 아주 작은 희망을 버리지 못하고 있었다. 하지만 매트의 얼굴에 드러난 충격을, 나를 보던 시선에 담긴 두려움이 기억나 버렸으니, 이제는 그 희망에 기댈 수조차 없다. 매트는 새비를 죽이지 않았다.

피 묻은 나뭇가지를 들고 살인에 관한 얘기를 웅얼거리던 사람은 바로 나였다. 어쩌면 내가 이성을 잃었을 수도 있다. 어쩌면 내가 새비에게 매트를 죽이고 싶지 않다고 말했지만, 그런데도 새비가 매트의 뒤를 쫓았을 수도 있다. 그리고 어쩌면, 내가 그런 새비를 막아섰을 수도 있다.

생각만으로도 속이 울렁인다. 새비가 매트를 죽이게 놔두는 게아니라 내가 새비를 죽인다는 선택지는 상상조차 할 수 없었지만, 사고가 벌어졌을 수도 있다.

그러니 알고 싶지 않다. 내가 새비를 죽였다는 사실을 알게 될바에는 영원히 혼란스러워하며 살 것이다.

나는 벤을 완전히 무시하지는 않기로 한다. 이미 내가 범인이라고 생각하고 있으니, 이대로 손절해 버리면 상황이 더 안 좋아질 것이다.

정오가 다 된 시간, 나는 침대에서 기어 나와 쓰레기통 속 간밤의 토사물을 치우고 몸을 씻었다.

'난 그 새끼 죽이는 게 아주 즐거웠어. 넌 내가 무섭지 않아?

내가 이성을 잃을 수도 있다는 게 그렇게 믿기 힘들어? 전에도 그런 적 있잖아.'

나는 눈을 감고 얼굴로 흘러내리는 물줄기를 맞았다. 새비의 목소리가 너무 크다. 이건 새비가 아니다. 바로 나다. 내 두려움이 새비의 목소리로 들리는 것이다.

가슴 속에서 부풀듯 두려움이 커졌다.

'넌 죽여버릴 거야!' 새비가 비명을 질렀다.

바로 이런 것 때문에 기억을 떠올리는 것을 그만둔 거다. 어떤 기억이 진짜인지 구별할 수 없으니까.

나는 눈을 감고 모든 기억과 목소리로부터 필사적으로 도망쳤다.

"간다고요?" 벤이 내 말을 되풀이했다. 나는 여차하면 빨리 도망칠 생각으로 벤의 호텔 방 문 근처에 서 있었다. 벤은 내가 따라 들어오기를 바라는 듯 부엌 쪽으로 한 발자국 물러났다. 나는 들어가지 않았다.

"내일모레요." 나는 최대한 덤덤하게 말하려 했다. 표정을 짓는 방법을 잊어버린 것 같다.

"왜요?" 벤은 목 부분에 조그맣게 구멍이 난 회색 티셔츠를 입고 있었다. 내가 목 부분을 살짝 당기고 그의 목에 키스하고는 했던 그 티셔츠였다. 나는 벤의 시선을 피해 다른 곳을 바라봤다.

"여기 벌써 2주나 있었잖아요. 여긴 너무 더워요. LA로 돌아가서 남자친구 아파트에서 짐도 빼야 하고."

벤이 눈을 깜빡인다. "남자친구가 있어요?"

"전 남자친구예요. 살인자하고는 만나기 싫대요."

"아, 미안해요." 전혀 미안해하는 표정이 아니었다. "LA에서 연락해도 돼요? 후속 인터뷰가 필요할 수도 있어서."

"벤, 이미 충분히 얘기했잖아요. 그냥 내가 범인이라고 발표하고 넘어가자고요."

벤이 부엌 조리대에 기대 나를 응시했다. "무슨 일 있었어요?"

"아무 일도 없었어요."

"뭘 기억해 낸 거예요?"

"내가 범죄 팟캐스트를 정말 싫어한다는 거요."

"루시."

나는 문고리로 손을 뻗었다. "나에 대해서 마음대로 말해요. 난 신경 안 쓰니까." 나는 그대로 문을 열고 걸어 나갔다.

46

"아빠."

아빠는 양파를 자르던 칼을 떨어뜨리며 족히 1미터는 뛰어올랐다. 챙그랑 소리를 내며 떨어진 칼은 부엌 바닥을 가로질러 내 발치에 멈췄다. 큰 칼, 셰프용 칼이다. 나는 그 칼을 바라봤다.

아빠를 죽이는 상상이 떠오르지 않았다.

떠오르는 건 새비를 죽이는 장면뿐이었다. 끊임없이 머릿속에서 반복된다. 나뭇가지로 새비의 머리를 내려치는 장면이.

"루시." 아빠가 한 손을 가슴에 댄다. "놀랐잖아. 짐은 다 쌌어?"

아빠는 내가 떠난다는 기쁨을 숨기지 않았다.

"내일모레 떠날 거예요. 그리고 오늘 저녁은 할머니랑 먹으려고요."

"잘됐네, 좋아하실 거야." 아빠는 칼을 집고는 물에 씻었다.

"제가 새비를 죽였다는 거, 매트한테 들었어요?"

아빠가 물을 끄고 나를 바라봤다. 놀란 표정이 아니었다. 분명 매트에게서 이런 순간이 올 거라는 걸 미리 들은 거다.

"그래."

"언제요?"

아빠는 행주로 칼을 닦았다. 지나치게 오래 닦았다. 나를 보지 않으려는 것이다. "그날 밤에 왔었어."

칼이 제자리에 놓이는 달칵 소리와 함께 나는 숨을 들이쉬었다. "그때 여길 왔었던 거군요. 집에 왔었다가 다시 나갔을 때."

내가 인상을 쓰며 다시 물었다. "니나도 알아요? 그날 밤에 니나는 그 집에 왜 왔었대요?"

"아니. 그때 니나는 취해 있었고, 매트랑 만나는 걸 알리려고 한바탕 할 생각이었던 것 같아. 그런데 타이밍이 안 좋았던 거지. 매트가 니나를 돌려보냈어."

"그리고 우리 집에 와서 아빠한테 내가 새비를 죽였다고 말한 거고요?"

"나한테만 말했어. 며칠 뒤에 내가 네 엄마에게 말했지. 캐슬린은…." 아빠는 말끝을 흐렸다. 그러고는 칼을 옆으로 치워둔 채 조리대에 두 손을 짚었다. "캐슬린은 바로 자수해야 한다고 했어. 정당방위가 아니라고 해도 형량이 무겁진 않을 거라고. 하지만 매트와 내가 반대했지. 넌 정말로 아무것도 기억을 못 하는 것 같았고, 그래서 우린 둘 다 기다려 봐야 한다고 생각했어. 며칠 지나면 네 기억이 돌아올 거고, 네가 무슨 일이 있었는지 말해주면 그때부터 다시 생각하면 되니까."

"제 기억이 안 돌아오면요?"

아빠가 불편한 듯 시선을 돌렸다. "난 네가 그 일을 이야기하고 싶지 않아 하거나, 정말 기억을 없애버린 거라고 생각했어. 트라우마 때문에." 아빠가 한숨을 내쉰다. "그럴만한 일이잖아."

"그건 아빠 생각이잖아요."

"차라리 정면으로 부딪쳐야 했는데. 경찰서에 가지 않은 게 후회돼. 매트 말로는 벤이 널 몰아붙여서 네 기억이 돌아오기 시작했다더라. 그때 난 네 엄마한테 널 몰아붙이지 말라고 화를 냈지. 네가 기억을 떠올리고 옳은 결정을 하려면 혼자 정리할 시간이 필요하다고 생각했거든. 하지만 지금 생각해 보면 네 엄마 말이 다 옳았어."

"그땐 그 말을 믿은 거예요? 매트 말을?"

아빠가 놀란 눈빛으로 나를 쳐다봤다. "그럼 믿지 말았어야 했어? 그때는 몰랐으니까…. 뭐, 전부는 몰랐지. 하지만 그때 매트를 믿지 않을 이유도 없었어."

"취해 있었잖아요. 제가 새비를 죽이는 장면을 본 것도 아니고. 다른 사람이 있었을 수도 있잖아요, 아니면…." 내 목소리가 격앙되며 너무 높아졌고, 나는 급히 말을 멈췄다. 내 목소리가 어떻게 들릴지 알아서다.

"매트가 다른 사람이 있었단 얘기는 안 했어." 아빠는 나긋한 목소리로 말했다. "매트는…. 그러니까, 자기가 뭘 봤는지, 네가 자기한테 무슨 얘길 했는지 설명해 준 거야."

"매트가 새비를 죽였을 수도 있잖아요."

"정말 그렇게 생각하니?"

겁에 질린 매트의 표정이 떠올랐다. 매트가 그렇게 충격과 공포에 휩싸인 이유가 새비를 죽여서일 수도 있다고 이미 수백 번은 나 자신을 설득하려 했지만, 사실은 그런 것 같지는 않았다. 나는 매트를 너무 잘 아니까. 나는 매트가 자신의 의도보다 상대방을 더 고통스럽게 했을 때, 너무 멀리 가버렸을 때 어떤 모습인지 잘 안다. 매트는 침착해진다. 문제를 해결한다. 그리고 친절해진다. 상대방이 자신도 잘못이 있는 것처럼 생각하도록 만든다.

매트는 새비를 죽였다고 해도 그렇게 흥분하지 않았을 것이다. 취했다 해도. 그런 표정을 짓지 않았을 것이다.

"아뇨. 하지만 아빠 거기 없었잖아요. 그냥 매트의 말만 듣고 제가 그런 짓을 할 수 있을 거라고 생각했어요?"

"나도 그러고 싶지 않았어. 하지만 가끔은 주어진 정보만으로 최선을 다해야 할 때가 있잖아. 그때 내가 아는 정보는 그것뿐이었어. 매트는 널 지키려고 했고. 난 바로 알아봤어." 아빠가 슬픈 눈으로 나를 바라본다. "우리 둘 다 그랬지."

"그리고 엄마는 절 바로 경찰에 넘기려고 했고요."

"네 엄마는 그게 최선이라고 생각한 거야."

"엄마를 비난하는 게 아니에요."

아빠는 놀란 표정을 짓는다. 내가 엄마였어도 같은 선택을 했을 것이다. 진실을 밝히고 흘러가는 대로 따라가는 것.

어쩌면 그렇지 않았을지도 모른다. 나는 매트에 대한 기억이 다시 떠올랐을 때 벤이나 경찰에게 달려가지 않았다.

나는 로스앤젤레스행 비행기 표를 예약했다.

나는 할머니와 말없이 어색하게 저녁을 먹었다. 가족 중 유일하게 나를 믿어주는 사람에게조차 진실을 말할 수는 없었다. 할머니가 나를 너무 믿은 나머지 우리의 모든 비밀을 그 재수 없는 팟캐스터에게 말해버렸기 때문이다.

"벤이 무슨 일이 있는 것 같다고 하던데." 할머니는 두 번째 진 토닉을 마시며 말했다. TV는 소리를 꺼 두었지만, 나는 지나치게 긴 손톱을 빨갛게 칠한 TV 속 여자에게 계속 눈길을 빼앗겼다. 여자는 손톱으로 자신의 턱을 계속, 계속 두드렸다. 저 정도 손톱이면 누군가의 눈알도 뽑아낼 수 있을 것 같았다.

나는 다 먹은 버거의 잔해를 들고 쓰레기통으로 향했다. "아무 일도 없었어요. 벤한테도 그렇게 말했고요."

"벤은 그 말을 안 믿는 것 같던데."

나는 영혼 없이 웃었다.

"무슨 일이 있는 거지?" 할머니가 물었다.

"뭐, 벤이랑 자긴 했어요." 나는 주제를 바꾸고 싶었다.

"알아." 할머니가 약간의 안쓰러움이 담긴 미소를 지었다. "둘이 그 숲에 다녀오고 나서 저녁 먹으러 왔을 때 다 보이던데 뭘."

"그때는 자던 사이는 아니었는데."

"그러니까 그런 분위기를 느꼈다는 거지. 널 탓하는 게 아니야. 나라도 그랬을 거고. 벤은 그 어벤저스 주인공같이 생겼잖아?"

나는 가슴이 부서질 듯 무거워지는 것을 느끼면서도 웃어 보였다. "고마워요, 할머니."

나는 소파에 앉은 할머니 옆에 털썩 주저앉으며 핸드폰 화면을 흘긋 쳐다봤다.

에이전트에게 메일이 와 있었다. 내 책의 재고가 없을까 봐 걱정하지 않아도 되며, 이미 책마다 추가로 5만 부씩 인쇄를 시작했다는 소식이었다.

기뻐해야 할 일이었지만, 지금은 그저 멍하니 아무 생각도 들지 않았다.

"사람들이 살인 용의자가 쓴 로맨스 소설을 많이도 사 가나 봐요." 내가 핸드폰을 내려놓으며 말했다.

"당연하지." 할머니가 말한다. "말했잖아, 호감 가는 사람이 되는 것보다 흥미로운 사람이 되는 게 낫다고."

할머니가 TV를 껐다. "벤 말로는 네가 확신하는 것 같다던데. 자기가 너를 범인이라고 생각한다고."

나는 인상을 찌푸렸다. "벤이 그렇게 말했어요. 내가 범인이라고 말하는 엔딩을 전부 써 놨다고요."

"그건 그냥 초안 중의 하나일 뿐이고, 원래는 네가 보면 안 되는 거였다고 했어. 그냥 생각을 정리한 거라고. 알고 싶을지는 모르겠지만, 널 정말 걱정하는 것 같더라. 내 생각엔 아직 엔딩을 정하지 않았을 거야."

"벤은 저를 범인으로 지목할 거예요, 다들 그랬듯이." 나는 목으로 올라오는 뜨거운 무언가를 삼켰다.

"모두는 아니지." 할머니가 한 손을 내 어깨에 올리며 다정하게 말했다.

나는 눈을 감고 고개를 젖히며 눈물을 참으려 애썼지만, 실패했다. 참지 못한 눈물이 볼을 타고 흘러내렸고, 불현듯 나는 다시 열 살로 돌아간 것처럼 할머니의 소파에서 아이처럼 울음을 터뜨렸다. 할머니는 내 옆으로 붙어 어깨를 팔로 감싸 안았다.

"제가 그런 것 같아요." 내가 눈을 뜨지 못한 채 속삭였다. "제가 새비를 죽인 것 같아요."

"아니, 그건 모르는 일이야."

378

"할머니는 몰라요."

"너도 마찬가지야! 방금 네가 그런 것 '같다고' 말했잖아. 아직 기억이 다 안 난 거지?"

나는 눈을 뜨고 손으로 눈물을 거칠게 훔친다. "네."

"넌 안 그랬어." 할머니의 입매가 일자로 굳어졌다. 할머니가 단호하게 인상을 쓰자 눈 주위 주름이 더욱 짙어졌다.

"절 너무 믿지 마세요."

"싫어."

"전 그럴 자격 없어요."

"헛소리."

"할머니한테 말 안 한 게 있어요." 내 손이 떨리자, 할머니가 두 손을 꼭 붙잡는다.

"나한테 전부 말하지 않아도 돼." 할머니는 진지한 눈빛으로 나를 쳐다봤다. "네 모든 비밀을, 모든 사실을 들을 필요는 없어. 난 널 아니까."

두 눈에 다시 눈물이 차오르고, 할머니는 내게 팔을 두른 채 등을 토닥였다.

"포기하지 마, 아가. 포기하지 마."

47

나는 천천히 운전해 집으로 돌아갔다. 밖은 어둡고, 플럼튼의 거리는 텅 비어 있었다. 시내에서 신호에 걸려 잠시 멈춰선 나는 에밋이 아트숍 창문을 꾸미고 있는 모습을 보았다.

머릿속 죄책감이 에밋의 마지막 두 메시지에 답장하지 않았다는 사실을 상기시킨다. 게다가 에밋에게는 캘리포니아로 돌아간다는 말도 아직 하지 않았다.

신호가 초록색으로 변했다. 에밋이 내가 그를 바라보고 있었다는 걸 눈치챘다. 그는 망설이는 듯하더니 가볍게 손을 흔들었다.

젠장. 나는 액셀을 부드럽게 밟아 도로 한 쪽에 차를 세우고 밖으로 나갔다.

"안녕." 나는 에밋이 창문에 그리고 있던 커다랗고 노란 해바라기를 가리키며 말했다. "예쁘네."

"아. 고마워. 지난번에 그림 위에 못된 말을 써놓는 바람에 주인이 좀 덜 선정적인 걸로 바꾸라고 하더라고."

나는 웃음을 터뜨렸다. "지난번 꽃은 선정적이었어?"

에밋의 얼굴에 웃음이 번졌다. "뭐, 난 그렇게 생각 안 했는데, 어떤 애들한테는 그랬나 봐."

"메시지 답장 못 해서 미안해. 그동안 정말…"

"바빴어?" 에밋은 나를 보지도 않고 대답했다. 에밋은 창문에 노란 꽃잎을 만들어 냈다.

"아니. 안 바빴어."

에밋이 놀라며 나를 쳐다봤다.

"정말 끔찍했어." 나는 솔직하게 대답하려 애쓰며 말을 마무리했다. "그동안 정말 끔찍했어. 새비랑 있었던 일이랑 내 지난 결혼 생활을 전부 다시 떠올려야 했거든…." 나는 깊이 숨을 들이쉬고, 곧 다시 눈물이 쏟아질 것 같다는 사실을 깨달았다. 할머니 집에서 다 쏟아낸 줄 알았는데. 나는 눈을 재빨리 깜박이며 참으려 하지만 다시 두 볼에 눈물이 흘러내렸다.

에밋은 붓을 내렸다. 남자들은 보통 여자가 울기 시작하면 겁을 집어먹지만 에밋은 오히려 흥미로워하는 것 같았다.

"미안." 나는 눈물을 훔쳤다.

에밋이 내 쪽으로 걸어오더니, 입을 맞췄다. 전혀 예상하지 못한 일이었다. 어쩌면 나를 위로하려는 것일 수도 있다. 마음에 안 들었다.

에밋은 벽에 기대어 있는 내 몸 위로 몸을 겹쳐 눌렀다. 입맞춤이, 혀가 너무 거칠었다. 입 주위가 금세 에밋의 타액으로 번들거렸다. 이런 걸 바란 건 아닌데.

나는 에밋을 밀어낼까도 생각했지만, 그냥 이 상황을 흘려보낸 다음, 정중하게 미소 지으며 조심스럽게 얼굴을 닦는 편이 더 나을 것 같았다.

지난번 내 집에서도 에밋이 이렇게 키스를 못 했는지 기억이 잘 안 난다. 그날 밤 기억은 전부 희미했다. 그때 나는 생각보다 더 취했던 듯하다.

에밋이 셔츠 위로 내 가슴에 한 손을 올렸다. 진심으로, 이런 걸 바라진 않았다.

나는 에밋을 밀어내려 그의 가슴에 한 손을 얹었다. 에밋의 다른 쪽 손이 내 볼을 감쌌다. 그의 손가락에서 물감 냄새가 났다.

'루시!'

순간, 나는 깨달았다. 5년 전, 내 가슴에 올라온 건 에밋의 손이었다. 결혼식장에서 울리던 웃음소리와 음악 소리가 머릿속에 떠올랐다. 에밋이 내 드레스 끈 한쪽을 내리고, 엄지손가락은 내 가슴 위로 원을 덧그렸다. 손가락 밑에는 초록색 물감이 묻어있었다.

'오래전부터 이러고 싶었어.' 에밋이 내 목에 입술을 붙이며 말했었다. 그러고는 바지 지퍼로 손을 가져갔고, 나는 에밋이 지금 여기에서, 근처 쓰레기통에서 썩어가는 음식물 냄새가 진동하는 이곳에서 나와 할 생각이라는 것을 깨달았다.

미친 거 아니야? 나는 그렇게 생각했다. 그때 나는 취한 상태였다. 하지만 에밋과 섹스하는 게 아마 지금 화장실에서 누군가와 뒤엉켜 있을 매트에게 복수할 좋은 방법이라는 생각은 할 수 있었다.

'루시!' 새비는 거의 화난 듯한 날카로운 목소리로 나를 불렀다.

몸을 돌리자 멀지 않은 곳에서 허리에 두 손을 짚은 새비가 보였다. "가자."

새비의 목소리와 언짢은 표정이 나를 다시 현실로 되돌려놓았다. 나는 재빨리 드레스 끈을 올리고 서둘러 새비를 뒤따라갔다.

'안 돼, 루시, 잠깐만.' 에밋이 꽤 거칠게 내 손을 잡아챘다. 에밋이 손을 끌어당기자 나는 소리를 질렀다.

'미안해.' 나는 방금 나를 아프게 한 남자에게, 당황한 목소리로 사과했다. '그러지 말았어야 했어.'

나는 그대로 새비를 뒤따라갔고, 그때부터 기억이 흐려진다.

그리고 지금, 나는 여전히 에밋과 키스하고 있었다.

사실, 정확히 말하면 에밋이 나에게 키스하고 있는 거다. 지금 나는 거의 동상처럼 서 있었으니까.

누군가가 큰 소리로 헛기침하자 에밋과 나는 고개를 돌렸다.

니나다.

니나가 연한 파란색 수술복을 입은 채 도로변에 서 있었다. 에밋은 내게서 떨어졌고 니나는 차가운 눈빛으로 나를 쏘아봤다.

"얘기 좀 할까?" 니나가 에밋에게 말했다.

에밋은 깊은 한숨을 내쉬면서도 고개를 끄덕이고, 내게 사과하듯 미안한 눈길을 보냈다. 니나가 아트숍 안으로 들어가고, 에밋이 뒤따랐다. 두 사람 뒤로 문이 닫히며 종소리가 울렸다.

나는 재빨리 내 차로 걸어가 운전석에 앉아 거칠게 숨을 몰아쉬었다.

왜 새비는 그 결혼식장에서 에밋과 키스하는 내게 화를 낸 걸까? 설마 새비가 에밋을….

나는 선명해지는 기억에 얼어붙었다.

5년 전

새비는 쿵쿵거리며 차로 가더니 거칠게 문을 열었다.

"잠깐, 너 지금 화 난 거야?" 내가 급하게 새비의 뒤를 따라가며 물었다.

"타기나 해." 새비는 소리치더니 운전석에 앉아 차 문을 부서져라 닫았다.

나는 오래된 패스트푸드 봉지를 발로 차서 치우고 조수석에 앉았다. "진짜 내가 에밋이랑 키스했다고 화내는 거야? 왜 이래?"

"화난 거 아니야." 새비는 마치 나를 상대할 에너지를 모으는 듯 잠시 눈을 감았다. "걱정돼서 그래. 네 거지 같은 남편을 죽일 계획을 해도 모자란데, 그 새끼랑 키스나 하고 있다니."

나는 침을 꿀꺽 삼켰다.

"그다음엔 가슴을 다 내놓고…"

"한쪽이야! 한쪽이었다고!"

"쓰레기통 옆에서 섹스를 하려고 했어. 지금 네가 나처럼 굴고 있잖아, 난 그게 걱정되는 거야."

"아니야. 너였으면 가슴을 다 내놨겠지."

"너무하네, 그래도 틀린 말은 아니다." 시동을 거는 새비의 표정이 풀어졌다. "그건 그렇고, 대체 왜 매트가 더듬는 걸 그냥 놔둬? 그 새끼는 널 때리잖아, 루시."

수치심에 목이 타오르는 듯했다. 새비는 내 표정을 보자 변속기에서 손을 떼고 내게 몸을 돌렸다.

"미안해. 비난하려던 건 아닌데."

"아니, 네 말이 맞아. 나도 모르겠어. 내가 왜…" 나는 말끝을 흐렸다. 거짓말이기 때문이다. 나는 내가 왜 매트를 떠나지 않는지, 왜 같은 패턴에 매번 넘어가는지 알고 있었다. "가끔 우리가 그냥 끼리끼리 만나는 것 같다는 생각이 들어. 무슨 말인지 알아?"

"아니, 모르겠어." 새비는 단호하게 대답했다.

"넌 이해 못 해. 내가 매트에게 하는 말들, 소리를 질러대는 거…" 나는 고개를 저었다. "괜찮은 여자는 그렇게 안 할 거야. 맞아도 똑같이 때리려고 하지 않을 거고. 우리가 둘 다 쓰레기라 서로한테 끌렸나 봐."

"루시, 아니야." 새비가 내 손을 잡았다. "절대 아니야. 매트 때문이야. 그 새끼가 널 제정신이 아닌 상태까지 몰아넣었고, 네가 살기 위해서 한 행동을 비난한 거야. 전부 그 새끼 잘못이라고."

나는 꼭 잡은 우리의 손을 내려다보며 고개를 끄덕였다. 내가 새비의 말을 믿는지 스스로도 확신할 수는 없었지만. "그런데 지금은 내가 에밋이랑 키스한 나쁜 년이잖아."

"그게 왜 나쁜 년이야?"

"에밋을 그렇게 이용하면 안 되잖아. 착한 앤데."

새비가 진심으로 당황스럽다는 듯이 나를 쳐다봤다. "걔가 무슨 착한 애야? 걔는 너한테만 잘해주는 거야. 어렸을 때부터 널 좋아했으니까."

"아니야. 그냥 호감이 있었던 거지. 확실하진 않지만…."

"그래. 좋아하는 게 아니야. 아주 숭배하지. 네가 완벽하다고 생각하거든."

나는 딱히 할 말을 찾을 수 없었다. 새비 말이 맞아서다. 그건 내가 에밋을 좋아하는 여러 비밀스러운 이유 중 하나였다. 나를 보는 에밋의 눈빛은 늘 별이 반짝이는 것 같았으니까.

"있잖아, 이 말은 안 하려고 했는데…." 새비가 인상을 찌푸리며 말끝을 흐렸다. "나 몇 달 전에 에밋이랑 잤어."

질투가 솟아올랐다. 내가 에밋에게 호감이 있다는 걸 새비가 알 거라고 생각했다. 그러니 에밋에게는 접근하지 않을 거라고.

바보 같은 생각이었다. 나는 이성적으로 생각하려고 했다. 나는 다른 사람과 결혼했고, 에밋에게 마음이 있다고 말한 적도 없다.

"미안해, 네 친구인데." 새비가 입술을 물며 말을 잇는다. "그리고 에밋이 널 좋아하는 것도 알고 있었어. 그런데 그냥 그날 에밋이 늦게까지 바에 있었고, 나도 취해서, 그래서 그냥…. 그런데, 좀 너무 공격적이더라. 남자가 그런 식으로 나오면 나도 모르게 끌려가게 될 때 있잖아?"

나는 내 가슴 한쪽을 꺼내놓은 채 지퍼를 내리던 에밋을 떠올렸다. "맞아."

"하기 싫었다는 얘기는 아니야." 새비가 재빨리 덧붙인다. "나도 하고 싶었어. 하지만 그냥…. 진짜 별로였어."

나는 흠칫했다. "그래?"

"응. 그러니까, 키스를…."

"너무 못하지." 내가 대신 말을 끝맺었다.

"세상에, 맞아. 그리고 섹스할 때도 너무 거칠었어. 원래 난 그런 거 별로 신경 안 쓰는데, 그건 그냥…. 안 좋았어. 날 전혀 배려 안 하는 느낌? 그냥 무식하게 넣기만 하는, 그런 거 있잖아?"

내가 얼굴을 찌푸렸다.

"끝난 다음에도 예의가 없었어. 너한테 말하지 말라고 하더라."

"그랬어?"

"응. 어쨌든 나도 마음이 안 좋아서, 그냥 얘기 안 하려고 했지." 새비가 멋쩍은 표정을 지었다. "그런데 그 후에도 짜증 나게 굴더라고? 그러니까, 그다음 주에 찾아왔는데, 자꾸 더듬고 거칠게 굴길래 하기 싫다고 하니까 완전 화내면서 '넌 이런 거 거절 안 할 거라고 생각했는데.' 이러더라."

나는 몸을 뒤로 젖히며 말했다. "와. 그건 너무한데."

"어쨌든, 에밋은 개자식이고, 네가 다른 사람을 찾아봤으면 좋겠어. 넌 에밋보다 나은 사람을 만날 자격이 충분하니까. 그 새로 온 바텐더는 어때? 매트를 죽이기 전에 넌 멋진 섹스를 해야 해. 그 새끼를 죽인 후에 너무 빨리 온 마을에 가슴을 내놓고 다니면 좀 그렇잖아?"

헤드라이트가 내 얼굴을 스치고, 나는 트럭을 몰고 도로로 향하는 에밋과 눈이 마주쳤다. 나는 재빨리 시선을 돌렸다.

"나 진짜 남자 보는 눈 없지?" 내가 말했다.

"난 아무 말도 안 하려고 했는데. 내가 할 말은 아니라서."

나는 웃음을 터뜨리고, 긴 한숨과 함께 등받이에 기댔다. "헤어져야 해. 매트랑."

"맞아."

"플럼튼도 떠나야 해. 헤어진 후엔 여기 못 있어."

새비가 기어를 주행으로 바꿨다. "떠나는 김에 매트를 죽이는 건 어때?"

"내가 정말 그러고 싶은 건지 잘 모르겠어, 새비." 복수의 감정은 흐려지고 있었고, 그곳에 새로운 삶을 향한 열망이 차오르고 있었다. 지금까지 내 삶은 '좋은' 선택의 연속이었다. 대학을 다니며 남자를 만나 그 사람과 결혼하고, 고향으로 돌아와 꿈처럼 아름다운 집을 샀으니까. 하지만 그 모든 게 엉망이 됐다.

나는 복수하고 싶지 않았다. 내가 다른 선택을 했다면 삶이 어떻게 됐을지 알고 싶어서다. 새로 시작해야 한다. 나는 남편을 떠나는 것이 두려워서, 모두 부러워하는 삶을 살지 않는 내 모습을 다른 사람이 어떻게 생각할지 두려워서 결혼 생활에 갇혀버린 여자가 되고 싶지 않았다.

그리고 내 새로운 삶을 교도소에서 시작하고 싶지도 않았다.

"넌 정말 매트를 죽이고 싶었던 거야?" 내가 새비에게 물었다.

"당연하지." 새비는 전혀 진지해 보이지 않는 미소를 지으며 대답했다.

"난 아니야." 나는 어두운 창문을 바라보며 나직하게 말했다. "난 못 해."

새비가 흙길로 들어선다. "우리 어디로 갈까? 여길 떠나면?"

"잘 모르겠어. 어디든. 그냥 어느 날 매트가 자는 동안 짐을 챙겨서 사라져야겠다고 생각했거든. 그런데 혼자 떠날 용기가 없더라고."

새비는 내게 웃어 보였다. "난 늘 어디로 가고 싶었는지 알아?"

"어딘데?"

"캘리포니아, 로스앤젤레스."

"거긴 물가가 너무 비싸잖아." 내가 아쉬워하며 말했다.

"좋으니까 비싸지." 새비가 한 손으로 핸들을 살짝 내리쳤다. "가자."

"정말?"

"응. 그러니까, 최대한 빨리. 텍사스 여름은 너무 거지 같잖아. 난 더는 못 견뎌. 내일 밤에 떠나자."

심장이 쿵 떨어졌다. 그동안 꿈만 꾸던 일인데, 새비가 그 꿈을 이뤄주려 하고 있었다.

"그래." 나는 마음이 바뀌기 전에 대답했다.

새비는 작게 기쁨의 비명을 질렀다. "좋아, 하지만 매트가 널 쫓아오면, 그땐 죽여버리는 거야."

"알았어."

그 순간, 어둠 속에서 무언가를 발견하고 살펴보던 새비의 얼굴에서 미소가 서서히 사라졌다.

"저게 대체 뭐야?"

48

나는 눈을 꼭 감으며 흐릿한 나머지 기억에 집중하려 했다.

하지만 기억은 떠오르지 않았다. 새비의 웃음소리와 미소가 희미해지고, 남은 건 가슴에서 느껴지는 고통뿐이었다.

우리는 함께 플럼튼을 떠나기로 했던 것이다. LA에 왔을 새비의 모습이 눈에 선하다. 해변을 정말 좋아하고, 교통 체증을 정말 싫어했을 것이다. 같이 아파트를 구해 함께 살았을 수도 있다.

우리가 함께할 수 있었을 일들을 생각하니 숨이 막혀온다.

'저게 대체 뭐야?' 새비가 했던 말이 머릿속을 계속 맴돌았다.

가게 앞 유리창 너머로 팔짱을 낀 채 에밋 앞에 서 있는 니나의 모습이 보인다. 에밋은 분노로 달아오른 얼굴로 니나에게 소리치고 있었다.

에밋은 결혼식장을 떠났었다. 나는 기억을 떠올리며 눈을 깜빡였다. 분명, 나는 트럭에 올라 도로로 나서는 에밋의 얼굴을 봤다.

나는 가방에서 핸드폰을 꺼냈다. 벤은 첫 번째 수신음이 끝나기도 전에 전화를 받는다.

"여보세요, 루시."

"에밋이 자기는 결혼식이 끝날 때까지 식장에 있었다고 말하지 않았어요?"

"네? 어…. 네. 잠깐, 잠깐만요, 이거 녹음해도 돼요?"

"마음대로 해요. 그냥…."

"잠깐만요. 됐어요. 다시 물어봐요."

"에밋이 자기는 결혼식이 끝날 때까지 식장에 있었다고 했죠?"

"네. 결혼식은 새벽 세 시쯤에 끝났어요. 사람들도 에밋을 봤고요. 에밋이 사람들이 돌아갈 때 교통 정리를 도와줬다고 했어요."

"결혼식장을 떠났다가 다시 돌아온 걸 본 사람은 없어요?"

"네. 에밋은 식장에 계속 있었다고 말했어요."

"에밋이 결혼식장에서 나갔던 게 기억나요. 새비와 제가 떠나기 직전에요."

긴 침묵이 흐른다. "확실해요?"

"네. 전 새비랑 같이 차에 탔는데, 에밋이 우리 차를 지나쳐 고속도로로 이어지는 흙길로 운전해 가던 모습을 분명히 봤어요. 에밋도 날 봤고. 눈이 마주쳤어요."

"루시, 무슨 일이 있었는지 기억난 거예요?"

"기억이…. 기억이 조금씩 돌아오고 있어요. 결혼식에서 있었던 일이 부분적으로 기억나고, 새비와 함께 차에 탔던 게 기억나요. 우린 플럼튼을 떠나자는 얘기를 했어요. 함께 로스앤젤레스로 가자고요."

"싸우고 있었던 건가요?"

"아니에요. 안 싸웠어요. 우린 행복했어요." 숨이 턱 막혔다.

"그럼 거기로 가 보죠. 지금요. 밖이 어두워졌으니까요. 도움이 될 수도 있어요. 지금 어디예요?"

"아트숍 밖에 있어요." 나는 숨을 헐떡이며 대답했다.

가게 유리창 안으로 화를 내는 에밋의 모습이 보인다.

니나가 움찔했다. 두 팔을 올리고, 얼굴을 돌린 채 눈을 꼭 감았다.

나도 저런 모습이었다.

나는 저 자세가 무슨 의미인지 안다.

저건 맞기 전에 자신을 방어하는 모습이다.

"루시?" 벤이 나를 불렀다.

에밋이 니나의 두 손목을 붙잡았다.

"왜 아트숍에 있어요?"

"에밋이…" 나는 말끝을 흐렸다. 에밋이 니나의 손목을 너무 세게 잡고 있었다. 니나가 눈물을 흘리며 잡힌 손을 뿌리치려 했다.

"에밋이 해치려고 해요." 나는 조용히 말했다. 움직여야 한다. 내가 도와야 한다.

"에밋이요? 누구를요?"

니나가 에밋의 손에서 벗어났다. 그러고는 가게에서 도망치듯 나와 자신의 차로 뛰어들었다. 나는 후방 거울로 사라지는 니나의 차를 바라봤다.

순간, 창문을 두드리는 소리에 나는 소스라치게 놀랐다.

에밋이었다.

그리고… 내 기억이 돌아왔다.

5년 전

"저게 대체 뭐야?" 새비가 어둠 속에서 눈을 가늘게 뜨며 말했다.

나는 몸을 앞으로 기울였다. 트럭 한 대가 길 한 가운데 멈춰 있었다. 그 앞에 서 있는 키 큰 그림자가 보였다. 새비가 헤드라이트로 남자의 얼굴을 비췄다.

에밋이었다.

새비가 속도를 줄여 차를 멈추고, 창문을 내렸다. 그리고 '뭐 하는 거야?'라고 묻듯 한 손을 들어 올렸다.

에밋이 내 쪽으로 걸어왔다. 나는 창문을 내렸다.

"얘기 좀 할 수 있어?" 에밋은 숨을 헐떡이며 애원하듯 말했다. 나는 어렸을 때부터 알았던 에밋의 모습과 새비가 말해준 모습을 함께 받아들이기가 힘들었다. 지금 내 앞의 에밋은 두 주먹을 꽉 쥐고, 어딘가 거칠고 절박한 눈빛으로 나를 내려다보고 있었다.

"야, 지금?" 새비가 치미는 화를 참지 않고 말했다. "내일까지 못 기다려?"

에밋은 새비의 말을 무시했다. "안 될까?"

나는 한숨을 내쉬고 문손잡이로 손을 뻗었다. "알았어. 새비, 먼저 가. 에밋이 집에 데려다줄 거야." 내가 확인하듯 에밋을 바라보자, 그의 얼굴이 밝아졌다. 그러고는 고개를 끄덕였다.

"아니, 괜찮아. 기다릴게."

새비가 단호하게 말하자 에밋은 짜증을 내며 눈을 굴렸다. 나는 새비의 차에서 나와 문을 닫았다. 비가 올 듯 눅눅한 냄새가 났고, 5월치고는 조금 쌀쌀했다.

에밋이 차에서 멀어지며 도로 주위에 있던 빽빽한 나무들 쪽으로 몇 걸음 들어갔다. 나는 흘긋 뒤를 돌아봤다. 운전석에 앉아 우리를 쳐다보는 새비의 모습이 보였다.

"미안해, 이상해 보이는 거 아는데, 너랑 꼭 얘기하고 싶어서." 에밋은 눈을 가늘게 뜨며 한 손을 눈 위로 들어서 빛을 가렸다. "라이트는 안 끌 거래?" 에밋이 새비의 헤드라이트를 피해 나무들 쪽으로 몇 걸음 더 걸어갔다.

"나도 그렇게 도망치는 게 아니었어." 내가 에밋을 따라 걸어가며 말했다. 보름달이 밝았고, 아직 새비의 헤드라이트 덕분에 약간 불빛이 있었다. 에밋의 얼굴이 선명하게 보인다. 커다랗게 뜬 눈에 절박함이 보였다.

"아니, 내가…" 에밋이 말끝을 흐리며 고개를 저었다. "너한테 키스해선 안 됐어. 내가 정신이 나갔었어. 이해해 줘, 루시. 네가 너무 좋아서 그랬어."

나는 마른침을 삼켰다. 새비가 에밋과 한 일을 말해주지 않았더라도 지금 에밋의 고백에 그렇게 기뻐하지는 않았을 것 같았다. 매트와 헤어진 후에 누구를 만나게 될지 생각하는 것 자체가 아직은 힘들었으니까.

나는 엉망이었고, 무엇보다도 에밋의 마음이 내게는 필요하지 않았다.

"너를 정말 좋아했어. 오래전부터." 에밋은 내 표정을 알아채지 못한 듯 말을 이어갔다. "매트가 너한테 개자식처럼 구는 것도, 널 두고 바람피우는 것도 알아. 너도 알지? 매트가 다른 사람 만나는 거?"

"알아."

에밋이 한 발자국 내게 다가왔다. "그냥 떠나. 나한테 와. 널 사랑해. 어렸을 때부터 널 사랑했어."

에밋이 내 허리에 팔을 감싸며 키스를 했다. 마치 내 얼굴을 삼키려는 듯 어설펐다. 나는 에밋을 밀어냈다.

"그럴 수 없어, 미안해." 나는 한 발자국 물러섰다.

에밋이 곧바로 나를 다시 붙잡았다. "아니, 할 수 있어. 넌 그 집에서 완벽한 삶을 살고 있다고 생각하지만, 난 네가 불행하다는 걸 알아. 네가 매트를 진심으로 사랑하지 않는다는 것도. 네가 완벽한 아내로 살아야 한다고 생각하는 것도 알지만, 그러지 않아도 돼. 내가 도와줄게."

에밋이 진실의 조각들을 모아 자기 마음대로 만들어 낸 내 삶은 어딘가 이상했다. 자신이 나의 구원자가 될 수 있는 그런 삶. 물론 행복하지 않은 건 분명했지만, 나는 매트를 사랑했다. 그래서 매트를 그렇게나 증오한 것이다. 한때는 매트에게 정말 푹 빠져 있었고, 그때 매트는 나를 때리지 않았다.

그리고 난 완벽한 아내가 되려고 노력한 적이 없다. 솔직히 말해, 아내로서는 정말 별로였다.

"안 돼." 내가 다시 말했다. "미안해. 매트랑 내가 행복하지 않은 건 맞지만, 당장 다른 관계에 뛰어들 순 없어."

"기다릴게." 매트가 급히 대답했다. "시간이 필요하다면. 부탁이야, 루시, 그냥…" 에밋은 말을 끝맺지 못했다. 다시 내게 입을 맞췄기 때문이다. '기다리겠다'라는 말이 바로 내게 키스하겠다는 말일 줄은 몰랐다.

"에밋, 그만해." 내가 다시 그를 밀어냈다. "너랑은 만날 일 없어, 알겠어? 미안해."

에밋의 얼굴에서 모든 희망이 빠져나간갔다. "뭐?"

"나는, 난…. 널 남자로 보지 않아. 우린 계속 친구였잖아, 우린 이러면…"

"날 남자로 안 본다고? 그럼 왜 그때 계속 키스한 거야?"

"미안해. 난…"

"날 남자로 안 봤으면 계속 키스했을 리 없잖아!" 에밋의 목소리에 분노가 섞인다.

"그만, 이제 가자!" 새비가 소리쳤다. 새비가 차 문을 세게 닫는 소리가 들리고, 잠시 후 나무들 사이로 새비의 모습이 나타났다.

에밋이 집에 데려다줄 거라는 내 말을 무시해 준 새비를 향한 고마움이 물밀듯 밀려왔다.

"제발, 새비, 우리 일에 관심 좀 끌 수 없어?" 에밋이 화를 냈다. "지금 루시랑 얘기하고 있잖아."

"듣기에는 대화가 아니라 소리치는 것 같던데."

"소리 지른 거 아니야, 난 그냥…."

"괜찮아." 내가 끼어들었다. "에밋, 내일 얘기하자. 너무 늦었고, 나도 너무 취했어."

"내일 얘기할 거 없어. 싫다잖아. 받아들여."

에밋의 콧구멍이 분노로 벌름거렸다. "너한테 얘기한 거 아니야. 그냥 루시랑 내가 얘기하게…."

"그 정도면 좀 알아들어, 이 새끼야. 아니라잖아. 그게 끝이라고." 새비가 내게 팔짱을 낀 채 부드럽게 끌어당겼다.

"아니. 안 끝났어." 에밋이 내 반대쪽 팔을 잡고 거칠게 끌어당겼다. 내 팔을 너무 세게 잡는 바람에 내가 움찔했다.

"지금 뭐 하는 짓이야!" 새비가 에밋의 가슴을 세게 밀쳤다. 에밋은 비틀거리며 살짝 뒤로 물러났지만, 내 팔을 놓지는 않았다.

"나한테 손대지 마." 에밋이 으르렁거리며 말했다.

"루시를 놔 줘."

"싫어."

"에밋, 이제 놔 줘." 나는 필사적으로 침착하려 애썼다. 머릿속에서 위험 신호가 울리고 있었다.

내 의지와 상관없이 두 주먹이 말렸다. 싸울 준비를 하는 것이다. 매트와 있을 때 이런 상황에 너무 많이 처했던 탓이다.

"세상에, 진짜 미친놈이네." 새비가 소리쳤다. "루시를 놔 주라고!"

"남 일에 신경 끄고 꺼져, 이 멍청한…."

내가 에밋에게 주먹을 날렸다. 내 주먹이 에밋의 턱에 닿았다. 매트에게 연습을 많이 하긴 했지만, 내 실력을 다 발휘하지는 못했다. 나는 균형을 잃었고, 주먹은 내 생각보다 세게 들어가지 않왔다.

그래도 에밋은 뒤쪽으로 비틀거리며 내 팔을 놓았다. 매트처럼 맞는 데 익숙하지 않은 것 같다.

"싫다고 했잖아!" 나는 비명을 질렀다. 그럴 생각은 아니었는데, 뇌가 과부하 된 것 같았다. 내 몸을 마음대로 통제하지 못하고 있었다. "네 도움 같은 거 필요 없다고! 네 빌어먹을 첫사랑도 내 알 바 아니잖아!"

에밋이 날 보며 입을 떡 벌렸다. 나는 온몸을 떨며 몸을 돌렸다. 새비는 내게 진심으로 감명받은 눈빛을 보냈다.

"이제 가자." 새비가 내게 말하고는 소리 내 웃었다.

나는 에밋을 흘긋 돌아봤고, 그 순간, 에밋이 내게 달려들었다.

49

"루시." 차창 밖으로 웅얼거리듯 들리는 에밋의 목소리가 나를 현실로 되돌려놓았다. 에밋이 차 문을 열었다. 잠가놨어야 했는데. 에밋이 무릎을 굽혀 시선을 맞췄다. "가지 마. 잠깐만 들어가자."

"루시?" 허벅지에 올려둔 핸드폰에서 벤의 목소리가 작게 들렸다. 에밋이 흘긋 핸드폰을 쳐다본다.

"누구야?" 에밋이 물었다.

"벤." 목소리가 희미하게 나왔다. 몸이 얼어붙은 것 같았다. 머릿속엔 내게 달려들던 에밋의 화난 표정만 가득했다.

"안녕하세요, 벤!" 에밋은 쾌활하게 인사했다. 그러고는 내게 미소 지었다.

지금 내 표정에 당황스러움이 드러나 있을까? 몸이 딱딱히 굳어 아무것도 느껴지지 않았다.

"전화 끊을 거야, 아니면 계속 이렇게…?" 에밋이 살짝 웃었다.

그러고는 마른침을 삼킨다. 에밋은 긴장하고 있었다.

입이 바짝 마른다. 나는 손이 아플 정도로 핸드폰을 꽉 쥐고 있었다.

에밋이 손을 뻗어 핸드폰을 가져간다. 그러고는 자신의 귀에 대고 말했다. "안녕하세요, 벤. 루시가 시간이 좀 필요해서요. 곧 다시 걸 거예요."

벤이 뭐라고 했는지는 알 수 없었다. 에밋은 전화를 끊더니 핸드폰을, 내 핸드폰을 자기 주머니에 넣었다. 그리고 내 팔에 가만히 손을 얹었다.

"안으로 들어갈까? 물이라도 마실래?"

나는 고개를 저었다.

"음, 이 상태로 운전하게 할 수는 없어. 얼굴이 하얗게 질렸잖아." 에밋이 팔을 뻗어 조수석에 던져둔 차 열쇠를 가져갔다. 불현듯 내가 땀을 흘리고 있다는 사실을 깨달았다. 이 뜨거운 차 안에 몇 분이나 앉아 있었으니까.

'도망쳐, 루시.' 머릿속에서 새비가 비명을 지른다. '도망가!'

"들어가자." 에밋이 다시 말했다. 에밋이 내 볼에 손을 얹었다. "들어가서 좀 쉬어."

에밋이 내 안전벨트를 풀었다. 나는 안전벨트를 하고 있다는 것도 잊고 있었다.

"어서." 에밋이 내 팔에 두 손을 얹었다. "차에서 내리자, 루시, 응?"

나긋한 목소리였다.

혼란스럽다. 내 머릿속 에밋은 소리를 지르고 있었다.

5년 전

에밋이 달려들어 나를 새비 쪽으로 넘어뜨렸다. 우리는 바닥에 넘어져 굴렀다.

"세상에." 새비가 먼저 일어나 내게 손을 뻗었다. 나는 새비의 팔을 잡았다.

에밋이 새비에게 주먹을 날렸다. 새비가 넘어지며 내 손톱이 새비의 팔에 상처를 남겼다.

"이 개 같은 년! 평생 너를 기다리고, 착한 남자로, 친구로 살았는데, 네가 날 이따위로 대해?" 에밋이 내 셔츠를 움켜쥐고 자기 발 쪽으로 끌어당겼다.

새비가 에밋의 등으로 달려들어 에밋의 목에 팔을 감았다. 에밋이 몸을 뒤틀며 내 셔츠를 놓았다. 에밋이 새비의 한 손을 뿌리치자 새비가 에밋의 등에서 굴러 떨어졌다.

에밋은 미친 듯이 주위를 둘러보며 필사적으로 나를 잡으려 했다. 나는 재빨리 도망쳐 새비에게 손을 뻗었다. 새비가 다시 내 손을 잡고 일어나 그 자리를 벗어났다.

우리는 몸을 숙여 나무들 사이로 도망쳤다. 나는 남은 용기를 짜내 뒤를 돌아봤다. 에밋은 보이지 않았다.

"젠장!" 갑자기 새비가 숨을 헐떡였다. "이 길이 아니야."

나는 멈춰 서서 뒤를 돌아봤다. 어둡고, 조용하다. 우리는 길에서 멀리 도망쳤고, 에밋은 어디에도 보이지 않았다.

점점 숨이 가빴다. 나는 핸드폰을 꺼내려고 가방으로 손을 뻗었지만, 핸드폰은 차에 있었다.

"너, 핸드폰 있어?"

"있어!" 새비가 드레스에 있는 주머니에 손을 넣어 핸드폰을 꺼냈다. 그러고는 고개를 숙여 화면을 들여다봤다. "젠장. 안 켜져."

나는 떨리는 손으로 쏟아지는 눈물을 닦아냈다. "미안해. 차에서 내리는 게 아니었는데. 에밋이 이럴 줄은…." 나는 훌쩍거렸다.

새비가 고개를 저었다. "네 잘못이 아니야. 하지만 나중에, 경찰을 부른 다음에, 내가 널 강간이랑 살인에서 구해줬다는 거 꼭 기억해. 영원히 생색낼 거니까."

나는 울면서 웃음을 터뜨렸다. "영원히. 알았어."

새비가 내 손을 잡았다. "결혼식장으로 돌아가자. 걸어가면 돼." 새비가 어두운 숲속을 가리키며 말했다. "2킬로 정도 되지?"

"응, 그래도 그게 제일 안전할 것 같아." 새비는 몸을 굽혀 하이힐을 벗었다. 나도 내 구두를 벗었다.

"저쪽이 맞긴 해?" 나는 하늘을 올려다봤다. 마치 별을 보고 방향을 알 수 있는 능력이 갑자기 생기기라도 한 듯이.

"음." 새비가 왼쪽을 보고, 다시 오른쪽을 봤다. "좋은 지적이야."

"우리가 저쪽에서 왔지?" 내가 한쪽을 가리켰다.

"그럴걸? 내 차 헤드라이트가 이제 안 보이네." 새비가 두 손을 이마에 대며 말했다. "세상에. 핸드폰 없었을 때는 다들 어떻게 살았을까?"

"잠깐, 지금 우린 도로에서 별로 안 멀 거야." 내가 말했다. "차 소리가 들리나 보자. 그쪽으로 가면 될 거야."

굵은 빗방울이 눈에 떨어지자, 나는 깜짝 놀라 눈을 깜빡였다.

"엄청나네." 새비가 한 손을 뻗어 빗방울을 맞으며 말했다. "지금 딱 필요한 걸 또 어떻게 알고."

불현듯 나뭇잎이 부스럭거리는 소리에 나는 뒤를 돌아봤다.

에밋이 어둠 속에서 달려 나왔다. 머리 위로 무언가를 들어 올린 채로. 망치처럼 생겼지만, 건축용은 아닌 것 같았다. 막대기 끝에 금속 덩어리를 달아놓은 것이었다.

"도망쳐." 새비가 속삭였다.

우리는 함께 나무에 몸을 부딪쳐가며 정신없이 도망쳤다. 신발을 신지 않아 조금 더 빠르게 달릴 수 있었다.

하지만 에밋은 우리에게 점점 가까워지고 있었다.

새비가 내 손을 놓았다. 숨을 헐떡이고 있었다. "가, 루시. 빨리."

나는 새비를 다시 잡으려 했다. "멈추지 마. 차 소리가 들려."

"아니. 네가 나보다 빠르잖아. 그냥 가. 가서 도와줄 사람을 데리고 와. 에밋은 내가 맡을 수 있어."

"안 돼, 넌…"

어둠 속에서 튀어나온 손이 내 머리채를 휘어잡았고, 나는 비명을 질렀다. 나는 비틀거리며 뒤로 끌려갔고, 이내 내 얼굴로 주먹이 날아왔다. 눈앞이 핑 돌았다. 심지어 매트도 나를 이렇게 세게 때린 적은 없었다.

나는 땅바닥에 쓰러졌다. 내가 어떻게 쓰러졌는지 기억도 나지 않았다. 에밋이 망치를 휘두르자 새비가 재빨리 피했다.

새비가 에밋에게 달려들어 망치를 뺏으려고 몸싸움했다. 이내 망치가 쿵 소리와 함께 땅에 떨어졌다.

새비가 흙바닥에 구르며 망치로 몸을 날렸다. 하지만 에밋이 새비의 발목을 잡아챘고, 새비는 뒤쪽으로 질질 끌려가며 비명을 질렀다.

나는 새비에게 몸을 날렸다. 정신이 아직 혼미했고, 시야에 까만 점들이 보였다. 나는 새비의 팔에 손을 감아 필사적으로 내쪽으로 끌어오려 했다. 새비를 너무 세게 잡은 탓에 내 손까지 아파오기 시작했다.

그때, 에밋이 갑자기 새비를 놓더니 땅에서 무언가를 주웠다.

그러고는 무겁고 두꺼운 나뭇가지를 휘둘렀다.

그 나뭇가지가 새비의 머리에 맞았다.

새비는 바닥으로 넘어져 신음했다. 나는 재빨리 새비에게로 기어갔다. 새비가 천천히 일어나자, 머리에 난 상처에서 피가 쏟아져 나왔다.

에밋이 숨을 거칠게 몰아쉬며 우리를 내려다봤다. 에밋은 나뭇가지를 옆으로 던져버리고는 다시 망치를 집었다.

나는 두 팔로 새비를 감쌌다. "제발 그만해." 나는 애원했다. "지금 그만두면 아무한테도 얘기 안 할게. 어차피 여길 떠나려고 했어. 여길 떠나면 다시는 연락 안 할 거야. 약속할게. 제발 부탁이야, 에밋."

어둠 속에서 나를 내려다보는 에밋의 눈은 온통 검은색이었다.

"루시?" 고요함 속에 매트의 목소리가 울렸다. "새비? 에밋? 다들 어디 있어?"

나는 얼어붙었다. 우리는 도로가 아닌 차가 있는 쪽으로 도망갔던 것이다. 내가 들었던 소리는 매트의 자동차 소리였다.

"매⋯."

내 비명은 이어지지 못했다. 에밋이 내 머리로 망치를 내리쳤다. 왼쪽 머리를 살짝 스쳤을 뿐이지만, 그런데도 나는 뒤로 넘어졌다. 내가 그대로 땅에 부딪히기 전에 새비가 나를 잡았다.

"매트! 도와줘!" 새비가 비명을 질렀다.

에밋이 다시 망치를 들었다. 나는 비틀거렸다. 어지럽다. 비명을 지르려 입을 벌렸지만, 아무 소리도 나오지 않았다.

나는 위를 올려다봤다. 에밋이 내게 시선을 고정한 채 다시 팔을 들어 올렸다.

"네가 자초한 일이야." 에밋이 으르렁거리듯 말했다.

망치가 내 머리 위로 날아들었다.

순간, 새비가 내 앞을 가로막았다. 망치가 새비의 머리에 너무 세게 부딪혀 뼈가 부서지는 소리가 나무들 사이로 울렸다. 새비가 내 무릎 위로 쓰러졌다. 내 드레스가 피로 물들었다.

내 손 역시 피투성이다.

머리가 다시 울렸다.

"새비?" 매트의 목소리는 여전히 먼 곳에서 들렸다.

에밋이 뒤를 돌아보더니, 욕을 내뱉고는 다시 망치를 휘둘렀다.

나는 정신을 잃었다.

50

"너 요즘 기억을 떠올리려고 너무 무리했어." 에밋이 말했다.

나는 차 밖으로 나와 있었다. 어떻게 나왔는지 기억이 나지 않지만, 한순간 나는 차 옆에 서 있었고, 에밋이 걱정스러운 눈으로 나를 바라보고 있었다. 그의 손은 내 손목을 단단히 붙잡고 있었다.

"지난번에 그렇게 무리했을 때 어땠는지 잊었어? 네가 없는 기억을 만들어 냈잖아."

새비의 머리가 부서지는 소리가 머릿속에서 계속 반복됐다.

상상이라고 하기에는 지나치게 생생하다.

"매트가 너한테 내가 그날 거기 있었다고 말하지 않았어?" 에밋이 물었다.

"뭐?" 나는 눈을 깜빡였다.

에밋의 표정이 어두워졌다. "아마 내가 거기 있었다고 말했겠지. 말 안 하겠다고 했지만, 그 새끼가 비밀을 지키는 사람이 아니라는 걸 알았어야 했어." 에밋이 두 손을 내 볼에 얹었다. "난 널 절대 해치지 않아, 너도 알잖아."

"맞아, 매트가 네가 거기 있었다고 했어." 나는 에밋의 말을 그대로 반복했다. 거짓말이었다. 매트는 내게 아무것도 말해주지 않았다.

에밋이 거기 있었다고? 그리고 매트가 그걸 알고 있었다고?

"그때 20분 정도 결혼식장에서 나와 있었어. 잠깐 개를 보러 가려고. 그때 네가…. 음, 별로 알고 싶지 않을 텐데."

"아니, 알고 싶어."

"우리, 결혼식장에서 일이 좀 있었거든. 우린…. 그러니까, 계속 그랬어. 기억나지? 그 전에도 그런 일이 있었던 거. 너랑 난 늘 서로를 향해 있었잖아."

내가 만취해서 자기랑 두 번 키스한 걸 가지고 저렇게 말하는 건가?

"새비가 우릴 봤고, 엄청 화를 냈어. 새비가 너한테 말했는지는 모르겠는데, 새비랑 나랑 잠깐 만난 적이 있었거든. 그냥 별거 아니었어, 몇 번 잔 것뿐이야. 그런데 그 후에 새비가 나를 엄청 차갑게 대하더라고. 그래서 새비가 더 진지한 관계를 기대했던 건 아닌가 생각했지."

섹스가 너무 별로여서 새비가 자기를 피한 걸 저렇게 생각하다니.

"너희 둘은 같이 나갔어. 개 때문에 집으로 가는 길에 우연히 도로 옆에 새비 차가 주차된 걸 봤어. 이상하다고 생각했지. 하객들은 대부분 대로로 가니까. 그날 밤에 비가 온다고 해서, 결혼식에 있던 사람들이 그 도로가 쉽게 침수되니까 가지 말라고 했었거든. 새비가 그걸 잊어버렸던 것 같아. 나도 그날 저녁 늦게야 생각났고."

"주차된 새비 차를 우연히 봤다고?"

"맞아. 내가 차에서 내렸는데, 너희 둘이 숲속에서 서로 소리치고 있었어."

"뭐 때문에?"

"모르겠어. 잘 안 들렸거든. 하지만 네가 정말 화나 보였어. 새비가 네 뺨을 때렸고, 넌 손톱으로 새비에게 상처를 냈어. 그걸 보고 말리려고 했는데, 네가 나뭇가지를 집더니 그렇게…. 너도 그렇게 세게 칠 생각은 아니었을 거야. 그리고 넌 공포에 질려 비명을 지르기 시작했고, 그대로 도망쳤어."

"내가 머리 다친 걸 빼먹었네."

에밋이 내 볼에서 손을 뗐다. "뭐?"

"내가 머리 다친 거. 내가 어떻게 머리를 다쳤는지가 빠졌잖아."

"아." 에밋의 얼굴에 완전히 당황한 듯한 표정이 떠오르더니, 이내 사라졌다. "무슨 일이 있었는지는 모르겠지만 네가 정말 급하게 도망쳤거든. 아마 어딘가에 부딪혔겠지. 널 쫓아가려고 했는데, 네가 사라져 버렸어."

"그럼 새비를 그냥 죽게 내버려 둔 거야?" 내가 묻는다.

"그때 새비는 이미 죽었어. 할 수 있는 게 없었다고."

"그럼 왜 경찰에 안 간 거야…?"

"널 사랑하니까." 에밋의 시선은 흔들림 없이 내게 고정되어 있었다. "네가 한 번 실수한 것쯤은 신경 안 써. 사실 새비가 널 먼저 때린 거니까. 그리고 넌 일부러 그런 게 아니잖아. 난 알아."

"매트한테는 뭐라고 말한 거야?" 내가 물었다. 머릿속이 다시 윙윙거린다. 생각하기가 힘들다.

"사실대로 말했어. 네가 새비를 죽이는 걸 봤다고."

"그럼 난 왜…." 나는 눈을 꼭 감았다. "난 왜 도망친 거야?"

"네가 저지른 일을 마주하기가 두려워서 그랬던 것 같아."

"그럼 매트도 경찰을 안 부른 거야?"

"매트는 우리끼리 해결하자고 했어. 그래서 같이 널 찾아다녔는데, 비 때문에 도로가 물에 잠겨서 널 못 찾았지. 그러다 네가 다른 사람에게 발견됐고, 그건…. 그냥 말 안 할게, 어차피 넌 기억 못 하니까."

나는 고개를 들어 에밋의 눈을 마주 봤다. "너한텐 정말 다행이었겠네."

에밋의 미간이 구겨진다. "나한테? 난 너한테 다행이라고 생각했어. 네가 그 트라우마를 기억하지 않았으면 했으니까. 난 그냥 네가 결혼식에서 우리가 뭘 했는지 잊어버려서 서운했어, 우리가 드디어…."

"쓰레기통 옆에서 섹스하기 직전이었다고?"

"우리가 드디어 서로에 대한 감정을 인정하려고 했다고."

"그랬지. 난 네 첫사랑 같은 거 신경 안 쓴다고 했고, 날 그냥 놔뒀으면 했으니까."

에밋은 얼어붙었다. "넌 그런 말 한 적 없어."

"내가 새비를 죽였다는 말을 매트는 왜 믿은 거야? 내가 널 쳤잖아. 얼굴에 상처가 하나도 안 남았어?"

"넌 날 때린 적 없어."

"새비도 널 때렸던 것 같은데, 제대로 치진 못했지만. 키도 작고 왜소했으니까. 칼이 있었으면 좋았을 텐데."

에밋은 마지막 말에 놀란 눈치다.

"내가 주먹을 더 세게 날려야 했어. 연습할 시간은 차고 넘쳤으니까." 배에 칼을 찔러 넣었어야 했다. 새비 말이 맞았다.

"루시. 잠깐만 진정해. 지금 너무 흥분했어." 에밋은 마치 아이를 대하듯 말했다.

나는 그런 에밋의 얼굴에 그대로 주먹을 꽂아 넣었다.

51

에밋은 길 쪽으로 비틀대며 물러났다. 그러고는 진심으로 당황한 표정으로 나를 바라봤다.

그 당황스러움은 순식간에 분노로 바뀌었다.

도망가야 한다. 나는 곧 머릿속에 울릴 도망가라는 새비의 목소리를 기다렸다.

하지만 새비는 그 분홍색 드레스를 입고 에밋의 옆에 나타났다. 얼굴에는 피가 흘러내리고 있었다.

'**나한테 생각이 있어.**' 새비가 씩 웃으며 말했다. '**에밋을 죽여버리자!**'

나는 미소를 지었다. 좋은 생각이다.

나는 두 주먹을 말아 쥐고 길 쪽으로 성큼성큼 걸어갔다. 에밋의 얼굴에 날렸던 내 오른손은 이미 욱신거리고 있었다.

상관없다.

에밋이 내 멱살을 틀어쥐고 손을 올렸다. 나는 재빠르게 피한 뒤 그의 배에 주먹을 꽂았다.

에밋이 고통스럽게 숨을 몰아쉬며 몸을 구부렸다. "루시, 그만해." 에밋이 숨을 쌕쌕거리며 말했다.

나는 에밋의 얼굴로 주먹을 날렸지만, 에밋은 몸을 틀어 피했다. 그의 눈에서 분노가 번득이더니, 내 얼굴에 주먹을 꽂았다.

잠시 눈앞이 하얘졌다. 땅바닥에 넘어진 내 손바닥 사이로 자갈이 파고들었다. 축축한 무언가가 얼굴과 입으로 흐른다. 입에서 피 맛이 느껴졌다.

에밋이 내 두 팔 아래로 팔을 끼워 길 밖으로 나를 끌어냈다. 어지러웠지만, 아트숍으로 반쯤 끌려갔을 때쯤, 나는 에밋을 발로 차며 몸을 뒤틀기 시작했다.

"젠장, 루시!" 에밋이 소리쳤다. 나는 에밋의 손에서 벗어나 바로 일어섰다. 그리고 다시 그에게 달려들었다.

우리는 함께 땅바닥에 넘어졌다. 몸싸움 끝에 내가 에밋의 위에 올라탔다. 나는 두 손으로 에밋의 목을 있는 힘껏 졸랐다.

에밋이 몸부림쳤다. 얼굴이 점점 붉어진다.

죽여버리자, 죽여버리자, 죽여버리자.

에밋이 몸을 뒤틀어 나를 떨쳐냈다. 그러고는 비틀거리며 일어나 가게 안으로 뛰어 들어갔다.

나는 온 매장을 휘저으며 물건과 붓을 바닥에 떨어트리는 에밋의 뒤를 따라갔다. 바닥에 떨어진 물건들을 뛰어넘으면서.

에밋이 선반에서 망치를 집는다. 새비를 죽였던 것과 비슷했다. 나는 불현듯 그날 밤 에밋의 트럭에 있던 게 저 망치였을 거라는 사실을 깨달았다. 에밋은 트럭으로 돌아가 나를 죽일 무기를 들고 왔던 거다.

이 개새끼가.

나는 에밋의 셔츠 뒷부분을 잡았지만, 에밋이 도망가며 옷이 찢어졌다. 에밋은 뒷문으로 뛰쳐나갔다.

나는 그 뒤를 쫓아 끈적하고 무거운 공기 속으로 다시 뛰어 들어갔다.

에밋은 망치를 든 채 나를 기다리고 있었다. 내 머리를 향해 망치를 휘둘렀지만, 나는 가까스로 피했다. 망치는 내 이마를 스쳤을 뿐이다.

나는 다시 비틀거리며 물러섰다. 에밋이 다시 망치를 휘두르자 나는 에밋의 손을 잡아 망치를 떨어뜨리려 했다.

에밋은 나를 떠밀고 다시 망치를 휘둘렀다. 이번에는 망치가 내 턱에 닿았고, 나는 고통스러워하며 비틀거렸다.

아득한 분노를 뚫고 잠시 선명한 정신이 돌아왔다. 도망쳐야 한다. 나는 아트숍 모퉁이에 있는 내 차를 흘긋 뒤돌아봤다.

에밋이 내 차 키를 가져갔다는 사실이 불현듯 떠오른다. 내 차 키와 핸드폰. 여기서 도망칠 수는 있겠지만, 결국 아무 의미 없을 것이다.

고통으로 눈을 깜빡이며 서 있는 나를 바라보는 에밋의 얼굴에 어둡고 눅눅한 만족감이 어렸다. 익숙한 감정이 밀려왔다. 도망칠 곳이 없다는 두려움, 모든 주도권을 빼앗긴 좌절감.

나는 크게 소리를 질렀다. 뱃속 깊은 곳에서 나오는, 평생 한 번도 내 보지 않은 소리를.

그리고 나는 그를 향해 돌진했다. 그 순간, 에밋의 얼굴에 떠오른 놀란 표정은 내가 지금껏 본 것 중에 가장 통쾌한 광경이었다. 우리는 땅에 세게 부딪혔다. 팔다리가 뒤엉키고 신음 소리가 터져 나왔다.

나는 에밋의 팔로 손을 뻗어 망치를 잡으려 했다. 무릎으로 에 밋의 가슴을 누르자, 에밋이 숨을 헐떡이며 망치를 쥔 손에 힘이 빠졌다. 나는 재빨리 망치를 빼앗아 일어섰다.

에밋도 황급히 일어섰다. 에밋의 가슴이 지나치게 빠른 속도로 오르내렸다.

나는 에밋의 배에 망치를 휘둘렀다.

에밋이 컥 소리를 내며 몸을 웅크리고 거칠게 숨을 몰아쉬었다. 그러고는 마치 그만하라는 듯, 한 손을 내밀었다. 나는 휘두르려 던 망치를 잠시 멈췄다.

그때, 에밋이 갑자기 벌떡 일어나 달아나기 시작했다.

"에밋!" 내가 소리쳤다. 나는 잠시 반대쪽으로 도망칠까 생각했 지만, 몸이 먼저 반응했다. 나는 스스로 깨닫기도 전에 에밋을 뒤 쫓고 있었다. 나는 분노에 차 내달렸다.

멀리서 나를 부르는 소리가 들렸다. 진짜인지, 새비의 목소린지 알 수 없었다.

아트숍 뒤쪽에는 작은 나무숲이 있었다. 에밋이 그쪽으로 도망 치자 나는 최대한 속도를 내며 그 뒤를 쫓는다. 에밋은 겁에 질린 눈으로 흘긋 나를 뒤돌아봤다. 그 모습이 어딘가 통쾌하게 느껴 졌다. 새비가 그 남자를 죽였을 때도 이런 느낌이었을까? '죽어도 싼 새끼였어.'

"더 빨리 도망가야 할 걸, 이 개자식아!" 내가 소리쳤다.

"루시!" 또다시 나를 부르는 소리가 들렸다. 새비가 아니다. 가까운 곳에서 나는 소리였다.

손을 뻗으면 닿을 거리에 에밋이 있었다. 손을 뻗자 손가락이 에밋의 옷에 닿았다. 나는 그대로 옷을 움켜쥐고 잡아당겼다. 에밋은 비명을 지르며 넘어지더니 곧바로 일어서려고 했다.

나는 머리 위로 망치를 들어 에밋의 다리에 세게 내리쳤다. 비명과 함께 우두둑하는 소리가 만족스럽게 들렸다.

"루시!"

에밋이 다른 쪽 다리로 몸을 지탱하며 내게 몸을 날려 손에 있던 망치를 쳐냈다. 망치는 내 손을 벗어나 공중으로 날아갔다.

그리고 벤의 발치에 떨어졌다.

벤은 눈을 커다랗게 뜬 채 숨을 몰아쉬며 내가 에밋에게 한 짓을 보고 겁에 질려있었다.

"세상에, 벤." 에밋이 숨을 헐떡였다. 에밋이 멀쩡한 다리를 짚으며 내게서 멀어졌다. "루시가 미쳤어요. 정신이 나갔다고요. 절 죽이려고 해요."

벤이 나와 시선을 마주쳤다. 나는 손등으로 입가를 훔친다. 피가 피부 위로 번졌다.

나는 망치를 내려다봤다. 그리고 다시 벤을 봤다.

벤은 천천히 손을 뻗어 망치를 집었다.

"에밋이 새비를 죽였어요." 내가 낮은 목소리로 말했다. 목소리가 제대로 나오지 않았다. "에밋이 새비를 죽이고, 날 죽이려고 했어요."

벤의 얼굴에 놀라움이 스친다. 벤의 머릿속에서 지난 인터뷰들이 맞물려 톱니바퀴처럼 돌아가기 시작한 게 보였다. 지금까지 벤이 조사한 것들이 내 주장에 도움이 될지 알 수 없었다.

"매트가 그날 밤 에밋을 봤어요." 나는 말을 이었다. "물어봐요. 에밋이 거기 있었고, 새비를 죽였다고요."

벤이 나를 응시한다. 표정을 읽을 수가 없다.

"아니에요," 에밋은 필사적으로 고개를 저었다. "아니에요. 전 절대 새비를 해치지 않았어요. 그리고 너도, 루시. 날 믿어줘."

벤이 고개를 들었다.

"봤잖아요!" 에밋이 나를 가리켰다. "루시가 절 죽이려고 했다고요! 당신이 안 왔으면 전 죽었을 거예요."

벤이 손에 든 망치를 내려다봤다.

"뭐가 진짜인지 알아보죠."

그러고는 내게 망치를 건넸다.

52

나는 병원 침대에 앉아 한 경찰관을 응시했다.

경찰관은 커튼이 쳐진 침상 밖에 서서 벤과 이야기를 나누고 있었다. 다 닫히지 않은 커튼 틈 사이로 두 사람의 모습이 보였다. "그 사람이 말하는 걸 들었어요?" 경찰이 묻는다.

"네." 벤이 말한다. "에밋이 소리를 지르면서 이전에 루시를 어떻게 죽이려고 했는지 말하더라고요."

나는 눈을 깜빡였다. 머리가 미친 듯이 아팠지만, 에밋이 그런 말을 하지 않았다는 것만은 확실했다.

"그리고 매트 가드너가 그날 밤에 그곳에서 에밋을 봤어요." 벤이 말을 계속한다. "한 번 물어보셔야 할 것 같네요."

경찰이 고개를 끄덕이며 무언가를 적었다. 그러고는 커튼을 걷더니 나를 냉랭하게 쳐다봤다. "곧 질문을 더 할 겁니다."

나는 멍하니 고개를 끄덕였다.

경찰이 떠나고 벤이 커튼 안으로 들어왔다. 미간이 구겨져 있고, 팔짱을 낀 모습에서 긴장과 스트레스가 느껴졌다.

"루시가 거짓말하는 거예요! 왜 아무도 내 말을 안 들어요?" 에밋의 비명이 복도 저 너머 어딘가에서 들려왔다.

"내가 둘 다 죽일 수도 있었어요." 내가 입을 열었다.

"뭐라고요?" 벤이 깜짝 놀라 말했다.

"나한테 망치를 줬을 때요. 난 에밋을 죽이고, 당신도 죽일 수 있었어요. 자기 보호 본능이 너무 약한 것 같네요."

벤이 바람 빠진 웃음소리를 냈다. "전에 당신이 말했듯이, 그게 더 나은 엔딩이었겠네요. 당신이 진짜 범인과 사건을 해결하려던 팟캐스트 진행자를 죽이는 거. 사람들은 그편을 더 좋아했을 텐데."

나는 벤을 째려봤다. "당신은 정상이 아니에요."

"알아요." 벤이 미소 지었다. "당신이 날 죽일 거라고 생각한 적 없어요, 루시."

그의 말을 믿어야 할지 확신할 수 없다.

하지만, 마음에 들었다.

"에밋이 그런 말 안 했잖아요." 내가 잠깐의 침묵 끝에 말했다.

"뭘요?"

"알잖아요. 에밋은 날 죽이려고 했다는 말 안 했어요. 자기는 결백하다고 말했잖아요."

벤이 어깨를 으쓱했다.

"상관없어요. 그게 진실과 제일 가깝잖아요. 사람들은 내가 하는 말을 믿을 거고. 당신 말로는 충분하지 않죠."

'진실은 중요하지 않아.'

새비의 목소리가 이번에는 부드럽게 들렸다. 전보다 덜 화난 목소리였다.

나는 다시 벤에게 시선을 돌리며 말했다. "그래요, 당신이 말하는 게 진실이죠."

53

병원 밖에서 매트가 나를 기다리고 있었다.

내 몰골은 엉망 그 이상이었다. 눈에는 멍이 들었고, 눈썹은 세 바늘을 꿰맸으며, 턱에도 멍 자국이 번지고 있었으니까. 다행히 코는 부러지지 않았지만, 얼굴 전체가 통증으로 욱신거렸다.

"맙소사." 매트가 허겁지겁 나에게 달려왔다. 그 뒤로 멀지 않은 곳에 부모님이 보였다. 벤은 계속 옆에서 맴도는 게 귀찮아서 먼저 보냈다. 벤에게 아무도 부르지 말라고 했지만, 지금 보니 내 말은 무시당한 듯하다.

"에밋 그 새끼 죽여버릴 거야." 매트가 말했다.

부모님은 매트와 조금 떨어진 뒤쪽에 서 있다. 아빠는 호흡이 거칠어 보였고 엄마는 눈이 빨갛게 충혈되어 있었다. 엄마는 나를 보지 않으려 애썼다.

"그날 밤에 에밋을 봤지?" 내가 매트에게 물었다. 매트는 미안해하는 표정을 지을 정도의 염치는 있었다.

매트가 입을 열었다. "네가 도망가고 나서 곧바로 에밋이 나타나선 네가 새비를 죽이는 걸 봤다고 했어."

"넌 그 말을 믿었고?"

"너는, 너는…." 매트가 견디기 힘든 듯 두 주먹을 꽉 쥐자, 나는 본능적으로 한 걸음 물러섰다. "너는 피를 뒤집어쓰고 누굴 죽인다는 말을 중얼거렸어! 그리고 새비가 뭔가를 하려고 했다면서 당할만하다고 했다고. 그게 어떻게 보였겠어?"

"새비가 날 지키려고 했어." 내가 말했다. "난 그렇게 말하려고 했던 거야. 새비가 날 지키려고 했는데, 에밋이 새비를 죽였다고."

"루시." 엄마가 나를 끌어안을 듯 다가왔다. 나는 고개를 저으며 뒷걸음쳤다.

"경찰이 부모님이랑 얘기하고 싶대요."

아빠가 입을 떡 벌렸다. 너무 지쳐서 짜증 날 체력도 없다고 생각했는데, 아니었다. 대체 어떻게 저렇게 뻔뻔하게도 놀란 표정을 지을 수 있는지 이해할 수 없다.

"경찰에 거짓말했잖아요. 증거를 숨기고. 잘 설명해 보세요."

엄마도 놀란 표정이었다.

"우린 널 지키려고 했던 거야." 매트가 말했다. "이해해 줘야 해. 나, 네 부모님…. 우린 널 보호하려고 그랬던 거야."

"아니, 아니야." 내가 화를 내며 말한다. "넌 너 자신을 지킨 거지, 매트. 내가 사람들에게 진실을 말하기 시작하면 어떻게 될지 알고 있었잖아. 어떤 사실이 드러날지 알고 있었잖아."

매트의 얼굴이 붉어졌다. 엄마와 아빠는 동상처럼 그 자리에 굳어버린 듯했다. 엄마의 눈에서 눈물이 흘러내렸다.

나는 그들에게서 뒷걸음쳤다.

"날 보호해 준 사람은 새비뿐이었어."

벤 오웬스의 거짓말에 귀 기울일 것

마지막 에피소드

경찰이 에밋 채프먼을 사바나 하퍼의 살인 용의자로 기소했습니다. 매트, 캐슬린, 돈은 증거 은닉으로 기소됐습니다.

뉴스가 발표되고 며칠 후 플럼튼 주민 몇 명과 이야기를 나눴습니다. 먼저, 루시의 할머니, 베버리의 얘기부터 들어보시죠.

베버리: 사실, 상황을 받아들이는 게 쉽지 않아요. 난 늘 루시가 범인이 아니라는 걸 알았죠. 루시가 그 사실을 확신하지 못했을 때도 난 알고 있었어요. 다른 사람들도 루시를 더 믿어줬으면 좋았을 텐데.

벤: 캐슬린과 돈은 매트가 이야기해 준 내용을 말해주지 않은 건가요? 사바나가 죽던 날 루시를 봤다는 얘기를?

베버리: 안 해줬죠. 나한테 말했으면 내가 온 동네에 퍼뜨렸을 테니

까. 어떻게 자기 자식보다 매트를 더 믿을 수가 있어요? 대
체 어떻게 자기 아내보다 에밋을 더 믿었을 수가 있죠?

벤: 이상하긴 하네요.

베버리: 글쎄요, 사실 이상하진 않아요. 늘 그렇죠. 남자들은 늘 서
로를 믿어주니까.

저는 사바나의 어머니, 아이비와도 이야기를 나눴습니다.

아이비: 아직 받아들이는 중이에요. 궁금한 것들도 남아있고.

벤: 어떤 거죠?

아이비: 그냥…. 너무 성급하게 결론짓지 않으려고요.

벤: 루시에게 그렇게 했으니까요?

아이비: 이 얘기는 그만하죠.

조안나와도 얘기했습니다.

조안나: 에밋은 자기가 한 일이 아니라고 하잖아요. 루시가 기억을
만들어 낸 거라고요. 그게 루시의 잘못이 아니라고도 했잖
아요. 정말 착하게 굴고 있다고요.

벤: 그럼 루시를 믿지 않는 건가요?

조안나: 그냥 혼란스러워요. 갑자기 한 사람을 범인으로 지목하는
기억들이 전부 떠올랐다고요? 그건 수상하죠.

벤: 매트와 루시의 부모님이 사건과 관련된 중요한 정보를 숨겼다는
건 어떻게 생각하세요?

조안나: 그런 짓은 하면 안 되죠. 하지만 루시를 보호하려던 거였잖
아요. 딸을 보호했다고 두 사람을 탓할 순 없어요.

벤: 에밋이 루시를 다시 죽이려고 했을 때 저도 그 자리에 있었던 거
아세요? 전 에밋이 루시를 죽이겠다고 한 말을 직접 들었는데.

조안나: 정말이에요?

벤: 정말이죠.

조안나: 전…. 그건 몰랐네요. 음….

　루시는 고맙게도 마지막으로 인터뷰에 응해 몇 가지 남은 질문들
에 대해 대답해 줬습니다.

벤: 플럼튼에 더 일찍 돌아오지 않은 게 후회되지는 않나요?

루시: 네. 후회되죠. 부모님과 매트가 절 마음대로 하게 놔두지 말았
어야 했어요. 그 세 사람이 날 곧바로 범인이라고 생각하지 않
았다면, 좀 더 잘 대처할 수 있었을 거예요. 기억도 더 빨리 찾
았을 거고.

벤: 기억 얘기가 나와서 말인데, 질문이 몇 개 있어요. 먼저, 사바나
가 죽은 직후의 기억은 돌아왔나요? 마을을 돌아다니던 그때요.

루시: 아니요. 머리를 다치면서 그때 기억이 아예 없어진 것 같아요.

벤: 그럼 왜 사바나의 시신을 그곳에 두고 왔는지 모르는 건가요?
매트가 당신을 봤을 때 왜 당신이 그 피 묻은 나뭇가지를 들고
있었는지도?

루시: 네. 제 생각인데, 아마 저 자신을 지키려고 무의식적으로 집어
든 것 같아요.

벤: 에밋은 결백을 주장하고 있고, 아직 많은 사람이 당신을 믿지 않
고 있어요. 당신이 아직도 뭔가를 숨기고 있다고 생각하죠.

루시: 온종일 설명한다고 해도 그 사람들은 절 절대 안 믿을 거예요.
대부분은 어떤 사건에 대해 한 번 결론을 내리면 생각을 잘

안 바꾸니까요. 모두 저에 관한 생각을 굳혔고, 무슨 일이 있어도 그 생각은 변하지 않을 거예요.

벤: 그 사실이 신경 쓰이나요?

루시: 조금은요. 저를 그렇게 최악이라고 생각하지 말아 달라고 하는 것쯤은 그렇게 무리한 부탁은 아니겠죠. 하지만 이젠 신경 안 쓰기로 했어요. 당신들이 머릿속에서 마음대로 만들어 낸 내 모습은 내 책임이 아니니까요.

벤: 가장 큰 의문은 이거예요. 왜 매트는 당신보다 에밋을 믿은 거죠? 매트는 거의 곧바로 당신을 범인으로 생각했잖아요. 왜 그랬을까요?

루시: 글쎄요, 매트는 그날 밤 제 모습을 봤고, 그때 전 멀쩡한 모습은 아니었죠. 제가 말할 수 있는 건 매트가 제게 다른 걸 의심해 볼 기회를 주지 않았다는 거예요. 이 팟캐스트를 듣는 청취자 대부분처럼, 매트도 절 최악이라고 생각한 거죠. 그리고 솔직히 말하면, 매트는 제 최악의 모습을 봤어요. 우리 결혼 생활은 정말 안 좋았고, 물론 여기서 더 말하진 않겠지만, 당시 매트가 절 싫어한 만큼 저도 매트를 싫어하고 있었으니까, 제가 제일 친한 친구를 살해했다고 생각하는 것도 무리는 아닐 거예요.

벤: 그래도, 이상하지 않아요? 당신이 그렇게 심하게 다쳤는데, 에밋에게 사건에 대해 더 물어봤어야 하는 게 아닐까요?

루시: 물론이죠, 그랬어야 해요. 하지만 에밋에게는 그럴듯한 얘기가 있었고, 전 아무것도 없었죠. 매트는, 제가 아는 남자 대부분이 그렇듯이 늘 남자 말을 더 믿는 경향이 있으니까요.

벤: 당신의 부모님도 그런가요? 두 사람은 매트의 말만 듣고 당신이 사바나를 죽였다고 확신했죠. 두 분이 왜 그랬다고 생각하나요?

루시: 매트는 에밋이 거기 있었다는 걸 말하지 않았어요. 매트가 그 말을 했으면 조금 더 의심했을 거라고 생각하고 싶어요.

벤: 아주 관대하네요. 부모님이 당신을 믿어주지 않은 게 화가 나지는 않나요?

루시: 물론 화가 나죠. 하지만 그렇게 놀랍진 않아요.

벤: 사바나가 여기 있었으면 무슨 말을 했을까요?

루시: 새비는 제가 무사해서 다행이라고 생각할 거예요. 절 지켜주려다 목숨을 잃었으니까요. 새비가 절 구했어요. 우리는, 저와 새비는, 끝까지 한 팀이었어요.

54

할머니의 작은 집 옆에 차를 세우자, 문틀에 기대어 우쭐대는 표정을 짓고 있는 할머니가 보였다.

"공항으로 가는 거야?" 차에서 내려 걸어오는 나를 보며 할머니가 물었다.

"네. 드디어." 내가 고향에서 3주를 보냈다는 게 믿기지 않는다. 메달이라도 받아야 할 것 같다. "다음엔 할머니가 와요. 이 누추한 곳에 귀한 걸음을 할 일은 다신 없을 테니까."

할머니가 코웃음을 쳤다. "그래, 알았어." 할머니와 함께 나는 시원한 에어컨 공기 속으로 들어갔다. 그러고는 할머니의 소파에 털썩 앉았다.

할머니는 부엌으로 가 마실 걸 만들어서 식탁 의자에 앉았다.

"그게 다가 아니에요." 내가 조용히 말한다.

"뭐가?"

"벤이 팟캐스트에 올린 내용이요. 그게 다가 아니에요." 나는 할머니와 눈을 맞췄다.

"할머니도 알잖아요."

"알지." 할머니가 나긋하게 말했다.

"하지만 이제 제가 새비를 위해 해줄 수 있는 건 그것뿐이에요." 나는 몸을 앞으로 기울이며 허벅지에 두 팔꿈치를 짚었다. "비밀을 지키는 거요. 그게 다예요."

"아가, 이해한다." 할머니는 손을 뻗어 내 손을 잡았다. "누구에게도 네 이야기를 다 할 필요 없어. 새비 얘기도 마찬가지고."

나는 올라오려는 눈물을 삼키며 고개를 끄덕였다.

"벤이 진실을 찾아냈다고 생각하게 놔두자. 필요한 건 다 얻었잖아. 네 말이 맞아. 네가 아무리 설명해도 어떤 사람들은 널 절대 안 믿겠지. 모두가 널 좋아할 수는 없어. 그 사람들이 널 최악으로 생각하기로 했다면, 계속 그럴 테니까."

"그래도 새비는 좋은 사람이라고 생각하니까요. 제가 바라는 건 그게 다예요."

"그럼. 새비가 실제로 어떤 사람이었는지, 두 사람이 나눈 비밀, 그건 네 몫이야."

나는 거리를 좁혀 할머니를 끌어안았다. "다시 돌아와서 진실을 찾도록 괴롭혀 줘서 고마워요."

"천만에. 난 언제든 네가 옳은 일을 하도록 괴롭힐 테니까."

내 핸드폰이 울리더니 곧바로 다시 한번 더 울렸다. 나는 한숨을 내쉬며 화면을 흘긋 살펴봤다. 요즘 나는 극과 극을 달리는 메시지들을 받고 있었다. 나를 아는 사람들이 내가 범인이 아니라는 걸 알고 있었다며 보낸 메시지들('난 널 믿고 있었어' 오늘 아침에 네이선이 보낸 메시지는 답장할 가치도 없었다.)도 있었고, 에바 나이틀리의 소셜 미디어 계정에는 온갖 내용으로 나를 비난하는 댓글들이 정말 많았다. 인터넷에서는 꽤 많은 사람이 그 어느 때보다 나를 증오하고 있다. 그중 일부는 내가 새비를 죽이지 않았다는 사실은 인정하지만, 그래도 내가 싫다고 한다.

한 기자는 자신이 나에 대해 쓰고 있는 기사에 답변해 줄 수 있는지 묻는 이메일을 보내왔다. 메일에는 소셜 미디어에서 화제가 되고 있는 영상의 링크가 첨부되어 있었다. 영상의 제목은 〈루시 체이스: 교활한 사이코패스는 어떻게 에밋 채프먼을 모함했나?〉였다.

나는 어이가 없다는 듯 고개를 저으며 이메일을 삭제했다. 늘 그렇듯, 할머니 말이 맞다.

모두가 나를 좋아할 수는 없는 일이다.

"어제 벤 가기 전에 봤니?" 할머니가 물었다.

나는 고개를 끄덕였다.

지난밤 나는 벤에게 메시지 하나를 받았고, 지금까지도 답장을 하지 않았다. 아직도 벤을 만나는 게 좋은 선택인지 나쁜 선택인지 확신이 서지 않는다.

【LA에 돌아오면 만날 수 있어요? 이번에는 질문 많이 안 할게요.】

"로스앤젤레스로 돌아가면 벤이랑 만날 거니?"

나에게 묻는 할머니 뒤로 새비가 나타나 편하게 문에 몸을 기댔다. 결혼식 때 입었던 드레스가 아닌, 늘 봤던 청바지에 하얀 탱크톱 차림이다. 빨간 브래지어 끈이 나와 있는. 새비가 나를 보며 씩 웃었다.

'당연히 만나야지.' 새비의 말에 나는 참지 못하고 소리 내 웃고
는, 새비를 향해 미소 지었다. 할머니가 나를 이상하다는 듯 쳐다
보긴 했지만.

나는 핸드폰을 꺼내 벤에게 답장을 썼다.

옮긴이 이유림

대학교에서 영어통번역을 전공했다. 글밥아카데미 출판 번역 과정 수료 후 바른번역에
소속되어 있으며, 쉽고 편하게 읽히는 문장을 쓰기 위해 고민하며 번역하는 사람으로
살고 있다. 역서로는 《자연처럼 살아간다》, 《숨을, 쉬다》, 《걷는 존재》, 《조셉 머피 마음
의 법칙》, 《빅맥 앤 버건디》, 《삼켜진 자들을 위한 노래》, 《각본 없음》이 있다.

거짓말에 귀기울일 것

초판 1쇄 2025년 1월 20일
저자 에이미 틴터라
옮긴이 이유림
편집 나다연 **디자인** 배석현
ISBN 979-11-93324-42-4   03840

발행인 아이아키텍트 주식회사
출판브랜드 북플라자
주소 서울시 강남구 학동로 329 북플라자 타워
홈페이지 www.bookplaza.co.kr

오탈자 제보 등 기타 문의사항은 book.plaza@hanmail.net으로 보내주세요.
잘못된 책은 구입하신 서점에서 교환해 드립니다.